大地红

DADI HONG

江湖的粗莽与牵缠

秦不渝　著

敦煌文艺出版社

图书在版编目（ＣＩＰ）数据

大地红 / 秦不渝著. -- 兰州：敦煌文艺出版社，
2018.11（2021.8重印）
　ISBN 978-7-5468-1657-9

　Ⅰ．①大… Ⅱ．①秦… Ⅲ．①中国文学 －当代文学－
作品综合集 Ⅳ．①I217.2

中国版本图书馆CIP数据核字（2018）第258235号

大地红

秦不渝　著

责任编辑：尚再宗
装帧设计：马吉庆

敦煌文艺出版社出版、发行
地址：（730030）兰州市城关区曹家巷 1 号新闻出版大厦
邮箱：dunhuangwenyi1958@163.com
0931-8152307(编辑部)
0931-8120135(发行部)

三河市嵩川印刷有限公司印刷
开本 710 毫米×1000 毫米　1/16　印张 20　插页 2　字数 385 千
2019 年 1 月第 1 版　2021 年 8 月第 2 次印刷
印数：1001~3000

ISBN 978-7-5468-1657-9
定价：59.00 元

序

仗剑而歌 归乎文心

——秦不渝武侠作品论

李学辉

一

作为"成人的童话"，武侠小说从脱胎至今，已历经时代的风霜雨雪。按下志怪与游侠不表，单说二十世纪三十年代，北派武侠小说与南派武侠小说双峰迭起，宫白羽之《十二金钱镖》、郑证因之《鹰爪王》、王度庐之《卧虎藏龙》、朱贞木之《七杀碑》、平江不肖生之《江湖奇侠传》、还珠楼主之《蜀山剑仙传》，搅动成人视角，血雨腥风之争斗，跌宕起伏之命运，引人入胜之情节，别开一域之江湖，赢得诸多读者青睐。十里洋场，灯红酒绿处，正是武侠兴盛处。故平江不肖生（向恺然）、还珠楼主（李善基）、宫白羽、郑证因被誉为旧派武侠四大家。

港、台武侠兴盛，亦为二十世纪中叶。接大陆武侠之脉，梁羽生、金庸等让武侠小说又回至热潮。梁之古文字修养及文采，查先生金庸之繁庞历史根系，一树即茂，叶花皆繁。金庸甫出，将盛传于市井里巷的武侠小说推上了大雅之堂，"飞雪连天射白鹿，笑书神侠倚碧鸳"，再加一部《越女剑》，金庸的武侠小说横扫世界，上至达官精英，下至平民引浆者流，都沉于其"金庸武侠王国"，或爱或恨，在雅俗共赏中流逝着时间。论者将此现象归之为"深刻剖析之人性也。"

武侠自古龙起，文风为之一变。"大头古龙"留给人们的不仅仅是《武林外史》《大旗英雄传》《飞刀又见飞刀》《楚留香》《陆小凤》等等，更为人称道的是爱与友情，慷慨与侠义，幽默与同情，那种套中有套，环中设环，亦正亦邪的"古龙路径"，一个李寻欢，一把飞刀，几个女人，一座山庄，一枪一链一环一世界，古龙的探索精神和"西式笔调"，短得让句子喘气的语风，引得无数"古迷"竞折腰。温瑞安是继金庸、古龙之后最有才华、最有影响的武侠小说名家之一，他将"诗和小说交糅、武侠与文学结合"，"现实的真实"接近"诗的真实"，一脱武侠小说"后现代"颓势，《四大名捕》名动四方，把读者又引回武侠世界之中。

再横的刀也有卷刃的时候，再坚固的堡垒也有坍塌的时候，再引人入胜的作品也有使人产生审美疲劳的时候，社会的急剧变革，多元的阅读趋向，武侠小说一度产生式微在所难免。大的氛围难以再继，但小的热闹依旧呈现。自二十世纪末，所谓的大陆新武侠又卷土重来，不过不再是洪钟大吕，大多以快捷和适合读者"新口味"的调式出现，若韩寒的《长安乱》、小椴的《美人刺》、施定柔的《石潭夜话》、赵晨光的《隐侠》等，他们的历史错乱感，地域的不确定性，人物的隐逸和莫测机深等，使得一个年龄群的读者成为"粉丝"，"粉"出又一个"阅读空间"。

二

山水是才子们的秘药，也是侠客们的精神寄托。气夺山川，色结烟霞成为武侠小说家们的必然。尽管故事构思、情节安排、人物形象、作品主题易出现雷同，但每一位"志在江湖"的武侠小说作家们都在精心制造着己设的江湖，使得每一个时代的侠客都有一个有时连自己都无法认识和确定的精神世界。但武侠小说中的民族感、正义感总是伴随着和邪恶的斗争而生成一代代的大侠，这些大侠的身上，体现着理想的光芒和精神节操，在不屈中抗命，在险恶中奋力，在不平中拔剑而起，在危险中不顾一己之私，唯其如此，才有武侠的"真义"存在，才有武侠令人信服的节点和震撼人心的力量。

大侠居庙堂者少，隐名山大川者多。庙堂讲究政治规则，江湖信奉快意恩仇，若庙堂和江湖有了交集，翻出的浪花就非市井里巷的小打小闹或间接正义那么简单，于是，许多重大的历史节点、难点、疑点就成为武侠作家们的最爱，他们把历史学家的纠结放大，任意另辟出一个通道，让那些正大光明和首鼠两端的人对抗，江湖的险恶和无所不用的智计便开始，粗豪汉子、纤细女性，或阳刚，或阴柔，各种招式，各种兵器，在玉树临风和龌龊泥淖中让山河失色，云电退让，到头来，"白茫茫一片大地真干净"，杀伐的结果，山川还是那个山川，烟霞依旧是那个烟霞，而设局者或被设局者，在最后怆然一笑或心灰意冷，一切不再是一切，什么是爱，什么是恨，竟在剑走偏锋后归于寂灭，社会既存，善恶永续，武侠之梦永远会被延继。

三

于是，凉州听雨楼里，那个被人们称作听雨楼楼主的秦不渝便抽剑断水，抽丝剥茧，抽文织锦。

他用的不是公孙大娘的绣花针，而是那支饱蘸精神墨意的笔。

一个寄寓凉州城的旦马青年，在少年时徜徉于旦马的山山水水，煤油灯的尺方烛光中，映出的是他日后有点像"西门吹雪"的身影，他手里握着的并非"小李飞刀"，而是那一截用转笔刀滚动削好的铅笔，他当时还沉浸在《水浒传》的遐思之中，社会江湖对他来说还是一种未知，待他邂逅金庸等人的武侠小说时，他立志走出了旦马。旦马的影子跟在他身后，他把目力投向了《上海故事》《新故事》。上海不是他的向往，但《上海故事》是他剑锋所指的地方。他用短的故事来延伸他的梦想，《吊柳》《盗尸》《杀雪》《双侠》《蜂扣》《相思汤》《绝命刀》《离魂歌》《横刀大侠》《影子杀手》《金蛇讨债》中的白莲花、柳夫人、沈青山、玄武、程云鹤、燕七、樊桃花、雪娘、胡万能、张阎王、金燕子、银燕子、乾隆、媚娘、荷香与鸳鸯汤、石铁匠和绝命刀、昆邪王、付小红、高阳、秦傲、吴莽和柔儿、黄宗善、林高飞、水云子们便从纸上跃立，从《民间传奇故事》《今古传奇故事版》应运而起。

他的背后，间或站着古龙。

此情不渝天为证。

秦不渝的江湖法门就此开启。

他默坐在听雨楼中，花满楼里的侠客不是他的化身，而是他理想的承载。他手中的笔已换作了键，噼吧在手下的已不再是单纯流韵的笔墨，而是电脑屏幕上网织的江湖风雨。

且马少年已从山水情节中走出，在社会的历练中增强了自己的认知，美好的梦想在生活中逐渐向现实靠拢，抚琴而歌在午夜，听雨楼外的喧嚣逐渐远离，又一个精神垒像在星斗满天中被构制。"一寸短一寸险"，凡是用短兵器的侠客，都有胸藏玑珠的能耐，而秦不渝用的则是短句，有时短得令他愁肠百结又意气风发，于是《绿扣》《白烛》《紫衣》《伤城》《花旗吟》《与卿书》《茉莉开花三月雨》《梨花落》汩汩而出，林雨寒、柳惜若、霍小雀、雏清歌、白凤凰、陈灼、莫媚、叶苍、沈雄、范陪衣、赫连雪、南可海、柳尚品、侯佳瑜、裴度、沈白离、俞墨苏、苏牧羊、白茉莉等粉墨登场，把又一个秦不渝的文学江湖翻弄得风生水起。

《飞天》《长江文艺》为他开启了又一个发表或发现的空间。

诗与武侠的糅合，遥远的时空与文学的对接，让白衣临雪的江湖少年披上了大氅，披风荡得不再是剑气，而是中正平和。

在文学江湖，有时很难界定谁影响了谁。侠之大者，在历经波折和磨难之后，自己会影响自己；在文学江湖，一个人的立足先得剑走偏锋，而后融会贯通，精气神合一时，才能成就自己的梦想。

有时，成就自己比成就别人更难。

一片大地红啊！

四

我与不渝，并非深交，较早的是神交。

地域文学，因了地域，走出去，靠的是实力和机缘。正如武侠世界，北少林、南武当，中岳华山、峨眉、点苍、崆峒、衡山，千百年的积淀已经让这些名山大川名声赫立，一加推染，便山响石飞。甘凉大道，在金庸笔下是一笔，在古龙笔下又是一笔，一骑飞尘，就此遁失。不渝借势而坐，漠北、凉州、祁连、成都，时空隧道里，金戈铁马，戈响蹄飞，待一切寂灭时，天地为之一动，人性归于文心，不渝沉浸于自己的世界时，用"另类"并不能完全定位他的崛起。因为，他是秦不渝。

他淡定，因为他沉稳；他好酒，但并不盲嗜。每次相见，温文尔雅，非江湖粗豪人所能相比。偶尔一聚，话在酒意中，人在酒杯外，没听过他刻意臧否人物，别人高声肆语时，他是个静听者，又是个旁观者。他的旁观并非置身于文坛江湖之外，因为他深知：地域文学没有码头，没有码头就没有江湖门派。但没有江湖门派并非没有江湖。所以，他的真名王刚倒隐在了秦不渝之后，大多人只知秦不渝，若在公众场合，有人猛叫王刚，他不站起来，人们很难与他联系在一起，即便他站起来，立在人们面前的那个带点温静的人往往会让人们一愣，他才是秦不渝啊！

哈哈。

为人至诚者，文才能至诚。

为人至信者，文才能至信。

人立则文立。

交往多了，就感到武威文坛，有不渝在，还是有一种胸怀在，还是有一种侠气在。

那是真的侠气，少了匪气，多了难得的沉静。

戊戌春节，我真正潜心直面不渝。直面的载体，是他那本一半故事一半小说的作品集《大地红》。严谨一点说，我系统赏读《大地红》，是从丁酉除夕开始。

在乡下，有零星的鞭炮声。

在火炉旁，有不渝的《大地红》。

好像有一种鞭炮也叫大地红，一燃，响声过后，周遭一片红彤彤，那是附着于大地的红色。武侠人物的命运，亦如这大地红。

让别人听到了响声，自己则成了贡献响声的侠客。

我便把自己樊篱于不渝的武侠小说中。

赶退自己对武侠小说的认知，让金庸、古龙们歇息，戊戌春节，严格意义上讲，我的戊戌春节，有不渝的《大地红》相伴，多了一点雄浑的诗意，还有，那种气夺山川、色结烟霞的情怀。

诗与远方换作了文与江湖。

想象的江湖终结，诗意的人生便开始。

不渝言他的武侠梦结束时，就是散文和小说的开始。

武侠与其他文体一样，亦讲究格局、气韵、胸怀，这与地域有关系，亦与地域没有太多的关系。

正如甘肃省作协主席马步升先生在论及武威本土文学时所倡言的《地域文学：几多欢乐几多愁》那样。

一个真正把文学当作生命的人，其欢乐和愁，在"几多"的反思之下，路虽艰难，只要走，执着地走，一条道走到底，总归会走出一条路。"人有两条路：一条是必须走的，一条是想走的。把必须走的走漂亮，你才可以走想走的。"这是别人的话，移过来用，适合不渝，也适合立志文学的我们。

评论一个作家，找出点子丑寅卯不难，难的是走向内心深处。不渝内心深处的坦诚和他对家庭、社会的责任一样，有内涵，有担当。我们见惯了善于风花雪月的行走者，但我们更期盼，在风花雪月的背后，有情调，有情趣，还有对传统的承继和那种不掺杂过多世俗的大爱。

真正的爱，说起来容易，做起来太难太难。尤其是那种大爱。《大地红》引来凉州红，是不渝对武威文学的一大奉献，说贡献还有点早，因为不渝正在路上。亦如那个走在风雨中的傅红雪，走得坚韧，走得执着，走得义无反顾。他手中的那柄剑，和阿飞的有一比，也和李寻欢的有一比。不渝不和别人比，他往往和自己比。其实，人生最大的挑战是自己。这一点，不渝明白，所以他的路才走得坚实。

不渝的文学江湖掌握在他自己手中。

对此点，我们有期许，更多的则是祝福。

时在戊戌正月十一

李学辉，笔名补丁，甘肃武威人。中国作家协会会员，鲁迅文学院第十一届、第二十八届高研（深造）班学员，甘肃小说八骏之一。现任武威市文联专职副主席，武威市作协主席，《西凉文学》主编。

目录

故事篇

GUSHIPIAN

吊　柳

刀王被杀，痛哉？憾哉？

恶魔凭吊，奇哉？怪哉？

为哪般，往昔手足眦睚；

费思量，今朝联手诛杀；

局中局，趣中趣，

布衣丑陋奇女子，

薄计微施定江湖。

刀王被杀！这消息犹如晴天霹雳，一经传出，武林各派无不震惊，人们悲恸垂泪，纷纷叹惜英雄早逝。然而噩耗传到玉门关时，魔教教主血莲花却欣喜若狂，在安乐椅上笑得花枝乱颤。

一月前，血莲花练成阴辣无比的莲花手后，率数万魔教恶徒汹汹扑来，欲血洗中原，称霸江湖。不料，队伍行至月牙泉时，突遭以刀王柳扶风为首的中原正派侠士阻击。一战，血莲花折兵八千；再战，血莲花又折兵一万；三战，她按兵不动，莲花手独挑刀王，五百回合下来，柳扶风被莲花手震得吐血不止，而她也被柳扶风刺伤肩骨，仓皇溃逃至鸣沙山养伤。而今劲敌殒命，中原武林群龙无首，可真是发兵称霸的最佳时机，血莲花怎能不振奋鼓舞？她急问手下："何人替我出的恶气？"

"长发飘香！"打探消息的手下如实禀报。

"长发飘香？"血莲花默念着这个从未听过的名号，一脸狂喜尽消，双眉拧成竖柳：如今江湖，刀王独领风骚数十载矣，自己练成莲花手后，方才与他打个平手。这长发飘香何许人也？一出手竟宰了刀王？再说，自己与他素昧平生，他为何平白无故襄助自己？

一番深思，满腹狐疑。血莲花不得不放弃发兵念头，决定先去吊柳试探虚实，免得骄兵冒进，中了诡计。因为刀王之死，毕竟耳听为虚，且太过悬乎！

一个大魔头，明目张胆去祭吊当然不妥。血莲花先乔装一番，然后在半道上杀死了一名峨眉道姑，换上道袍冒充峨眉弟子，这才名正言顺地进了神刀堂。

神刀堂乃刀王府邸。昔日欢笑的殿堂如今白幔飞舞，刀王灵柩停在幔下，除了他夫人和弟子庄忆、泰痴情外，空荡荡的堂里竟再无一人祭吊！

情况蹊跷，血莲花暗暗提足真气，以防不测。但很快，她就发现自己多虑了。因为柳夫人不但没怀疑她的身份，反而对她的到来感激涕零。血莲花定睛一看，这是怎样一个瘦弱矮小的女人呀，没想到赫赫刀王竟娶了如此平庸的妻子！诧异良久，血莲花方回神问道："夫人，长发飘香为何要杀刀王？"

柳夫人悲叹一声："哎！恶魔杀人需要理由吗？"

"哦？这么说长发飘香比女魔头血莲花还不讲道理？"血莲花不动声色，故意试探。

"血莲花算什么！她再毒，顶多伤人肺腑；而那长发飘香，却能断筋错骨，让人生不如死。"柳夫人悲悲戚戚地说着，突然用娇小的身躯拼力揭开并不沉重的棺盖，登时，刀王遗骸便暴于血莲花眼中。

血莲花大感意外，但，这也是她一直希冀的。她屏气敛息瞧去，刀王遗体像被五马分尸一般，肩臂分离，双足扭断，凝血腥腥，惨不忍睹……哈哈！柳扶风果然已死！敌尸入目，血莲花一直高悬的心才算放下一半。

她强抑兴奋，又把狐疑的目光投向庄忆和泰痴情身上。据说他俩尽得刀王真传，若不是为了一个女人闹得反目成仇，师兄弟联起手来，恐怕要赛过刀王重生！现在，血莲花最担心的就是这个。她正准备继续试探，柳夫人已抢先道："你们两个愣着干什么？恩师罹难，还不联手去找长发飘香报仇！"

"哼！要我跟他联手，下辈子吧！""呸！你瞧不上老子，老子还瞧不上你呢！"庄忆和泰痴情你瞪我，我瞪你，仅仅只一语不合，骤然便拔刀相向。"住手！快住手！"看到他们在灵堂里撒野，柳夫人寒心之极，竭力劝阻。但两人充耳不闻，根本没把她这个师娘放在眼里。

血莲花定睛静赏，但见两人都恨不能将对方一刀劈死，那凌厉的招式绝对不像作秀。哈哈！看来这两个傻瓜果然在怄气！她高悬的心彻底放下，甩袖夺门而出。不料柳夫人疾步追来，竟然拦住她去路："仙姑呀，如今长发飘香在花满楼逍遥，走夜路太过凶险，不如留下来帮我劝劝这两个孽徒吧！"劝架？天大的笑话！老娘巴不得他们两败俱伤呢！血莲花懒得再和这个愚蠢的寡妇纠缠，索性移脚避过她，上了另一条青板大街。

提心吊胆来，踏实满意归。血莲花脚步匆匆，她要速返关外，她要挥师南下，她要称霸中原！然而没走几步，整个人就直愣愣钉在地上。因为街边一幢堂皇木楼的招牌上赫然镌着三个字：花满楼！

刚才那婆娘说什么来着？长发飘香在上面逍遥？不管是真是假，一想及刀王惨死的景状，血莲花就不由自主走进楼去。对她来说，长发飘香是一个费解之谜。然而，她进去才发现竟是妓院，她尴尬欲退，突然擦肩走过一名绝色女子，边走边绾着如瀑青丝，只这一绾，便有暗香从她秀发中飘出。血莲花心跳加速：长发飘香！一定是长发飘香！

她当即尾随那女子进入闺房，一语双关地试探道："姑娘……可真是长发飘香呀？"

那女子见道姑上门寻欢，反感骤生："滚滚滚，姑奶奶从不接女客！"

"姑娘误会了。"血莲花强压怒火，"我们聊聊如何？"

"聊什么聊！"那女子柳眉一竖，叉腰吼道，"今晚我相好要来，你这变态婆再若纠缠，姑奶奶叫你尝尝'断筋错骨手'的厉害！"

断筋错骨手？莫不是要了刀王性命的手法？血莲花浑身一凛，见那女子向自己逼来，她杀心骤起："好！那咱们就比比是你的'断筋错骨手'厉害，还是我'莲花手'厉害！"语落同时，她阴辣无比的杀招直击对方命门。只听一声惨叫，那女子竟无丝毫对抗，就血溅当场。

这怎么可能？难道对方竟无半点武功？感觉情况不妙，血莲花开门就溜。谁知门打开后，柳夫人赫然伫立门口！

"你在跟踪我？"血莲花愕然止步，咬牙质问。

柳夫人不置可否："我来看看你如何杀人。"说着掠入房中，一探血泊中女子冰凉无息，她眼里闪出兴奋而痛苦的复杂光芒："一招毙命，果然是魔头行径！"

血莲花闻言大惊："原来你早就认出了我！"

柳夫人冷冷一笑："哼，峨眉派这些年与我们素无交往，怎么会派人吊柳？你冒充她们，简直是自投罗网！"

"哈哈哈哈！"仿佛听到了天底下最大的笑话，血莲花肆声狞笑，"自投罗网怎么了？如今连长发飘香都挨不住老娘一掌，难道你一个平庸寡妇想杀我不成？"

"你以为刚才你杀的真是长发飘香吗？"柳夫人厉声截口，"告诉你，这世上根本就没有长发飘香！要了刀王性命的真正元凶——是你！"

血莲花闻言大震，心头骤涌不祥之兆，她急问："快说，这是怎么回事？"

柳夫人冷冷道："上个月玉门关一战，刀王被你莲花手震伤肺腑，回来十日后便吐血身亡。他一死，能制服你的只有两个孽徒，可他们却为一个长发美女争风吃醋，根本无心报仇。为了激得他们联手杀你，我只好含泪肢解了夫君尸体，炮制出'长发飘香'哄传江湖，你生性狐疑，必来吊柳试探，我将计就计，先揭开棺盖暴尸，再挑唆两徒械斗，使你彻底消除戒心，然后逼你上了青板大街，诱入花满楼，你魔头心性，一语逆耳，定然怒目杀人。所以刚才你杀的根本不是什么'长发飘香'，而是一个叫水杏的青楼女子，也就是我那两个孽徒——庄忆和泰痴情的相好！"

"胡说！"血莲花脸色煞白，"刚才那女子口口声声说她会'断筋错骨手'的……"

"你可真是个棒槌！那'断筋错骨手'不过是叫男人销魂的妓女手法，我两个孽徒就是被它迷了心窍，才相互大打出手。"柳夫人悲愤一笑，"顺便告诉你，刚才劝架不成，我只好把他们赶出灵堂，如果猜得不错，此刻他们两个怕是换了孝服匆匆往这里赶呢！"

"什么？"血莲花尖叫一声，瘫坐于地。就在此时，庄忆和泰痴情鱼贯而至，

乍见伊人非命，登时悲泪如雨，两把复仇钢刀不约而同怒啸出鞘。

"两位，误会呀……"血莲花肝肠悔断，她做梦也没想到，自己千算万算，最后竟搬起石头砸了自己的脚！

多行不义必自毙。看到女魔头终于被凌厉的刀光吞没，柳夫人暗暗一笑。现在，她总算能回去安殓刀王，让他瞑目了。

盗　尸

为学绝技，甘心行盗，盗的是森森白骨；

为解私情，违心设局，骗的是亲亲子弟；

是失是得？是奸是盗？

争得天下第一，果真就天下第一？

抱得美人双栖，果真就白首不离？

一连几天，清凉山巅咳声大作，一代剑神沈青山沉疴复发，看来已病入膏肓。玄武跪在地上，看着师父大口大口吐血，泪流满面，毫无办法。

沈青山微微一笑，示意弟子拔剑，进行最后考核。

玄武遵命起身，瞬间，炫目剑光在秋叶山风里穿行，清凉山巅花雨纷飞。沈青山点头叹道："武儿，无敌剑法你已练至九层，下山去吧。"

当初上山求剑，就为天下无敌，练不会第十层，如何下山闯荡？玄武头摇得像拨浪鼓，在门外长跪不起。沈青山没辙，从怀里掏出《无敌剑谱》道："好吧，你去凤凰山庄把金凤凰盗来，剑谱归你。"

得到剑谱，学会十层，何愁天下无敌？玄武连夜下山，直奔凤凰山庄。

凤凰山庄戒备森严，玄武绕着铜墙铁壁转呀转呀，根本就混不进去，苦皱眉头等了三天，那饕餮兽门终于吱呀打开，只见一队人马浩荡而出，玄武尾随上去一打听，原来是庄主的千金小凤凰要去鹿场狩猎。

好吗，天赐良机，赶紧跟上！

小凤凰长得娇小可人，箭法也精准惊人，嗖嗖几箭射去，鹿就倒下一片，随

从们四散扑去擒鹿邀赏，丢下小凤凰一人站在枯草丛里拍手欢呼。便在此时，茅草丛里忽地翻出几条黑影，拎着明晃晃的大刀向小凤凰劈去。小凤凰吓得花容失色，不知所措。

玄武闪身而出，急忙拔剑救人。无敌剑法惊鸿初展，威猛出乎预料，六六三十六式才刚刺罢，一众刺客就脑袋搬家，幸存的头目连吐几口冷气，僵在当地。玄武扶起小凤凰，微笑压惊。不过初闯江湖，毕竟经验浅薄，那头目凭尚存气息猛地反击，一刀劈在玄武肩头，玄武当即昏厥过去。

醒来时，小凤凰守在榻侧，一位气度不凡的长者立在面前，正是凤凰山庄的庄主程云鹤。玄武心下暗喜：如若不挨得此刀，如何进得这山庄？

很快查清，刺杀小凤凰的是江湖上凶名卓著的"北斗七星"杀手组织。"北斗七星"共有七人，个个凶残嗜血，以兄弟相称，以杀人为业，如今折损一人，其余六人绝不会善罢甘休，必定会卷土重来。那么是谁雇请他们行刺爱女呢？程云鹤百思不得其解，连连恭谢玄武搭救之恩，请来名医诊疗不说，更令家仆精心伺候；小凤凰更是放心不下，每日至少三趟，悄悄赶来探望恩公。玄武心中有事，旁敲侧击问了几次，小凤凰欲言又止，怎么也不说金凤凰藏在哪里。一月时间转眼过去，无奈之下，玄武只得白日躺在榻上继续佯伤，到了深夜就乔装而出，搜寻金凤凰的藏身之地，可奇怪的是，搜遍了山庄的每一个角落，就是不见金凤凰藏身何处。

这天，小凤凰又来看他，玄武忍不住问道："小凤凰，我入庄都这么长时间了，怎么也没见过你娘来看我呀？"

小凤凰闻听此言，用手指指后院，嘤咛一声就哭着跑了。

这丫头，真是奇怪！玄武被弄得一头雾水。

入夜，再次搜寻无果后，突然想起小凤凰指的后院来。玄武蹑手蹑脚来到后院，后院里幽静而阴森，处处透着一丝诡秘，借着夜色瞧去，只见当院中央垒着一座坟冢，冢前立着一块青碑，碑上赫然镌着金凤凰三字！

玄武倒吸几口冷气，怔在当地。一直以为，金凤凰定是凤凰山庄里价值连城的传世珍宝，哪料到却是小凤凰已经过世的亲娘。玄武剑眉紧蹙：天呀，师傅居然派我盗尸？可一具陈尸，盗之何用呢？

正在玄武冥思苦想之时，六条黑影忽然翻墙而入，悄悄摸向坟冢，七手八脚挖将起来。除了自己，原来还有人觊觎金凤凰呀，难道这墓里除了小凤凰的亲娘外，果真还藏着绝世宝藏？玄武赶紧藏身起来，静观其变。那六条黑影很快就将坟冢挖开，就在他们开棺之时，程云鹤闻声赶来，怒吼拔剑，瞬间夺目的剑光刺破沉沉黑夜。啧啧，玄武惊得目瞪口呆，程云鹤居然也会无敌剑法！

无敌剑法，天下无敌！短短一刻工夫，那六名黑衣人就身首异处，满耳都是尖叫和惨嚎声。虽然手刃掘墓盗贼，但程云鹤依旧气得格格发抖，他努力平定着愤怒情绪，一步步走过去，试图挪动棺椁将其重新归位。

就在这时，从暗处突然又扑出一条黑影，出手就是无敌剑法。

程云鹤大惊道："你是何人？"

"北斗七星！"来人冷冷一笑，剑招凶狠异常，直取程云鹤性命。

"胡说！那日行刺小女时，'北斗七贼'被玄武诛杀一位；剩余六贼刚才已全部被我铲除，你到底是谁？"程云鹤拔剑御敌，也是无敌剑法。

瞬间，夺目的剑光刺亮黑夜，两人缠斗在一起，但看得出来，程云鹤只练到了八层，而那黑衣人却分明达到了九层，果不其然，仅仅十招刺罢，程云鹤就被黑衣人一剑穿膛，吐血倒地。

决不能让黑衣人抢先得到金凤凰，玄武闪身而出，和黑衣人缠斗在一起，不知出于何种顾虑，黑衣人剑术突然收敛，陡失先前凌厉，玄武抓住时机，无敌剑法惊鸿大展，黑衣人稍一分神，就被一剑穿心。

玄武急奔过去，撬开的棺椁里白骨森然，他俯身探手，却又忽然停下，迟疑半晌后，再次俯身下去，最终合上棺盖，退步过来。

"武儿，你，你……"黑衣人踉跄倒地，面罩滑落，赫然是师父沈青山。

"师父？怎么……是你？"玄武大惊失色，急忙扶起师父。沈青山气若游丝，这一剑直刺要害，纵有神医妙手，怕也无力回天。

"哈哈哈，师弟呀师弟！你贼心不泯，真是死有余辜！"程云鹤望着沈青山，嘶声冷笑。

"姓程的，你错了，能和师妹终守一起，我死而无憾！"沈青山示意玄武扶他起来，踉跄走过去，居然扑在金凤凰棺椁上，老泪纵横道："师妹，我陪你来

10

了!"

"呸! 你休想!"程云鹤踉跄扑来,玄武护住师父,焦急问道:"师父,您告诉我,这到底是怎么回事呀?"

忆及往事,沈青山和程云鹤双双平静下来。原来,当年两人本是同门师兄弟,同时爱上了师父的掌上明珠——年轻漂亮的师妹金凤凰。谁知师父偏心,擅自做主将金凤凰嫁给程云鹤。成亲当日,趁师父高兴醉酒,沈青山盗走《无敌剑谱》隐居清凉山,从此一泄悲愤,练功消愁。

深山寂寞,纵神功盖世,也不过清风明月为伴。伉俪情深,虽无剑谱修炼,却难得舒畅逍遥。一走十八载,相思终成疾。沈青山始终忘不掉当年小鸟依人的俏师妹,弥留之际,心想,既然生不能娶她,死了合葬一起,也算是了却了自己一生的遗憾吧。

于是,派玄武下山,盗尸还愿。知道凤凰山庄守卫森严,又花重金雇了"北斗七星"暗中配合。一切筹谋周详,岂料功亏一篑。

沈青山长叹一声:"武儿,无敌剑法只有九层,其实你早已练至顶峰,为师骗你下山盗尸,不过是想完成和师妹同葬一起的夙愿。刚才你击败程云鹤,明明可以盗尸,却又自动放弃,说明你乃善良之人。"一口瘀血冲上喉咙,沈青山大咳几声,又道:"孩子,其实心存善念,才是真正的天下无敌! 如今师父夙愿得尝,死亦无憾了。"言罢,搬开棺盖,居然委身而进,和金凤凰尸骨躺在一起。

"你……你妄想!"程云鹤也扑进棺去,和沈青山撕扯在一起,棺木吱呀破开,两人滚落于地,其实先前均受重创,没几刻工夫,两人就渐无气息。

"爹——"小凤凰闻讯赶来,肝胆欲绝。

"师父——"玄武悲痛跪地,伤心落泪。

也不知过了几时,圆月冲破乌云包围,洒下几缕银华。玄武借着月色,将沈青山和程云鹤的尸体与金凤凰合葬一起,慨然一叹,转身出门。

"你走了,我怎么办呀——"家破亲亡,小凤凰强忍悲伤,追随玄武而去。

暗夜褪去,朝阳升起,又是一个崭新的江湖。

杀　雪

杀雪！杀雪！杀雪！寒雪谷外声震天，

美人！美人！美人！侠士三千慕红颜。

你提刀，我挚剑，寒雪谷里走一趟，

为樱唇，为媚眼，算计空空谁承欢。

叫一声亲，唤一声爱，

郎啊，你不要白头，我给你千年。

杀雪！杀雪!! 杀雪!!!

寒雪谷外，燕七拔剑出鞘，率领近百群雄振臂高呼。他们个个英武勃发，血气方刚，皆是江湖中未曾婚娶的青年才俊。此刻聚集一方，全为一个女子。

三呼过后，倩影袅娜，那个令燕七魂牵梦萦的江南第一美女樊桃花终于姗姗而至。是谁，让这个亲红喜绿的女子如今身披刺目缟素？又是谁，让这个倩笑倾城的女子如今哭得梨花带雨？

两年前，佳人十八，就和江湖第一帅哥骆青寒聘定百年，那一场联姻羡煞江湖，孰料尚未洞房，骆帅哥便被拧断头颅，狂妄的歹徒在其惨尸上张悬二尺白绫，上书"寒谷雪娘"，自报凶名。

一年前，佳人再觅良偶，对方乃剑花堂青年掌门付可喜。剑客佳人，眼看又要成就一段武林佳话，偏偏迎亲路上，付可喜又被拧断头颅，依然悬二尺白绫，书"寒谷雪娘"。

今秋八月十五，佳人三度结姻。要说亲王府重兵把守，外人如何能进？岂料

当夜吹灯拔蜡时，小爵爷吕兆亮突然口吐白沫，癫狂而死。事后"寒谷雪娘"遣人送来签名白绫，称七日前扮作老仆混入王府，在爵爷爱吃的桃花酥里下了慢药——七日死。

三桩良缘，皆被"寒谷雪娘"统统搅黄，樊桃花如何能受？骆、付、吕三家如何能罢休？这不，痛定思痛，三家联手悬赏三十万黄金缉凶不说，就连一向沉默的樊美人也抛出话来：谁能杀"雪"，她便以身相许！

虽然"寒谷雪娘"凶残变态，可谁又能抗拒黄金美人的诱惑呢？消息一出，前来杀"雪"者此刻已将寒雪谷围得严严实实。不过，燕七却暗自冷笑，因为除他以外，余者皆是天资平平之辈。哼哼，癫蛤蟆想吃天鹅肉，妄想！

燕七美滋滋地来到樊桃花身前，目光在佳人丰腴的身段上只一流连，登时就心跳加速，欲罢不能了。他急问："美人，你的允诺当真无假？"

可连问两遍，也不见回答，燕七这才发现，佳人那双含情妙目一直就盯在别的地方，扫都没扫他这个疯狂叫嚷杀"雪"的人一眼。

樊桃花盯着的是一个魁梧男子。那人一袭黑衣不说，头上戴着黑笠，连面上都罩着黑纱，虽说扮相怪异神秘，浑身却尽透英武之气。不过燕七目光碰到他时，他迅速低头躲开，好像极力回避着什么。

燕七不动声色，继续探问："美人，你的允诺当真无假？"

樊桃花哀叹一声，这才收回目光道："奴家三番蒙羞，恨不能将女魔头千刀万剐，无奈手无缚鸡之力，只得倚仗各位英雄，所以此刻赶来，就是要守谷口候佳音，不论是谁，只要杀了女魔头，奴家从此便是他的人儿！"

听得美人如此表态，还犹豫什么呢？燕七心花怒放，率领众侠少浩浩荡荡直入雪谷。谷里冰冷刺骨，阴森诡异。没走多远，燕七忽然发现那个黑衣人也混入队伍，紧跟着自己。

"你是谁？"燕七拔剑出鞘，一个灵鹞翻身，就向黑衣人刺去，不过尚未刺到，就听一个尖厉的女声在谷中猛然炸响："哈哈哈哈，你们这帮不自量力的东西，还没杀老娘，反倒先内讧起来了吗？"

语声未落，魅影已至，"寒谷雪娘"现身了！刹那间，无以数计的白绫自她手中抛出，铺天盖地向众人脖颈绞来，黑衣人拔剑当先，众侠少蜂拥在后，刀枪剑戟迎空舞，嘶鸣吼叫震天响，一场恶战开始了。燕七悄然收剑，躲于巨石后袖手静观。鹬蚌相争，渔翁得利。待到两败俱伤，才是他出手的最佳时机！

果如燕七预料，女魔头武功匪夷所思，不出半个时辰，那些杀她的冒失鬼就统统白绫绞喉，尸横遍地了。不过，黑衣人却是例外。他剑术精绝，一次次化险为夷不说，最后一剑居然刺中女魔头，女魔头惨呼一声，逃入青石洞穴，黑衣人拄剑喘息，毅然独立。

良机已到，燕七执剑跳出巨石，准备先杀了这唯一竞争者，再进洞去取女魔头性命。不料，黑衣人闪身躲开，扯下面罩大叫道："师弟，是我！"

燕七定睛一看，真是太意外了，黑衣人竟是自己的师兄霍正直！

霍正直，逍遥剑派最出色的弟子。六岁练剑，十岁技成，十五除三雄，二十震关东。这些年来，处处压在燕七头上，盛誉美名无不属他。此刻燕七做梦也没想到，霍正直年逾三十孤身不娶，竟然也在暗恋樊桃花！

"是的，我爱樊姑娘。"霍正直直言不讳，"这些年我孑然无妻，就是因为喜欢她。如今你们争先杀'雪'，我岂能落后？这不，怕你们这帮年轻师弟取笑，才不得已黑纱遮面而来。"

燕七心乱如麻，霍正直突然现身，完全打乱了他的计划。

"师弟，你还犹豫个啥？女魔头武功诡异莫测，眼下你我只有联手，才能取胜呀！"见燕七发愣，霍正直焦急地发起来誓来，"你放心，杀'雪'之后，我只要桃花。你年轻潇洒，有了三十万两黄金，还愁娶不上媳妇嘛？"

"好吧。"事已至此，燕七也只好答应。

"燕七，体贴我的好师弟呀……"霍正直眼含泪花，哽咽着说不出话来。

两人携手进入洞穴，出乎意料，洞里竟停着一口石棺。

那石棺乃天然青石开凿而成，棺身棱角突兀，和青石浑然凝于洞中；棺盖方方正正，用滑轮系绳悬于洞顶。燕七举目一瞧，心里陡然发寒：若绳索断裂，棺盖落下，不论谁陷身其中，要撑起几百斤重量怕是妄想。

女魔头躲哪里去了？难道这石棺是她暗布的退敌机关？两人屏息向石棺走去，猛然，棺中跳出一人，厉吼道："老娘都奄奄一息了，你们还不肯放过我吗？"

"闭嘴！你这凶残变态的恶婆娘，就算没有黄金美人酬谢，我们师兄弟今天也要联手杀了你，替江湖除害！"霍正直激昂拔剑，向燕七递个眼色，发出杀"雪"信号。

燕七腾身而起，和霍正直一左一右，成掎角之势，向雪娘扑去。原以为经历百人大战，又遭霍正直一剑重创，女魔头必束手就擒，岂料她杀招凌厉，哪有半点"奄奄一息"之态？燕七大感吃惊，心乱之下，利剑顿失灵锐。还是霍正直勇猛，几十招过后，逮机又刺中一剑，雪娘胸口血流如注，哀吼一声，就要和两人同归于尽。

"师弟，双剑合璧——"霍正直大叫一声，提醒燕七发动最后绝招。

逍遥双剑，锋利无比；一经合璧，谁人能敌？就在女魔头生死已定之时，燕七狡黠一笑，突然转身，将手中利剑刺向了师兄霍正直！

惊变突至，猝不及防。霍正直中剑倒地，愤然怒骂："燕七，你……你这个小人！"

燕七毫不理会，扔掉手中利剑，一步步向雪娘走去。

雪娘大愕："你为何帮我？"

"因为……我爱你呀！"燕七握住雪娘双手，无限敬仰地望着她说，"知道吗？这些年你叱咤江湖，想杀就杀，你就是我心中的女神呀！刚才他们围攻杀你，我按兵不动，就是因为爱你呀！"

雪娘娇身剧颤，四十年了，还从没有一个男人向她这样炽烈表白过，望着眼前玉树临风的青年，她脸上居然有了红晕。

不过，这一激动，伤口就疼上加疼，雪娘不得不叫燕七扶她进棺歇息。棺里锦褥绣枕一应俱全，雪娘躺下后，叫燕七进去陪她，于是，两人夫妻般同枕共眠起来。

"你真的爱我吗？"雪娘盯着燕七，似乎有点不信。

"嗯，不求同生，但求同死！"燕七重重点头，表明自己真心。

"真的吗？那……那你亲亲我吧！"雪娘双眼发光，期待地望着燕七。

叭——，燕七毫不犹豫，在雪娘脸上深吻一口。

"燕郎——"雪娘登时感动得泪水泫然，紧紧抱住燕七道，"我容貌丑陋，从小到大受尽讥笑。这些年，全江湖的男人都被樊桃花勾走了魂，看都不看我一眼，以至我年逾四十还是无人问津的黄花闺女，我恨樊桃花，更恨那些被她美貌俘虏的男人，所以我要一个个杀光他们，让姓樊的丫头也尝尝当老处女的滋味。可没想到，今天才发现自己错了，原来我还有人爱呀！"

真是个不寻常的女人！燕七伸手摸向袖中暗藏的小匕。哼哼，自己赴汤蹈火，冒死前来，不就为了樊桃花吗？所以，刚才必须倒戈。不过，他只是刺伤了霍正直执剑的双手，并没有取其性命，因为真正要取的，是女魔头的性命。可她白绫为器，石棺栖身，经百人大战仍屹立不倒，燕七怕呀，所以不得不作践自己接近她，趁其不备才能下手。

"燕郎，虽然我要死了，但临死能得到你的爱，此生无憾呀！"雪娘泪花闪闪，忽然向燕七诀别起来。

"你要——死了？"燕七大惊，难道自己露了破绽？

"傻瓜，我又不是铁人。刚才那一剑从胸口刺入心脏，我只是靠内力支撑才挺到现在。"雪娘嘴角溢出血来，忽然拽断垂于棺中的一根绳索，凄笑着说，"得成比目何辞死，愿作鸳鸯不羡仙。哈哈，有你陪葬，此生何憾？"

陪葬？燕七浑身大震，就听头顶隆隆作响，天呀，那是棺盖下落的声音。

"不，不……"燕七嘶声嚎叫，想跳出石棺，却被雪娘紧紧抱住，眼睁睁看着棺盖轰然盖上。可怜个燕七，没有三五个壮汉添手，那几百斤重的青石棺盖岂能再撑起？

原来，雪娘杀人太多，怕哪天仇家寻来泄恨虐尸，就开凿设计了这口石棺，准备死后为自己保个全身，没想今天还真派上了用场。

棺外，霍正直跟跄爬起，一步步走出洞去，嘿嘿，那个他魂牵梦萦的樊桃花正在谷口等着他呢。

双　侠

一个是玉树临风舞刀汉，

一个是娇娇如玉美人娘，

错只错，携匪劫银逍遥莲花山；

悲只悲，爱侣反目情断法场边；

拨云见日谜底现，水落石出道真章，

终成就一对侠侣江湖上。

　　这年冬，凉州城遭遇了百年未遇的强烈地震。顷刻间，城中房倒屋塌，百姓流离失所，灾情传到京城，康熙爷大发慈悲，急拨十万两皇银，派绿营军火速押赴赈灾。

　　谁知，凉州知府胡万能率一众百姓赶往驿道迎接时，十万两灾银竟被劫了！

　　胡万能目瞪口呆，惊瘫坐地。随去的百姓又气又愤，绝望中失声痛骂："是哪个黑心的王八羔子，劫了咱们的救命钱？"

　　这时，尸堆中忽然有人蠕动了下，众人定睛一看，不是城里当铺的钱掌柜吗？钱掌柜喘气半天，只说了"金燕子"三字，头一歪，死了。

　　这下，真如平地惊雷。金燕子平素除暴安良，行侠仗义，是西北一带公认的女侠，她怎么会劫银呢？

　　不过钱掌柜亲口指证，众人又不得不信。胡万能当即下令，张榜缉拿金燕子。次日一早，便有义士前来接榜。来者不是别人，正是与金燕子齐名的侠客草上飞。

草上飞和金燕子是近年来西北涌现出的一对年轻侠侣。两人师出同门，剑术精绝。出道后，剑挑肃州七魔，诛杀甘州五霸，百姓拍手称快，称他们为"双侠"。可就在众人认定他们将双飞双栖时，两人情海生澜，突然分道扬镳了。

此刻，草上飞拔剑发誓："大人放心，我一定铲除女匪，追回灾银。"胡万能欣喜点头，为草上飞壮行。临行，又提供了一条重要线索：女匪金燕子劫银后曾在莲花山一带出现。

草上飞快马加鞭，直奔莲花山而去。

莲花山上没有莲花，而是盘踞着一伙匪寇。带头的名叫张飞年，为人心狠手辣，百姓背地里都叫他"张阎王"。

那日，张阎王逛街巧遇金燕子，一见倾心，抛金掷玉疯狂追求。此举激怒了草上飞，两人拔剑相向，大战三天，最终草上飞败北而回。而金燕子也移情别恋，跟着张阎王上了莲花山，过起了呼奴使婢的好日子。

夜色中，草上飞乔装上山，但见山上大动土木，一派繁忙，抓住个喽啰一打听，原来张阎王为迎娶金燕子正修建大婚宝殿呢。

传言果真不假，金燕子若不劫银，哪有闲钱修建宝殿呢？草上飞这个气呀，摸进绣房一瞧，金燕子正躺在榻上睡觉呢。哈哈，天赐良机。草上飞迅速点住她的穴道，将女匪擒下山来。

女匪活擒，胡万能大喜过望，立即派人严刑拷问灾银下落。金燕子被打得皮开肉绽，却死活不承认劫了灾银。草上飞气得咬牙道："大人，跟她啰唆什么，拉出去斩首示众算了。"

开斩当日，菜市口人山人海。老百姓对金燕子吐痰扔石块，那个恨呀；对草上飞鼓掌竖拇指，这个夸呀。昔日双侠侣，转眼变仇敌。草上飞冷笑一声，决然道："哼，你嫁贼做妻，昧心劫银，落得今日下场，皆咎由自取，休怪我无情！"金燕子闻言，双颊挂冰泪，默默再无言。

眼看时辰已到，胡万能扔出监死牌，尖声宣布道："各位父老乡亲，侠士草上飞活擒劫匪金燕子，真是大义灭亲，大快人心，现在开斩！"

刽子手得令上台，金燕子绝望低头，就在这千钧一发之际，忽然马蹄滚滚，喊杀如雷，张阎王带着喽啰劫法场来了。

　　张阎王武功真是了得，砍瓜切菜般没几下子就撂倒一众官兵，将金燕子救下台来，绝尘而去。草上飞怒然拔剑，紧追不舍，也不知追了多久，才将张阎王拦下。

　　"你个手下败将，真是不自量力，居然敢送上门来！"张阎王纵声狂笑，狰狞拔刀，一众喽啰岂敢落后，纷纷亮出兵器将草上飞团团合围。草上飞奋力拼杀，誓欲擒敌，岂料金燕子突然出手，居然和张阎王联手对付自己。"好虎斗不过一群狼"，不出多时，草上飞就被张阎王和金燕子击倒在地，活捉上山。

　　"美人，如何处置？"张阎王端坐大殿，笑问佳人。

　　"哼，他既然不仁，我又何必顾义！"金燕子柳眉倒竖，咬牙切齿道。

　　"好，本王这便宰了这小子替你出气！"张阎王拔刀就要杀人。

　　"大王且慢！"金燕子忽然附耳过来，"杀了他，那胡万能又岂能放过我们？"

　　"哼哼，老子占山为王，他又能奈我何？"

　　"大王糊涂，自古匪不与官斗，若依此事结下梁子，恐怕莲花山从此再无宁日了。"

　　张阎王陷入沉默，思忖许久，开口问道："美人有何良策？"

　　金燕子杏目一挑："哼哼，交给我，给他弄个李代桃僵。"

　　张阎王还听得一头雾水呢，金燕子已命人将草上飞押往后山，关进神秘的莲花洞里。莲花洞乃山上禁地，平素除了张阎王外，谁都不可以随便出入。金燕子进去不久，就抱着一人出来，那人浑身僵硬，分明就是一具尸体。

　　金燕子神秘一笑："大王，我的易容术高明吧？"张阎王定睛一瞧，登时目瞪口呆，金燕子抱出来的尸体不仅长相和她一模一样，连身段居然也和她一模一样！

　　"大王，奴家已将草上飞处死，易容成我的模样，请您立刻禀报胡大人，就说金燕子已被正法。"金燕子面色含春，娇羞一笑，"这样，奴家就能和你日夜厮守了。"说罢，催促张阎王赶紧报官，她则轻盈转身，再次藏进莲花洞里。

　　张阎王依言而行，急忙派人禀报胡万能。劫匪伏法，胡万能率领一众官兵风火赶来，等仵作验尸后，紧蹙的双眉缓缓打开，趾高气扬地对张阎王斥道："本官念你剿匪有功，劫法场一事暂不追究，奉劝你好自为之，往后安分守己，再若兴风作浪，绝不轻饶！"

话音未落，忽然远处一阵异响，只见从那连花洞里猛然蹿出一人，竟然是草上飞！张阎王倒吸一口凉气，金燕子不是将他处死了吗？

草上飞一见胡万能就大声呼叫："大人，您快进来看呀，援疆银藏在莲花洞里，劫银的就是他张阎王呀！"

"一派胡言！劫匪金燕子已经伏法，怎么会是张阎王呢？"胡万能拂袖一挥，满面怒色。"大人，金燕子伏法为实，草上飞血口喷人，你还跟他啰唆什么。赶紧杀了，免得夜长梦多！"张阎王狰狞一笑，鬼头刀就已出鞘。奇怪的是，胡万能对草上飞的禀报充耳不闻不说，居然示意手下和张阎王一并动手擒拿起草上飞来。

"姓胡的，原来你和草上飞狼狈为奸！"草上飞恍然彻悟，急忙拔刀杀敌。一时间，官兵和匪寇将他团团围住，寸步难移。

"住手！"万分紧急关头，莲花洞里又冲出一人，正是藏匿进去的金燕子。金燕子跳入战团，拔剑解围，边战边骂："哼，狗官，你们狼狈为奸，今日我俩拼却一死也要讨回灾银，为民除害！"

"到底弄的什么名堂？她不是死了吗？怎么又冒出一个活的来？"胡万能怒目瞪着张阎王，厉声质问。

"这个，这个……我也不知道呀！"看着突然出现的两个金燕子，张阎王也目瞪口呆。

"狗官，当日你为了劫银，让官兵杀死了我的姐姐金燕子，告诉你，我是她的孪生妹妹银燕子！"原来，那日得知赈灾银到来的消息后，胡万能指派手下暗中劫银时被金燕子发现，金燕子拼却性命，眼睁睁看着赈灾银被劫了去。银燕子强忍悲愤，冒充金燕子身份，获得张阎王信赖来到莲花山，将姐姐尸体悄悄藏在莲花洞里时，发现了被盗的灾银，原以为是张阎王所盗，岂料是他和胡万能私下勾结，贼喊捉贼。

"管他金燕子银燕子，给我格杀勿论！"胡万能气急败坏，指挥手下杀人灭口。

"啊呀呀，你这老鬼，当初你分银克扣不说，居然还真的杀了金燕子呀？奶奶的，我这些年独居深山，连个夫人也讨不上，我是真心喜欢她咧！"听闻胡万能杀了心上人，张阎王彻底不干了，哇哇大叫一声，突然倒戈，抢刀向胡万能砍去。

胡万能做梦也没想到，为一个女人，这个土匪头子翻脸比翻书还快，还未顾上痛叫一声，脑袋就已搬家。

眼看无力回天，情势却突然逆转，银燕子和草上飞相视一眼，准备联手擒拿张阎王。

"你姐死了，我抢一堆银子还有鸟用！"张阎王惨笑一声，抱着金燕子尸体一步步走下莲花山，不知所踪。银燕子和草上飞遣散了山上喽啰，将赈灾银全部发放给受灾百姓，继续行走在西凉古道上，从此，人们发现江湖上又出现了一对"双侠"。

蜂　扣

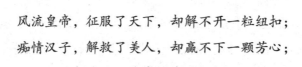

风流皇帝，征服了天下，却解不开一粒纽扣；

痴情汉子，解救了美人，却赢不下一颗芳心；

都道是，蜂毒再毒也可解；

却原来，人心再纯竟难知。

　　乾隆生性风流，当皇帝不久，就张罗起选秀女的事来。他御旨一下，储秀宫总管胡大海立即着手操办。不到三天，近千名满族少女便被送进神武门应选。

　　然而这清宫选秀可不是简单的事儿，程序繁杂不说，而且规矩极多。论相貌，比气质，经过一轮轮筛选，最后进入储秀宫面见皇上的不过十人。所以，这十人个个色艺双绝，全是百里挑一的美女！

　　这当中有个叫婉兰的，生得凝脂玉肌，冷艳绝美。胡大海举荐上去后，乾隆立即封为贵人，当夜就命她侍寝。谁知扶上龙床，这婉兰怎么都不肯脱衣。乾隆以为她害羞，就亲自动手去帮她解扣。一解，才发现她贴身的红肚兜上，居然缀满了状如蜜蜂的布扣！

　　那扣儿，外形和蜜蜂一模一样，须翅灵动，色彩斑斓……乾隆哪见过这等奇特的扣儿？正掂拈细瞧，忽觉指上猛地一痛，还没明白怎么回事，整个人就晕乎乎栽倒过去。待天明醒来，只见自己和衣躺在榻上，而婉兰早就回储秀宫去了。

　　乾隆大奇，第二天夜里又把婉兰召来。这回，他吸取昨晚教训，先用黄绢包严手指，再小心翼翼去解蜂扣。然而，手刚一触碰，人还是疼得昏厥过去。次日醒来，乾隆恼羞成怒，派侍卫将婉兰押上大殿，横指骂道："大胆妖女，胆敢戏

弄朕，给我拉出去砍了！""万岁；你错怪臣妾了！"婉兰扑通跪下，登时哭成个泪人儿。乾隆摆手让侍卫退下，怜爱地扶起她，问道："美人，这蜂扣……究竟是怎么回事？"哪知婉兰摇头如播鼓，说秀女衣饰全是储秀宫赏赐，至于为何能让人昏迷？她也茫然不知。另外，她自己也昏迷过好几回呢。

乾隆立刻传胡大海上殿问话。胡大海战战兢兢想了半天，忽然一拍脑门，说出件怪事来：选秀那天，神武门里挤进个叫吕清的货郎，居然要在秀女中寻找他的妻子媚娘。守卫以为是个疯子，就用乱棍把他打出去。那小子走时，把肩挑的货郎担留了下来，守卫们见担子里全是扣子，就交给了主管衣物的内务府……

正在这时，内务府派人来报，说有宫女猝死。乾隆过去一看，那宫女手指发青，口吐白沫，验尸的太医说她中了奇异的蜂毒！一查，原来那天蜂扣交上来后，内务府正巧为入选的秀女赶做绣袍，顺手就用上了。而这宫女，正是当天负责缝扣的。这一下，后宫一片混乱。因为除了婉兰，还有好几个秀女的肚兜上，也缝了这种蜂扣呢！

看到一粒小小的纽扣，居然能置人于死地，乾隆又惊又怒，立即命胡大海带兵缉捕吕清。然而搜遍京城，也不见吕清的影子。乾隆闷在宫里，正为不能亲近婉兰而苦恼，胡大海突然从宫外带来喜讯，说百花山上有个双口大仙，此人善养奇蜂，有望祛毒解扣。乾隆一听，二话没说，带上侍卫来到百花山。

百花山位于京城西郊，山上百花齐放，蜜蜂成群。乾隆一上山就被一只只体形硕大、五颜六色的蜜蜂惊呆了。他哪见过这样稀奇的彩蜂？折柳打了一只想看看，不料一招惹，整个蜂群铺天盖地袭来，幸好山上有间草房，乾隆和侍卫吓得赶紧躲了进去；但很快，蜂群又将草房围住，并且钻进门缝发起进攻。乾隆和侍卫急得手忙脚乱，心想，这回肯定完了。这时候外面突然响起一阵笛声。奇了，听见笛声，蜂群就像得到命令一样，登时放弃攻击，全部掉头散到花丛中采蜜去了。

乾隆出门一瞧，就见门外一人横笛而吹，看上去年纪很轻，但却长着一尺多长的白胡子。这不就是仙人吗？乾隆激动地大叫道："老人家，你奏笛驱蜂，救了朕性命。你一定是双口大仙吧？"

那人没有回答，只是冷冷地望着乾隆。乾隆心想，肯定是心疼打死了他的彩蜂，要不然他这眼神，怎么像看仇人似的？于是赶忙拿出两个金元宝说："大仙，这是朕打死你蜂儿和你救朕性命的赏赐，请先笑纳。另外，你若能帮朕解开婉兰姑娘的蜂扣，朕还有重谢！"

双口大仙闻言冷笑："对不起，老夫只是个养蜂人。万岁爷解不开人家姑娘的衣扣，应该去妓院向那些花客求教呀！"说罢，将元宝扔在地上，径直进了草房。一听这话，乾隆臊得满脸通红。但他并不死心，一边解释蜂扣的事，一边敲门央求，然而敲到日落西山，那双口大仙仍置若罔闻。乾隆垂头丧气，正准备回去呢，双口大仙突然推门而出，将他拦住："万岁爷，不见婉兰姑娘，你叫老夫解什么扣？再说，你带这么多侍卫，这扣……又叫老夫怎么安心去解？"

乾隆一听，明白了，原来大仙喜欢清静。于是连夜返回宫中，第二天一早，只带上婉兰一人，重新来到了百花山。

然而一上山，乾隆就发现山上静谧无声，成千上万只彩蜂一夜之间居然全不见了；再看满山鲜艳的野花，也被掐了头，一片狼籍。这可奇怪！乾隆问双口大仙是怎么回事？谁知一见婉兰，双口大仙似乎被她绝世美貌打动，整个人完全呆了；而婉兰也被双口大仙的"仙风道骨"迷住了，两个人你看我，我看你，把乾隆晾在一边。半晌后，双口大仙才恢复常态。他想了想，叫乾隆到房外静候，说要单独给婉兰施法解扣。

乾隆满腹狐疑地等了半天，双口大仙才走出草房。一看他冷峻的神情，乾隆就感觉情况不妙。果然，双口大仙连连摇头，说婉兰的扣里被吕清包满了蜂刺，那刺奇毒无比，只要一解，就会蜇人手指，轻者当场昏迷，重者不日丧命。

乾隆急了："你法力高强，难道也解不了？"

双口大仙冷冷一笑："办法倒不是没有，不过，还得请万岁襄助！"

乾隆忙问："什么法子？"双口大仙神秘一笑，说："眼下只有老夫驯养的彩蜂，才能解开此扣。"乾隆听傻了："彩蜂无手无脚，怎么解扣？再说，蜇了人咋办？"

双口大仙一脸认真地向乾隆保证，他的彩蜂已驯出灵性，虽不能像人那样动手，但却能咬破蜂扣，把扣里藏的毒刺全部叼出，而且，绝不会蜇伤婉兰的身子。

乾隆虽然将信将疑，但再无别的法子，只好又问："那你叫朕如何襄助？"

双口大仙指指旁边一个山洞，说："彩蜂全关在洞里。等一会老夫施法时，

万岁只要搬开堵住洞口的石头，把它们放出来即可。"

乾隆一想昨天被彩蜂追袭的情形，有些害怕。双口大仙早有准备，递给乾隆一个瓷瓶，说里面是他特制的百花酿，然后一边返回草房施法，一边反复叮嘱："万岁切记！只要把百花酿抹在身上，彩蜂就不敢蜇你。"

乾隆打开瓷瓶，气味腥甜熏人，他闻着过敏，就没多抹，赶忙搬开石头放蜂。刹那间，成千上万只彩蜂从山洞蜂拥而出，然而它们并没飞进草房去解蜂扣，而是劈头盖脸向乾隆蜇来。乾隆赶紧往身上涂抹百花酿，谁知越抹彩蜂追得越多。乾隆吓傻了，急忙又向双口大仙求救。谁知，双口大仙不但不救，反而指着乾隆鼻子破口大骂："狗皇帝，你贪恋女色，霸我娇妻，今天不蜇死你，难泄我心头之恨！"

乾隆大惊失色："你到底是谁？这究竟怎么回事？"

双口大仙冷冷一笑："实话告诉你，我就是你四处缉捕的货郎吕清。而婉兰，便是我未过门的媳妇——媚娘！"

原来，乾隆下了选秀女的御旨后，胡大海发现入选的没几个能上眼。为了献宠，他派人四处寻访，终于发现了貌美如花的媚娘。当时媚娘名花有主，刚许给养蜂为生的吕清。胡大海不管，说鲜花岂能插在牛粪上？先送钱，后恫吓，硬是逼着媚娘爹娘把女儿改送进了宫。

吕清知道后，悲愤交加。为了保住媚娘的女儿身，他戴上坚韧的獐皮手套，裁布穿线，抓蜂拔刺，连夜赶做了一担子蜂扣，趁着选秀巧妙地送入皇宫，然后躲进百花山，专等乾隆上钩。

乾隆听罢，疑惑地问："既然如此，那昨天你为何还要救朕？"

吕清说："我所做的一切，全为救出媚娘。昨天你没带她来，我只有放你回去，等今天再让蜂儿收拾你。"

说到这里，蜂群已将乾隆团团围住，乾隆痛苦地闭上眼睛，心想吾命休矣！千钧一发之际，媚娘突然冲出草房，一把夺过乾隆手中的瓷瓶，将瓶里的百花酿泼在吕清身上。

这一泼，怪事发生了，成千上万只彩蜂立刻掉转方向，居然全向吕清扑去。登时，吕清被裹成个花花绿绿的"蜂人"，惨叫着滚倒在地。媚娘理都不理，拉着乾隆就往山下跑。

这是怎么回事？乾隆又惊又愕，完全蒙了。

下山后，媚娘告诉乾隆，那百花酿根本不能驱蜂，而是用山花酿的专门引蜂的蜜水。吕清为了惩治乾隆的花心，故意把彩蜂关进山洞，饿了一夜的彩蜂，一嗅见百花酿，自然"六亲不认"。至于她倒戈相救，是因为她已喜欢上了宫里尊贵奢华的生活，实在不想回来再跟吕清过这苦日子了。

乾隆难以置信地望着媚娘，这样一个嫌贫爱富、忘恩负义的女子，他又怎敢带回宫去宠爱呢？选秀一场，到最后竟是这样一个结果，乾隆哭笑不得。回宫后，他立即惩办了胡大海。从此励精图治，终于成为一代明君。

而另外几个秀女身上的蜂扣，后来被聪明的太监戴上獐皮手套一拔，就全下来了。因为，那压根就不是个棘手的事儿么。

相思汤

痴情女，难断相思，当街熬汤觅情郎；
负心汉，抛却相思，乔装行善藏暗算；
机关算尽难逞意，多行不义必自毙，
渡尽劫波拥真爱，鸳鸯香汤传千古。

"三和居"是成都城里数一数二的大酒楼，坐落在最繁华的春熙路上，两年前，前掌柜莫大寿出事后，就被齐胖子低价盘下，聘了江浙烹饪界无人不知的妙手韩桐亲自掌厨，都说新人新气象，可不，这一换人，三和居果真"天地人"三和齐聚，一下子生意昌隆起来。

谁知这天，对面街上忽然来了个村姑模样的女子，当街挑块布帘，支口汤锅，吆喝着卖起汤来。要说这地摊买卖，怎能跟大酒楼抗衡？可哪料这女子一开张，一下子就轰动了整个成都城。原来她这佐料倒也平常，无非就是些葱花鸡骨，但熬出来的味却奇香无比，让人一尝上瘾，回味无穷。更奇的是，这汤喝到最后，碗底的油沫会突然变红，用嘴一吹，就如女子的胭脂泪一般，滴滴漂浮，哀艳之极。因此没几天，不仅春熙路上的行人被勾走了魂，就连三和居里的老常客也风闻而去，还四处传说：与其吃顿三和居烩宴，还不如品口村姑香汤。

看到如此情形，齐胖子气得眼珠子发蓝，派韩桐过去一打听，才知这女子名叫荷香，广东惠州人氏，自幼父母双亡，和同村一个叫水生的青梅竹马长大。本是郎有心，妹有意，该到谈婚论嫁的时候了，可偏偏水生好强，听说四川一带辣椒畅销，非要押一批干椒去贩，说赚了钱再回来和荷香成亲。哪知这一去就是两

27

年，荷香日日等，夜夜盼，相思的泪水流了一遍又一遍，始终也不见水生回来的影子，万分焦急之下，只好亲自冒险寻来。至于这熬汤相卖，实在是迫于途中生计，不得已而为之。

齐胖子听完韩桐细禀，就腆着肚子踱到荷香摊前追问道："姑娘，你卖这汤当真是为了寻找青梅竹马的心上人？"荷香闻言先是一羞，继而哀声叹道："小女和水生哥情投意合，若不是寻他，又何必奔波千里来受这苦？""姑娘果然痴情。"齐胖子轻轻一笑，突然从怀里掏出件玉佩，在荷香眼前一晃道，"你看，这是什么？"

荷香抬眼一看，登时惊喜得大叫起来；"这是我给水生哥的定情信物，怎么会在你的手里？"齐胖子长叹口气，压低声音告诉荷香，两年前水生贩完干椒，在三和居吃饭时，被地痞石麻子盯上了梢，当时水生为了自卫，失手捅瞎了石麻子的眼睛，不料那小子在官府有熟人，到堂上反咬一口，水生就被关进了冤狱。至于这定情玉佩，则是水生打斗时掉落在店里，事后被他捡到而已。

荷香听罢，犹如当头挨了一棒，身子一软，就要瘫倒。齐胖子赶忙将她扶住，见时机已到，这才嘿嘿笑道："姑娘切莫伤心，成都府尹与我私交甚好，只要你将这熬汤秘技传授于我，我在他面前美言几句，便可放你家水生哥出来。"

事情到这个份上，荷香才知齐胖子兜兜转转，原来是在觊觎自己汤技。虽然心有不悦，但为了救人，也只好点头同意。齐胖子大喜过望，当下把荷香接入酒楼，告诉她三天后有人订了一场大宴，亲自要跟荷香学汤。

荷香微微一笑，也不多问，从支锅注水到火候配料，手把手地教起了齐胖子。哪知两天两夜过去，眼看天亮后就要开宴，可偌大的汤锅里竟不闻丝毫香气！齐胖子正在纳闷呢，荷香突然递给他一包七彩香粉，反复叮嘱道："这是我家祖传的香汤底料，必须要在汤成熄火前一刻钟调入锅中，才起奇效。切记切记！"齐胖子如获至宝，兴奋得连忙将香粉收好。要说汤技学成，该是他兑现承诺的时候了，可谁知趁荷香不备，他摸块板砖，狞笑着就砸向荷香脑门。可怜个善良的荷香，还没明白怎么回事，就惨叫着倒在地上……

齐胖子为何要毒害荷香?事情还得从几天前说起。

原来，那天齐胖子正在为食客流失的事大伤脑筋，店里忽然走进个年轻后

生，那小子不仅要一次订四十桌婚宴，更点名要每桌宴上必备一道荷香的"相思汤"。眼看齐胖子犯难，他嘻嘻一笑，从怀里拿块玉佩出来，告诉齐胖子只要拿它在荷香面前一走，不仅三和居生意会重新昌隆，而且荷香还会将熬汤的绝技自动献上。齐胖子虽然"心领神会"，但一想与这小子非亲非故，他怎会白送便宜给自己？果然，那小子见齐胖子动心，立马说他跟荷香有仇，要齐胖子将汤技骗到手后，神鬼不觉地替他除掉荷香，一听他借刀杀人，齐胖子大吃一惊，哪能听从？不料那小子脸色一变，一下子搬出两年前齐胖子"杀人夺店"的事要挟起来。齐胖子这才认出他身份，当下慌忙服软，只得狠心应承下来。

此刻见荷香气息全无，齐胖子急忙将她装进麻袋，谎称是汤渣废物，叫韩桐扔进后院枯井，然后叫醒沉睡的伙计，准备天亮开宴。

天一亮，宾客陆续而来。那年轻后生身着吉服，手挽新人，一边拜堂行礼，一边向齐胖子使眼暗探情况。齐胖子冷冷一笑，将荷香交给的七彩香粉加入汤锅，心想：哼哼，看老子今天怎么狠诈你一顿！

要说真奇，只见那彩粉一入锅，刹那间便满店飘香。齐胖子兴奋不已，立即命韩桐盛汤上宴。不料，汤刚一上桌，怪事就发生了，只见汤钵中葱花粉末飘飘浮浮，突然堆聚出两个栩栩如生的人形来：一个慈眉善目，正是三和居前掌柜莫大寿；另一个脑满肠肥，不是齐胖子是谁？众人又惊又奇，忍不住用嘴一吹，就见那汤面登时一变，汤中原先笑眯眯的齐胖子突然拿出根长绳，绞在莫大寿脖颈上咧嘴狠勒起来。"呀，杀人汤，杀人汤！"在一片惊叫声中，汤中莫大寿的身子慢慢变红，汤面也再次一变，一钵香汤顿时成了暗红的鲜血！四十桌子，汤汤如此。

看到这样的奇景，所有人愕得目瞪口呆。突然，那年轻后生捧着汤钵放声大哭起来："师父啊，原来你是被齐胖子给害死的呀！你死得可好冤哪！"宾客中有两人正是被年轻后生特意请来查当年莫大寿死案的捕快，此刻被他的哭声一提醒，立即就向齐胖子围了上去。

齐胖子做梦也没想到，两年前因为眼红三和居生意，和一个店伙计里应外合，杀死莫大寿的一幕，竟会如此惟妙惟肖地展现在这神奇的汤中。但他毕竟老练，一口咬定是汤被做了手脚，借故跑回后堂想溜之大吉。后堂里汤香弥漫，齐胖子实在好奇，攀上大汤锅想再看个究竟，突然就听身后有女人冷冷笑了一声。奇怪！后堂里怎会有女人？齐胖子扭头一看，果真就见身后站着一个女子，披头散发，脸色苍白，居然竟是被他打死的荷香！

"鬼呀！鬼呀！"齐胖子吓得汗毛直竖，慌乱中一头栽入沸腾的汤锅，惨叫着再也没能爬出来。年轻后生闻声赶来，猛然见荷香在场，顿时愕得脸色煞白。半晌，他才缓过神来，上前抱住荷香，激动哭道："好妹妹，一早不见你影子，以为遭了齐胖子毒手，没想到你还活着呀！"荷香也感动得失了声："水生哥，我答应过要替你师父报仇的呀！"

原来，这年轻后生正是水生。那日荷香一摆上摊，他就闻讯而来。要说异地相逢，该是何等高兴的事，哪知他却耷拉个脑袋，抹着泪说，两年前贩完干椒，见莫大寿厨艺高超，就拜其为师，想学些手艺回乡后也开座酒楼，不料技未学成，莫大寿就被齐胖子害死。荷香听了心软，就按他的计划继续卖汤，他则以婚宴必备"相思汤"为由，催逼齐胖子上钩。于是，两人就合演了这一场复仇双簧。原本是想借荷香家传汤技当众昭示齐胖子罪行，迫使他认罪伏法，不想齐胖子竟自落汤锅，看来多行不义必自毙，也是天意如此。

这时沉冤得报，荷香深情地望着水生，以为终于可以跟他回乡成亲了，不料水生一把掐住她脖子，狞笑着就往锅里狠按。"水生哥，你干什么？"荷香大吃一惊，拼力反抗，眼看就要遭了毒手，这时突然冲进来一人，一棍打倒水生，才将荷香从魔掌中救下。

出手相救的正是韩桐。他见荷香还在发愣，急忙冲她提醒道："姑娘快走，这小子要害你呢！""不可能！不可能！"荷香难以置信地望着水生，惊愕得连连摇头。

"姑娘真是太善良了。你以为他真是莫师父的徒弟吗？"见荷香仍蒙在鼓里，韩桐这才告诉荷香，当年杀害莫大寿的，除了齐胖子，另一个人就是水生！

原来，当年水生同样眼红三和居生意，和齐胖子合谋害死莫大寿后，因为分赃不公，便一直怀恨在心。而荷香的到来，恰恰为水生提供了报复的机会。韩桐说："姑娘，他本想一箭双雕，既除掉齐胖子又甩了你，却没想昨晚你竟被我救了下来。"

荷香一脸茫然："韩公子，我对他一往情深，他为何要如此待我？"

韩桐苦苦一笑："姑娘一味痴情，却不知他今日假戏真做，你去前厅看看，他娶的新娘子正等着他入洞房呢。"接着又说："实不相瞒，我才是莫大寿唯一的徒弟，早些年出师后一直在江浙操厨，听到恩师罹难后返回来，明为齐胖子掌厨，实则是抓他把柄呢。"说着，向外一唤，先前堂里的那两个捕快一拥而入，几下子就将正欲爬起的水生五花大绑了去。

看着水生被押走，荷香这才如梦初醒，不禁洒泪悲叹道："冤家呀，想不到分开两年时间，你竟作孽如此。而今枷锁缚身，也是报应！"回过身来，望着俊朗正直的韩桐，想到他危难中两次出手搭救，感激得不知如何回报。

韩桐嘻嘻一笑："姑娘不仅善良多情，更熬得一手好汤，如今三和居百废待兴，你若真要谢我，那……那就做我媳妇吧！"

荷香满脸绯红，羞得低头就走，却一头撞进韩桐怀里。

当天，韩桐就对三和居全面整修，等重新开业的时候，荷香又做了一道香汤，汤中不仅有个大大的"情"字，更有两只鸳鸯浮来浮去。从此，这汤就改名"鸳鸯汤"，一直流传下来。至于这汤中出字出画的奥秘，可就没有人说得清了。

绝命刀

行侠除恶五壮士，为一个孝字，且饶你不死；

打铁锻刀石老汉，为一个义字，誓重新做人；

杀人魔王藏镇上，登门造访布罗网，

忘恩铁匠为银两，磨刀霍霍费思量；

千夫指，万户唾，绝命神刀终打磨；

猜不透，想不破，舍身成仁美名播。

清末，西北一带马匪出没，悍盗横行，但凡出外走动的男子或是职业刀客，都要随身携刀一把，前者防身自卫，后者则炫耀扬名；如此刀一走俏，那些铸刀的匠铺自然雨后春笋般林立起来。然而这打铁铸刀可不是随手捏面人的活儿，讲的是真功夫、实本事，没有一套绝活是挺不下来的。因此，那些鱼目混珠的匠铺开得早，败得也早，到最后，在沙堡子镇上屹立不倒的，只有石铁匠的"绝命刀铺"。

石铁匠祖籍新疆和田，早年流落到陕甘一带，凭祖传手艺，打铁铸刀为生。别人铸刀，讲究的是烈炉中熔铁，钢槽里定模，并由青壮添手轮番挥锤，分别锻击锋、脊、从、锷、柄五部，九炼三淬，趁热快打，然后至少花半月时间磨砺，方可铸造得一口好刀。然而石铁匠打刀，却是只身独锤，不紧不迫；熔铁时先沏上一壶老茶，定模时一边品茶一边擂锤，左敲敲，右打打，声音轻得就跟弹棉花一样。更奇的是，刀模铸好，并不淬火，而是冲刀上连喷三口冷茶，在一片白汽腾腾里，活完，刀成；然后也不磨砺，封存三日，便挂店出售。

起先几年，刀客们谁都嗤之以鼻：这个铸法，怎能出来好刀？但石铁匠仿佛置若罔闻，依旧我行我素，不仅打出了长刀、短刀、柳叶刀；朴刀、弯刀、鬼头刀；更打出了割稻用的锲刀，收麦用的镰刀，并且要价都不低。

直到后来，有个叫沙里飞的刀客放胆买了一把，一刀砍了马匪头子马阎王后，人们才如梦初醒，纷纷认错求刀，一时刀铺门庭若市，石铁匠声名大振，并因他铸的刀一刀绝命，故而送匾称其为"绝命刀"。

然而这刀生来就是双面利器，刀客用它惩恶扬善，匪盗用它杀人越货。那年头，刀客稀绝，匪盗横行，其实石铁匠铸的刀八成都落在了匪盗手里。连续几年，匪盗们仗着石铁匠铸的利刀，打家劫舍，为祸乡里，弄得民怨沸腾。老百姓表面上不敢声张，背地里都戳着石铁匠脊梁骨痛骂，以至于他年逾四十，也没一家肯将闺女嫁他为妻。可惜石铁匠却蒙在鼓里，每日按部就班，依旧醉心铸刀，甚至还为自己铸的刀走俏而沾沾自喜。

这年冬上，石铁匠突然接到家书，说老父病逝，他急忙关掉刀铺，回和田奔丧。从沙堡子镇到和田有两条路，一是穿嘉峪关的官道，一是翻镜铁山的小路。石铁匠急不择路，冒险翻镜铁山，被"镜铁山五义"捉住，押到了"忠义堂"。

这"镜铁山五义"是活跃在镜铁山一带的五个年轻勇士，他们洒血结义，行侠除恶，是那年头西北为数不多的真正刀客。

此时见石铁匠被活捉，五义横指齐骂："好你个发昧心财的石铁匠！你助纣为虐，残害无辜百姓，今日送上门来，正好剁了以谢苍生！"

石铁匠闻听大惊："壮士住手，俺老石铸刀开铺，手艺吃饭，讲究的是你买我卖，公平交易，何谈欺客昧心？还请壮士明察。至于助纣为虐，祸害百姓，这更是从何说起呀？"

"大胆铁匠，居然还想狡赖！"五义拍案而起，五把刀齐刷刷架在石铁匠颈上。石铁匠拼命挣扎，大喊冤枉："壮士呀，俺老石兢兢业业铸刀，本本分分为人，今天落此下场，自知难逃活口，但死也要让俺死个明白呀！"

"好，那就让你当个明白鬼！"五义见他神情委屈，一脸苦相，就收刀问他："沙里飞你可认得？"石铁匠点点头说："认得呀。"五义又问："你铸的刀多半可是卖与了他？"石铁匠又点点头说："对呀，他可是第一个买俺刀的人呢。"五义冷声暴喝："那你还装什么糊涂。沙里飞杀了马阎王后自立为王，用你卖给他的刀为害四方，这不算助纣为虐又算什么？"

什么？石铁匠闭门铸刀，做梦也没想到沙里飞竟是人面兽心的马匪头子！他悔愧交加，低头无话可说。只是一想自己身死异地，不但不能见亡父最后一面，更不能为父扶柩守陵，当下悲从中来，放声大哭。五义见他如此恸哭，一问事情原委，就动了恻隐之心，遂放他下山。

石铁匠难以置信，扑通跪地，拜谢不杀之恩。五义扶他起来，冷冷道："你也不必称谢。只因你实不知情，且孝心敬父，我们才感你人性未泯，放你回去。不过你以后铸刀也要扪心自问，切不可再为几个臭钱助纣为虐，不然，我们兄弟必取你狗命！"

石铁匠拱手洒泪："不杀之恩，定当图报。金玉之言，一生铭记！"

石铁匠匆匆赶回和田，安葬了老父，刚回到沙堡子镇上，就听街坊百姓奔走相告，说镜铁山五义要向沙里飞挑战。他闻讯振奋，立即推掉所有上门生意，决定要倾心铸把真正的绝命刀，赠给五位义士让他们为民除害。然而万万没有想到，刀刚铸好，沙里飞却捷足先登，破门而来！

原来这次决斗，双方势均力敌，沙里飞为稳操胜券，自然就想到了石铁匠的绝命刀，因而火速赶来，强横再求。石铁匠心中叫苦，刀若给他，自己背信忘恩，往后有何颜面活于世上？若不给他，自己身单力薄，又如何能看护留住？

眼看沙里飞将刀夺走，石铁匠灵机一动，突然叫道："大王且慢，这刀——还不能用！""胡说，你敢骗老子！"沙里飞眼露凶光，一脸狐疑地盯着石铁匠。石铁匠面不改色道："大王不知，俺先前铸刀不磨不砺，名为绝命，实却不符。而今大王若要以此刀取胜，必要待俺再磨上三日，方能真正一刀绝命。"沙里飞见他语气恳切，就信以为真，在镇上静等起来。而石铁匠也一连三日闭门霍霍，果真头一次砺起刀来。

这日黄昏，镜铁山五义如约而至，沙里飞慌忙冲进匠铺取刀，然而除了看到一把空空的刀鞘，先前锋利的刀刃竟被石铁匠磨成一堆碎屑！"娘的！这刀怎么用？"沙里飞见状，肺都气炸了。石铁匠却呵呵一笑："大王莫急，你先用别的刀抵挡一阵，这绝命刀待俺装鞘后就亲自给你送来！"

情势紧迫，沙里飞顾不上跟石铁匠磨牙，只好吞气作罢。不过，他生性狡诈，为能彻底消灭五义，还是暗备了一手。战至中途，只见他一声呼哨，那些早已埋伏四周的喽啰蜂拥而出，刹那间刀枪矛戟当空舞，嘶鸣吼叫震天响，将镜铁山五义团团围住。五义虽然骁勇刚猛，但毕竟"好虎斗不过一群狼"，混战中逐渐气血亏损，体力不支，不到一炷香工夫，皆束手就擒。

沙里飞欣喜若狂，当下喝令搭起刑台，就要将五义斩首示众。就在围观百姓纷纷惋惜落泪时，谁都没想到，石铁匠信步走来，竟然将绝命刀递到沙里飞手里。

襄助贼寇，诛杀恩人，这石铁匠莫非疯了？镜铁山五义气得双目喷火，围观百姓也戳指咒骂，唯有沙里飞大喜过望，砍头剁人，他正愁没有一把利刀呢。伸手去接，不料石铁匠突然把刀往地上一丢，电光石火间从袖中掏出一把匕首，迅速抵在他脖颈上，厉声吼道："自古决斗讲究公平，你以众欺寡，算什么汉子！"

沙里飞大惊，颤声问道："你待如何？"石铁匠冷冷笑道："听着，快放五位义士离开，不然，俺一刀宰了你这王八羔子！"

惊变陡生，猝不及防。沙里飞没想到石铁匠敢和自己作对，虽然牙根恨得发痒，但为保狗命，也只好依言下令，命众喽啰放人。

捆绑松开，镜铁山五义不禁惭愧跪下："石兄，我们兄弟有眼无珠，刚才错怪你了。""哎呀，壮士快走。保全你们性命，日后还要靠你们行侠仗义呢。"石铁匠只顾催促，却不料沙里飞趁机缩头一闪，反手夺过他手里匕首，猛地倒插进他心口。可怜个忠厚仁义的石铁匠，哼都没哼一声，就一头栽倒过去……

镜铁山五义愣在当地，还没来得及起步，就又被众喽啰挺枪舞刀团团围住。沙里飞反败为胜，狞笑着从地上捡起绝命刀，跨过石铁匠尸体，恶狠狠地朝五义扑来。

谁知到了近前，他随手一拔，那刀却怎么都抽不出鞘来。这可奇怪？沙里飞立即叫过一名喽啰抓住刀鞘，自己则双手紧握刀柄，龇牙咧嘴往后猛抽，劲道一足，只听嘭的一声，竟然抽出一截断柄。这是怎么？难道刀断了？就在沙里飞怔愣瞬间，奇迹发生了，只见细如牛毛的碎屑铁刃犹如满天花雨般从刀鞘中激射弹出，顷刻扎得他满脸满身都是。"啊——"杀人不眨眼的马匪头子痛苦地捂脸倒地，像血刺猬一样乱滚乱撞着，渐渐没了声息。

原来那天石铁匠急中生智，先在鞘里按了机簧，又把利刃磨成碎屑，索性灌装进去把刀完全改装。好个石铁匠，这一改好生了得，沙里飞一拔刀柄，自然牵动机簧送了狗命。而那些喽啰早就被这绝命怪刀吓得魂飞魄散，见沙里飞一死，纷纷丧家犬一样落荒而逃了。

镜铁山五义洒泪安葬了石铁匠，带着他改装的绝命刀，从此一边行侠仗义，一边向人们宣扬他智灭贼寇的故事。

离魂歌

> 昆邪王，征霸姑臧无妙计；
> 小挽朗，檀口歌唱有神机。
> 你夺你的江山，我爱我的美人，
> 一曲离歌唱离魂，终成眷属最情深。

寒风萧萧，北雪飘飘。这年冬上，年仅二十四岁的骠骑将军霍去病遽然病逝，噩耗传来，数万戍边将士无不悲痛落泪。然而，溃逃的匈奴昆邪王却欣喜若狂，趁势纠合了近万残部，冲过雁门关，翻过焉支山，以迅雷不及掩耳之势，包围了河西走廊的姑臧城。

这姑臧城本是昆邪王老巢，当年在祁连山之役中被霍去病攻下后，昆邪王就含恨西逃，而今他卷土重来，发誓定要夺回失地，血洗前耻。可哪知一交战，守城的汉将付长喜竟骁勇无比，手起刀落间，杀得攻城的匈奴兵节节败退。昆邪王虽急得哇哇咆哮，却也无可奈何，眼看要功败垂成，突然城中响起一段男子悲凉的歌声。那声音一下短，一下长，悲痛中带着沙哑，就像吊唁亡亲似的，且歌且哭，哀凉之极。只见付长喜一听，就像中邪一般，登时口眼僵直，手足发软，哐啷丢了御敌大刀，摇摇晃晃摔下马来，再不做任何抵抗。昆邪王惊喜得大呼"天助我也"，立即率匈奴兵反扑夺城，守城的汉军兵士见主将中邪落马，顿时群龙无首，慌乱中死的死，伤的伤，活下的拼力杀出一条血路，只好护着目眩神迷的付长喜弃城逃了去……

一曲悲歌，形势骤变。昆邪王不仅如愿以偿地夺回了姑臧城，更俘获了付长喜貌美如花的爱女付小红。他喜不自禁，以为是昆仑神显灵，当夜设坛叩谢完神灵后，就狞笑着要和付小红圆房。

付小红抓住衣襟，死死不从。昆邪王冷冷一笑："哼，败将之女，还敢不从！"说着，就要霸王硬上弓。付小红自知身陷魔掌，难保清白，就从袖中摸出早已藏好的匕首道："大王若是真心喜欢奴家，那就替奴家除掉一人，然后明媒正娶。否则，奴家宁死不从！"昆邪王闻言大惊，忙问："你要我除掉谁？"付小红秀目噙泪，咬牙说道："城南有条百家巷，那巷里有个挽郎，姓高名阳便是。"

昆邪王垂涎美色，问都不问原因，当下便率人直奔百家巷，杀气腾腾地去取高阳人头，哪知为避战祸，巷中户户逃空，他们搜寻了整整一夜，也不见高阳影子。杀不了高阳，又如何能得到那个刚烈的美人儿呢？昆邪王败兴而归，正闷在宫里为这事苦恼，忽然有手下来报，说宫外有个自称是高阳的挽郎求见。

"什么？"一听高阳不请自来，昆邪王兴奋得咧嘴狂笑，急忙传令召见。不一时，就见外面一瘸一拐走进个二十七八岁的青年，虽然腿有残缺，但眉骨俊爽，气宇轩昂，哪里像人人鄙夷的挽郎？原来所谓挽郎，就是出殡时一边替人家披麻戴孝，一边唱"离魂歌"祷祝亡灵升天的迷信行当。那年头，身健体壮的青年从事这行，不仅地位低下，更要遭人的白眼与唾骂。因此，但凡做挽郎的，常人印象中，个个萎靡不振且自惭形秽，哪一个能有高阳这般神采？

昆邪王虽然也为高阳神采所惊，但还是不露声色地证实道："来者当真是挽郎——高阳？"见高阳点头称是，昆邪王登时厉喝一声："给我砍下他的狗头！"匈奴兵一哄而上，揪住高阳护胸就要动手。谁知那高阳不仅毫无惧色，反而指着昆邪王鼻子大骂起来："好你个昆邪佬，昨日老子帮你夺下这姑臧城，想不到今日你就要恩将仇报！"

"住手！"一听这话，昆邪王急忙命兵士放开高阳，吃惊问道，"你说什么？是你帮本王夺下了这城？"

高阳冷冷一笑："昨日我一曲离魂歌，令付长喜失魂落马，这不是帮大王又是什么？难道大王还一直认为是昆仑神在显灵吗？"

"一派胡言！"昆邪王拍案而起，瞪着高阳暴叱道，"一曲挽歌怎能叫人失魂？你当本王是傻子吗？"

高阳面不改色，一脸镇定道："大王若是不信，那我便再唱一曲离魂歌给你听听！"说着，他就清清喉嗓，放声高唱起来。只听那歌声哀哀怨怨，悲悲切切，不仅跟昨日一模一样，令人闻之断肠，更奇的是，刚才那几个动手抓他的匈奴兵一听，顿似中邪一般，或口眼僵直，或手脚发软，纷纷摇晃着栽倒在地……一刻钟后，方迷迷糊糊地醒过来。

这一下，昆邪王如梦初醒，终于相信昨日一战果然是高阳用离魂歌襄助了自己。他不禁狐疑问道："高挽郎，本王与你素昧平生，你为何要帮本王降敌呀？"高阳神秘一笑："大王莫急，这事容我后说，请先告诉杀我原因可好？"昆邪王冷冷道："哼，本王军务猬集，哪有闲心杀你这个小小挽郎，只不过是受那付小红所托而已。"

一听"付小红"三字，高阳神色骤变："什么？她……她竟要杀我？"接着涕泪纵横，跪在昆邪王面前急呼道："大王英明，你千万可不要上了那狐狸精的当呀！"

这是怎么回事？昆邪王听得一头雾水。高阳见状，这才告诉昆邪王，说他本是乌孙国人，年前大月氏进攻乌孙国时，他和父母在战乱中走散，一个人流落到这姑藏城，为了谋生，才不得已干起了挽郎这行。原以为凭这技艺能安稳生活，却不料祸从天降。

那日，汉军中一位德高望重的老将病逝，高阳哭吊完毕后，就到付长喜帐中去领酬银。当时一见到貌若天仙的付小红，他激动难抑，就按乌孙国习俗，拉起她的玉手放到自己唇前一吻，表示对她绝世容颜的赞美与倾慕。哪知这样虔诚的举动，竟激怒了付长喜父女。付小红杏目圆睁，大骂他"淫贼"不说，付长喜更是将他关进铁牢，活活打瘸了他的左腿。最后高阳愤愤说道："大王呀，付长喜刚愎残暴，昨日我已报了瘸腿之仇。今日慕名而来，可就是为了投靠你呀！"

"好！好！"昆邪王听罢，兴奋得直拍大腿，心想得此异人，我匈奴岂不要大败汉军，直捣长安了么？当下摆上酒宴，就要封高阳为军师，但一想到藏在房里的美人付小红，又一下子犹豫犯难起来。不料高阳就像看穿他心思似的，奸声笑道："大王不必烦忧。嘿嘿，今晚我便放歌离魂，让你行其美事。"

昆邪王大喜过望，等天一擦黑，就带着高阳去寝宫帮他"降服"美人。付小红见高阳到来，先是一愣，紧接着泪雨滂沱，横指愤骂："冤家呀，你害我爹爹不说，现在居然还要认贼作父，助纣为虐，你……你不得好死！"高阳嘻嘻一笑，并不理睬，突然从怀中掏出一对木塞，转身递给昆邪王，让他赶快塞住耳朵。昆邪王刚将木塞放入耳中，就觉天旋地转，昏沉沉栽倒过去……待将醒来，已是天明，只见寝房里空空荡荡，哪里还有高阳和付小红的影子？

昆邪王正自疑惑，一个手下慌慌张张地跑来，说溃逃的付长喜搬来援军，现在正叫骂攻城。昆邪王闻言大惊，心知前日一战，不过是侥幸获胜，而今日若真刀真枪地拼起来，自己又哪里是付长喜的对手？他正急得像热锅里的蚂蚁，突然从外面跌跌撞撞跑进来一人，高声叫道："大王莫急，咱们还按老法子破敌！"

昆邪王定睛一看，来人不是高阳是谁？当下吃惊问道："高挽郎，付小红现在何处？这一夜你又去了哪里？"哪知高阳一听这话，眼珠子瞪得比铜铃还大，居然道："大王你说什么呀？你该不是睡糊涂了吧？"然后告诉昆邪王，说他昨晚一曲离魂，将昏迷的付小红放入昆邪王怀里后，就回房歇息了。至于今早为何不见了付小红？他也茫然不知。昆邪王虽然听得满腹狐疑，但大敌当前，也无暇再问，只好带高阳急忙去城门退敌。

城外喊声如雷，战鼓震天。匈奴兵居高临下，占着地利又是放箭，又是滚石，一时令付长喜数万援军伤亡惨重。昆邪王见此情景，本想把开城迎战的策略改为闭门死守，不料高阳竟极力反对："不可，不可！射人射马，擒贼擒王，只有杀了那付长喜，才能保住这姑臧城。"

一语提醒，昆邪王急忙叫高阳放歌离魂，擒拿付长喜。不料高阳又道："不可，不可！大王只有亲自出战，将他诱至城门范围，离魂歌才能奏效。"

昆邪王老奸巨猾，哪肯亲自冒险？略一思忖，就派了个副将替他出战，他自己则亲自督促高阳放歌。高阳见付长喜已被诱至城下，就迅速潜到城门外，从兜里掏出一大把塞子，分给那些守门的匈奴兵，大声叮嘱道："大家快塞住耳朵，我一曲未终千万不要取下。切记切记！"匈奴兵早就听闻了离魂歌的威力，自然依言而行。高阳见状，立即展喉放歌。谁知歌声一起，门外的付长喜纹丝不动，门里的一群匈奴兵竟全部摇晃倒下！

"别唱了！别唱了！"昆邪王急得跺脚大喊，哪料高阳不仅歌声不停，反而

乘机去开城门。城门一开，这城岂不是要不攻自破？昆邪王大吃一惊，决没想到高阳竟会倒戈相击。"小子，你到底是敌是友？"昆邪王咬牙切齿扑上去，冲高阳后背就是一刀。高阳只顾开门，哪能防住身后暗袭？当即就惨叫着倒了下去。昆邪王仍不解恨，揪起高阳还要下手，却觉双手骤然酥麻，低头一看，原来他双手正抓在高阳的护胸上，而那护胸正和令士兵昏迷的木塞一般颜色质地！"快扔掉木塞！"昆邪王一下子醒悟过来，然而话还未完，他就眩晕着栽倒过去。

高阳强忍剧痛，打开城门。付长喜率众一拥而入，活擒了昆邪王。一见高阳在场，付长喜登时怒血翻涌，补刀就要结束高阳性命。

"爹爹住手！"千钧一发时刻，远处飞马奔来一人，正是那神秘失踪的付小红。只见她下马拦住付长喜的刀不说，居然还替高阳求情道："爹爹呀，前日您败走乃是高郎无心之过，今日您得胜可是高郎有心之功。如此功过相抵，求您饶过他吧！"

原来，年前高阳流落到姑臧城时，就和付小红一见钟情，本盘算着择吉日喜结连理，可偏偏付长喜嫌高阳出身卑微，死活不同意这门亲事。高阳为人痴情，前日一早又来登门求亲，当时正逢昆邪王攻城，付长喜没好气地将他推出大帐，就去迎敌。哪知这一推，手刚好碰在了高阳护胸上。付长喜不知，高阳那护胸是用乌孙国特有的"迷魂木"所做。那迷魂木是生长在瘴沼间的一种奇木，树皮硬如生铁，外布细韧绒毛，内含麻醉毒素，人若常年触碰，在经过无数次昏迷后，身体就会抵抗住麻醉毒素，无论怎样摩挲，也不会昏厥。人若偶尔触碰，那细如针尖的绒毛立即就会扎入肌肤，不知不觉把麻醉毒素注入血液，重者当即跌倒，昏睡一天，轻者也会在半个时辰内神智全失。前日高阳因婚事遭拒，心中郁闷，恰巧在付长喜落马时悲吟了一曲离魂歌；因为不知内情，不仅满城的百姓，就连付小红也以为是他用离魂歌报复了付长喜。

姑臧城沦陷后，高阳悔恨交加，经过一番思量，昨日他毅然入宫，先编造瘸腿之仇，骗得昆邪王信任，又忍着误解和咒骂，救出了心爱的付小红，然后一边向她解释，一边连夜用迷魂木做好耳塞，今早再入虎穴，本想将功补过后，再恳求付长喜让他和付小红"有情人终成眷属"，哪料昆邪王歹毒一刀，竟使他痛不能言，气若游丝。

　　付小红抱起重伤的高阳，疯了一般就往城中寻医。不料付长喜打马追来，横身将他们拦住。付小红急得泪如雨下："爹爹呀，事到如今，难道您还不肯成全我和高郎吗？"付长喜牵马过来，一脸歉然地递给女儿："孩子，城南台庄有位姓姜名飘的神医，走，我们父女俩这就找去！"

横刀大侠

谁为横刀？横刀为谁？

英雄少年来解谜，刀自横，人自笑，

江湖滔滔任我逍遥。

大侠为何？何为大侠？

横刀狂舞洒正气，魔铲完，奸锄罢，

前路茫茫凭我坚守。

江湖上出现了两个恶魔，一些名门正派的剑客侠士都被他们杀了。没有人知道原因，也许，恶魔杀人是不需要原因的。一时间，江湖被他们搅得没了宁日，仇恨、血腥还有恐惧到处飘荡，到处弥漫。人们都叹：要是"横刀大侠"在的话，就不一样了。

秦傲问师傅："横刀大侠是谁呢？"

师父说："横刀大侠是当今武林的奇才，没有一个人能打败他！"

秦傲问师父："那你也打不败他么？"师父先点点头又摇摇头。秦傲又问师父："那为什么要叫他横刀大侠呢？"

师父说："因为他始终横拿着刀。"

秦傲就把刀也横拿上，说："我一定要打败他！"

师父欣慰地点点头，随即又忧伤地说："可是，他早就死了！"

秦傲疑惑地望着师父说："死了，怎么死的？"师父没有回答。只是淡淡地说："你还是好好练刀吧。"

　　师父没有看错，秦傲果真是块练武奇才，传给他的那些刀法，不仅被他习练得更加炉火纯青，而且还另臻新境——他能在瞬间将百片红杨叶均匀劈成两半，更能站在湖边用刀气劈开方圆一丈内的湖水——背地里师父也禁不住点头称赞。

　　转眼三年过去了，恶魔又杀人了。人们又叹：有横刀大侠的话，就不一样了！

　　师父对秦傲说："你去杀了他们吧！"

　　秦傲问师父："你不是说只有横刀大侠才能杀了他们吗？"

　　师父说："你就是横刀大侠！"

　　师父的话给了秦傲无穷的勇气，比教给他的那些刀法还有力量。秦傲横打着刀，下山了，师父的眼睛却湿润了。

　　秦傲找到了第一个杀人魔头"过江龙"。

　　过江龙冷冰冰地看了看他，说："你是来找死的吧！"

　　秦傲哈哈大笑。过江龙轻蔑地说："你笑什么？"

　　秦傲说："我笑你死到临头了还不知觉醒。"

　　过江龙冷笑着说："哼，乳臭未干的小子，在当今武林中能杀我过江龙的只有三个人！"

　　秦傲说："噢，说来听听！"

　　过江龙说："就让你长长见识吧！能杀我者：曲横刀列一，秦坤鹤随二，花蝴蝶为三；不过吗，秦坤鹤已死，花蝴蝶又是我夫人，那曲横刀，二十年来不知死活，怕是没脸见人喽！"

　　秦傲说："你说的曲横刀就是横刀大侠吧？"

　　"大侠！大侠？哈哈哈——"过江龙肆无忌惮地狂笑着说，"什么狗屁大侠，重色轻友的东西，杀了结拜兄弟，恐怕真是没脸出来见人喽！"

　　秦傲听糊涂了，声名赫赫的横刀大侠怎么在过江龙的嘴里一文不值了。就对过江龙说："你说仔细些吧！"

　　过江龙说："好吧，就让你做个明白鬼！"

　　二十年前，武侯山下的梅雨镇有座秦庄，主人就是秦坤鹤。这秦家世代押镖为生，到了秦坤鹤手上时，已是宝马雕车、富甲天下了。秦坤鹤心胸宽阔，嗜武

成迷，他一路行镖一路剑挑天下英豪，当时几乎没有对手，直到一次行镖西域时才碰上一个真正对手——这人就是当今武林的奇才曲正风。

曲正风刀法精妙，但持刀却与众不同。他总是将刀横扛肩头，总是在别人遭难之时横刀相救，江湖上盛名传彻，邪魔外道闻之丧胆，于是人们都把他称作横刀大侠。

秦坤鹤对曲正风的侠肝义胆和精妙刀法佩服得五体投地，就把他请进庄里，洒血交拜，和他兄弟相称。当时武侯山上盘踞着一伙悍匪，早就盯上了秦坤鹤万贯家产，打劫几回，都被曲正风杀得溃败而回，无一次得手。想来想去，这伙山匪就想到了另一个方法。

有一天，秦庄来了位美艳绝伦的女人。她自称落难于此，无路可去，要留在秦庄。秦坤鹤和曲正风都被勾走了魂，秦坤鹤想都没想就把她留了下来。这女人其实就是山上匪首的夫人，她极力地扮弄风骚，想讨得秦坤鹤的欢心和信任。时间一长，秦坤鹤就看透了这个淫荡狠毒的女人，处处提防着她。女人只好把钩子一样的目光甩向了曲正风。

秦坤鹤爱子弥月那天，女人递给曲正风一壶毒酒，说你不是想要我吗，那就把这个让他喝了。曲正风犹豫了。可女人像蛇一样扭动起来，身上的衣裳一件一件滑落下来，那些能够使正常男人动心的部位都袒露出来。曲正风嗓子里直咽口水，心一横把酒敬给秦坤鹤，然后搂上那女人就走了。

午夜，武侯山上的盗匪在头人带领下，血洗了秦庄，抢光了所有值钱的东西。

过江龙说，那个女人就是"花蝴蝶"，而带人血洗了秦庄的就是他。

秦傲听罢，本想说什么但又什么都没有说。

过江龙捋捋胡须，说："听了这个故事的人都死光了，但我还不知道你是谁？"

秦傲说："我就是横刀大侠。"

"哈哈哈………"过江龙笑弯了腰，说，"不要总把刀横拿上就说自己是横刀大侠。曲正风为人虽然贪色忘义，但刀法却没有一个人不佩服。"

秦傲说："你不相信，那就过来试试吧！"

过江龙一招神龙摆尾，出手过来。秦傲只用了十二刀，就把他卸成了三块。

过江龙临死之时抖着血淋淋的手惊讶地说："你是曲横刀的什么人？"

秦傲说："什么人也不是，我还没有见过他呢！"

秦傲本想去秦庄看看，可秦庄已经没什么看头了。他就横扛着刀继续走。一路上碰到了许多遭匪盗打劫的人，秦傲就横刀杀了盗匪，获救的人都惊讶地说："你就是横刀大侠吧？"秦傲点点头又摇摇头，心里总想着过江龙说的那个故事。

走了一段路，秦傲又将一位老者从别人剑下救出。老者说："你杀了过江龙为江湖除了害，可还有一个恶魔在梨花镇上无恶不作，你去救救那里的人们吧！"

秦傲来到梨花镇，见到了花蝴蝶。

"是你杀了过江龙？"花蝴蝶冷冷地说。

秦傲望着这个妖媚依旧的女人竟忘了回答。

花蝴蝶诡笑了一下，美目里挤出两滴清泪，说："小哥，在我临死之前陪我说说话吧！"

秦傲望着这个楚楚可怜的女人，就动了恻隐之心。

花蝴蝶媚笑着，勾住秦傲的脖颈，趁势就点住了他的穴位，然后抖着身子阴笑着说："哈哈哈，曲横刀这个伪君子，派个乳臭未干的小子就想杀我。可他忘了天下的男人都是一样的好色！"说着就从腰里抽出两把短匕，向秦傲狠狠刺来。

就在危急关头，楼门外突然飞进一人，刀光闪过，花蝴蝶就被分成四片。出手救秦傲的正是师父。秦傲羞愧地低下头说："师父，我错了。"

师父说："不，孩子，是我错了。我就是当年的横刀大侠曲正风呀！"

秦傲惊愕地抬起了头。

师父说："孩子，我对不起你呀，秦坤鹤就是你爹，是我亲手害死了他呀！我这一生只做错了这一件事，但它却让我整整难受了二十年。这二十年我苟活人世，就是想把刀法传给你，让你做个真正的横刀大侠，来弥补我当年的罪过。如今恩怨已了，我也终于安心了！"

说完，一掌摧心，吐血而亡。

秦傲痴痴地愣在当地。他只记住了师父的一句话：做个真正的横刀大侠！

影子杀手

傻少年，为获钱财甘做犬影；

美少女，为彰孝义宁辱洁身；

谁是谁的影子？谁是谁的江湖？

拼却到头终究是：

积德定行大义，恶择终无善局。

吴莽艺成下山，闯荡江湖，为了过上舒坦日子，毅然做了杀手。他心狠手辣，一把疯刀认钱不认人，很快就成了令人胆寒的魔鬼杀手。

恩师无影子多次找到他，苦口婆心劝其放下屠刀，吴莽不屑一顾，警告无影子别管闲事，若逼急了徒儿，休怪翻脸无情将他也宰了。无影子年老体迈，将武功悉数尽传，要武力降服孽徒，已是妄想，无奈而回，一病不起。

吴莽变本加厉，越加不问青红皂白杀人敛财。

这天，他又接到一单生意，对方抛出千两白银，要他杀光吉祥绸缎庄沈青一家。沈青出身贫寒，发家后不忘乡邻，是人人敬重的仁商。吴莽不管，是夜潜入沈府，手起刀落，砍瓜切菜般将府里人屠戮，然后换掉血衫，领了酬银，哼着小曲到鸳鸯楼快活去了。

一月鬼混，花光了囊中银两，吴莽才被老鸨请出楼来。千金买欢，到最后还是人只影单，吴莽好不失落，忽然就想：若有个家，娶个媳妇，冷了，让她添件衣，饿了，让她做顿饭，小两口恩恩爱爱，那该多好。

正想着，眼前倩影一闪，一名妙龄少女从济世堂抓药出来，吴莽定睛一看，少女面若桃花，娇身婀娜，哎呀呀，真是太美啦。吴莽急忙尾随上少女，发现她进了同福客栈，一打听，少女名叫柔儿，从外地流浪过来，寄居在此伺候重病的父亲。

吴莽冲进客栈，向柔儿表白道："姑娘，我要娶你。"

谁知柔儿一见他，登时面若冰霜，冷声道："我已许人，请公子自重！"

"我是吴莽，谁敢跟我作对？"吴莽火了，牙齿咬得咯咯打响。

柔儿父亲闻言坐起，脸色蜡黄，果然病入膏肓，他冲吴莽道："吴少侠，你若真想娶我闺女，那就先帮老朽还笔债吧。"原来，为治好父亲重病，柔儿向一个叫黑山老妖的人借了五千两银子，因为无法偿还，黑山老妖逼柔儿以身抵债，父女俩迫不得已才逃债到此。

"好，还债之日，就是我和你女儿成亲之时。"看着如花似玉的柔儿，吴莽美滋滋答应下来。五千两银子虽巨，但作为杀手，还愁赚不到这点钱吗？

生意说来就来。吴莽刚出客栈，吉祥绸缎庄新东家吕轻侯就派人来请他。入府，坐定，吕轻侯嚎啕大哭，哀求吴莽做他"影子"，救他性命。

吴莽眉头一皱，影子说白了就是替死鬼，危险性大，一般无人肯做，可现在需要钱，他伸出五指向吕轻侯开价。

"只要能救我，五千两就五千两！"吕轻侯咬牙答应下来，让吴莽冒充自己，他赶紧躲到地窖里保命去了。原来，自从沈青被杀，他接管绸缎庄后，就倒上血霉。这一月里，一个叫黑山老妖的杀手两次入府，第一次杀死他爱子，第二次杀死他娇妻，现在，黑山老妖的目标就剩他了，他不得不请吴莽出手，以杀止杀。

吴莽化眉装髯，扮成吕轻侯模样，在府里静等黑山老妖现身。然而一月过去，就是不见黑山老妖影子，看来，黑山老妖是怕了自己。吴莽放下戒心，这晚正学着吕轻侯的样子在卧房品茶，突然一条黑影破门而入，无数飞镖插喉飞来，黑山老妖现身了。

吴莽躲避不及，一枚飞镖插在肩头，他痛叫一声，拔刀御敌，功力已减大半。黑山老妖也没想到，吕轻侯突然有了武功，一剑挑下人皮面具，见不是吕轻侯本人，赶紧就溜。吴莽肩痛难耐，没法去追。正在这时，吕轻侯在地窖里憋不住了，爬出地面一看，摆手叫吴莽走人。吴莽把手一伸："拿银子来！"吕轻侯

冷笑一声："哼，你放走凶手，还想蒙我。"吴莽无奈，灰溜溜返回客栈。

没有钱，怎么去见岳父迎娶柔儿？吴莽借酒消愁，趴在桌上睡起来。突然，一条黑影蹑手蹑脚走进门来。吴莽拔刀就砍。"孽徒，住手！"来人大喊一声，原来是师父。

看到吴莽如此颓废，无影子心痛不已，洒泪骂道："混账东西，你要糟践自己一辈子吗？"

"少啰唆，要是娶到柔儿，我决不再做杀手！"吴莽翻了师父一眼，便把委身做影子的事全盘说出。无影子闻言，大喜道："你等着，为师一定帮你娶到柔儿。"说罢，闪身而去。吴莽冷冷一笑，师父的话他从没当真过。

这天，吴莽实在忍不住了，悄悄钻进柔儿卧房。烛光下，柔儿越发妩媚动人。见到吴莽，柔儿惊喜问道："你不当杀手啦？呀，你怎么受了伤？"看到柔儿对自己如此关心，从未有过的感动涌上心头，吴莽抱起柔儿就亲吻起来。

柔儿推开他，娇羞道："吴郎别急，我去小解一下。"吴莽苦等半晌，不见回来，赶紧去寻，茅房里并无柔儿影子。吴莽折回卧房，柔儿早就回来，钻进绣被睡下啦。吴莽吹灭花烛，满心欢喜上了床，伸手去揽柔儿，忽然感觉柔儿胖了，正纳闷呢，猛听一声冷笑："哼，你能当影子杀手，我就不能吗？"

"黑山老妖！"吴莽闻言大震，急忙摸刀御敌，黑山老妖武功平平，没几招就被制服，吴莽并没取他性命，而是停手点亮了花烛。

烛光一亮，竟是柔儿父亲！

吴莽大惊："原来……你是黑山老妖？"

"不错，要杀要剐随你，娶我柔儿，没门。"柔儿父亲瞪着吴莽，怒吼道。吴莽急问："柔儿呢？她去哪里了？"柔儿父亲哈哈笑道："哼，你不做影子了，杀吕轻侯还不易如反掌。"

什么？吴莽暗叫不好，急忙向绸缎庄奔去。

果然，柔儿已被吕轻侯逼至死角，身上多处受伤。情势危急，吴莽使出师父教的绝招，从背后突然出刀，吕轻侯猝不及防，惨呼一声，晃悠倒地。

这时，柔儿父亲也追了过来，见吕轻侯被杀，泣喜道："恶贼，你也有今天。"

柔儿摇摇头："爹爹不对。吕轻侯不会武功，这人不是吕轻侯。"

话音未落，就见一个仆人朝门外疾走。"站住！"柔儿父女追上去一看，正是化装逃跑的吕轻侯！

吕轻侯乍见柔儿父亲，惊得目瞪口呆："沈青？"真是做梦也没想到，黑山老妖竟是沈青所扮！

"想不到吧，当初你为霸占我家产，雇人血洗绸缎庄，我和小女躲在井底逃过一劫，从此隐居黑山，苦练武功，就为今日复仇。"沈青拔刀出手，怒喝道，"说，当日你雇的杀手是谁？"

吴莽闻言大震，悔不当初。

突然，一枚飞镖直插吕轻侯胸口，吕轻侯登时气绝倒地。吴莽一看，出手的竟是刚才被自己劈倒的人。那人蠕动着身子，气若游丝道："沈庄主，我就是当年吕轻侯雇来血洗你们绸缎庄的杀手。作为杀手，拿人钱财，替人行凶实乃身不由己。当日我留你们父女性命，是因为我徒儿喜欢上了柔儿。前几天他给吕轻侯当影子，也是为赚足娶你女儿的彩礼……我徒儿是个好孩子，求你成全他吧……"

吴莽越听越不对，冲过去揭下那人面具，一张异常熟悉的面孔映入眼帘。无影子淡淡一笑："本想做影子替你赚够那五千两，现在看来不需要了。记住，娶上柔儿，好好做人……"

"师父——"吴莽跪在地上，泪如雨下。

金蛇讨债

奇不奇，欠债的道貌岸然；

怪不怪，讨债的委屈求全；

既然做人背信弃义，

那就让蛇叼回良善。

光绪年间，浙江台州府有个叫陈麻子的人，整年游历南北，以贩卖茶叶为生。他每到一处，总要千方百计结交当地有钱人家的公子少爷，先白送些好茶套近乎，等混上个把月时间，取得了那些人的信任，他便立即以高额利息做诱饵，向他们借债周转。那些涉世不深的人禁不住他蛊惑，自然动心放债。本盘算着美美赚一笔横财，哪知陈麻子拿到钱后脚底抹油，就像人间蒸发一样再无踪影。到头来，那些债主空握着一张张借据，叫天天不灵，叫地地不应。就这样，陈麻子从浙江老家出发，一路经湖南，上山西，坑害的债主没有一百也足八十，每次骗到手的银子少则三四十两，多则五六百两，短短五六年下来，他黑到手的白银足有万两之巨！

陈麻子神鬼不觉地卷了巨资暗潜到云南边疆，从此隐姓改名，收手不干。一晃几年过去，陈麻子见太平无事，便买田置产，娶了十八房姨太，美滋滋地过起了呼奴使婢的阔老爷日子。

这年春上，陈麻子悠闲无事，正在府里陪十八姨太遛鸟，突然一个乞丐模样的男人闯进府来。陈麻子正要叫奴仆将来人乱棍打出去，不料那人却一把拽住他衣领，瞪着眼珠子怒吼起来："好你个昧心的陈麻子，你以为躲到这边疆僻地，我就找不到你了吗？"陈麻子闻言色变，知是债主找上门来。但他左看右看，就是想不起这人是谁。"怎么？你竟然不认得我了？我就是被你骗得倾家荡产的黄家善！"看到陈麻子发愣，那汉子牙齿咬得咯咯响，只好自报家门。

一听这话，陈麻子才恍然认出来人。这黄家善原是山西茶商，为人诚挚憨实。被陈麻子盯上后，经不住他巧舌如簧，软磨硬泡，居然将全部家产当成现银，与陈麻子合伙贩茶。不到半年，一千三百两血汗钱尽数被套了去。那年头，三四十两银子就可以使寻常人家过一年富裕日子，一下子散尽家财，黄家善的日子可想而知。看到黄家善如今落魄成这个狼狈样子，陈麻子似乎也良心发现，一面引路让座，一面叫下人上茶备饭，热情款待。

"哼，少来这套！我今天可不是来跟你叙旧的！"黄家善从怀里掏出债据抖了一抖，冷冷地盯着陈麻子，讨债之意不言自明。

陈麻子见状，连连叫冤，解释说，这些年实在抽不开身远赴山西还债，接着吩咐管家拿一千三百两银子来，他今日要当面向黄家善请罪还债。

不多时，一个管家模样的下人拿着账本慌忙跑来，一脸苦相地向陈麻子回禀道："老爷，府里银钱年前全部都放贷出去了，而今账上现银不足百两，哪能凑够这千两之巨？"陈麻子连拍脑门，"哎呀，瞧我这点记性。"他向黄家善歉然说道："黄兄，你看事不凑巧，不如你在府上住下，三日后放贷收来，我陈某必定尽数还清你当年之债。"

骗财万贯，难道陈麻子手里竟无千两银子的积蓄？事情到了这个分上，明眼人哪个看不出来，这不过是陈麻子和下人早就排演好的一场双簧！陈麻子真正的目的就是先拖住黄家善，趁其不备盗他身上债据，然后反咬一口。哪知这样明摆着的诡计，黄家善就像根本看不出来，被陈麻子这么温言一劝，不仅一肚子火气全部消尽，反而笑着对陈麻子说："不急，不急。我既然来了，就等你三天。"陈麻子心中窃喜，当天晚上便摆酒设宴，明里为黄家善接风洗尘，实际上却是要将他灌醉后盗其债据。可谁知黄家善推托说他患了肝病，居然滴酒不沾。无奈之下，第二天晚上陈麻子又硬逼十八姨太前去假意伺候，哪料十八姨太一闻黄家善满身污臭，就呕吐着无功而返。

转眼三天已到，陈麻子正在房里生闷气，忽然府外传来一阵急促的笛声，越

发搅得他心烦意乱。陈麻子怒极，循声去找吹笛人出气。一出府门，只见府外街上一个苗族装扮的俊秀青年正在吹笛耍蛇。那是条胳膊粗、一人长的大蛇，通体鳞片金亮，盘绕在太阳底下，远远看去，就像一大堆金元宝般刺眼。这蛇正随着青年的笛声，时而摇头如擂鼓，时而摆尾若醉酒，直看得围观的行人拍手称奇，纷纷解囊。更绝的是这金蛇不仅会翩翩起舞，而且还灵巧无比，能够探囊取物——只见那青年拿只元宝在它面前一晃，然后将元宝装入自己衣囊中系好纽扣，用笛子发声号令，不一会儿，那金蛇嘴里就像生出了小手似的，解开纽扣，叼出了元宝……

一见这情景，陈麻子脑子里激灵一下，连忙把青年请进府，半信半疑地问："你这金蛇当真能探囊取物？"青年名叫秀哥，一听这话，不高兴地瞪着陈麻子反问："老爷刚才明明亲眼看见，现在又何必明知故问？你若不信，请躺到床上配合一下，我这就叫金蛇从你身上取件东西出来。"陈麻子哪敢跟金蛇配合，吓得连连摆手。秀哥微微一笑，就像看穿陈麻子心意似的，顺手从桌上拿起张纸塞入自己衣兜，然后卧床佯睡。那金蛇得令上床，不一时就将纸片叼出。这一下，陈麻子看得心服口服。当下赏给秀哥十两白银，教唆秀哥放蛇替他盗回债据。哪知秀哥一听，竟连连摇头，"不可，不可。小生行走江湖，只是靠这蛇技吃饭糊口，哪能用它去干坑人的勾当？"陈麻子闻言冷笑，知道秀哥嫌赏银太少，硬着头皮又拿出十两。果然重赏之下，那秀哥不再犹豫，答应说："好吧，小生就帮老爷一把。不过，为确保万无一失，最好先让金蛇熟悉一下府里环境，等三日后方能动手。"陈麻子大喜过望，当即跑到黄家善跟前，谎称巨银难凑，央求他再宽限三天。黄家善虽然点头同意，但也向陈麻子做出警告："哼，三天后你若再找借口，我可就要拿着债据去告官了！"

很快两天过去，第三天子夜时分，陈麻子见黄家善鼾声大作，沉睡如牛，就急忙跑来催促秀哥放蛇。哪知秀哥却头摇如鼓说："不行，不行。现在府上杂人太多，要等他们全睡了以后，金蛇才不会受打扰，才能专心致志干活。"陈麻子哪有耐心多等？索性将值夜的奴仆丫鬟统统赶进屋里锁上门，告诉他们天不亮不能出门，然后再次催促秀哥放蛇。谁知秀哥又跷着二郎腿说："不行，不行。我这蛇儿有个怪癖，每回干活前必要拿个金元宝让它嗅嗅，就像人吸鸦片似的，一嗅就精神百倍，不嗅就懒洋洋不听指挥。"陈麻子闻言大奇："竟有此事?"秀哥一脸认真道："哎呀，小生哪敢信口开河，老爷不信，只好算了。"

陈麻子将信将疑，一看夜已三更，岂能再拖延下去?只好叫秀哥等着，他自己回卧房去取金元宝。陈麻子卧房里有个秘密金库，他把这些年骗来的钱财都兑换成元宝藏在里面。这时他刚把金库打开，就听身后一阵异响，回头一看，原来那金蛇竟悄悄跟了进来。乍看见金灿灿的元宝，金蛇兴奋得猛地蹿进金柜里面，张开血盆大口，一口接一口，连吞十个金元宝后，扭身就走。起先陈麻子被这一幕惊得目瞪口呆，直到金蛇爬出卧房才急得四处喊人，可下人们都被他锁起来了，恁他喊破喉咙，也不见半个人影。没办法，陈麻子只好硬着头皮，自己去拦金蛇。

就在这时，府外忽然响起一阵笛声，经过这三天适应，那金蛇显然对府里地形已十分熟悉，在笛声"引导"下，不一会儿就溜出了府门。陈麻子提着灯笼气喘吁吁地追出去，一直追到澜沧江边，远远就看见江岸边一个人横笛而吹，那金蛇循声爬到那人脚边，笛声一断，才终于停了下来。

"还我元宝! 还我元宝!"陈麻子咬牙切齿地扑上去。原以为这吹笛引蛇的人是秀哥，谁知灯笼一照，竟然是黄家善!

"呀! 怎么是你?"陈麻子一脸惊讶地望着黄家善，无论如何都不敢相信黄家善居然溜出府来，而且驯服了秀哥的金蛇。正在疑惑，从江中划来一条小船，划船的人冲黄家善娇声喊道："跟他啰唆什么，还不快带蛇儿上船!"这声音怎么这么熟悉? 陈麻子瞪大眼珠子一看，登时大吃一惊:只见秀哥脱去了男装，垂下束发，活脱脱就是个美丽女子!

这是怎么回事?陈麻子惊得目瞪口呆，一下子如堕入云海雾潭!

原来，当年黄家善受骗之后，家财败尽，只好一边乞讨，一边打听陈麻子踪迹。五六年间，他赴漠北，下江南，虽然毫无所获，但却并不气馁。想到西南边疆一直不曾涉足，年前，他便又怀揣债据向云南寻来。哪知在渡澜沧江时，不慎包袱断开，竟将债据掉入水中。没了债据，即使找到陈麻子，这债又如何能讨? 这样的意外加上一路跋山涉水的艰辛，彻底击垮了憨厚的黄家善，绝望之下，他纵身跳进澜沧江中。

要说也是命不该绝，正巧那日秀姑耍蛇经过，将他从滔滔江水中救下。这秀姑是个善良多情的苗家女子，听了黄家善的遭遇，非常同情。她造了一张假借据给黄家善，告诉他只管进府假装催逼，讨债的事由她和金蛇全包。黄家善在府里将信将疑地等到今夜，秀姑突然跑来说大功告成，拉他溜到江边，叫他用竹笛吹曲引蛇，她自己则去找过江的小船。

此刻看到秀姑和黄家善一应一和，陈麻子才知自己上了大当。但他岂肯甘心?气急之下，抄起木棍就往金蛇身上捅去。那金蛇吃痛之下猛地反扑，一口就咬在他脸上。

听到陈麻子惨叫，秀姑冷冷一笑："哼，别怪我蛇儿，只怪你害人无数，咎由自取!"说着抱金蛇上船，在蛇头上轻轻一拍，只见那金蛇大口一张，接连吐出十个金灿灿的元宝来。黄家善虽然也见过金蛇探囊取物，但这腹中藏金的奇技可是头一回见到，怔愣半晌，才明白秀姑的良苦用心和过人智慧，当即感动得将她紧紧抱住。

这以后，黄家善将元宝兑成现银，扣除了自己的一千三百两外，就和秀姑一路耍蛇，去找那些和他一样被骗的债主，按各自债据奉还其被骗银两，告诫他们往后再莫贪小利而吃大亏。至于那陈麻子坏事做绝，被金蛇咬后还能否活着，自然就不用说了。

乞丐小飞侠

十斤酒，十斤肉，小小乞丐，破衣破裳破鞋；

一路追，一路随，阳光少年，援济援助援救。

石子为器，击瞎几多墨吏狥眼，

侠义为怀，灿烂一片世道民心。

清末道光年间，鸦片泛滥，福建两广一带上至各级官吏，下到寻常百姓，吸食成瘾者无数。

福建泉州府参将林高飞是个忠肝义胆之人，目睹鸦片荼毒百姓，百姓形似枯木，家庭支离破碎，他心急如焚，多次上书朝廷禁烟查办，可均未见动静。林高飞茶饭不思，日夜忧叹朝廷昏庸，百姓麻木，凭自己一人之力又岂能回天转世？

正在此时，从老家开封传来家书，说父亲病危，想见他最后一面。他思量一番，毅然辞去官职，变卖了所有家产，换得银票万余两，携夫人宁氏和小女翠娥，直奔开封而去。

林高飞怀揣着万余两银票，一想到这几年鸦片毒害，民不聊生，一路上必有匪盗横行，不免多了份担心。一家三口计议一番，最终打定主意：只走大路，不走小道，只走白天，不走夜路。

出了泉州，快马加鞭，三四日便到了武夷山下的黄溪口。

时值晌午，父女三人都觉肠肚饥饿，来到路边小店，拴了马，卸了担，要了酒菜美美地吃起来。吃罢，正要起身上路，岂料天色骤变，噼里啪啦一场暴雨倾泻下来，林高飞只好定下宿房，安顿好夫人和小女，自己则斟壶酒解闷。

掌柜的是个四十开外的汉子，虽然容貌丑陋，却是个热心人，添了几碟小菜，坐于林高飞身旁，和他边喝酒边攀谈起来。恰在此时，冒雨进来一人，衣着褴褛，浑身污气，一进门就大声嚷嚷："店家，快拿吃的来，饿死我了。"掌柜的一看他那落魄样，白眼一翻，没有理睬。

林高飞听声音细嫩，回头一看，来人竟是个和女儿一般年纪的少年。见少年如此狼狈，林高飞不由生起怜悯之心，叫他一同进餐。那少年毫不客气，落座后足足吃了十斤肉，喝了十斤酒，吃罢，一抹嘴，出楼而去，竟谢也不谢。

林翠娥戏骂一句："小乞丐，饿疯了。"

少年听了，扭过头来，一脸的灿烂。

店掌柜见状，附耳向林高飞提醒，这少年饭量惊人，举止怪异，叫他还是多加小心为妙。林高飞点头应承，当夜未敢沉睡。果然三更刚过，他就被一阵马嘶声惊醒。他心知不好，火速披衣下床追出门去，就见店掌柜慌慌张张地跑来，说小乞丐盗走了马匹。

没了马，这家如何能回？林高飞辗转反侧，一夜无眠。不料天亮后，热心的掌柜找来两名高脚挑夫，说就雇了他们吧。林高飞仔细一瞅，见这两人身高八尺，腰如桶粗，虽心生畏惧，但也只得如此。于是，一行五人，顺路而行。

走了几日，怪了，身后总有一人远远跟着。他们走，他也走；他们停，他也停。有时，明明见他远远地落在了后头，可一转眼，他又居然出现在他们的前面。林高飞暗自思忖：这可不是一般之人，莫非他发现了我身上的银票？

一日，靠得近了，翠娥眼尖，说："是小乞丐！"

众人望去，果见身后之人蓬头垢面，衣冠不整，正是那日店中布施的小乞丐！林高飞武将出身，火爆脾气，抽出刀来就要杀将过去，那两个挑夫忙劝："大人，歇歇火，一个毛孩子怕什么。"

又行了三四日，小乞丐终于不见了，林高飞这才松了一口气。

这日，到了闽赣交界的铁牛关。七月的天气，酷闷异常，五人都觉口干舌燥，汗如雨下。一挑夫不知从何处弄来一担水，另一个抢上去就喝。挑水的一把搡开他，忙把水挑到林高飞跟前，说："大人还没喝呢，怎能轮到你。"

林高飞焦渴难耐，舀了一瓢一饮而尽。片刻后，他便感觉头脑昏沉，眼前景物缥缈迷离；再看夫人和小女，也晃晃悠悠先后倒地。他叫苦不迭，知道中了迷魂药，可后悔已来不及，两个挑夫肆声狂笑着向他扑来……

不知过了多少时辰，林高飞才醒来，他抬眼一瞧，那两个挑夫早已不见踪影。林高飞捶胸顿足，懊恼不已。一摸胸口，却惊讶地发现银票还在身上，站起身来，就见丢失的马匹竟也拴在一边。嗬，这可奇了！林高飞大喜过望，真不知是何人出手相救，立即唤起夫人和翠娥，跃马扬鞭，疾驰而去。

一直走了数日，出了福建，才找了个地方歇脚。

进去时，却见那花子少年早已落座吃酒，林高飞心头一惊：快马加鞭还不及他，莫非他会飞不成？

花子少年嘻嘻一笑："林大人，这一路可好啊！"

林高飞又吃了一惊：他居然知我名姓。忙问道："你究竟是何人？为何要一路跟我而行？"花子少年笑而不答。吃完了，说声后会有期，便倏地没影了。林高飞心中疑惑，不知这花子是敌是友，父女三人草草吃了，赶紧打马上路。

一路相安无事，这日傍晚，终于走到了江西境内的龙虎山下。

林高飞环顾左右，四下静谧无声，人烟更是稀少，路也崎岖不平，顿时，一股不祥之兆涌上心来。林高飞立马唤住妻女，准备择路而行。突然，从四面山坡上冲下六七个人，手持长矛大刀，龇牙狂笑着拦住去路。林高飞一看，明白了，正是店掌柜和那两个挑夫一伙。

店掌柜狞笑一声，凶相毕露："林大人，你可让我们跟的好苦啊！在福建时就听说你变卖家产，衣锦还乡，要不是那个小乞丐，恐怕你也跑不了这么远吧！"

不知为何，那两个挑夫这会儿竟变成了"独眼龙"，他俩瞪着一只独眼恶狠狠地望着林高飞，附和叫道："姓林的，那日我们兄弟遭了小乞丐黑手，让你逃过一劫，哼哼，今天怕是没人来救你了吧！"

"谁说的———"

突然，一股清朗的声音徐徐传来，林高飞听出正是那花子少年。

两个挑夫闻声色变，"妈呀"一声尖叫，捂着各自独眼，撒腿就跑没影了。店掌柜气得跺脚骂一声："没用的熊玩意。"举起鬼头刀劈向林高飞。

林高飞正欲拔刀迎敌，猛听远处有东西嗖嗖地飞来，那店掌柜哎哟

一声惨叫，丢了鬼头刀，连忙用双手捂住眼睛，霎时，暗红的鲜血顺着他的脸颊和手掌流淌下来，溅了一地，其余匪徒登时噤若寒蝉，吓得呆住了。

"还不快滚———"那声音又传了过来。

匪徒们扶起店掌柜屁滚尿流地跑了。花子少年倏地从远处一棵树上落下。

林高飞感激不尽，忙携妻女上前跪下："多谢少侠救命之恩，请受林某一拜。"

少年扶起林高飞，嘻嘻一笑："林大人昔日之惠，我也未曾言谢，这下，就算两清如何？"

"还不知少侠大名？"

少年说："区区小事，何足挂齿。我还要到郑州办些事情，就此告别！"

林高飞说："少侠正和我同路，不如做个伴吧！"

少年嘻嘻一笑："我平日素好自在独行，不如这样，我还是随着，说不准我可又跑到大人前面去了。"

"哈哈哈哈……"两人会心大笑。

回到开封，父亲已经病故。林高飞拉住少年，无论如何也要请到府上拜谢。

少年说："家逢大事，就不叨扰了。"

又说："鸦片泛滥，父母均受其害，我才沦落到这般模样；男子汉大丈夫不应孤掌难鸣就自弃，大人忠肝义胆，应做中流砥柱才是！"

说毕，身影一晃，不见了。

几日后，传来消息，说郑州贪官白民康被人用石子击瞎双眼，疼痛而死，一时间人心大快。

林高飞想，这少年身轻如燕，来去如飞，以石子为器，行侠仗义，就称他为"小飞侠"吧。从此，便在堂中供一牌匾，上书"恩公小飞侠"几字，以示大恩不忘。

翌年，鸦片战争爆发，林高飞复回朝廷，奉命出征，战死疆场。

多情娘子无情狗

奇不奇，娘子有情狗无情；

怪不怪，兄弟无义狗有义。

表忠心，你娇妻伺候；尽孝意，我屈尊喂狗；

机关算尽空欢喜，兄弟反目最伤心，

恩师拂袖隐江湖，一派宗门自绝迹。

啧啧，都道是狗不如人，却原来人不如狗。

1

蜜月刚过，褚虎就丢下水仙，闯荡江湖去了。

临走前，褚虎不知从哪里弄来条大黑狗拴在府里，拍着狗头说："弟呀，哥走后，你嫂子就全靠你啦，要是哪个王八蛋敢动她念头，你就咬死他！"

大黑狗摇摇尾巴点点头，仿佛听懂了褚虎的话。

这一幕，可把躲在暗处的苏慕楼看得笑掉大牙。狗能听懂人的话？鬼才相信！是夜，苏慕楼一个灵鹞翻身潜入褚府，决定一试真假。

褚府里鸦雀无声。水仙绣房里烛光暧昧，窗纱上映出她娇美的身影，大黑狗趴在地上睡着啦，哈哈，这畜生不过是条唬人的摆设么。苏慕楼心花怒放，伸手刚要叩门，那睡觉的黑狗猛然扑起，张嘴向他咬来。苏慕楼急退三步，捂着胸口剧烈喘气。

听见狗叫，水仙在绣房里咯咯笑道："是苏公子吧？这畜生把了门，你要想

进来，先得制服它呀！"

好个多情娘子！这不是明摆着勾引人吗？苏慕楼掉头回府剁了只鸡，往鸡肚里塞包绝命散，屁颠颠重新跑来，把毒鸡往地上一丢，奇了，那狗就像知道他下了毒，闻都不闻，愣是冲他狂吠。

水仙推开窗，粉葱般嫩指狠狠一戳苏慕楼脑门："公子糊涂，这狗是训过的，哪会吃你投的食？"

"哪它吃啥？"苏慕楼一脸不解。

水仙满面哀愁地说，褚虎为防她红杏出墙，买了这狗守门不说，还专门雇人盯她的梢。这狗，只吃那人投的食。

苏慕楼听得目瞪口呆："奶奶的，这不是囚禁吗？娘子莫怕，我来救你。"说罢，拔刀就要杀狗。

"住手！住手！"水仙花容失色，焦急叱道，"你个棒槌，杀了狗，岂不是此地无银三百两了吗？褚虎回来，叫奴家如何交代？"

苏慕楼收刀作罢。美人当前，却难亲近，啧啧，心里干焦火燎的呀，索性不管，强行进屋寻欢，岂料狗吠不止，搅起入睡家丁，苏慕楼只得悻悻而回。想想自己一代江湖刀客，居然让只笨狗搅了美事，当下又气又恨，彻夜无眠。

2

次日一早，苏慕楼就埋伏在褚府门外，静候喂狗之人。一直等到日落西山，那人方才出现。只见他拎个包袱，一瘸一拐走进褚府。黑狗一见来人，欢快地摇着尾巴，在那人膝间嗅来嗅去，那人抖开包袱，一堆碎骨倾倒皿中，喝令一声，黑狗俯头入皿，畅快吞咽起来。那人抚摸了一下狗头，起身，出府，一脸满足得意。

苏慕楼闪身而出，拦住那人。乍一见面，登时惊讶失声——喂狗的不是别人，竟是褚虎的同门师弟展豹！

苏慕楼大惊道："展豹，你咋给褚虎喂狗呢？"

"哼，关你屁事！"展豹鼻腔冷哼，扭头就走。

苏慕楼如堕雾中，褚虎和展豹虽为同门，实却貌合神离，暗中较劲。他俩争斗的目标只有一个，那就是博得师父水云子信任，接管江湖第一大派水云门。而今雄心勃勃的展豹居然俯首称臣，甘心为褚虎看府喂狗，真令人匪夷所思。

苏慕楼屏息敛气，一路跟踪，终于在郊外乱岗里发现了展豹的安身之处。那里，青石茅草搭建了一所小居，四壁漏风，简陋不堪，看来展豹落魄之极。苏慕楼正想进去问个明白，突然发现，茅居外拴着一条黑狗，跟褚府里的那条一模一样，只是体型小些，正瞪着铜铃般的黑眼睛准备扑咬。

苏慕楼哆嗦止步，摸出埋伏时吃剩的半截猪蹄投了去，嚯，奇了，小黑狗居然啃吃起来，还不停地向自己摇着尾巴。看来，这狗和狗也不一样啊。苏慕楼正自慨叹，一柄冷剑疾然抵上胸口。

"你跟踪我？"展豹走出茅居，换上一身华服。

"噢，我就想知道你为何给褚虎喂狗？"苏慕楼实话实说。

"滚，少来烦我！"展豹怒呀一口，大步流星朝镇上走去。

3

苏慕楼站在杏花楼外，静候展豹。

一夜狂欢，直到日落西山展豹才匆忙奔赴褚府喂狗，然后又折回杏花楼继续逍遥，居然对苏慕楼熟视无睹。奶奶的，江湖行走多年，还从没有人这么不给自己面子。苏慕楼强抑怒火，拦住展豹问道："展大侠，既然你如此繁忙，那狗，我帮你喂如何？"

"什么？你打老子的主意！"展豹警惕地扫一眼苏慕楼，翻脸骂道，"狗，我喂；你，滚蛋！"而后，拉着杏花楼的头牌娇娇进屋快活去了。

苏慕楼无奈，重新溜达到水仙窗外。黑狗依旧狂吠，美人依旧难近。水仙嗔怨地瞪他一眼："你个笨蛋，连条狗都驯服不了，过几天褚虎可就回来啦！"

这消息犹如当头一棒，苏慕楼正觉发蒙，水仙突然递过一张单子，柔声又道："奴家饿了，快去，照单买些吃的来。"

美人差遣，赶紧照办。这奇怪的小娘子，单子上罗列的尽是党参、鹿茸之类的滋补品，价格贵得离谱，苏慕楼心疼得咬牙，买来后交给水仙，水仙含情脉脉

地看他一眼，又赶紧催促："哎呀呀，你快去想法子驯狗吧，傻站着有啥用呀？"

狗呀，狗呀，这可恶的狗呀！苏慕楼郁闷不堪，不知不觉就又溜达到展豹的破居前。

几天没来，小黑狗奄奄一息地趴在地上，尾巴都摇不动了。苏慕楼心酸地抱住狗，眼圈一湿，哭了。小黑狗也心有灵犀似的，跟着他呜哇起来，而且越呜哇越凶猛——不对，看来狗还是饿了！

苏慕楼寻了些吃的，小黑狗风卷残云般扫光后，亲昵地盘在他的膝间又吐舌头又摇尾巴，一个劲地感恩呢。

呀哈！苏慕楼猛地一拍脑门：奶奶的，这狗不叫我给驯服了吗？他兴奋得满面红光，拉起小黑，疯也似的往褚府奔去。

4

"美人，美人，快开门！"一进府，苏慕楼就连声急吼。大黑狗闻声扑起，狂咬不止。你个畜生，还想咬我，苏慕楼这个气呀，不容分说拔出长刀，一道寒光劈下，大黑狗惨呼一声，登时被斩做两段，小黑狗见此惨状，白眼一翻，吓瘫倒地。

"呀，你……你咋杀了狗？"水仙披衣跑出绣房，花容失色。苏慕楼指着吓昏在地的小黑狗，得意大笑："哈哈，美人切莫担心，你看，我用小黑代替大黑，岂不是天衣无缝，快走，咱俩进屋快活去。"说罢，抱住水仙就强吻起来。

"狗男女，杀我大黑，要你们狗命。"突然，一条黑影跃下房脊，剑影灼灼闪耀，直袭命门而来。苏慕楼推开水仙，定睛一看，竟是展豹。

好么，先前受辱，这回又来搅场，苏慕楼气得牙齿咯咯打响，长刀怒然抵上，使出名贯江湖的落花刀法，不过区区三十招，便将展豹劈翻于地。苏慕楼狠啐一口："呸，不识货的玩意儿，想搅老子美事，没门！"而后收刀入鞘，拦腰抱住水仙，再度亲吻。

"哎呀，急什么，你……你先杀了他呀！"水仙娇躯一扭，钻出苏慕楼怀抱，焦急催促。

"一个废物，杀他何用？"苏慕楼纳闷地望着佳人，实在不解。

"哎呀，你别管。杀呀，快杀呀。杀了他我们就永远在一起了。"见他犹豫，水仙愈加焦急。

"啊呀呀，他已落败，何必再杀添恨。走，咱们快活去。"苏慕楼收刀入鞘，抱住水仙贪婪地啃吻起来。水仙花容变色，尖叫着拼力挣扎，却始终脱不开魔爪。展豹捂着伤口，抿唇冷笑。眼看水仙的婵衣就要被一件件扒光，突然，从房脊又跃下一道黑影，一剑刺向苏慕楼，破口怒骂："畜生，胆敢调戏我娘子，我杀了你！"

苏慕楼惊痛爬起，没料到褚虎会突然现身。此刻，过多的言语都是无益，一不做二不休，苏慕楼拔刀出手，六十四路落花刀劈洒过去，这可是多年来拈花惹草安然脱身的一等一绝学，谁个能敌？一时褚虎连连败退，疏忽间已然身中数刀，性命堪忧。听得相公痛叫，水仙花容失色，不知所措。展豹嗤鼻冷笑："哈哈，想借刀杀我，却自食苦果，真是报应呀！"

"你说什么？"苏慕楼闻言住手，疑惑地望着展豹。展豹横手一指水仙，冲苏慕楼哂笑道："花痴，你以为她真喜欢你吗？哼哼，你不过是他们用美人计联手杀我的棋子！"

"他们要杀你？"苏慕楼越发疑惑，"那你为何还帮他们喂狗？"

"呸，帮他们喂狗？"展豹眼睛一翻，"大黑和小黑都是师傅的狗，师傅可宠它们了。师傅病了，他褚虎能舍得让水仙伺候，我就不能替师傅喂喂狗吗？"

苏慕楼幡然彻悟：褚虎和展豹貌合神离，果真为博师父水云子信任，接管江湖第一大派水云门而暗中搏杀呢。"奶奶的，你们争斗，胆敢戏耍老子！"苏慕楼怒不可遏，朝褚虎又刺一刀，而后冲水仙笑道："嘿嘿，小妖精，敢骗老子，待我先宰了他，再慢慢收拾你。"

褚虎鲜血淋漓，只怕再挨一刀便要毙命。就在这时，吓昏过去的小黑突然站了起来，绕着大黑尸体转了两圈后，猛地扑将过来，朝着苏慕楼裆部狠咬一口。苏慕楼惨嚎一声，躬身捂住要害之处，疼得满地打滚。

这一幕，所有人都看得目瞪口呆。小黑还不解恨似的，继续扑咬着。这时，水仙绣房里忽然传出一声轻叱，小黑闻声卧地，呼呼喘气。随即，一位鹤发童颜的老者飘然出门，冲苏慕楼冷冷笑道："大黑和小黑是我收养多年的灵性真宠，它们同皿而食，情如兄弟。杀了大黑，小黑自然不能坐毙。哼，你平素采花问柳，祸害江湖，今日落此下场，也是咎由自取。"然后移步至褚虎和展豹身前道："我不过小患风疾，你师兄弟竟相煎至此！看看，小黑尚有同食情谊，尔等竟不如狗犊！"

两兄弟愧然低头，水云子一叹而去。

从此，水云门江湖绝迹。

小说篇

XIAOSHUOPIAN

绿　扣

青板长街君来行，若懂筝声解卿心，
谁把你的绿扣解开？谁把你的今生伤怀？
爱只爱，恨只恨，多少冤屈埋今生；
错上错，痛上痛，长跪长泣待来生。

一、祭故

晨雾散去，红霞突然蹿涌出来，吞没了半边天幕。霞晕中，十几只满载的货船顺着运河荡水而上。

这是一支清一色的红篷船队，红色的桅，红色的桨，就连划船的桨手都穿着红艳艳的劲装。篷舱里面箱箱货件齐整叠放，每一件上都系着一束别致的桃红丝带。桨手们奋力地划着，齐整的桨声打破了四野的清寂，那些零散的小船自觉地向两岸避开，让出宽阔的河面来，红篷船首尾衔接，宛如一条游移的火龙，炫耀着从河中央浩荡而过。

林雨寒伫立在船头，玄色的披衣迎风招展，他抬头仰望着掩在朝霞中的太阳，知道，天要落雨了。

每年阴历的三月至九月，这支红篷船队便穿梭在京杭大运河上；它们从杭州开船，盛运着江南的名贵缯绢直上京都，再将京都的琉璃美玉带回江南，转手贩售，赚得暴价。十年来，它们的生意越做越大，几乎垄断了整个京杭货运。运河两岸，甚至整个江南，几乎没有人不知道它们的名号。

船队中央的一只富贵红舫里，杭州富商薛永春正邀杯自酌。他倚着乌藤椅，端着琥珀杯，眯着眼睛轻轻地呷着，酒香自手里宝红色的杯中飘起，弥散于舱中，连侍立的仆佣们都微熏起来。

薛永春且斟且饮，阔面上泛着醉红，那神态似醉似醒，又痴又怨，仿佛沉醉在无尽的富贵当中。林雨寒敲门进来的时候，他才从沉醉中脱神，睁开眼，停了杯，静静地等待着禀报。

林雨寒躬身道："薛爷，朝霞满天，怕是要落雨了。"

"噢？"薛永春站起身来，理了理枣红锦袍，走出篷舱，眯眼望着天幕，立即大声吩咐起桨手来："大家快点划，落雨之前一定要赶到京城。"

听到京城在望，桨手们的眼里立即放出神彩，鼓足劲道拼命地划起船来；他们知道，到了京城，便是到了"花满楼"里。一想到花满楼，他们就浑身燥热起来——那是一个令他们回味无穷的地方。每次交货完毕，薛永春便将他们带到那里，在暗香四溢的雅阁中，在铺着软毯的丝帐里，在那些柔软丰腴的女人身上泄尽一路的风尘和疲惫。

而这一回，他们更加兴奋和骚动，那是因为有一个传说——一个叫人心驰神荡的江湖传说。

一月前，花满楼里来了一位名叫"小桃红"的妙龄女子，生得凝脂玉肌，冷艳绝美。每日夜幕徐下、花客齐聚时，她便身披一袭曼地薄纱，怀抱铮瑟姗姗出阁，在花满楼里最惹眼的玉台上面垂首拨筝。灯火耀明，透过薄薄的雪纱，她那白玉般诱人的胴体朦胧尽现；薄纱里面一件奇异的红绸肚兜更叫人热血沸腾。那是一件迥别于其他女子的肚兜；前面敞至乳部，后身却及肩而缝，前后襟接合处，五粒如花的绿扣耀目列排，别具一番风情。每当她奏至激情之时，那半裸的双乳便宛如两只受惊的小兔，若不是那绿扣紧紧绊住，生怕真要跳跃而出！

这个世上有多少风骚的女人，便会有多少可怜的男人。她的绝色和暴装立即引起轰动，那些花客们绿着眼睛、排着长队围塞在花满楼里，渴慕着解开她贴身的绿扣。

一日，她忽然传话老鸨，若有人能听懂她的筝语，且出价千两黄金，她便自

解绿扣，以处子之身伴其一夜温柔。

消息传出，整个京城哗然，各路达官显贵、江湖浪客无不备足银票聘带乐师蜂拥而至。据说，名满京城的霍五爷乘兴而来，居然听懂了她的筝语，就在她欲解扣之时，霍五爷却腹疾突发，整夜难成美事。疾愈以后，霍五爷悔痛万分，败兴潜回霍府，竟闭门不出……

当远在江南的薛永春听到这个传说的时候，立即从安乐椅上弹蹦而起。他是一个富贵的人，这十年来航船所聚敛的财富已使他拥有了千顷良田、百间院落和三十六房娇妾。在日日笙歌、夜夜销魂的惯常生活中，他那双光滑的手已不知解开了多少女人的衣扣。所以，他立即召集桨手开船载货，打破多年来已不亲自押船的惯例，乘船直上京城。

此刻，薛永春远眺着运河尽头，嘴角挂着浅浅的微笑，他仿佛已经看见了那名满天下的花满楼，看见了那绿扣绊住小兔般跳跃的双乳，他的双手禁不住抬起……林雨寒赶忙将酒杯轻轻递去。薛永春怔了一下，仰头一饮而尽。

"早酒晚茶五更色"，这本是极为伤身的禁忌之事。但林雨寒知道，薛永春不论在什么时候，只要一想起女人就会喝酒。在他们这些富贵人的眼里，女人只不过是一杯味道不同的酒而已。几杯热酒下肚，薛永春脸上那自得的神色，就已经让人感觉到，这个世上还没有他解不开的扣儿！

午时刚过，天空中果真渐渐沥沥地落起雨来，林雨寒招呼船工用油布将货箱罩住，又叫桨手们换上蓑衣，继继冒雨赶路。烟雨迷蒙中，船队又行了半日，直到暮色时，京城雄伟的轮廓才依稀可见。

在桨手们的欢呼雀跃声中，薛永春冒雨走出篷舱，林雨寒撑伞轻轻走到他的身侧，禀道："薛爷，我们已到京城了。"

"是啊，终于到了……"薛永春傲然地望着城郭，轻轻地点着头，语气当中全是掩藏不住的兴奋。

就在众人沉醉的时候，一名眼尖的桨手突然大叫起来："快看——"

众人循声望去，前侧百米处的洼角里泊着一叶孤舟，舟上一人慢慢地扬手向空中抛洒着纸屑。一片一片，纸屑漫空飞舞起来，瞬间又被无情的秋雨打湿，沉沉地坠入河中；一片一片，纸屑又被扬起，远远望去，就像一朵朵炸响在雨雾中的银白色的烟花。那片片纸屑随着河水漂流过来，流到船侧，林雨寒俯身一看，竟是祭奠的冥纸！

清明已过，何人竟在这泼天的雨中祭吊？

林雨寒握住刀鞘，足尖轻点，腾跃而出。十年前燕京富商柳长贵全家罹难的教训总让他时刻铭心。他知道，只要船未泊岸货未出手，便时刻潜藏着危险。看到林雨寒驱船而来，孤舟上的人急忙拨调船头，慌乱地向河岸避靠。待两船相近时，林雨寒纵身跃起，如蜻蜓般点水，如燕鹞般翻身，一刀挡住了那人的去路。

孤舟上立着一名女子。她凤目含伤，玉面带痛，一身素淡的村装也掩不住她的绝世姿色。她凄婉地望了一眼林雨寒，匆忙垂头掩面，两颗晶莹的泪珠顺颊流下，溅落在林雨寒手里的阔面刀叶上……

林雨寒心下大颤，这样一个美雅女子竟是个薄命的人！他赶忙收起长刀，甚至为自己的敏感和莽撞懊悔起来：怎么能用冰冷的长刀指着一个孤弱的女子呢？

他欠身退步，表示了自己的冒昧，轻声道："姑娘，不知你悼念何人？"

那女子许是怕见生人，许是过于悲痛，言语竟有些支吾："奴家悼念……相公，惊扰你了。"说罢掩面而过，踏岸远去。

雨中，林雨寒望着她孤独的身影，心里就全是怜惜。十年前，甚至更早的时候，柳长贵的红篷船队就已在京杭大运河上闻名遐迩。那时候，林雨寒苦练刀法，梦想能成为一名刀客，为这位仁心宽厚的富商押船护航。然而，就在那年秋天，柳长贵夫妇连同爱女惜若却被盗匪撞破航船，沉尸河底。

好人逝去，林雨寒歇刀之时，总是面河凭吊，虽然他那时还是一个十六岁的孩子，而他的心里却全是怜惜。

想到这里，林雨寒浑身一震，今日不正是柳长贵的祭日么？他极目搜寻刚才那断肠的女子，就禁不住悲叹起来：这个世道啊，为什么要让这么多的人在同一天里遭受如此悲苦呢？

薛永春踏上岸来。林雨寒默默地看着他，看着这个十年前曾是柳长贵的得力助手、而今大红大紫的商人。难道他已忘记和柳长贵的交情，忘记这心痛的日子了么？林雨寒终于忍耐不住，小声地提醒起他来："薛爷，您忘了今日也是柳爷

的祭日？"

"什么？"薛永春高叫一声。是诧异，是惊醒？林雨寒也分辨不出。就又听见薛永春急切的声音："刚才何人祭故？"

"是个村妇。"林雨寒平静地回答。然而他的心里却怎么也平静不起来：世上怎会有如此清雅的村妇呢？他看见薛永春长吁一口气，将一杯浓酒酹入河中，然后就陷入无尽的沉思中。

夜色已浓，林雨寒极目望去，前方那灯火绚烂处可就是名满天下的花满楼？

二、花满楼

骤雨倾泻，急打长街。

这是一条笔直的青板长街，没有头，没有尾，只有满目红柿般的八角宫灯盏盏相连，耀列一线。

满街的宫灯已将长街染红，在这暧昧的空气中，不安分的男人们已经出动，他们像狡狐一样游荡在这里，倘是没有这噪耳的雨声，便可听到浪女们的声声春叫和他们的鬼笑。

这——便是名噪京城的青楼长街。

花满楼就坐落在长街尽头。占地百亩，造型雅致，以金檐牌楼打面，内接东西南北四落贵阁，中置琼台；三体浑然连成，气势雄迫，俨然如相侯府邸。

踏着雨水，和着雨声，林雨寒护着薛永春的皂盖华轿已经走在春街的青板路上。一个时辰以前，他们泊岸交货后，便雇了这顶华轿匆匆往花满楼赶来。那些兴冲冲的桨手跟随在华轿后面，抬着四口沉甸甸的朱红铁箱，箱子里便是交货后赚得的银两。

薛永春的华轿刚一落地，花满楼的老鸨已闻风而动，大呼小叫着跑下楼来："哎哟哎，薛爷大驾光临，真是蓬荜增辉哟！"说着便眉飞色舞地把薛永春往楼里直拽，薛永春哈哈朗笑几声，抖擞锦袍跨进楼去，那老鸨立马转身，媚笑着又将众人簇拥进去。

花满楼里灯火耀明，人声鼎沸。林雨寒举目望去，东西南北四面阁楼上已经挤满了花客，他们或痴或笑，似醉似醒，那些穿红着绿、袒胸露背的女子缀于其间；她们勾着他们的肩，他们揽着她们的腰，或交杯对饮，或浪声调笑，全然陶醉其中，毫无罢手之念。

只听那老鸨扯嗓清喊一声："姑娘们，薛爷到喽！"

听得薛永春名号，姑娘们扭腰摆臀地冲下楼来，抛眉丢眼儿将薛永春团团围住。薛永春满面春光，开心朗笑，挥手叫林雨寒取出十根金条递与老鸨手里，订了东落二十间贵房，将簇拥他的女子一一分与手下众人，才昂首跃步，带着林雨寒往那贵宾楼上登去。

楼上的花客们跷起了脚尖，伸长了脖子，恭候薛永春贵驾；他们个个点头哈腰，胁肩谄笑，甚至以能和他攀言为荣。两年来，林雨寒兢于押船，而这头一次护伴薛永春出行，便被富贵给薛永春的荣耀深深震撼。可是，在这铺天恭奉的喧哗声中，林雨寒踩着脚下的青砖，抚掌着发陈的楼墙，心中又不禁沉痛。他抬头望着那楼头的名匾，那里已端端正正地改成了花满楼三字，谁又能想起十年前这里原本是柳长贵的府邸呢？

睹物思人，林雨寒仿佛又看到当年柳长贵在这里大宴穷苦、捐粮济灾的景象。都说好人命不久长，对这偏颇的话语，林雨寒从不置视。而今好人长逝，榭堂沦变，这里竟成了逐欢卖笑的花场。世事无常，莫过于此。想到此，林雨寒的心里全是怜叹。

薛永春依旧春风满面，在老鸨引领下，登上了同琼台邻对的贵阁。贵阁里面花床玉几、古玩奢器摆列齐集，那老鸨推开窗棂，将一碗鸳鸯花灯挂在窗外檐角。窗棂打开，琼台和楼下的场景尽览无余；鸳鸯灯亮，众花客莫不抬头仰望。谁都知道，花满楼里只有四碗鸳鸯花灯，也只有像薛永春这样的豪客们才能登上贵阁，点亮花灯。那老鸨当然知道薛永春到此的目的，待一切照料完毕，便笑盈盈地道："薛爷莫急，桃红姑娘马上便要登台献艺了。"

林雨寒这才聚目看那琼台，却发现台基之上全是无以数计的楼阶，那楼阶蜿蜒曲上，直到了顶端，方才现出平台，平台上造设琉璃舞榭，正是供歌妓们献艺之处。

　　林雨寒望着那空空的琼台，实在猜想不出是何样的女子令天下男人如此疯狂？

　　就在此时，楼下突然喧哗起来，随着一声暴喝，十几名刀客冲进楼来，林雨寒循声望去，那伙人腰悬朴刀，身披蓑衣，满脸风尘神色，似是从远道赶来。他们并不拭雨，只顾吆喝着唤叫老鸨，待老鸨冲下楼去，那伙人齐齐望一眼悬在薛永春贵阁外的鸳鸯花灯，排出黄灿灿的十根金条，喝令道："快去点亮花灯，备齐酒菜，我家大哥即刻便到。"

　　花灯亮起，那伙人逐次上楼，待立在西面贵阁，仍不拭雨，也不解蓑，木然恭候着他家主人的到来。

　　薛永春端杯轻呷，怡然自得。林雨寒平目视去，这伙人面目可怖，言行不善，不由得握了握腰间的破风刀。

　　楼上的花客多是为那小桃红而来，等到此时，仍不见她的动静，不免烦躁起来，登时擂拳拍桌高声叫喝，全然没了初到时的雅态，害得那老鸨左乞右求，难以应付。

　　在千呼万唤声中，南落绣房门缓缓打开，那老鸨扯嗓吼道："各位官爷，桃红姑娘登台喽——"喊声落下，一名修竹般婷立的长发女子怀抱华筝姗姗走出。

　　霎时，喧哗声戛然而止，花满楼里一片死寂。先前那些烦躁的花客们莫不翘首企足，一个个圆瞪着血红的眼珠子痴痴地盯在那女子身上，盯在那百级长阶上。

　　百级台阶通琼台。

　　琼台的每一级楼阶上都挂着一盏彩灯。灯光打在她的脸上，打出一种叫人窒息的冷艳；然后打穿她曼地的雪纱，映现她丰腴的胴体……所有的花客都被她的冷艳所慑，没有哗噪，没有动乱，只有静静的屏息张望。华灯耀明，她宛若一朵洁云，一步一步地，轻盈地，飘浮在长阶上，游移在灯丛中。

　　这一刻，林雨寒的心已经停止了跳跃。她那轻盈的步履，就像是踏在他的心上，一步一步地，将他的心踏得停止了跳跃。他静坐着，像一尊僵硬的石像，已经全没了知觉，只有目光追随着她的脚步。

　　小桃红登上琼台，放筝落座。林雨寒第一次看到她耀目的红肚兜上那五粒如花的绿扣，看到那绿扣绊住的圆润的女人双乳，然而他的心里竟生不起一丝邪念。

这二十六年来，他见过无数美艳的女人。他知道，有一种女人叫人心动；有一种女人叫人窒息；可是他从没见过像她这种美艳得能净化男人心灵的女人。他原本厌恶这污浊的地方，厌恶这群胸大没脑的女人们，更鄙视这些庸俗的花客们。而现在，他情愿随他们一同堕落！

小桃红拨试两下筝弦，忽然幽声说道："奴家幼失双亲，历经漂泊之苦，今番斗胆登台，愧仗三分姿色和七分琴艺，欲慕一名十全侠士托付终身。在座诸位官爷，若能解我筝语，奴家甘愿自解绿扣，相侍白头。"

楼里的花客们终于爆破了沉默，他们交头接耳地兴奋叫嚷着，甚至站起身冲着小桃红肉麻地怪叫着，仿佛个个都是十全的侠士。那小桃红全不理会，垂首聚神拨筝。

就在筝声鸣响时，她忽然朝薛永春落坐的贵阁深瞥一眼，那眼神就像一柄冷厉的寒剑，刺得人心中生痛。四目相对，林雨寒霍然惊起：一个天仙般的女子怎会有如此怨怼的眼神呢？而那冷厉过来的眼神竟又似曾熟识？林雨寒石像一般僵立着，疑是入了梦境？在梦境里，他仿佛见过这个女子！

筝声响起，扰乱了他的思绪，他感觉到了自己的失态，缓缓坐下。他看见薛永春似被筝声打动，一杯接一杯地饮着；渐渐地，他的心也被这幽怨的筝声俘获了。

那筝声缓缓沉沉，切切停停，幽幽如诉，凄凄断肠，仿佛是一名无依的孤客在倾诉漂泊之苦，又似一名贞义的孝贤在追思先故。花客们心中的激情全被这幽怨的筝声熄灭。在这幽怨中，每个人都情不自禁地忆起往昔悔痛。林雨寒的思绪也被这筝声带入久远，带到十年前那个秋日的下午——柳长贵罹难后，他的左右手薛永春和霍五那悲痛的哭声，不正像这幽怨的筝声么？

林雨寒走出思绪，看见薛永春依旧一杯复一杯地狂饮着。

忽然，小桃红凤目横视，筝声疾变。初若婴儿急啼，扰人心烦；渐若乱雨打瓦，令人耳鼓瓮闷；再听下去，恰似百将冲冠发怒，指挥万千军马浴血激战；刀枪矛戟迎空舞，嘶鸣吼叫震天响。众人的心弦开始一丝丝一根根地绷紧。

林雨寒倾耳细听，整个曲调中，似乎隐藏着一股无比凌厉的杀气，逼得人无路可退，听得人胆战心惊。林雨寒的心缓缓下沉，沉得凝重，他甚至感觉这筝声已幻化成一柄利剑挟着凌厉杀气向他刺来——

在这密弦急拨中，猛然"铮"的一声，筝弦绷断，筝声戛停。小桃红玉面涨红，深喘粗气，酥胸剧烈地起伏着，欲要冲破绿扣束绊跳跃而出。绷断的筝弦划裂了她的食指，鲜红的血珠任其溅落，染红了筝面。众人连声哀叹，她才缓缓捂住伤指，待情绪平定，忽然起身，向薛永春独施一礼道："奴家琴技拙劣，让薛爷见笑了。"

薛永春哈哈朗笑着起身，叹道："姑娘姿艺双绝，薛某岂敢见笑。"说着，轻拍林雨寒肩头，"雨寒，你颇通音律，可解出桃红姑娘的筝语么？"

音乃心之声，韵乃志之响。林雨寒总觉得这筝声当中蕴含着无尽的哀伤，又潜藏着难言的戾气，他定定地望着这个绝美的女子，他知道，她身上一定有一段不平凡的经历。

林雨寒缓声说道："姑娘前阕乐声悲凉，似在追思故人；后阕乐声表面听来激昂，实却全是愤恨，且……蕴含着杀气。"

楼里的花客们闻言嘘叫，百余双目光汇成一道，齐齐射向小桃红，期待着她的回应。小桃红愕然抬头，怔怔地望着林雨寒，这几个月来，她头一次听到这样的解释；她玉颈起伏着，启唇想要说出话来，但最终还是沉默了。

薛永春抚掌笑道："桃红姑娘的乐声幽怨婉转且豪情激昂，既是对漂泊身世的感叹，又是对美好生活的向往，哪里有什么愤恨和杀气呢？"

小桃红凄婉地笑一下，轻声叹道："薛爷一语中的，解我筝语，奴家谨遵贱诺，在绣房恭候贵驾。"

花满楼里顿时炸开了沸锅，那些乘兴而来的花客面面相觑，嚷成一团。他们冥思苦想，探究那音韵中的真谛，谁曾想这般浅显的解释竟是她的筝语？其实，谁都清楚，她看中的只不过是薛永春的银子。他们开始叹息，开始嫉妒，但更多的却是愤怒——那愤怒中掺杂着鄙视，他们鄙视这个打着献艺幌子嗜财如命的女人！

薛永春红光满面，双目闪亮，一杯接一杯地狂饮着。这一刻，没有人比他更兴奋，没有人比他更荣耀！只有林雨寒木偶般呆立着，也只有他相信，她不是一个嗜财的女人。他看着她那凄婉的眼神，就像是入了梦境？在梦境里，他真的见过这个女子！

就在小桃红收筝下台之时，花满楼外忽然响起一串厉鬼的爆笑声，伴随着那毛骨悚然的笑声，一条黑影箭一般飞进楼来，蹿上百级琼台，黑氅一抖，将小桃红揽进怀里。

林雨寒定睛望去，来人虎背熊腰，一身霸气；再细一看，竟发现他一目精灼闪亮，另一目上斜扣黑纱眼罩，不由心中一沉：莫不是黑道上鼎鼎大名的独眼飞龙吴天宝？

西面贵阁里那些沉寂多时的刀客们齐声喝叫起来："恭贺大哥及时赶到。"那人重重地闷嗯一声，独目缓缓扫过众人，停留在小桃红身上，笑道："美人，要收场吗？"

"官爷晚来一步，奴家已是薛爷的人了。"小桃红清浅一笑，语声冰冷。

"哈哈哈哈……"那人仰天爆笑，笑声当中全是不屑，待笑声一落，独目利剑般向薛永春扫去。

薛永春慌忙起身，惊喜交加道："贤弟，十载相别今相逢，快，快上楼共饮一杯。"

那人黑氅一抖，将小桃红紧紧揽在怀里，爆笑着飞身纵上楼去。

三、相逢一杯酒

花满楼里灯火依旧。然而，失意的花客们都已钻进花房，在别的女人身上寻找着安慰。对于他们来说，就算听懂了筝语，又拿什么去解开她的绿扣呢？这一切，只不过是一场春梦。但也有些执着的，三三两两的，依旧端坐在老地方，仰着头静静观察着薛永春的贵阁。虽然贵阁的窗户已经关上。

莫非他们已经看见贵阁里面薛永春和吴天宝正在对酌？

贵阁里摆着一张梨木香桌，香桌上放着一杯酒，薛永春和吴天宝分坐在香桌两侧，静静地看着桌上的酒，没有一句话。

酒，是不是将他们的思绪带回了以前，带回了他们刚刚相识的时候？

他们是怎么相识的呢？林雨寒十分不解，他默默地看着两人，希冀能从他们的眼神当中寻出些答案来。据说，真正的朋友对视时眼神是非常柔和的，甚至连真情都能流溢出来。可现在，薛永春眯着眼睛，吴天宝也眯着眼睛，林雨寒什么也看不出来。

"贤弟，十年不见，来，我敬你一杯。"薛永春终于打破了良久的沉默，将桌上的酒递到吴天宝面前。

吴天宝冷笑一声："薛永春，这酒里该不会有毒吧？"他张开半眯的独眼，反复端详着手中的酒杯。林雨寒听得一怔，他们不是以兄弟相称吗？兄弟之间怎会说这样的话呢？听见吴天宝的话，薛永春只是轻轻一笑，直到吴天宝将酒洒在地上时，才叹道："贤弟如今怎么这般多疑起来了呢？"

吴天宝独目一瞪："哼！当年我就是太过实诚，才被你们坐收渔利。"他的脸色变得阴沉起来，语气也变重了："怎么，现在可有当年那样的好事吗？要不，我们再合作一次如何？"

薛永春神色一动，深深地一动，但很快就被他的朗笑声所掩。笑声里，他重新给吴天宝斟满了酒，重新递到他的面前。林雨寒终于看见了吴天宝的眼神，他的眼神凌厉且冰冷，哪里有一丝的柔和？

这十年来，只要耳朵没有毛病的人，就不会不知道独眼飞龙吴天宝的名号。吴天宝为人狠毒狡诈，凭藉一身出众的武功，纠集江湖上的恶盗贼寇自创"乌龙"一派。他自立派规，自任"龙头"，率众盘踞于乌龙山麓，出没于江河路驿，打家劫舍，烧杀抢掠，江湖上，他的恶名日日远播，人们莫不馨香祈祷，生怕遭他洗劫。

林雨寒实在想不明白，薛永春怎么会和吴天宝成为朋友，而且还曾经合作过一回？——他们究竟会为什么样的事情合作呢？林雨寒疑惑地抬起头来，看到的却是吴天宝淫邪的目光。

小桃红就坐在吴天宝身旁。这个冰雕美人像尊孤神，悄悄坐着，没有表情，没有言语，也没有掩避，任那贪婪的目光在她身上游移。

她到底在想些什么呢？难道她真感觉不到这些钩子似的热辣辣的目光吗？林

雨寒心中一痛，痛得生疼。这两年里，他从未见过薛永春一杯接一杯地狂饮过，当小桃红出场的时候，他却清楚地看到了，他知道，那意味着什么！而现在，吴天宝那贪婪的目光更让他不安。他望着这个谜一样的女人，难道她真是一个慕财图贵的人吗？

薛永春干咳了一声，咳声让吴天宝放正了眼神，也让林雨寒停止了思绪。薛永春问道："贤弟此番进京可是为了江湖中的事吗？"

吴天宝咧嘴笑道："难道你这次进京是为了生意上的事？"

"这个……当然不是。"薛永春的支吾让吴天宝纵声狂笑，笑声中他用粗壮的手指勾起了小桃红的粉颈，轻轻地说："久居深山太寂寞，早就听说桃红姑娘销魂无比，我怎么不来看一看呢？"

"可是……"薛永春搓了搓手道，"贤弟呀，我已解开她的筝语，她已经是我的女人了。"

"放屁！"吴天宝拍桌而起，桌上的银杯震得脆声落地，将酒洒了一地。吴天宝独目怒瞪，骂个不停："姓薛的，当年你和霍五亏我太甚，十年来却绝口不提，而今为了一个女人，竟然还要跟我相争……"

薛永春俯身去捡那落地的银杯，谁也看不见他的脸色。

当年，他们之间到底发生了什么事呢？为什么吴天宝总是这般耿耿于怀呢？林雨寒看着吴天宝愤愤的面色，心里就全是这样的疑惑。他想当年——薛永春和霍五不是在为柳长贵押船吗？又怎么会和吴天宝搅在一起呢？林雨寒的思绪有些乱了，他反复猜想着他们之间那鲜为人知的"当年之事"。

薛永春满面涨红地站起身来，赶忙往银杯里斟满了酒，没有任何言语，像请罪似的，双手恭捧到吴天宝唇前。吴天宝没好气地哼一声，掠过酒杯，仰头饮尽。

他们之间的隔阂是否就在这一杯酒中尽解了呢？

薛永春喷几口酒气，摇摇晃晃竟有些昏沉，慢慢扶着香桌坐下来说："贤弟，我有点醉了……"说完，伏桌便睡。吴天宝轻蔑地笑了笑，就去揽小桃红的纤腰，可就在伸手的瞬间，他的脑中一片空白，眼前虚幻缥缈，双手无力地垂下来，踉跄着扑伏在桌上，也沉睡过去。

林雨寒惊起：一杯酒怎能将他灌醉呢？

——怎么能灌不醉呢？薛永春慢慢站起身来，哪里有先前的醉态？林雨寒终于知道：他为什么要用那么长的时间在香桌下面寻那银杯了！那杯里，准是放了他对付女人的跌倒香吧？

林雨寒看见薛永春笑了，无声地笑了，那笑从他的阔面上散开，慢慢地扰向嘴角，凝成两道得意的漩纹。"贤弟，贤弟……"薛永春轻轻试探着叫了两声，看到吴天宝昏然不答，才放心挺起了腰身。他望着小桃红，望着这个能叫他一杯接一杯狂饮的女人，又满足地笑了笑。然后很郑重地对林雨寒道："雨寒，你保护桃红姑娘先走。"

走？要去哪里？那个石像一般的冰雕美人突然噌地站起来，身下那四平八稳的梨木方凳被她带倒，发出沉闷的砸地声。这极响的声音并没惊醒吴天宝，倒是让薛永春长吁了口冷气。

林雨寒知道，跌倒香的药力足够让吴天宝昏睡一个时辰；而一个时辰后，小桃红早已乘船南下了……

为了心爱的女人，兄弟间的交情又算得了什么呢？薛永春当然不会把花满楼当作他的新房，更不会在众人地窥视和吴天宝地纠缠下，解开那耀目的绿扣。所以，他拍着小桃红的肩催促道："你们先去上船，我随后就到。"当然，他还要去花房叫醒桨手们，好让他们为自己去划船。

小桃红怔怔地立着，就像是没有听见薛永春的话，直到林雨寒轻轻地拉了她一下，轻声说"走吧"时，她才心事重重地出了门。

四、归去来

夜已深，街上大雨如泼。两个人轻轻下了楼，走进这泼天的雨中。

林雨寒撑开油伞，小桃红慢慢地走进来，走到伞下，静静地依在他的身旁。雨开始没眼似的乱掺，噼噼啪啪打在伞上，打在地上……四周一片冰寒，可两人肌体相依处却徐徐生暖，那暖慢慢升腾，扩散，烘润着林雨寒的心田。

林雨寒伫立在伞下，听着雨声，已忘记了赶路。

要走吗？真的要带她回到江南去吗？在那里——在薛永春的富贵王国里，在那些幽怨的绣楼里，不知深藏着多少这样的妙龄少女呀！可在薛永春的眼里，她们不就是一盆花、一杯酒吗？——鲜艳的时候供她玩赏，无聊的时候解他烦乏，而当鲜艳凋谢、无聊不复时，那些精致的绣楼不就是笼罩着她们的坟墓吗？

林雨寒的心已被这骤雨打乱。他望了望小桃红，望了望这个一出场就将他的心踏得窒息的女人，她就这么孤弱地依在自己身侧，忧郁的，凄婉的，永远都想着自己的心事。

林雨寒不也有自己的心事吗？他的心事是什么呢？

——是一颗种子！一颗在她出场时，便被她轻盈的步履一步步踏植在他心底的种子。那种子已经在他心中生了根，发了芽，结出无数的情丝来，紧紧地牵盘在这个将他的心踏得窒息的女人身上。

这么些年来，林雨寒从来就没尝过爱的感觉，也没爱过任何女人。可是当小桃红出现在眼前时，他竟突然间觉得——爱了，深深地爱了。那爱有点乱，有点苦——叫他的心乱，叫他的心苦。甚至还有点疼。

当他看见薛永春一杯接一杯狂饮着的时候，看见吴天宝钩子一样的目光盯在她身上的时候，……还有那些花客们冲她肉麻怪叫着的时候，他的心就紧紧地缩住，缩得生疼。他想，这就是爱吧？可爱怎么叫人的心这么疼呢？——这种疼，居然比刀刺剑伤还要剧烈，还要难受。这种疼，让他无法忍受，他要走，他要离开这些人，他要离开这污浊的地方，让爱的心不再煎熬！

雨依旧噼噼啪啪地落着，落在地上，也落在他的心上。他低下头，看见她瑟瑟的样子，不容分说地将伞递给她，解下自己的玄色披风来，紧紧地裹在她的身上。然后握住她的手，望着她，一个字一个字地说道："我，要，带，你，走！"小桃红听得一愣，可她的整个身子已经跟着他飘了起来。

青板长街上响起了两个人轻碎的履声，一朵朵晶亮的水花随着履声跳起来，调皮地钻进林雨寒的怀里，他的怀里暖洋洋的，根本就感觉不到一点冰意。在雨中，他拉着她的手，就这样轻盈地跑在来时相反的路上。他要逃离，他要带她逃离这个让他产生梦魇的地方。

她呢，为什么总在挣脱着他的手？——难道她真的不想走吗？

林雨寒停下来，看到了她玉面上的两行泪痕。他松开了她的手，轻轻说："你不愿意跟我走，你就走吧！"她没有走，一步也没有走；林雨寒长叹了一声，叹声有些悲凉，有些无奈。他深深地望着她说："我听了你的筝，我知道那里面藏着一段伤心的故事；我望着你的眼神，可你的眼神里根本就没有流露出一丝对富贵的向往！我就想不明白，你为什么要来这种地方？偏偏要交杂在这些人中间呢？……我，我林雨寒虽没万贯家财，却……却也养得起我心爱的人！"

他的话还没有完，小桃红就已经扑进他的怀里……在雨中，他们就这样拥着，听着雨声，听着彼此的呼吸，听着彼此的心跳。这一刻，林雨寒才知道，这个外表孤傲冷艳的女子，内心里却是寂弱的、痛楚的，她多么需要一份理解的心怀和一双可依靠的肩膀啊！

现在，林雨寒仿佛一闭眼，一怔神，薛永春一杯接一杯狂饮的神态，吴天宝钩子一样的眼神和花客们放荡的笑声，就会清晰地闪现在他脑海中。他只想让她依靠着自己的臂膀，带着她走。虽然不知道甚至也没有想过要去哪里，可他真的不忍心让她继续生活在这个梦魇一般的地方。

小桃红慢慢地从他怀里出来，眼里全是感伤，凄楚地望着他，许久才道："你是个好人，可是……我现在，还不能跟你走。"

林雨寒大愕，无法相信自己的耳朵。

小桃红噙住欲落的泪水："因为，我还要等一个人。"语声落下，一颗泪也落下，落在林雨寒的掌心。

——等一个人？

——她到底要等一个什么样的人呢？

林雨寒怔立在泼天的雨中，望着她一步一步向花满楼里走去。在雨中，她就这样轻轻地走去，她那孤独的背影，就好像似曾熟识！

五、溅血惊魂故人来

清晨，一声凄厉的惊叫刺破了花满楼的宁静。

那叫声从花满楼里炸响，穿透过每一间花房，清晰地传到楼外，传到了青板街上；声音尖锐，充满着惊恐，就像是夜行的女人遇到了龇牙的厉鬼，懦弱的男人被刀剑划破了胸膛。疲倦的花客被它惊起，媚笑的浪女戛然敛容，佩刀带剑的江湖浪子更是握紧了刀剑……人们慢慢地探出头来，就看见老鸨满面青色地瘫坐在楼阶上。

这是一个无眠的夜。这是一个焦躁的夜。

薛永春伫立在红篷船上，从三更一直等到了四更，依然看不见林雨寒和小桃红的影子。他焦躁着，疑虑着，只好带那些呵欠连天的桨手们往花满楼里回找。就在半路上，碰见了失神落魄的林雨寒，他耐住性子听完林雨寒禀报，一掌将手中的油伞劈成两半，他就不信，这世上还会有他带不走的女人！

清晨，当薛永春重新回到花满楼时，就听到了老鸨那毛骨悚然的惊叫声。薛永春循声冲进楼来，就见那老鸨像团肉泥一样软瘫在楼阶上，抖颤着手直指着东面的贵阁："快，血人，血人……"

楼里的花客们闻言大惊，哗啦一下全涌出来，顺着老鸨所指仰首齐望，均不约而同地惊叫着畏缩起来。东面贵阁的门早被老鸨推开。贵阁里，一个彪形汉子僵伏在中央的梨木香桌上，披头散发，浑身是血。暗红的血顺着香桌流下，淤积在地上，又从地上流出门去，沿着楼阶汩汩涌下，到了悬空，一滴一滴滴落下来，把个花满楼里溅得一片腥红。

林雨寒被这刺目的鲜血惊起，一个箭步冲上楼去，却愕然怔立在那里，就连薛永春纵身赶到时，也忘记移脚让路。他看见昨夜里还不可一世的吴天宝，现在已经全身冰凉地僵伏在那里，成了一具死尸。虽然刚才他还充满了怀疑，但看见这血肉模糊的尸身时，还是不由得相信了。

吴天宝歪歪斜斜扭在桌上，脊背上扎满了刀眼，刀眼密集在一起，几乎烂成一个血洞……在这触目惊心里，林雨寒已经强烈地感觉到——是仇恨！是要命的仇恨！这十年里，这个杀人魔王横行江湖，不知有多少鲜活无辜的生命戕害在他手里。现在，他终于要用血和命来品尝一下仇恨的滋味了！林雨寒甚至都能感觉到，昨夜里那个横眉怒目的复仇者是怎样一刀一刀扎进吴天宝的脊背，看着他的血一点一点流尽，痛苦地死去的。

昨夜里？昨夜里吴天宝不是中了薛永春的跌倒香吗？——对呀，要不然以他的身手，又怎么会没有一丝反抗就被人刺死在这里呢？林雨寒禁不住将这些疑问说出来时，薛永春就像是被人猛刺了一刀一样弹跳起来。"住口！"他朝林雨寒厉斥一声，双眸里布满了惶恐。

薛永春闭上双眸——怎么能不惶恐呢？要是让吴天宝的那些强盗手下听见这话，那会是什么样的后果呀！他绕着吴天宝的尸身转了一圈，缓缓地俯下身，蹙紧双眉端详着那扎满刀眼的尸背。他倒要瞧一瞧，究竟是什么人，竟然将大名鼎鼎的杀人魔王吴天宝悄无声息地杀了。忽然，他发现吴天宝披散的头发似乎掩住了什么，他轻轻地用刀一挑，就在长发掩住的香桌上，赫然露出三颗血淋淋的字来，一惯沉稳的他几乎失声叫了起来——薛永春看到，那三颗血淋淋的字竟然是他的名字！

这究竟是什么指意呢？是嫁祸？还是复仇者的下一个目标？

林雨寒也不由愕然了。可是，这又怎么会呢？这些年里，薛永春虽然不及柳长贵那般悬壶济世大宴穷苦，却也安心守业本分为人，又怎像吴天宝这样结下遍地仇恨呢？林雨寒想不明白。他发现三颗字均是用利器蘸血深刻在桌上，字形虽然有些愤怒的凌乱，但字体却有股女人的娟秀！

薛永春的眼里全是惶色。那三颗血字，就像三根钉子一样扎进他的肌肤，让他感到深深地不安。他知道，这是在嫁祸，凶手就是要叫乌龙派的莽汉们看到它，然后再将他卷入和乌龙派的仇恨屠戮中。薛永春甚至都预感到，凶手就在楼下，就夹在那些杂七杂八的花客们中间，悄悄窥视着他……他赶忙将桌上的血字抹去，急唤一声林雨寒，转身疾步向楼下走去。

他要走。他要用最快的速度离开这个是非之地，带上他最心爱的女人和最得力的助手回到江南去，在他的私人天堂里，去享那享不尽的艳福！可是，他刚跨出贵阁，就怔立在原地。走得了吗？——乌龙派的人手里拿着刀，眼里喷着火，就像阎罗殿里的索命鬼一般排列在楼阶上，挡住了他们的去路。

林雨寒急忙护在薛永春身前，探手去拔腰间的破风刀，薛永春狠狠地拽他一下，递眼让他收刀退后。薛永春微叹一口——乌龙派是好惹的吗？这十年里，只要耳朵没有毛病的话，就不可能不知道他们的所为；更何况，他们不是还有一套江湖无敌的九龙阵吗?

薛永春努力使自己平静下来。他知道，这里不是江南，不是他的地盘，他强挤出些笑来，道："各位英雄，你们这是何意呀?"

乌龙派中为首的一名青面汉子怒喝道："薛永春，想不到你为了一个女人竟然会毒害我们大哥!"

薛永春脑中嗡地一下，脸色也就变了。奇怪呀，乌龙派的人不是还没有进房吗?他们怎么会先知呢?难道他们早就发现了桌上的血字吗?薛永春疑惑的目光顺着这些愤怒的人看下去，看到小桃红时，他就明白了。

小桃红站在楼下，脖颈上架着一柄刀，是乌龙派的刀。这个女人，她居然闭上了眼睛——准是吓得吧!薛永春看着她楚楚可怜的样子，也就消了些怨气——能怪她吗?据说，刀架在女人脖颈上的时候，女人什么都会说的!

苦熬着终不是办法。薛永春只好干笑起来，笑声中，他抱拳说道："各位英雄，十年前我就和你们大哥结为挚友一道出生入死，昨夜我们久别重逢，一醉方休，我又怎么会去加害他呢?"

"放你娘的狗屁!"乌龙派的人都是匪盗出身，天生火爆脾气，他们哪有耐心去听薛永春的废话，待那青面汉子骂声一落，俱怒狠狠地挥刀向薛永春劈来。

这十年，薛永春从未受过这等羞辱!还不等林雨寒出刀，他已拔刀向骂他的青面汉子砍去，他要剁了他的臭嘴，让他品尝一下十年前柳长贵手下最厉害的刀法。

林雨寒的破风刀业已出手。此时此刻，只有拔刀应战，而别无选择了。出刀时，他看到了小桃红关切的眼神，那眼神在他的心里生了暖意，甚至添了杀敌的勇气。就在此时，所有的人都看到，他像一条出涧的蛟龙腾空而起，长刀破风，刀气袭人，直冲着楼下扫去。

霎时，花满楼里刀声交响，杀声震天。花客们早已涌出楼门，四下惊散;只剩下无处可去的浪女们，东冲西撞着尖叫着跑进绣房，见证着这场血战。

就在林雨寒抽刀的同时，二十余名桨手也杀进战团，虽然他们的刀法比起他们一流的桨技来要差上很多，可是危难关头，又怎能坐以待毙呢?

　　乌龙派的人虽然有些意外，却也没有把他们放在眼里，纵横江湖十余年来，他们还没有碰到过对手呢。事实也是如此，他们只用了十余刀，就已经放倒了好几人。见到了血，他们就疯狂地笑起来，在笑声里，他们又疯狂地挥起刀……他们只有一个信念：他们要用血，要用薛永春的头颅来祭奠吴天宝的亡魂。

　　薛永春已经连砍了三十余刀，可仍然没有碰到青面汉子的嘴唇，他的心里有些发乱了——自己真的老了吗？刀法真的不及先前了吗？他看到了青面汉子脸上一下比一下强烈的讥笑，听到了桨手们一声接一声的惨叫，他的心开始下沉。他原本以为，手下的二十余人足够和乌龙派周旋一番，现在看来，还是低估了乌龙派的实力。趁薛永春心慌神乱，青面汉子突然反扑，大刀长啸一声，卷夹着风势向他的天灵盖上劈来。薛永春的心沉入死谷，他已无路可退。

　　——林雨寒呢？他在哪里？

　　林雨寒就在楼下。当他一刀挑去小桃红脖颈上的那把刀，将小桃红揽进怀里的时候，乌龙派的人就开始吃惊——他使的是什么刀？为什么总会有呜呜的破风声音？那声音就像是巫师发出的魔咒，待你细辨时，它已穿透你的胸膛。乌龙派已经有五个人连着倒在刀下，但是他们并没有慌乱；很快，又有五个人冲了上来，他们避开怪响的魔刀，避开林雨寒精纯的刀法，朝着小桃红狠狠砍去。

　　他们已经发现了林雨寒的破绽——他拼命护着的这个手无寸铁的女人不就是他的破绽吗？

　　五把刀风驰电掣般砍来，从五个不同的方向砍来，林雨寒拼命阻挡，却也只挡住了四把；那另外的一把就像是生了眼睛，巧妙地闪过阻截，向着小桃红的胸扎去。生死关头，林雨寒推开小桃红，只臂挡住了刀路。血顺着刀口汩汩涌出，染红了他的一臂，乌龙派的人开始狞笑起来，这正是他们的目的。可很快，他们的笑容就僵直了，他们看见了小桃红眼中的热泪，可林雨寒呢？这个铁骨男儿，他咬着牙没有叫一声，甚至连眉头都没有皱一下！……被阻的四个人开始惊退，只有得手的那个还在怔愣，刹那间，他看到林雨寒突然转身，长刀怪叫着破风而来，穿透他的胸膛。

　　就在这个时候，谁都听见了薛永春绝望的惊叫声。林雨寒愕然抬头，就看见青面汉子的大刀已经朝薛永春的天灵盖上劈去。千钧一发之际，林雨寒纵然插上翅膀也无法赶到薛永春身边挡住那夺命之刀。但是，他还是急忙将破风刀甩手掷出，向青面汉子掷去。要知道，作为一名刀客，作为一名护手，要是让薛永春在自己的护卫下丧命，那么，他将无法在江湖上立足，甚至还会成为薛家的公敌。此刻，他的心已经沉落，陷入绝望……

绝望中，林雨寒突然听到了一声锐响，是两刀交错的锐响！他的心从沉落中惊起，他看到，青面汉子的刀居然被震飞了！是被他的刀震飞的吗？

不是。那是一柄不知从何处而来又落向何处的飞刀！

林雨寒的刀呢？

林雨寒的刀仍在呼啸疾飞，向那怔立的青面汉子疾飞。

乌龙派的人尖叫起来，那青面汉子骇然抽身，可还是没有避过，破风刀稳稳地砍在他的背上，他痛叫一声，瘫坐于地。乌龙派的人慌忙停手，向那青面汉子扑去。

薛永春趁势冲出重围，悲喜交加着向楼口疾步走去。林雨寒这才看到，楼口站着一个极不起眼的人。那人刚步入中年，竟已谢顶；短矮的身上赘着臃肿的肚腩，活像一个直身的田蛙，叫人不觉生笑。

林雨寒并没有笑，因为他已看见那人手中把玩的飞刀，他忽然记起一句俗语——真人不露相，露相非真人。可不是吗？谁能料到，就是这么个极不起眼的人，竟用手中的飞刀救了薛永春的性命。

他究竟是什么人呢？

林雨寒看见薛永春和那人拥在一起，轻轻地互拍着肩膀，呵呵地笑着，那种默契，那种亲热，就像是故友重逢抑或知交偶遇一般。林雨寒看着那人油亮的脑门，华贵的锦袍，心中蓦地一亮：除了名满京城的霍五爷，还会是谁呢？

六、春宵苦短

花满楼从来没有像今天这样静寂过——无声，无息，就像一座荒野中的死庙，透着没有生命的阴厉和森冽。那往常老鸨匆匆的履声，浪女滴滴的娇声，花

客肉麻的哄笑声，觥筹交错声，桌椅响动声，仿佛在今天全然消逝沉寂。

这是从来都没有过的情景。青板街上的过客们疑惑地探进头来，看到了被血染红的楼阶、桌椅和遍地的横尸。在刺目的血红中，他们尖声跑开……又有过客探进头来，又尖叫跑开……他们惊心动魄地反复着，见证着先前那场血战的结局。

血战并没有结束。乌龙派还剩下九人，准确地说，是九条"龙"。这些嗜血的强盗，横行江湖十余年来，从来就没有把自己当作人看，永远都自诩为龙。所以，乌龙派还活着九条龙。

刚才的那场血战，是他们在这几年里遭遇的最为棘手的一场。薛永春手下那个使怪刀的青年居然连杀他们六人，最后还将他们的青面首领砍伤；而那名援手的秃顶怪人，更是深不可测。这样的损失，他们当然不会再战，所以，他们给了薛永春三天时间，要薛永春在三天后做个了断。

三天后他们元气恢复，伤痛痊愈，不就能联手使出江湖无敌的九龙阵吗？乌龙派的人当然不会罢手，他们就是要用薛永春的血来祭奠吴天宝的亡魂，消尽他们的怨气。现在，他们就像一匹匹归歇的狼，伏藏在九个不同的角落里，在喘息中暗窥着东面绣房，等待着时机，等待着反扑。

东面绣房里共有四个人。除了薛永春、林雨寒和小桃红外，另外一个就是笑里藏刀的霍五。

房里的空气是凝重的、沉闷的。

林雨寒看到霍五一直都在笑，那笑像是镌刻在他脸上似的，好像永远都消退不掉。

笑怎么会镌刻在他的脸上呢？据说，只有三十余岁的霍五非常乐意听京城里的人叫他霍五爷，每当听到这样的称呼，他的眼角和唇角就会笑起来；听得多了，笑得久了，唇角和眼角的笑纹就慢慢加深、延长，然后连在一起，覆盖了他本来的面目，所以，不论在什么地方什么时候，霍五看上去总是笑眯眯的。

林雨寒不居京城，当然不知这传闻。他的记忆中，霍五仍是那个在十年前为柳长贵押船的护手。那时候，听说霍五流浪街巷，凭刀技卖艺为生，是柳长贵怜他苦难，带回船上同薛永春一道诚心重用；那时候，霍五和薛永春刀技绝伦，在运河上八面威风……可是，再绝伦的刀技不也挡不住那些虎狼般的匪盗么？柳长贵全家不就是在他们的护卫下沉尸河底的吗？

林雨寒看着霍五僵刻的笑容，就想起了这些。柳长贵遇难后，薛永春重掌船队，而霍五则独闯京城，几乎不到半年时间，他们就双双发迹，名噪两地。他们的暴富羡煞了世人，世人将其当作神话一般颂扬，甚至作为激励后世的榜样。而今事过境迁，他们富贵缠身荣华难消，怕是早已将柳长贵的知遇之恩和重用之情淡忘了吧？林雨寒想到这些，心里就分外沉重。

薛永春呢？他也在笑吗？

薛永春沉着脸——刚才的那一场血战，手下二十余名桨手无一幸存，全成了乌龙派的刀下之鬼，他还哪有心思去笑呢？想起刚才，他的心就咚咚乱跳，若不是霍五及时援手，他不也就成了他们的刀下之鬼了吗？薛永春瞪一眼林雨寒——生死攸关的时刻，他居然忘了自身职责，拼命护着那个毫不相干的女人，但很快地，就收藏责怨的眼神，他知道大敌当前，只有团结一心才能突破重围。

薛永春将目光投向了霍五，期待着他说出些破敌的法子来。可是，霍五僵笑着脸，长久地沉默着。他怎么不说话呀？他可是唯一能够援救自己破出重围的人呀！薛永春着急地搓搓手："贤弟呀。"他突然又觉不知如何启齿，只好道："刚才若不是你出手援救，我这条命恐怕早已……"他没有再说下去，他看到霍五就像是没有听见这话，仍然木雕般僵笑着。薛永春只好走过去，走到霍五的眼前，重新再唤一声。

霍五这才出声应道："大哥何必见外呢。……我只是奇怪那吴天宝尸背上密烂的刀眼，竟像是膂力不济的女人在慌乱中用匕首扎下的。"霍五慢条斯理地说着，每吐出一个字来，林雨寒的心就惊跳一下。其实，当林雨寒看到那娟秀的三颗血字时，就有了这样的怀疑，可是，花满楼里宿着成百女子，又怎能辨出是谁下的手呢？想到女人，林雨寒就禁不住望了望小桃红。这个女人，她居然比谁都吃惊，双眼张得大大的，一副六神无主的样子。

薛永春并没有吃惊。他知道，不论凶手是男是女，自己都已被卷入同乌龙派的仇恨屠戮中，都已陷入一箭双雕的毒局中。所以，他急切地对霍五道："贤弟

呀，现在合力破出重围，才是我们的当务之急呀！"

"这个……，这个……"霍五嗫嚅了半天，终于说道，"这个林少侠的臂伤不是还很重吗？"

薛永春看一眼林雨寒，焦灼地踱了几步，又问道："那我们要等到何时才能突围呢？"

霍五腆腹走了几步，停在小桃红身侧，口里"这个这个"的嘟哝着，久久没有下语。薛永春盯着他翕动的口唇，心中像生了火般焦灼，可又不便发作，只得耐心等待；等来等去，依旧是"这个这个"的嘟哝声，薛永春听得一头雾水，怔然呆立。就在同时，林雨寒突然看到霍五朝着小桃红瞥了几眼，那眼神使他莫名地不安起来，他虽然不知道霍五来此的目的，但心里总有些不祥的预感。

看到霍五缄口不语，薛永春焦灼地踱起步来，从东窗踱到西窗，又从西窗踱回东窗，搓着手，叹着气，再也没了往日尊贵的神色，心里似乎盛满了焦躁和不安。他怎么会看不破乌龙派的诡计呢？三日之期只不过是乌龙派喘息的幌子，待那青面汉子刀伤微愈，他们立即就会反噬，而且必会联手使出那江湖无敌的九龙阵来。真到了那时，纵然再来十个霍五，他还不是要葬身此地吗？而他那些令世人羡慕的宝马雕车和泼天的财富呢，他还没有享用够呢，难道要它们为自己殉葬吗？他望了望那个心事重重的小桃红，甚至都懊悔起来了……

就这样，薛永春从午后一直踱到日暮，又从日暮踱到掌灯。过度的焦躁已经替代了身体的疲惫与饥饿，他就像一头待怒的野兽，倘一招惹，便会咬断你脖颈。

林雨寒不敢也不愿看他脸色，只是静静调理着臂伤，等待着突围。小桃红除了噙泪替林雨寒包扎伤口，一整天，就再也没有抬起头来；这个女人，她好像永远都有着心事！

暮色阴沉，灯火阑珊。林雨寒想，现在不正是突围的最佳时机吗？可霍五居然仍躺在软椅上，轻轻打着鼾。

机遇岂能这样白白浪费？薛永春终于暴怒，一把拽起霍五，大吼道："你究竟要到何时才想突围呀？"霍五白眼一翻，极不耐烦地脱开手道："哎呀大哥，难道你真不知我为何而来吗？"

——为何而来呀？

薛永春一怔；林雨寒一怔；就连小桃红也微微一怔。

霍五翻一眼薛永春，滔滔说道："昨夜手下回报，说大哥听懂桃红姑娘筝语，正要解扣时，却被吴天宝搅局，所以，今晨我便匆匆赶来。"霍五的话还没说完，林雨寒看到他脸上僵刻的笑容竟然消退了！此刻他秃顶的面目，活像一个布满裂纹的蛋壳，看得人心乱。就听霍五继续道："……大哥你是知道的，其实我才是第一个听懂桃红姑娘筝语的人呀，只因解扣之夜我腹疾突发，才耽搁至今。大哥你想想，我总不能叫那千两黄金白白流失吧！"

天哪！林雨寒的心彻底乱了！莫非先前不祥的预感要应验了吗？林雨寒站起身来，望着霍五的龌龊面目，心里千般悔苦，要是昨夜里自己再坚持一点，坚持带她离开这梦魇一般的地方，现在又何必焦灼地看着薛永春的面色呢！

薛永春的面色非常难看。他做梦也没想到，霍五迟迟不肯突围竟然是为了一个女人，一个已经属于他的女人。他原本以为，霍五还和十年前一样对他言听计从，可现在他发现自己错了，有些自以为是了。

霍五见薛永春迟不决意，叹气道："大哥若不肯割爱，那么……就罢了吧！"

薛永春当然听得出他话中意味——他又怎会肯罢了呢？他是在试探自己呢？薛永春闭上眼睛，什么都不愿去想，他只想活着，只想活着离开这里，回到他的富贵王国里去。在那里，什么没有呢？他干笑了两声，终于沉声说道："贤弟，春宵一刻值千金，我和雨寒在房外静候，一个时辰后，我们联手突围。"说罢，唤一声林雨寒，头也不回地就往房外走去。

林雨寒的心猛然下沉！他不是口口声声说要带她回江南去吗？他不是口口声声说要和她共享荣华富贵吗？他不是口口声声说要疼她要怜她吗？难道这些都是假的吗？难道他真要把她拱手让给霍五吗？

眼看薛永春就要走出房门，林雨寒再也忍不住，大叫一声："薛爷——"薛永春停了脚步，但没有回头。林雨寒刷地拔出长刀："薛爷，雨寒轻伤无碍，现在足可杀出重围！"他的语气坚定有力，蕴含着无比的信心和力量。他就是要让薛永春知道，他有信心、有勇气、有能力杀出重围，用手中这把令乌龙派心

惊的魔刀杀出重围。就算洒血拼命，可只要一息尚存，他就要护卫薛永春脱离险境——这样，于他自己也是一个安心的交代！然后，他将毫不犹豫地带上她走——走，走得远远的，再也不叫心痛！

可是，薛永春仍然无动于衷。生死攸关的时刻，女人又算得了什么呢？他冷哼一声，跨出门去。

林雨寒的心一落千丈！他看到那僵直的笑纹又镌刻在了霍五脸上，霍五居然朝他得意地诡笑起来。林雨寒一把推开霍五，向小桃红径直走去。他心意已决，现在就要带她走！

就在林雨寒的手伸过来时，小桃红竟然游鱼般滑开，娇滴滴地扑进霍五怀里。突然间，她就像变了一个人，再也没了往日孤傲的神色，再也没了满腹心事的伤情；她樱口微张，眼神迷离，一手勾住霍五的脖颈，一手捏个粉拳，轻轻捶着霍五的肩头，娇声叫道："哎哟五爷，奴家可终于把您给等来了，还以为你把奴家给忘了呢！"霍五喜得眉飞色舞，臭嘴趁势就向她的香唇上凑去……

这一刻，林雨寒愕立原地，他本以为是自己的眼睛生了变故，可这一幕却清晰地展现在他眼里，让他不再生疑，不敢相信这孤傲绝美的女子甘心偎在霍五的怀里？这个女人，她到底是怎么了？难道霍五竟是她苦苦等待的那个人吗？林雨寒不顾一切地冲过去，从霍五的怀里将她拉出来，大声咆哮道："走！我要带你走！"

看到林雨寒奋不顾身的样子，她惊了，她愕了，她泪光莹然了；她让他握着她的手，拉着她走，可是，走到门口的时候，她还是脱开了手，她泪光莹然地甩开他，说："我和你有缘无分，你走吧！"然后，她缓缓地拉住绣房的门，轻轻地插上门里的闩，将林雨寒挡在了门外面。

七、英雄泪

深夜的绣房外秋寒袭人。

这几日，秋雨没完没了地下，把四街的气温慢慢降下，入了夜，秋寒四处弥漫，穿透夹衣，侵入肌肤，有些冰凉。

乌龙派的人瑟缩在阴暗的角落里，避着秋寒，等待黎明的到来。白日里，他们寻到了最好的金创药，已敷在青面汉子的伤口上，经过整夜调养，在黎明破晓之前，他们将发出最致命的一击！就在他们暗喜的时候，绣房门发出了声响，深夜里，这声音使他们惊起——难道薛永春要提前突围吗？他们顾不得秋寒，匆忙从伏藏的角落里潜出，看到的却是薛永春和林雨寒僵立不动的身影，他们空乱一场，只有耐着秋寒警惕等待。

　　深夜的灯光里，林雨寒一动不动地站在绣房门口，恍恍惚惚中觉得自己也要等待。要等待什么呢？等待她的春宵一刻，等待这宿命中注定的一个时辰吗？他双腿木然地钉在那里，他不想动，一动，他的心就会痛的！他想立着吧，立着至少会踏实一点；立着至少还能听到房里的声音和动静；立着至少他的心还不会死！倘是走开呢？他不敢想，真的不敢想！

　　时间在等待中一分一秒地逝去。绣房里的灯火越来越暗，越来越暗；声音也越来越响，越来越响；林雨寒的心缩在一起，开始痛了。真是自己色迷心窍了吗？真是自己自作多情了吗？不是的！不是的！昨夜泼天的雨中，她不是紧偎在自己怀里了吗？她泪光莹然的眼里，不是包含着浓浓的深情吗？这时，突然从房里传出两声霍五奇怪的闷叫，那声音短促有力，听得人心慌。林雨寒不再犹豫，长刀一挥，破门而入。

　　门嘎地一开，一股强烈的血腥味就扑鼻袭来，熏得他掩鼻而呕。他的心蓦地一沉，循着这刺鼻的腥味看过去，顿时，就惊呆了——

　　昏黄的绣帐里，霍五双手紧扼着小桃红的脖颈，赤身裸体地和小桃红扭在一起。小桃红反跨在霍五身上，双乳裸露，绿扣半解，玉面被扼得通红，喉头也咯咯憋响，她一手反扳紧扼脖颈的双手，一手竟然握着一把明晃晃的匕首，朝着霍五脊背狠狠猛扎。血从霍五的脊背上喷溅而出，溅红了绣帐，溅红了花床，也将她溅成一个血人。霍五的脊背已被扎烂，几乎要烂成一个血洞，可小桃红依旧怒目圆瞪，依旧一刀接一刀狂扎下去，丝毫没有停手之意……刀光刺目，溅血惊心，直到霍五双手无力垂下时，她才木木地停下手来，瘫倒在花床上。

这是她吗？这真是她吗？林雨寒不敢相信自己的眼睛，不敢相信这突至的变故，不敢相信她会是一个手持利匕的凶客？——这怎么会呢？该不会是幻觉吧？林雨寒摇摇头，再摇摇头，摇去了所有的虚幻，回到这真实无比的惊心之中。

触目惊心的血泊里，霍五早已没有了声息。

林雨寒看到霍五的双眼瞪得大大的，至死都没能合拢。那眼里虽然布满着惊恐，但还是流露出一丝的愤怒和不甘。霍五也许至死都没想到这个令他心仪的女人，竟然会在交欢的时候突然向他出手；所以，他死了，瞪着眼睛死了；死在他的春宵美梦里，死在富贵难享的遗憾里，也死在所有人惊愕的目光里。而至死，他都不知道同她有何冤仇？

薛永春闻声赶来，愕然怔住。

乌龙派的人闻声赶来，愕然怔住。

这血腥，这场景，乌龙派的人惊——

薛永春更惊——

看到血，看到霍五的尸背，薛永春就闭上了眼睛。一闭眼，吴天宝惨死的景象蓦地从他脑海中跳出，闪在眼里，他匆忙睁开眼睛，凝目细辨霍五密烂的尸背。……同样的尸背，同样的刀眼，密在一起，烂成血洞。白日里霍五的话在他耳际猛然回响："……密烂的尸背，竟像是膂力不济的女人在慌乱中用匕首扎下的……"默念中，薛永春的目光已经盯上僵伏在花床上的那个女人；那个取名小桃红的女人；那个孤傲冷艳得像个女神的女人；那个令他一杯接一杯狂饮的女人。竟然会是她？薛永春浑身打个激灵，硬生生地将惊愕吞咽，让它在腹中叫响。

他想起昨日那个焦躁无眠的夜里，他伫立在红篷船上，冒雨苦苦等待，等来的却是一场空欢。就在那夜，吴天宝猝死，而他赶回花满楼时，就被莫名地搅进同乌龙派的仇恨屠戮中。他想起解筝之夜，林雨寒说她筝声里含着愤怒和杀气时，他还抚掌失笑，连他自己都觉得浅白的一句话语，居然解她筝语。他想起她天生的绝色和那使常人疯狂却又非常人能出价解开的绿扣……这一切，全是她精心而设或是要苦苦索求的吗？惊罢良久，依旧是惊！

现在，她僵卧在花床上，许是死了吧？薛永春这么想着，目光紧紧地盯在她半解的绿扣和祖露的双乳上。这个女人，居然还是这么迷人，居然还是这么勾人欲望。薛永春闭住了眼睛——贪色是男人的通性，也是男人最大的弱性和奴性。吴天宝和霍五这样叱咤江湖的风云人物，不就是在自己的色欲里，被这个柔弱的女人用一把小小的匕首放倒了吗？

薛永春闭住眼睛，可满心的惶惑又使他难以合眼。这个女人，她究竟是什么人？为何要委身在这污浊之地，以绿扣为饵暗藏杀机？她同他们，甚至同自己究竟有何冤仇呢？惶惑和狐疑使他轻轻试探着，一步步走过去，走到绣帐前，走到尸身侧，他垂下头，他俯下身，他倒要瞧一瞧，她究竟是什么人？

他看到了什么呢？

他看到——

小桃红突然睁开眼睛；突然弹跳而起；突然手持一把明晃晃的匕首向他刺来。

剧变陡生，薛永春措手不及，眼见那明晃晃的匕首要扎入眉心。

慌乱中，他无法闪避，只好用臂挡住了刀路。刀起血溅，薛永春痛叫一声，朝小桃红胸口猛击一掌，匆忙去拔腰间长刀。他的掌法阴狠至极。只一掌，小桃红就觉肝胆欲裂，一口鲜血再也强忍不住，哇地狂涌喷出，喷得薛永春满面血红。趁薛永春双目黏血难视，小桃红强忍剧痛，一脚踢飞他的长刀，挥刀再度向他狠狠刺去。

薛永春没想到，这个柔弱的女子经过先前的搏杀和他的力掌重创后，居然还有如此气力？他看到她已不再是那个双眸含情的女人，她的眼里喷着火，喷着仇恨的火——薛永春忽然觉得她身上爆发出一种仇恨的力量。这力量让他无法抵挡，他大愕，他疾退，终于又避过了一刀！他赶忙扑到花床上，去捡他飞落的长刀。小桃红飞身跃进，竟拱身将他紧紧压住。他伤臂奇痛，无法翻身，任小桃红疯抓、狂撕、狠咬，突然，他又看到了那把明晃晃的匕首——

那把匕首突然从小桃红怀里钻出，划了一道诡异的弧线，从薛永春头顶上直刺下来——

绝望中，薛永春只有大叫——

这叫声，使林雨寒从迷惘中惊醒，他挥刀西来，竟然用手挡住了那把要命的

匕首。他不敢用刀，这样近的距离，他真怕伤了她。看到林雨寒掌中沁出的血珠，小桃红眼里就涌出泪来——这个男人，他真的疯了吗？他怎么用手去挡刀呢？她的心一疼。她又怎么会不知道他的心意呢？可是，这是她最好的机会，也是她最后的机会呀！看到薛永春纵身而起，她双手持匕，横身跃起，拼力发出了最后一刺——

这一刺，刺在薛永春获救后的松懈里，也刺在林雨寒的出乎意料里——

林雨寒的手已伤，这一回，他只得用刀去挡。想到刀剑无眼，他就未尽全力，他只想用最平常的招式挡住她的进攻。她却像没有看见他的长刀，横身疾冲过来——在愤怒的疾冲里，她不是没有看到这把熟悉的刀，她只是不想放弃这拼力的最后一刺。她知道，不论结局如何，薛永春和乌龙派的人都不会放过他；她不怕死，她只怕至死也不能将手中的匕首插进薛永春身体。

看到小桃红义无反顾地疾冲过来，林雨寒大惊，慌乱中，他一手持刀阻挡，一手猛推薛永春腰身。薛永春总算躲过一刺，可就在一刹那，林雨寒感觉刀头猛然一沉，他骇然回身，就看见小桃红全身扑在破风刀上，那把明晃晃的匕首从她手中滑落，脆响着落地，然后就被她的血浸红……

房里骤然沉寂，就像没有生命一样沉寂。林雨寒低头，自己的刀上居然沾满了她的血，两颗泪就从他眼里滚出来，随着他空了的心一同坠落。她怎么不避开自己的刀呢？而自己……自己怎么就忘了弃刀呢？林雨寒扑过去，将小桃红揽进怀里，匆忙替她止血疗伤；可伤口太深，不论怎样包扎，血总不断渗出，流下。林雨寒心痛如绞，难道一恍惚间，她鲜活的生命就要戕灭在自己手里吗？

薛永春狂跳的心刚刚平静下来，却不料又被林雨寒搅起波澜：作为他的护手，林雨寒居然为刺杀自己的凶手疗伤！愤怒从薛永春心中腾腾升起，几欲发作。刚才，他本想补上一刀，结束那女人的性命，可乌龙派的人还在虎视眈眈地盯着他。他是个精明的人，他当然不会叫她不明不白地死去，他必须要让她讲出实情，洗刷他的罪名。毕竟，她才是杀害吴天宝的真凶。

想到这些，薛永春就将腾起的愤怒强抑，他在想，若是乌龙派的人不相信这结局，还得靠林雨寒突围呢。

终于，他冲着小桃红厉声喝问起来："妖女，你究竟是何人？"

听到这话，小桃红凤目圆睁，分外激动："姓薛的，你当然不记得我是谁了，可你总不会不记得，你那泼天的富贵是怎么得来的吧？"

林雨寒听得一怔，怎么得来的呀？这些年，薛永春不是逢人就说，是他辛辛苦苦拼来的吗？难道不是的吗？林雨寒疑惑的目光投向了薛永春。

薛永春就像是又被小桃红刺了一刀，愕声几乎出口，因为他已经猜出了她的身份，但他不敢确认："你……你究竟是谁？"

小桃红愤然道："你这卑鄙小人，你真忘了这是何地，昨天……是何日吗？"

这话，不仅薛永春听得一惊，就连林雨寒也大吃一惊——谁不知道，这花满楼本是当年柳长贵府邸，而昨日，也正是柳长贵的祭日。

她怎么会问到这些呢？林雨寒不禁想起昨日里偶遇到的那名祭吊女子，想起那女子凄婉的眼神和孤独的背影——多少回，林雨寒就觉得她和那女子相像，但他终不能确认，而今听到这话时，始愕然恍悟：那女子不正是她吗？

薛永春愕退两步道："难道你真是柳公之女……柳惜若？"他口里这么说，却仍旧疑惑地摇着头，"不可能！不可能！当年你们全家不都沉尸河底了吗？"

"不错，当年你伙同霍五，勾结吴天宝，撞破我们航船，将爹娘和我抛进河中……可是，姓薛的，你真忘了吗？我天性好水，七岁就敢下河，八岁便会潜泳……"

柳惜若的眼里涌出泪来，她清楚地记得，十年前那个秋日的下午，八岁的她跟着父母乘船去杭州时，父亲最信任的助手——薛永春和霍五，居然勾结恶匪吴天宝，在途中设下埋伏，对她们突施毒手。当日，她就是潜在水中，才保住了性命……当利刃刺身的时候，她并没有哭；可这幕幕往事浮现在眼前时，她就忍不住哭了。有谁知道，心痛比起刀痛来要强过多少，烈过多少？

她垂泪继续道："出水后，我哭着寻回京城，谁知家里也被洗劫一空，就连那些无辜的仆佣也惨遭毒手；我无处可去，只得流浪街头，乞讨度日。"说至伤心处，她不禁失声而泣，泣声牵动伤口，痛得她断了言语。可这痛，比起这十年来所受的苦痛又算得了什么？

这十年里，她捡过弃食，尝过残汤；为了一顿饱食，她像个疯子一样四处流

浪。那年冬天，连着三日都没能讨口食物，在黑暗的陋巷里，她号啕大哭，凄惨的哭声招来一位善心的阿婆，从此将她收养。

这十年来，几乎每夜，她都会在甜梦中惊醒。在梦里，她看见爹娘就那么冰冷地睡在河底，任那些鱼那些蟹咬着他们的身体……醒来时，她只有哭，长长地哭。她曾无数次地听到人们对薛永春、霍五和吴天宝泼天富贵的羡慕和颂扬；也曾无数次看到他们在众星捧月中出场，前呼后拥着离去；可是，她是个柔弱的女子，她没有刀，没有剑，没有绝世武功，她根本就无法靠近他们身边，就是看，也只能远远望着——

难道就任这些豺狼风光逍遥？难道就让爹娘在河底永不瞑目？在近极的绝望里，她终于发现，他们道貌岸然的外壳里包着颗污浊淫邪的心。几乎每年，他们都会走进花满楼，在那些歌妓身上，挥霍着劫来的财富，放纵着污浊的淫欲。

——这不就是唯一能够接近他们的机会吗？

她悄悄辞别了阿婆，穿上亲手缝制的带着绿扣的肚兜，噙泪走进这恩怨之局中。

当这一切恍然解开的时候，林雨寒就愕得目瞪口呆。这是个什么样的错乱世界啊？记得当年柳长贵罹难后，薛永春和霍五悲痛的哭声，还曾使他深深感动，以致刀技学成后，他毅然为薛永春押船护航。难道这一切只不过是他们仁义的伪装？难道他拼命护卫的竟是个杀人不见血的恶魔？想到柳长贵的死，看到破风刀上滴着柳惜若的血，泪水就蒙住了他的眼。

此刻，薛永春看到这个美得要命的女人，居然真是当年叫自己叔叔的那个孩子，他就浑身不自在起来。当年得手分财时，他和霍五就以柳惜若是否能淹死为由，故意吞扣吴天宝之财，致使吴天宝十年来耿耿于怀。哪曾想，当年苟财的一个借口，竟会活生生地应验。他倒吸一口冷气，立即冲乌龙派的人大声说道："各位英雄，事实不说也明，她才是杀害你们大哥的凶手！"

乌龙派的人一经调唆，九把刀就朝着柳惜若齐齐砍来。这些嗜血的强盗，就连一个奄奄一息的女子都不曾放过。林雨寒怒暴而起，破风刀满天一抡，九个人便震退三尺；那青面汉子不服，单身挥刀冲来，林雨寒避都不避，硬生生地抢刀狼劈；两刀相交，金星飞溅，锐声刺耳，那青面汉子双臂痛麻，一恍惚间，破风刀已划面而来，削断了头颅。射人射马，擒贼擒王。看到青面汉子毙命，看到林雨寒双目里喷着火，剩下的八人就像丧家狗一样落荒而逃。

林雨寒的横刀阻挡，本使薛永春格外震怒，但看到乌龙派的人惊散，柳惜若残喘，他也就消了怒气。刺中脱身，干戈化解，他终于可以离开这个惊魂之地了。

薛永春一步一步向门外走去，泪就从柳惜若眼里决堤般涌出。苦熬十年，到头来，还是任这些强盗逍遥而去；人世正道，天理何在呀？她的心开始滴血，开始哭泣。

就在此时，柳惜若突然听到一声震彻天宇的暴喝，那是林雨寒的声音，那是两个字，一道命令："站住！"

薛永春浑身一颤，回过头来，就看到林雨寒双目怒赤，破风刀冰冷地指着他的头颅，一步一步向他走来。他登时愕住，惊诧道："你要干什么？"

林雨寒怒道："你这伪装小人，处心积虑劫富贵，丧尽天良灭恩亲；破风刀岂能容你活在人世！"

什么？作为自己的护卫，他居然要向自己出手？薛永春勃然大怒，横手指骂道："混账东西，你要反了吗？"

林雨寒断然道："你狼狈为奸，谋害柳公，是为不仁；假充仁慈，劫取富贵，是为不义。这两年，只怪我瞎了眼睛，居然为你这个得志小人押船护航。"他越说越愤，破风刀一声长啸，直冲薛永春砍去，"今日不放你恶血，实难平愤；不取你头颅，天理难容！"

薛永春愕得就地一滚，惊心动魄中躲过要命一刀。看到破风刀冷厉森冽的刀光，看到身侧没有一个心腹护手，薛永春脸色煞白，终于慌了："雨寒，你放过我吧，泼天的富贵我们各享一半，我那些宝马雕车爱姬美酒……都统统归你。雨寒，看在这两年相交的情分上，你就放过我吧。"他绝望的哀求声声相连，遍遍重复，希冀以富贵做饵，诱回他的贵命。

这些草菅人命的恶徒，在他们心中，他们的生命重若千钧，而别人的生命又值几分呢？想到柳长贵的死，想到他们富贵底下支离的冤骨，林雨寒怒吼一声，

破风刀卷风复起。

看到哀求无望，薛永春急忙拔刀应战。困兽犹斗，他又岂能甘心待毙呢？求生的本能使他分外悍勇，他瞅准机会，只朝林雨寒伤臂猛刺，林雨寒臂伤疼痛，难尽全力，一时间，两人难分伯仲。

看到林雨寒向薛永春出手，柳惜若心里就无尽感动。这个侠骨男儿，他就那么一身是伤地拼杀着，不会痛吧？不会受伤吧？他的那些伤，不都是为自己受的吗？想到他舍身为自己挡住的那一刀，想到他怕误伤自己，用手握住她的匕首，热泪就从她双目里滚落。

这么些年来，她从来就没有对男人有过好感。她眼里，男人们全是些道貌岸然的伪君子，满腹淫水的假丈夫。可不知怎么，当第一眼看到他的时候，她就突然间觉得自己——错了，深深地错了。

在雨中祭父时，他温情怜惜的目光，就让她倍感安慰和亲切；而数百花客中，他第一个解开她筝语时，她就像找到了知己；那夜，他拉着她的手，要带她逃离这个魔窟时，她真想依着他的肩膀，跟着他走，可想到那样绝佳的得手机会，她还是在感动而泣后停留。那时候，她才知道，原来这个世上真有至情至义的好男儿……

她这一生，都觉得是在阴暗中长大，哪曾有过一日真正温馨快乐的时光？自从他出现后，她枯寂的生命才觉复苏。可是苍天总爱戏弄人。美好初生心田，生命就要无情地离她而去，她不怪他，她只想静静地躺在他的怀里，在温暖里离开这冰冷的人世。在生命决别的这一刻，她在心底轻轻地唤着他的名字，她要用这最后的声音向他作别……

林雨寒仍在和薛永春激战。看到薛永春气喘吁吁，锐气消减，林雨寒便知时机已到，他暗暗运足真气，猛然发力，一刀便将薛永春的刀震落脱手，紧接一刀又趁隙补上；薛永春只觉一股冰凉穿腹而过，奇痛如绞，一股热流翻滚上涌，哇的一口吐出，居然全是黑血；惊慌大叫里，慢慢摇晃倒地。

就在薛永春气绝倒地的时候，柳惜若也闭上了眼睛。

林雨寒听到她那比风还轻的呼唤，骇然回首，就看见她孤寂地躺在一片血泊里。林雨寒扑过去，将她紧揽在怀里，她的身子轻飘飘的，全然没有一丝生命的感觉。

林雨寒看着她纸样苍白的面色，深深紧闭的双眸，心就痛得缩住。他摇动着她的身子，一遍又一遍地呼喊着她的名字，他要把她唤醒，他要握着她的手，带着她离开这梦魇一般的地方；可是，空落落的房里只回荡着他一人的声音，她永远都听不到他的呼唤了。

她要死了吗？她真要死在自己的刀下了吗？泪水蒙住了林雨寒的双目。

他望着自己的刀——它居然拼力护卫着一个伪装小人，而斩杀了一个他心爱的女子！天哪！这个错乱世界呀？他的泪开始涌，开始滴，开始淌……

在伤心的泪雨里，林雨寒恨刀飞舞怒啸狂刺，他要刺破这无常的人世，他要刺破这错乱的人世……天地无极，刀刀刺在虚空里；恨怒过罢，依旧沦落错乱中。林雨寒弃了刀，长长地跪在柳惜若尸身前。

一连几日的秋雨里，林雨寒就这么长长地跪着，任那伤心的泪水无尽地垂落着。

青板街上的过客们从来都不曾见过一个男子的泪水这般流淌过；他们窥探着，猜测着，有个胆大的，悄悄地走进来，又悄悄地走出去。人们就问他看到了什么，他茫然摇着头说——一个落魄的男子双手捧着一粒如花的绿扣就那么长长地跪着，泣着。

白　烛

白烛燃白城，迷雾绕良人；

地宫锁痴爱，真情绑架深。

你一入城，我便沦陷；

你一痴情，我便突围。

一

入城后，已是寒秋。

霍小雀拴了马，清雅的身影在青板长街上伫留。白城白城，一城皆白。凭吊的白绫遍街悬挂，招展刺目；超度的法音鼓荡徘徊，幽咽惊心。七七四十九日，白城，尚在大丧。

霍小雀停停走走，踩出一街伤心。清歌，清歌，你远赴白城，竟月不归，我千里寻来，定要看个明白的。

转过九曲流水桥，白凤堂前站定。清歌，清歌，霍小雀连声而唤，搅乱圣洁的法事。一众凭吊者仰头，没有她日思夜念的面孔。

"何人喧哗？如此不懂礼数！"一个青俊少年怒目跳出，呵斥的口唇被眼前丽色骤然迷醉，忘记合拢。

霍小雀自知失礼，连忙躬身，一拜于不归灵位。而后，低声再道："我找雒清歌。"

少年闻言一愕，匆匆引客，将她带入内堂。

袅袅茶香升腾，一室乍然春暖。光阴忘却，少年目光在霍小雀颈项间恣意流连。霍小雀轻咳两声，算作提醒。那少年回神方道："小生司马紫烟，浪迹江湖，挽郎为生。"

　　挽郎，那是极低贱的职业吧。霍小雀心生悲怜。这世上，原来还有如我一般外表冰肌玉骨，内心却煎苦不幸的人。她不由凝目再瞧，少年瘦硬挺直的身，孤傲冷抿的唇……一切皆是青春，宛若清歌当年时。

　　司马紫烟清亮的目光盯过来，霍小雀双颜酡红，想起正事，忙道："我找雒清歌。"

　　司马紫烟目色一沉，"你是何人？找他作何？"

　　霍小雀温柔微笑，"哦，奴家霍小雀，是清歌未过门的妻子。"

　　"嗬……未过门也算妻子？"司马紫烟抿唇冷笑，展露出不似他年纪的成熟，然后侧耳，静待霍小雀回答。

　　躲开纯洁的眼神，霍小雀再度颜红，连忙搪塞解释："是这样的，一月前清歌赴白城凭吊城主至今未归，我放心不下，故来相寻。紫烟公子，你可曾见过他吗？"

　　"雒清歌……"司马紫烟默吟一声，"可是使一柄忘情剑的？"

　　"是的，是的。"霍小雀难抑喜悦，"这冤家，总算捕捉到你消息。"

　　"雒清歌……"司马紫烟又吟一声，"可是使一套相思剑法的？"

　　"对呀，对呀。"霍小雀喜上眉梢，"清歌剑术，那可是江湖精绝呢。"

　　司马紫烟面色暗沉，眺望高天不可企及处，而后落下，那里，却是白凤堂清寂冷廖的后园。霍小雀不由诧异，清歌一向喧闹，莫非恋上了尘世清幽。这冤家，总出人意料。

　　司马紫烟指着一株枯立风中的槐花树，冷冷道："他在那里。他，已经死了。"

二

　　死，多么遥远的概念。此刻，猝不及防地降落。

104

霍小雀几度昏厥。醒来时，已子夜。

雒清歌静静卧在槐花树下，单衣薄袖，面凝如玉，一如酒后夜睡。只是，再也没了扰人的气息。

霍小雀泪眼婆娑。想起每次醉酒，清歌总会踏歌归来，舞剑相思，斩落廊下梨花如雨，罢后静卧暖榻，鼻息微鸣。而自己，烹茶煮雪，一夜相守。醒后他愧然下地，亲赐自己一环最温暖的拥抱。虽有小怨，却也心甘，那样的日子一直驻留在记忆深处，难以忘却。

清歌，清歌，现在任她怎样呼唤，他亦无应无答，沉醉不醒了。明明谈笑风生来，怎会冰凉无息去？

不相信。不相信。

司马紫烟来了几次，瞅她自顾悲伤，想劝，欲言又止，悄悄退下，不放心，又来，又去，已然天明了。

燃了一夜的白烛，泪已倾尽。司马紫烟揉着熬夜红了的眼睛，走过来一支支补上，默立于旁。霍小雀嗅鼻闻了下，这白烛，总有一缕幽微的暗香，盘绕在清歌身上，经久不散，恰如自己排遣不了的哀伤。

"清歌，是谁杀了你，我定要他偿命！"一瞬间，霍小雀拔剑而起，眼神冰冷通透。

司马紫烟退却几步，黯然摇头。他只是个小小挽郎，吟唱挽歌，超度亡魂才是本分，至于江湖杂事，一概无知的。

"那么，清歌是何日去的，你总该知道吧？"

死，多么痛苦的字眼，霍小雀实在说不出口。清歌去了，去了那个桃花煮酒的地方，暮影归舟。那么，那个送他远去的人，她一定要知道的。

"上月初九，我接的单。"司马紫烟淡淡回答，心内波涛翻卷。一桩普通的生意，却因雇主出价颇高，分外尽心。招魂，归魄，纸币焚山，白烛化河，七七四十九日的殡丧规格，即便身为名满天下的挽郎，亦平生仅见。

想来，逝者一定是雇主最倚重的人吧。

可雇主，并不是霍小雀。

"那么，是谁，雇你超度清歌的？"霍小雀双目噙泪，悲伤浸入骨髓，望一眼就让人怜爱。

"对不起，我不能说，我和他有约定的。"

长剑脱鞘，直抵司马紫烟咽喉。霍小雀冷怒一笑，多少载江湖行走，手中的剑可不是摆样儿的。司马紫烟目光转去，投入高天流云。两只黄雀并翅翱翔，间或啾啾一鸣，嘲笑地上的情侣刀剑相逼，反目无情。

僵持，僵持，以霍小雀撤剑告终。

"你收了多少钱？我给！"

"不是钱的问题，我不能违背自己的诺言。"

"那么，究竟要怎样你才能告诉我呢？"霍小雀目伤神迷，走过来拦住司马紫烟，几近哀求。

司马紫烟双目骤然闪亮，诡异之极地笑了笑："除非，你答应我一件事。"

这笑容，让霍小雀极为不适。厌恶，心中蓬生。一个青春年少的孩子，不该有如此心机的。无奈，只得相问："紫烟公子，什么事？"

司马紫烟鼓足勇气，吐出珍藏已久的心事："我要你嫁给我。"

三

荒唐。简直荒唐。

霍小雀头摇如鼓。清歌尸骨未寒，凶手踪影未见，深仇刻骨未报，岂能薄情再嫁？况且，你小我几何，只能姐弟相称，妄可结伴夫妻？这孩子，莫非疯了。

一堆堆拒绝的理由抛却出去，司马紫烟拂袖而去，留下一天一地的死寂与凄迷。

白烛绰绰，映照着忘情和多情的眼眸。

暗香幽幽，盘绕着冰凉和温热的肌体。

生死相望，阴阳两隔。清歌，清歌，你说呀，我该当如何？

那年，你白马西风，一剑落花，击落我的柔情与相思，那剑法，那身姿，遍看江湖才俊，谁又能及呢。于是不顾白眼世俗，毅然随你，海角追风，天涯浪迹，就想一生一世的。

　　后来，白凤凰惨败你剑下，用暧昧赎回耻辱，江湖尽传，唯我不知。我是你最爱的小雀，你又怎忍心瞒我。我问你，你苦誓，置剑"忘情"，练剑"相思"，表明海枯石烂的决心。

　　从此，没有什么可击碎我们坚贞的爱情。可你，悄悄撇我而去，不留一句言语。清歌，这绝非你的本意吧。

　　日光流散，司马紫烟再也不来。

　　霍小雀心焦如焚，答应了吧，唯有这样，清歌方能瞑目。跪在槐花树下，她流尽了一生之泪。清歌，请原谅我的选择，答应司马紫烟，只是因为我爱你。

　　决定撕心痛骨。霍小雀抑住颤抖的身子和泪水，一步一步返回前堂，司马紫烟从于不归的大丧中抽身退出，唇角噙笑。

　　"乘人之危，我承认我很卑鄙。但小雀，我对你的爱却是伟大的。知道吗，你一入城，我便沦陷。"

　　霍小雀充耳不闻："快说，雇主是谁?"

　　司马紫烟并不焦急，伸手入怀，一份早已备写的婚约牵了出来，秋风中铺开："喏，空口无凭，立据为证。这样，也好让小生安心下聘。"

　　懒得去看，只一眼，生怕泪水就会决堤。孤弱无助的女子咬破一指，殷红印落于淡白纸笺，预定下难言的幸福。

　　司马紫烟满意收好，附耳过来，低声道："告诉你，那雇主便是于不归。"

　　霍小雀大骇失声："他，不是死了吗?"

四

　　挑一盏鹅黄纱灯，逶迤行至地宫。司马紫烟驻足道："喏，城主就在里面，我等你便好。"

　　空旷的行宫，隐匿在地下，透出无穷的诡异与阴森。

　　霍小雀毫不迟疑地过去，一宫白烛，几乎灼伤眼睛，那个名震江湖的身影正在烛下垂泪。

　　于不归没死，果真活着。

但有一个人，却无比真实地死了。

霍小雀屏息瞧去，她静静地卧在花圃中央，姿容安详，静若暖玉，一如清歌觉睡不醒的样子。白凤凰——他的爱妻，怎会死去？好奇和猜疑弥漫了胸膛，却无从开口。

"霍小姐，你是来找雒清歌的吧？"抬起头来，叱咤江湖的白城城主泪痕斑驳，威严尽失，那脸色，许是日照太少，添了些许女人的妖娆。

霍小雀冷冷点头，目光如刀。

"他死了，是我雇人大丧的。"抹去泪痕，于不归犹自伤神，那声音，许是悲伤过久，染了些许女人的阴柔。

"是你杀了清歌？"霍小雀怒然拔剑，不管对手是谁，血债必须血偿。

"没有，江湖纷斗太烦，老夫金盆洗手已久。"

"那么，是谁杀了清歌，你一定知道。"

知道，当然知道。于不归微自颔首，突然恸哭大嚎。那嚎，山摇地动，悲痛万分，粗粝中夹杂着尖柔，决非逢场作戏。是谁，让独霸一方的白城之主如此伤心？又是谁，让驰名江湖的一代枭雄如此失态？

霍小雀如堕雾中，全然发怔。

"霍小姐，雒清歌真的爱你吗？"忽然，于不归抛来一抹锋利的眼神，不容迟疑，逼得她掏心掏肺。

"当然。他爱我如我一般爱他。"

哈哈哈哈，仿佛听到天底下最大的笑话，于不归笑得弯腰折眉不说，连眼里都呛出了泪，"可怜的丫头啊，和老夫一般天真。"

霍小雀闻言愕然，"城主什么意思？"

于不归惨然一叹，目色深如幽潭，这一问，犹如投入一枚青碧的卵石，激起多少不堪回首的往事。

"我，于不归，侠骨痴肠，江湖闻名，一柄圆月弯刀，统辖白城千秋。誓志，不得不渝情，此生宁单行。那年初遇白凤凰，一见倾心动凡心，水里火里苦追随。哪料她玉面冰寒，拒爱千里，直至搏杀大盗胡采花，救美色于魔爪之后，才捕获佳人芳心。"

"那该是江湖中人人艳羡的完美结合了吧。侠客佳人，注定要成就一段江湖传奇。可是婚后，她却常常伫留在槐花树下，叹息挂满枝头。"

"原以为，她爱我也如我一般爱她。始知道，她嫌我粗老，辜负了绝世美貌。而委身嫁我，只不过是知恩图报，抑或无路可走。她的心里，从始而终就藏着另一个名字。霍小姐，你可知道是谁吗？"

"是谁？"霍小雀唇角发苦，隐感不安。

"雏清歌。"于不归凄冷一笑，"你的情人，我的敌人。"

一瞬间，仿佛惊雷撞怀，连舒畅的呼吸都狭促了。霍小雀连连摇头，暧昧虽有耳闻，但清歌清澈的眼睛，总让自己安心。

"你当然不信。每月初一、十五，她必以白烛为信，唤他幽会，避开你，也避开我。那时，你在赶集，我在闭关，他们又怎会遗下把柄呢？"

霍小雀的心猛然下坠。初一、十五，多么温暖的日子呀，那两日她必会采摘一篮新鲜的蓝莓，一路轻歌踏月，到集上换回清歌最爱的春罗，暖暖沏上，等待他一环最温暖的拥抱。

"他们愈来愈放纵，肆无忌惮的欢爱，榻上、廊间，甚至小小柴房，不避奴仆和小厮，污语秽言，丢人现眼。若不是我亲眼撞见，我也不信。"

霍小雀的心撕裂生疼。几年来相敬如宾，偶有亲昵，也是止于礼仪，自己尚未过门，清歌每每尊重。一直以为，他不是放浪的人。

"背叛，这是最大的侮辱。是可忍孰不可忍，只有杀她泄恨。而你的清歌，闻讯奔来，居然为她殉情，吞金自杀了。啧啧，可真是痴情的很。"

霍小雀颓然坐地，听见自己心碎的声音，真实无比。

"我恨透了他们。想自己堂堂城主，受此羞辱，有何面目再行走江湖？只好宣称自己身死，遮掩家丑，从此苦守地宫，终老一生。其实，她死了，我心也便死了。但愿她在另一个世界里和你的清歌能相携终老，欢笑白头，那样，也不枉我对她的一腔痴缠。"

够了，够了。这江湖充满了迷惑与伤痛，地上的大丧，是在演戏，纯洁的情感，原来也是在演戏。霍小雀跌跌撞撞跑出地宫，再也不要听见这些绞心的肮脏。

五

司马紫烟拦在门口，拭去霍小雀腮上的泪痕，挽起她的手，双目深情语气浓重："那样的人，不值得你再流泪。忘了他，我们重新开始。"

霍小雀拂开手去，只想一个人清静。

她漫无目的地在白城里走着，不愿离去，也不愿回来。一城白烛，刺痛了眼睛。这可恶的颜色，并不纯粹，玷污了自己纯真的灵魂。清歌，我爱你山枯海烂，你竟待我如此。欺骗啊，揪心的欺骗。

司马紫烟影子一样跟着。她忽然记起，他在等待自己兑现承诺。心愈加撕疼，伤迷不知人事。

醒来时，已在堂中，司马紫烟捧了件绒裘正为自己添暖。想来，逃避注定不可，一切皆是宿命。

"如果爱情是一场欺骗。那么紫烟公子，你爱我吗？"看着他专注的眼神，霍小雀轻轻探问。

也许，这问题太过犀利了吧，司马紫烟吞吐半天，一时竟难作答。

霍小雀微自苦笑，有些爱藏在心里，根本看不见的，若说出口来，未免大减韵味了。这小小少年，虽然萍水相逢，但他对我埋藏的爱，大抵是真诚的吧？

"放心，葬了清歌，我便践诺。"再不犹豫，霍小雀断然决心，彻别这欺骗与伤痛，执了他手，捡回丢落在白城里的一地伤心。

司马紫烟极尽欢喜："小雀，快说，你要什么，我尽数备聘。"

"我什么都不要，只要你真诚的心。"历经这样的伤痛，她已悟透真谛，"只是，请你答应我一件事。"

"说吧。"

"我要为清歌服丧，待百日他魂归云天，我们再洞房花烛。这一世，他负我虽深，但我，要对他善始善终。"

司马紫烟沉默良久。霍小雀坚定的眼神，让他无力拒绝。

六

次日辰时，大殡开始。七七四十九日，雇请最著名的挽郎，叱咤一生的于不归，死后依然阔气风光。而雒清歌，则被宣布凭吊时患疾暴殁。

司马紫烟披孝戴冠，执绋引枢，先唱一曲《薤露》，再唱一曲《蒿里》，清厉的歌声刺破寒夜，哀伤遍布白城。

一直隐身的白凤凰，也终于出现在江湖群豪面前。孤弱孀妇，几度哭昏在于不归枢前，让人无不慨叹鹣鲽情深。

霍小雀收起伤悲，静赏这一场表演。

白凤凰，定是于不归扮的吧？高明的易容之术，涂饰出细腻柔滑的肌肤，看不出一缕破绽。只是，原本健硕的体格，竟也娇柔妩媚着，不由让人蹙眉。霍小雀几次投眼过去，白凤凰匆忙低头避开，用眼泪抵挡着猜疑。

下葬时临身靠近，两人并立垂泪，霍小雀屏息再辨，那啜泣声分明是阴柔的。

真是怪事！容貌可以易变，连身骨和气息也可以易变么？江湖行走经年，从未听闻有此诡异之术！

殡礼完毕，白凤凰匆匆拜谢众人后，又闪身不见。霍小雀进入地宫，她早已换装，变成于不归了，身材倒也丰挺，语调仍却阴柔，"霍小姐，人死宛如烛灭，伤痛再提无益，老夫遂其美意，厚葬他们，从此隐居地宫，绝不现世见人。你自珍重，也请回吧。"

回吧，回吧，霍小雀不动声色退出。

堂中白烛绰绰，幽香暗暗飘浮。多么迷醉的味道，甫一入鼻，便生沉睡的念头。

司马紫烟眉开眼笑，一场大丧下来，赚得盆满钵满不说，还讨了个如花似玉的妙人，哈哈，人生至此，夫复何求！

"紫烟公子，发财了吗？"

一时疏忽，那些金灿灿的元宝尚未拾入包袱，就撞进霍小雀清亮的眼睛。司马紫烟尴尬一笑，"哪有，干咱们这行的，能混个饱肚便是万福了。这些，可是小生祖上传下来，预备给小姐下聘的。"

"嚯，是吗？该不会是额外赏赐的吧？"

司马紫烟脸色一白："怎么，你不相信？"

霍小雀凄然一笑："紫烟公子，依照常规，七七大丧下来，你最多得银二十两，即便是名挽郎，也超不过五十两。而你呢，瞧瞧，足足赚回十来个金元宝。况且，这元宝底胚上分明清清楚楚镌了个'白'字，不是赏赐的又是何来的呢？"

司马紫烟闻言僵直。

霍小雀凄然再笑，"紫烟公子，如果爱是一场欺骗，那么，你真爱我吗？"不待回答，忽地娇颜一变，拔剑怒道，"快说，死的是谁？地宫里的人又是谁？清歌到底是怎么遇害的？"

"胡说！你走火入魔了！"司马紫烟抓起包袱，夺门而逃。

霍小雀提足欲追，那幽香已进入身体，浸染得肺腑都麻醉起来，登时天地景象无不缥缈虚幻。她只觉头涨脑沉，灵魂脱窍，身子虚软如泥，全然不由自己掌控。

要死了么？清歌，请你等我，让我来驱除你的寂寞吧。

一时大悲，昏沉中不由吟唱起那首肝胆欲裂的《薤露》来："薤上露，何易晞。露晞明朝更复落，人死一去何时归。露晞明朝更复落，人死一去何时归！人死一去何时归！"

……

七

烛香袅绕弥散，幽梦深沉不醒。

"小雀，小雀，快来救我。"呼救一遍遍闯入梦来，声声揪心。霍小雀闻声急寻，天地一片清宁，莫非自己幻听？

"清歌，真是你吗？"

"是的，快来救我。"

"清歌，你在哪里呢？"

"小雀，我在墓里呀。"

熟悉无比的声音，一缕缕攀上枝头。低头倾听吧，槐花树下，原来爱已沉埋。

霍小雀疯了般刨土，不顾焦土呛鼻，不顾指血淋漓，终于打开棺椁，洒泪拥住相思。清歌，以为阴阳两隔，今生难见，哪料还能在土里与你深拥。小雀，别哭，我爱你如你爱我一般，又怎甘心舍你而去呢。

霍小雀泪雨倾盆。冰冷的尸体已然复苏，温热无比地揽住自己，深情凝视，倾吐相思。那一呼一吸，全是惦念已久的气息，那一眉一笑，也是曾经欢喜的弧度。清歌，原来你一直就不曾背弃离去，是我埋葬了你的真心真意。

哈哈哈哈——

阴寒的笑声突然破空而降，白袖旋舞生风，生生又将清歌裹挟了去，揪心的呼救再度响起："小雀，快来救我……"

惊醒后，方知噩梦。

霍小雀抚着狂跳的心脏，凝目四瞧。

槐花树下，两座新坟。左侧于不归，右首雏清歌，香烛凋灭，坟冢清幽，白凤堂里哪有半只人影？

那个信誓旦旦的少年，早已悄悄离去，丢下那份摁了手印儿的婚约，示意这场玩笑的终结，表白那金灿灿的元宝才是他今生的至爱。也罢，自己浅窄的心里，原本就装不下别人的影子。

这一眠，足足七日七夜。究竟，是什么让自己如此昏沉长睡？目光触及，一堂白烛。此刻，它们早已泪尽枯灭，再也没有散发出迷醉的幽香。

霍小雀走出堂去，再次在槐花树下驻足。那梦，又在眼前骤然呈现，伴着清歌的呼喊，卷进耳来；这坟，新石旧土混杂一起，明显有翻动的遗迹，扎眼生奇。忽然悟起什么，霍小雀寻来一柄长锄，她要掘坟。

清歌，切莫焦急，我来救你。

一锄锄下去，从晨起至日暮，棺椁终于掀开。

霍小雀瘫坐棺外。里面，没有清歌。司马紫烟躺在椁内，俊颜浮白，表情怪异，那是暗遭不测后的极不甘心。棺盖底侧，咬破手指血淋淋地写下了凶手的名字，而凝血的手里，则紧紧攥着一粒朱红色的药丸。

这，大约是一枚解药吧？

霍小雀悄悄收起，疾步向地宫走去。

八

宫门已封，再不许畅通直入。霍小雀疯狂叩门，甚至，搬来撞击的木柱，于不归总算清静不下去，开了门，把着门怒道："霍小姐，你还有什么事吗？"

"别装了。清歌在哪里？"霍小雀硬生生闯了进去，身体接触的一瞬，已然明了，他——绝不是于不归。

宫内暖阁，雒清歌卧眠长榻，静静沉睡。霍小雀飞扑过去，连呼轻唤，泪语凝咽。一如先前，雒清歌面凝如玉，呼吸与心跳俱在，只是沉睡不醒。

"你对清歌做了什么？"霍小雀怒然拔剑，一招"小雀问柳"，直击对方命门。那是她的成名剑术，剑势轻灵却狠厉厚朴，剑气温柔却劲道狂足；一剑，两剑，对方连退数步；五剑，六剑，对方狼狈滚地。

"小丫头，欺人太甚！"对方显然已被逼怒，一声激啸，那招名动江湖的"白凤掠翅"赫然现世。霎时，霍小雀剑凝青空，招数失色。打不过的，唯有清歌的"相思"剑法方能降伏。对方阴柔一笑，反击一剑，终结了激斗。霍小雀痛瘫坐地，肩上血流如注。

"小丫头，自不量力！"阴柔的声音穿过耳鼓，带着胜利者的倨傲。对方揭去人皮面具，妩媚一笑上榻去，摊开暖衾，躺在清歌身侧，无限暧昧。

白凤凰，果真是白凤凰！

虽然早有预料，但活生生呈现眼前，还是这么惊心。

是她，设计引诱，趁凭吊囚住清歌？

是她，李代桃僵，挖开坟冢救出清歌？

"你……你究竟是为什么？"

"我爱清歌。这样清奇的男子，江湖鲜有。那年白城一战，他便掳走我的心。从此，我日日槐花树下怅望，无不为他惦挂牵肠。而作为于不归的妻子，我只能强抑相思，强颜欢度，再也做不回清纯的少女。恨不相逢未嫁时，这七字如刀扎入心中，这些年，好疼好疼。"

"而他，始终清高孤傲地不肯望我一眼。他心里，原来一直装着你的影子。小丫头，你忒幸福。我爱他不悔，绝不甘心，既然在地上不可比翼，那么，在地下总可同眠吧。哈哈，多年苦心，而今终算如愿了。"

白凤凰秀目噙泪，极自妩媚地笑着，笑着，而后落唇，在雒清歌额上轻轻一吻，满足之极。

"可是，你凭什么杀害紫烟，他不过还是个孩子。"

"他知道我的一切秘密。况且，他不仅是个挽郎，更是'唐门'里最年轻的用毒高手。这一城白烛，便是他的杰作。清歌，就是嗅了烛香才和我同眠的。解药，唯有他有。所以，只有他死了，清歌才能永远陪着我。"

"你好恶毒，也好可怜！"

"闭嘴！小丫头，趁我现在心情大好，请你快走。若还要信口雌黄，再一招'白凤掠翅'，定让你死无全尸。"

血流汹涌，浸染透青衫。想走，却亦不能。

霍小雀惨然一叹，清歌，让我来陪你吧。

九

一昼流走，醒来后，霍小雀依旧在地下蜷缩。

"怎么，你还赖着不走吗？"白凤凰慵懒坐起，替枕畔人掖好被角，阴柔讪笑，"清歌，瞧瞧，这丫头要替咱们守榻呢，要不收了她，做个倒尿丫鬟可好？"

榻上无言，一切静好。

霍小雀单手拄地，一寸寸往榻前摸索移来。

"你干什么？"

"求求你，让我看清歌最后一眼吧。"

声音哀弱，血渍凝身，如花的少女黯然凋零，真是难得一赏的风景。白凤凰没有阻止，犹自讪笑："哼，都签婚约的人了，还装什么痴情，看一眼便滚，去陪你的紫烟公子吧。早知你这么不堪一击，我也用不着费尽心机地易容折腾了。"

倚榻，俯首，霍小雀紧攥的手掌突然抻开，一粒朱红色的丹丸塞入雏清歌唇角。

"你做什么?"白凤凰陡然警觉，飞身扑挡已晚，霍小雀缠身紧抱，拼死相护。一番争扯，耗去半辰光阴，榻上沉睡一月的雏清歌悠然睁眼，慢慢醒来。

"小雀，你怎么受伤了?"熟悉无比的声音，带着关怀的温度，只一入耳，霍小雀泪就沸腾。

清歌，我惦念的人，你终于安好。

呵呵，爱是囚不住的。纵然你千般巧计，万种心思，我和他生死皆在一起。而你，只有孤零零地远望着。因为，这不属于你的爱，切莫觊觎。

霍小雀目伤神迷，喜悦地醉倒在雏清歌怀里，小睡了去。

你伤了小雀?

你伤了小雀!

雏清歌拔剑出手，怒指白凤凰眉梢。

白凤凰悲怆一笑，原来，费尽一生精力，也走不进你的心里。她举剑自刎，惨绝而去，眼前人也许永远也不知道她深埋的爱意。

雏清歌抱起霍小雀冲出地宫。

宫外，艳阳明丽。这百草江湖，不信就找不到一位妙手回春的良医。

紫　衣

边城暮雨急，孤身脱图圄，
盛宴刺豪爵，紫衣冤魂洗，
螳螂诱捕蝉，深情枉费力；
挥刀斩良人，侠义在哪里？

一、秋风秋雨秋煞人

这一场青雨迷离而下，从晨起到归暮，丝毫没有停意。那从九霄泼落下来汇聚的汩汩流水，顺着湫隘的街巷，蜿蜒涤荡，似乎要彻底洗刷净这个被尘噪和喧嚣污秽了的世界。

陈灼仁立在听雨楼里，任冷风吹撩他凌乱长披的发，瘦硬的身形岿然不动，只从开窗中凝望着青蒙密雨，久久发怔。

他目中的神色是苦的，是悠远深思的。

三年前在这间旧舍里，和伊人刀剑相携，夜雨补衣，而今物是人非，窗下竹床已空。不觉间，一颗泪就从他眼眶里垂下：

空床卧听南窗雨，

谁复挑灯夜补衣？

——玉儿，当年你挑灯夜补的鹑衣如今还穿在我身。而你，在这一场秋雨中，又流落何方，安身何处呢？

暮色下，一匹健马穿过密雨侵织的街，如疾箭飞驰。这马显然从远道而来，

117

四蹄上胶结的乌泥在积水的青石街板上染出一团团灰黄泥花。马上的人青衣尽湿，紧贴在刚健的肌体上，行家人一看便知，这是军中人才有的身姿。果不其然，就见那青衣人驾马穿堂过巷，直朝守尉衙署而去。他前脚刚进，又有两匹飞马从不同方向驰来，一同汇入。

衙署内的梨花厅里，一个面色淡黄、身材微胖的四十岁男子正负手蹀步，焦灼看雨。见三名候骑齐齐回来，他立即将焦灼的目光从窗外密雨中收回，落到三人脸上。只听他急问道："可探到消息？"

三人中当先而入的那名青衣候骑还不及拭雨，就躬身禀道："将军，莲花山马匪守山不出，这些天一直不见动静。"

那中年男子闻言蹙眉，阴郁的目光缓缓移向随青衣候骑而来的灰衣候骑身上。还不待他开口，那灰衣候骑就躬身禀道："禀将军，城外驿道安畅，这些天也没发现异常。"

"噢，怪了，这可真怪了！"那中年男子双眉几乎要拧在一起，"这驿道上平静倒也说得过去，可莲花山风九一伙蛰伏多年，当此良时又怎会甘心不动呢？"他目中锐光一盛，盯着青衣候骑厉声道："柯虎，莫不是你疏心大意，让那风九发觉了行迹？"

那叫柯虎的青衣候骑浑身一凛，急忙辩道："将军明鉴，属将一贯行事谨慎，决不会露出破绽的！"

"好了，好了！"那中年男子见柯虎满脸涨红，就摆手叫柯虎住口。他武将出身，自然深谙"用兵不疑，疑兵不用"之理，只是当此关口，也不得不警敏行事。他长叹一口，正浸于沉默，却听最后进来的候骑突然道："将军，属将在城中听雨楼里发现异情！"

"噢？"几乎同时，所有目光都射到说话的候骑身上。那中年男子更是双目一瞪道："讲！"

说话的候骑眉目灵俊，身上鲜衣濡湿，不比柯虎和那灰衣卢荻狼狈。他名叫杜顺。因为平日是个机灵人物，这回便得个城中暗巡的美差，免了乱野奔波的疲苦。只见他一双小眼溜溜一转道："将军，属将在听雨楼发现了京城名捕——祝悦然！"

"当真是他？你概不会看错？"那中年男子奇道。

杜顺嘿嘿一笑道："禀将军，那祝悦然虽破笠遮面，可那把御赐的清风剑还是逃不过属将眼睛的！"

中年男子眼中顿时奇疑更盛："他来做甚？"

杜顺道："属将见他明里喝酒，暗中却盯着楼上一间客房。起先那客房门窗紧闭，属将也不知里面所住何人，可就在属将出楼回来时，发现那房窗突然打开，一名男子正倚窗看雨。"说到这里，他忽然神秘一笑，转身冲柯虎和卢荻道："你们猜，那男子是谁？"

柯虎和卢荻愣愣地摇摇头。中年男子听得心急，怒骂道："混账东西，卖什么关子。快说！"杜顺脸上一热，这才道："禀将军，那男子不是别人，正是三年前押失十万两援疆银的武状元——陈灼呀！"

要知道三年前陈灼押失十万犒赏安西军银，那可是件惊天大事——当时安西守军连传捷报，朝廷派新科武状元亲自押银犒赏，谁知陈灼一行途经凉州时，竟被人劫了手。虽然事发三天后凉州守御兵马大将军张恰就查出是当地莫家所为，但因事体太大，陈灼还是连同劫银的莫家父子被一道打入东京死牢。

此刻杜顺话一落地，厅中几人俱浑身大震：难道陈灼越狱逃了出来？一时几人对望几眼，陷入深思。那中年男子心中焦疑更盛，只见他来回踱了几步，突然停身道："三年光阴一弹指。明日十万两援疆银将要再次押过凉州，你们三人连夜行动，给我将三千兵马沿驿道一字摆开，全力护银。"说到这里，他语气明显加重，"你们记住，三年前有陈灼和莫云桐父子顶罪，我等才无恙，这回若再蹈覆辙，咱们统统都得完蛋！"

三名候骑低头领命。那杜顺却突然疑道："将军，您明日不去候迎吗？"中年男子从怀里掏出一份烫金红帖，掷于桌上道："沐春风这个老东西，偏偏要在明日给他龟孙子办什么抓周宴，我去敷衍下，午时前赶回。"三人相顾一眼，躬身退下调布兵马。

那中年男子再次望向窗外密雨，心中思潮翻涌：莲花山马匪三年前就觊觎十万两援疆银，而今固守不动，陈灼又当此关口越狱秘抵凉州。这凉州城表面看来一片祥和，可在密雨浇漓的大幕下，正潜伏着一场翻天大乱！那中年男子不禁苦叹道："老天爷，难道我真渡不过你布下的这三年一轮的劫吗？"

冷风拍窗，无语回响。这男子不是别个，正是凉州守御兵马大将军、有"军中肥狐"之称的张恰。

夜色沉漓，已是灯火绚烂时。听雨楼里，京城名捕祝悦然已端坐一天，桌上的女儿红早已露底，他脸上却不见酡红，一双锐眼紧盯陈灼入住的客房，镇定如常。他是个千盅不醉的明白人，这一路从东京追到凉州，在连续几次失手中已知孤力难擒陈灼，所以报信灵鸽早已放出，只等援手赶来。

就在这时，楼上房门忽然打开，陈灼低头而出，闪进黑沉沉的雨幕里。祝悦然心头一震，赶紧提足跟去。

街上风雨飘摇。陈灼穿街走巷，直到一落荒园才停了步。只见他在荒园中走了一圈，然后凝立中厅，突然跪下身来，燃起纸火——冷雨浇漓，那纸火没几下就湿灭了。但在火光乍亮之时，祝悦然还是看清这火乃冥纸所燃！这究竟何地？陈灼这小子焚纸何祭？祝悦然心中疑惑不止。

夜雨中，陈灼一边焚纸，一边酹酒，口中自顾自地念道："莫公，今日我陈灼来看你了——"声音悲楚，于酸咽中渐不清闻。

祝悦然闻言，方知这荒园正是当年声赫边塞的凉州莫家残邸——这么看来，果如传言所说，陈灼和莫云桐父子联手劫了三年前的援疆银！

正自思忖，一只大手突然落于他肩，轻轻一拍。谁？祝悦然惊转回头，身后站了三条黑影。照面细瞧，原来三名副手冒雨赶来。他心中暗喜，当下低低地和他们打个招呼："来了？"三名副手齐齐点头。他们到听雨楼见祝悦然留下暗记，就循记而来。那轻拍祝悦然肩膀的副手忍不住低问道："头儿，这回咱们怎么动手？"想到一路失手，祝悦然谨慎命道："你跟我进去逼他出园。"然后转头向另两人交代，"你俩在门口先布好绊马索，再拉开缚虎网，等他出来便合力而围，这回一定要将他擒下！"两人心领神会，退下设伏。片刻，觉两人布置停当，祝悦然抽出清风剑，冲身旁的那手下喝道："上！"

暗剑刺来，陈灼陡然惊起，用状元刀挡接三招后，便知来人是谁。他暗叫不好，撒腿就跑。那祝悦然和他手下虚张声势，急喝追逐。陈灼不知是计，刚蹿出园门脚下便被一绊，摔倒在地，还不及起身，一张麻网劈身罩下，将他紧紧缚住。

"哈哈，头儿，我们终于抓住这小子了！"两个布网的手下欣喜若狂。祝悦然不敢大意，急跑上来绑住陈灼手脚，才松了口气。

陈灼怒目圆睁，拼力挣脱道："姓祝的，想不到你堂堂名捕，也使这下三滥手段！"

祝悦然闻言一笑："对不住了老弟，要是再让你逃走，我这个捕头真怕要卸剑耕田了！"

缚虎网下，挣脱无用。陈灼心中好苦：自己冒死逃出囹圄，难道又要被抓去顶那不白之冤吗？他不禁央求道："祝兄，看在往昔情分，能否容过明日再捕小弟？"

"噢？"祝悦然愕道，"这是为何？"

陈灼目视流空，神色凝肃道："因为明日正是那援疆银再次押过凉州之日，也正是我陈灼觅证平冤之日！"

祝悦然眉头一皱："你的意思是说……明日还会有人向军银下手？"

"我虽不敢断定，但祝兄你想，三年前他们尽尝甘甜，这一回又岂肯罢手？"陈灼黯然一叹，心中就觉一伤，"只是这回，不知谁又和我一样，遭他们暗算呢！所以祝兄，无论如何请放小弟过了明日。"言及此处，他几乎哀哭起来，"待明日事过，不用你捕小弟，小弟也会跟你一道回京的！"

祝悦然年长陈灼五岁，久居仕道，虑事自然精端，对陈灼这番话可是将信将疑。只听他道："老弟呀，不是我不念旧情，而是一来你这事闹得忒大，二来我们几个出发前就立下军令状，所以……恕我实难从愿呀。"他看出陈灼脸上的绝望，就一拍陈灼薄肩，安慰道："不过你放心，朝廷对你喊冤三年这事也不是不管，眼下已派人暗中调查了！"

"派的是谁？"陈灼急切问道。

祝悦然隐秘一笑，再不作答。陈灼心中一空：朝廷？就是让自己雄心壮志夭折的朝廷？就是让自己承受重冤的朝廷？他冷冷一笑，自知再说无益，跟着祝悦然走去。

"夜色渐漓人渐迷，不见秋风动紫衣。"

断垣深处，站着一个影子，一直就悄悄将陈灼他们看着，听着他们说话，直到一行人渐渐远去了，那影子才走出壁障，来到陈灼拜祭的地方，弯膝跪下，然后，悲凄地呜咽声在荒园中荡开，那湿灭的冥纸也重燃起火……

冷风吹迷，冷雨浇漓。就在纸火乍闪一瞬，还是能看清一个满面泪痕的女子跪于泥泞里，任一袭浓艳的紫衣在冷雨秋风中翻飞。

二、紫衣惊破魂

雨终于在二更停下。想到边域纷乱，祝悦然一行不敢久留，押陈灼匆匆上路。泥泞中走了一个时辰，忽一阵夜风袭来，吹得众人彻骨冰寒。那风一起，就再不停歇，呜呜咽咽，越吹越响，越响越厉，显然到了一处风口。黑风峡！不仅陈灼，就连祝悦然几人都在心中一叫。凉州城外黑风峡，谁不知是个险绝之地，白日闯闯倒也无碍，三更半夜谁不得提胆而行？

一行人正自发怵，骤听远处传来沙沙急响。那声音似流沙扫掠落叶，又似飞鼠在蔓草穿行，连绵不绝，排涌而来。祝悦然几人江湖行走多年，闻声辨形，皆是一凛。为防失声露形，他迅速点住陈灼哑穴，就地潜伏下来。

就在陈灼被祝悦然按伏在地时，那声音挟风而至，沙沙沙沙从身畔掠过，一波紧接一波，繁响中夹着衣袂轻扬和足履交沓，分明是百人夜行之声！

虽然看不清楚，但陈灼已辨出这些人正向黑风峡里聚集。只听沙沙声绵响了一刻后，突然一静，然后就是一阵低低耳语，耳语方毕，那沙沙声再次响起——蔓草中、树阴间、崖壁上、青岩后到处都有。不过只持续片刻，然后就什么声音都没有了——静，静得怕人。

陈灼的心怦怦直跳。死寂的幽谷中，似乎到处都有人的呼吸和体温，到处都潜藏着明亮的眼睛。显然这是群高手在精心布伏！这些人踏步如飞，在暗夜的险谷里如履平地，整个过程只用了短短一刻钟，对黑风峡地形熟稔于胸，皆是有备而来！

那么，他们是谁？墨夜暗布，又要伏击什么呢？

黑风峡乃进入凉州唯一之径。今夜五更过罢，三年一轮的援疆银就会在明日押过这里！陈灼虽不知祝悦然心中何想，不祥之兆已在他心中漫开。

天一亮，沐府里红幔招天舞，庆鼓动地欢。虽然雨后阴寒逼人，却丝毫影响不了一拨拨赶来道贺的人。今天是沐春风爱孙抓周吉日，沐府怎会不欢腾热闹？

沐春风端坐在春风堂里，眯着笑眼酬酢四方来宾。他是个上天眷顾的人。三十年前一笔横财起了家，从此宝马雕车，坐镇凉州，这些年人人都以能跟他攀上关系为荣，还没人敢不给他面子！而今吉时已到，他和爱子沐图对望一眼，疑惑地想：那个重请的贵客，到底来不来呢？

正在犹疑，张恰一身戎装，跨堂而入。沐春风父子大喜过望，立即迎上去揖手引座："哎呀呀，将军莅临寒宅，真是蓬荜增辉呀！"

张恰淡淡一笑，也不谦让，就在主位坐下。堂中宾客都被他在如此盛宴中一身格格不入的戎装所愕，直到他入座才回过神来，纷纷僵笑着揖手请安。

只见那沐图立即退回偏堂，携了娇妻，抱着周岁爱儿披红而出，到了正堂中央新置的"长命百岁"台上，将胖墩墩的爱儿轻放于四五十件精美器具包围中——抓周盛宴正式开始。

一时，所有宾客都望向堂中，那婴孩娇憨的举动顿时成了欢笑的源引。张恰虎面冷峻，心思所系，全在别处。沐春风望他一眼，斟酒敬道："哎呀，老朽原以为将军今日定要去护迎那援疆银，不承想虎驾亲临鄙宅，这实在让老朽感动得很哪！来，薄酒表心意，敬谢将军厚爱了！"

张恰接酒叹道："沐兄不必客气。三年前若不是你暗报在莫家发现被劫军银，我张某怕是也躲不过那一劫的。"他淡淡一笑，"所以沐兄，公务再紧，你的好处我还是记得的！"

旁坐的几个大户闻言，纷纷愕然：原来当年是沐春风报的信呀，怪不得事发三天后张恰就神速破案！沐春风一窒，低眉苦笑道："啊呀呀，将军真是荣不忘旧之人呀……"口里这么说，心里却恨恨直骂："你个老狐狸，老子送你那么多东西，还堵不住你这张疯嘴！"

张恰仰头将手中酒饮尽，一股暖流从喉间直荡胸腑，顿觉快意淋漓。三年前的劫案，只不过在莫家翻出几只空箱，而箱中十万两军银，莫氏父子矢口否认，死死喊冤，一直就未查出影踪。好几回向沐春风探问，嘿嘿，他要么声东言西，要么故作讶异……所以，这话都憋了三年了，就是要等这么一个场合说出——你既不愿与我诚心相待，那我也就别再让你装好人了！

沐春风毕竟是久经历练之人，心中虽苦，面上极快便复回原色。见张恰敬酒饮尽，忙又斟上一杯道："这一回将军三千雄兵密布，那些觊觎援疆银的鸟寇们怕是不敢放肆了！""噢？"张恰眉头一皱，"怎么我昨夜刚刚布置，今晨沐兄你就知道了？"

沐春风哈哈一笑："哎呀，将军真是太过敏细了。你是这凉州城的泰斗，你的举动怎会不瞩目？你那三千雄兵一出，别说我和在座诸位，就连府上仆佣，又哪个不知？"他笑容一敛，"不过将军，那黑风峡里你可曾派兵护迎？"也不等张恰回答，他脸色一黯，忽然附耳向张恰道，"将军，昨夜家奴麻喜带人出城办事，途经黑风峡时突遭伏击。十余名家仆被杀，只有麻喜一人拼力逃回。将军你猜，那伏击的一伙人是谁？"

"是谁？"张恰疑道。

"莲花山——风九！"沐春风低低地道。

"此话当真？"张恰闻言大惊，似是不信。

"哎呀，将军对老朽恩义有加，老朽又岂敢愚弄将军！将军若是不信，我唤麻喜上来，将军一问便知！"沐春风将身一扭，冲堂下道，"传麻喜上堂！"

张恰心中一沉，风九烈刀之利他是知道的。虽然今早也想到了黑风峡，也派卢荻带人前去护迎，但实没料到风九竟早潜伏在那里。看来，这场较量从一开始就落了下风啊！他心中一急，欲起身要走，又想待麻喜上来问个清楚再说。

堂中宾客全没注意到他们这场"小戏"，纷纷将目光投向堂中"大戏"——只见那孩儿抓了元宝，又抓官印，抓了官印，又抓香绣；样样抓过，样样不肯放手。娇憨的举动引得大人们欢笑声一浪响过一浪。

张恰心里一叹，看来这人一出生就会有贪念的。不过目光所注，却是婴孩身边那个冷艳的丽人——沐图之妻归若玉！

认得的！虽然已为人母，但绝色就是绝色，在她身上不仅找不出一丝生产后的臃散，看到的反而是更为动人的韵致。不过，又有谁知三年前她却是状元郎陈灼身旁的红颜？嘿嘿，女人真是善变。当年陈灼身陷图圄，她就摇身一变，成了侯门贵妇。张恰一笑："嘿嘿，女人、爱情、陈灼！嘿嘿，援疆银、黑风峡、风

九！嘿嘿，这人生……"

猛听有人喝道："你是谁？要往哪里去？"

堂中登时一静。只见一人跨堂而入，紫色的衣袍如紫风般蹿入正堂，直向沐春风案前奔去。听见有人喝拦，那人边走边禀："老奴麻喜前来拜见老爷！"他语气拖延，身法疾快，待几字说完，人已低头拜在案前。

沐春风却是一惊："不，你不是麻喜！你到底是谁？"

他话音未落，那紫衣人猛地抬头，一把阔叶腰刀直朝沐春风面上扫去。沐春风大惊，哎哟一声，肥身一歪，夹在案几缝隙进出不得，当下眼睛一闭，心知此命休矣！不期想就在刀锋砍至他头颅时却突然转向，竟朝全无防备的张恰刺去——惊骇中众人这才看出，这才是此击的真正目的！

张恰就坐在沐春风身旁。这一刀突如其来砍至，心中着实一惊。好在他武将出身，闪身一避，刀才滑过脖颈，插于单肩。那紫衣人端的好刀法。见一击破开盔服，身子一挪，刀锋疾掠，另一击紧接而至，直袭张恰盔服坼裂的肩头！张恰被紧逼之下，一股怒气在胸中汹汹沸起："奶奶的，忒不把老子放眼里了，刺到宴堂不说，居然还没完没了了！"他怒吼拔刀，要让这些不自量力的玩意儿看看，堂堂凉州守尉大将军可不是面捏的！谁知刀一劈出，却心中一凉。这紫衣人臂力大得惊人，他单手持刀将张恰双手抱砍向他的刀抵住不说，甚至还一寸寸地反压过来，就在张恰全力和他拼刀之际，他空下的一手突然在腰里一探，一枚银镖嗖地飞出，直插张恰肩头！

"啊！"张恰痛叫一口，手软刀松，捂着血肩栽倒在地。

那紫衣人冷笑贴近，抢刀就砍，全然没顾到回过神来的沐春风突然背后给他一刀——紫衣人身子一歪，瞪着一双功败垂成的眼睛惨烈倒下！千钧一发之际，张恰得救！

看到张恰负伤，堂中哗然大乱。沐府家丁闻讯赶到，将紫衣人围住。沐春风扶起张恰，急唤家医敷药疗伤，冲紫衣人冷冷喝道："大胆蟊贼，你究竟是谁？为何要行刺将军？"

那紫衣人目光刀子般刺向张恰，咬牙道："哼，不为别的，只为——这身紫衣！"

"紫衣?"这模棱两可的话,听得众人面面相觑。沐春风和张恰投眼看去,只见他面相和身材毫不出众,唯一炫目的便是一身浓艳紫衣!正要细问,那紫衣人烈烈一笑,一仰脖,割喉自绝了。

堂中宾客又是一惊,纷纷将目光投向张恰和沐春风脸上,却见两人也惊怔失神,似乎均陷入一场茫然深思中。

三、这一场云诡波谲的劫

黑风峡里出奇的静,天虽大白,谁都不知到了何时。昨夜发现有人暗伏,祝悦然就和三名副手押着陈灼也悄悄潜下。其实,他这次明捕陈灼,暗里却是受刑部密令,要彻底查清三年前丢失的那笔援疆银下落。而今路遇如此诡异情形,自然要看个究竟才走。

陈灼对祝悦然潜留不行虽然纳闷,但心中更多却是暗喜。他昨夜苦求,就是为留到今日捕捉平冤之据。他就知道,这些贪婪之徒三年前尽尝甘甜,这一回怎肯罢手?嘿嘿,果不其然,在这黑风峡里与他们相遇——冥冥之中,陈灼总觉得这伙人就是三年前对自己下手之人!他愤恨的目光缓缓扫过这些人潜伏的草丛,然后凝目向天:"老天爷,三年苦辱,这回该还我一个公道了吧?"

三年前那个雷电交加的夜晚,踌躇满志的新科武状元押着十万两援疆银途经凉州时,滞留在听雨楼里。那晚,陈灼拥着佳人倚窗看雨。细心的女子发现情人衣襟上被风霜磨蚀出条条裂纹,一时又感又伤,就叫他脱下来,夜雨中挑灯,一针一线密补起来。

那时的夜好柔呀!那银银的针和细细的线上,仿佛也都是情意融融的!

谁知她刚刚补完,突然昏厥过去。惊疑之下,陈灼抱她急忙寻医,一下楼才发现手下兵士全如她般昏倒在地,那殷勤招待他们的长着醒目鹰钩鼻的店小二一声呼哨,从四面房里涌出七八十个提刀的蒙面人,恶狠狠向他扑来!

陈灼抢刀怒砍。他状元刀虽烈,又岂是七八十人对手?没砍几下,脑中一迷,也昏沉倒下……醒来时,身旁血尸残横,援疆银全部被劫,归若玉不知去向!

虽然三天后张恰就破了案，但他还来不及高兴，便和莫云桐父子被一道押京问罪；更想不到的是，皇上听信谗言，居然认定是他和莫氏父子勾结一气，监守自盗，将他和莫氏父子同囚死牢，严刑催逼！

人生中最酷烈的打击莫过于此！在冰冷的囚室里，他仍抱存着一线浩气必张的希望，可当莫云桐之子莫风被狱卒活活打死后，他终于被人世的阴漠和残狠惊醒了。

公平？正义？原来不过是流洒了多少冤者血泪托浮起的两条游船！在一次次毒打鞫问中，陈灼嗓哑了，泪干了，但，他却丝毫没有屈服——这世界没有了公平和正义，但他眼中还有情！

对！这人世还有情——还有至死不渝的爱情，还有撼天动地的亲情和友情！当绝望袭来，归若玉那低头浅笑就成他心中依附的温暖，坚挺的力源。而且，还有一双同样凌难却充满友情的手在他肩上重重一拍："好兄弟，我们一定要坚持到云开日出的一日啊！"于是，在那暗无天日的岁月中，他和莫云桐由猜疑到交心，患难与共，竟成莫逆。并在惺惺相惜中，终于等来了越狱时机——

那奸恶的狱官偶窥到原本敌视的双方如此亲密无间，以为终于抓到二人勾连的凭据，窃喜之下，孤身入牢便要拷审。谁知二人突然蹿起，像两头愤怒的公牛将他左右抵住，挟他往狱外急逃。

狱官的惊叫引来铺天盖地的狱卒。在刀枪矛戟包围中，莫云桐舍身制住狱官，叫自己先逃。时间在犹豫中分秒逝去，在莫云桐连连催逼下，陈灼洒泪起步，身后激烈的缠斗和愤怒的嘶吼交织在一起，拼命疯跑的耳中，只听到莫云桐最后嘱托："陈公子，你一定要破云开日，为我们湔雪昭冤。还有小女流难天涯，请务必寻踪相顾——"

那声音绝烈昂扬，丝毫没有生命渐逝的恐惧和颓唐，以至于今日忆起，都能感受那音中情义和果敢……陈灼双目噙泪，心中默念："莫公，请放心，我定不负您所托！"

"吱呜——吱呜——"

车轮的繁响打破幽谷的沉寂。陈灼侧耳倾听，心里就是一跳："来了！"

是来了！不仅陈灼，所有人闻声心里都是一紧。目光循声投去，只见谷口一道道金色黄幡当先开路，一辆辆金漆马车衔尾随后，一个个金刀军士森列左右；风烟滚尘中，无数的人，无数的车，无数的马，带着官家特有的阵势浩浩荡荡冲谷而入——三年一轮的援疆银终于又一次押入凉州之境了！

陈灼心弦已绷至极点。他踮脚探身，但见那押银的是个三十来岁的中年军官，面目委琐，一派颟样。祝悦然心里一叹，认得这军官名叫廖元奎，乃兵部一员中郎将，看来自三年前陈灼失银入狱，朝中怕是再无人敢接这棘手之任了。

廖元奎勒马停步，凝望着险谷绝地，目中神色渐深；迟疑良久，不见有护迎赶来，咬牙喝道："大家跟紧些，小心闯谷！"

一行车队吱吱咛咛刚一进谷，一个冷峭的声音就在蔓草丛中炸响："狗官，莲花山风九爷爷候你多时了！"声音一落，三四十条黑影从蔓草中蓦然蹿出，身如飞鼠，挥刀似雷，齐刷刷向廖元奎一行剁去。

剧变突至，廖元奎面如纸白，尖声叫道："快护军银！快护军银！"边叫边翻身下马，推着身旁兵士上前迎敌，自己一步步向后退避。祝悦然暗自一叹，黑衣人暗伏于此，果真要劫军银！这么想着，不由就望向陈灼，却见陈灼也在望着自己，两人相顾无言，心中同时在想：难道这群黑衣人真是莲花山风九一伙？

场中厮斗正自僵持，突然又听一声厉哨疾起。哨声就是命令，一响过后，呼啦啦从树阴下的青岩后又涌出二三十条黑影，喝杀着援冲上来。那原本费力拼斗的护银兵士心中登时大乱，脑袋纷纷搬家。看着手下被杀，廖元奎满眼绝望，不由恨骂起来："奶奶的你个张恰，居然敢不来护银，看老子出去后怎么收拾你！"

祝悦然心中也不由发急，同是朝廷中人，又怎能眼睁睁看着援疆银被这些鸟寇劫去？"快上去援手！"他低喝一声，和三名副手提剑冲上。就在这时，一幕怪事跳进静观激斗的陈灼眼里——只见那几个黑衣人一倒地，立即有名矮小的黑衣人弯身贴上，急速地往他们脸上撒着什么……这是在做什么？陈灼皱眉看了片时，便见一股殷红的血水从那几个倒地的黑衣人面纱上渗透出来。他心中一震，已知黑衣人在为死去的同伴毁容！

激斗中祝悦然业已察觉，他一剑挑开一名黑衣人面纱，果然是张惨不忍睹的脸了。当下忍住上呕酸水，转身折剑，一招"清风掠水雁回首"，那矮小黑衣人

只顾毁容，没防面纱就被清风剑给挑落下来。祝悦然定晴一看，这矮子一张小脸上盘着条硕大的鹰钩鼻——呸，这面相，祝悦然厌恶地提剑再刺上去！

陈灼浑身一凛，几乎叫了起来："是他！就是他！"

三年了，多少回冤苦中垂泪，多少回噩梦里惊醒，都记得的，这人，这笑，这条诬陷自己的"鹰钩鼻"！陈灼再也按捺不住，奋力挣磨缚手的麻绳，急切想冲上去擒住矮子问个究竟！

场中厮斗已见分晓：劫银的黑衣人虽伤亡过半，但活下的全是硬手，一刀一式从不虚劈，直狠狠要命。所以，虽有祝悦然几人援手，廖元奎带的护银兵已尽数遭杀。

眼看胜败已定局。忽然，每个人都听到头顶嚯的一响，声音闷如天幕坼裂，激斗双方抬头寻望，满天满眼里已是朝他们射来的锋利竹箭！

啊，慌乱无尽蔓延！这平坦的谷底，又怎容人避藏？从天而降的，是十几条妖异魅影，紫色衣袍如同旋风，紫色弓刀飞闪如梦，他们紧随密箭飘落谷中，护银的和劫银的，都是他们诛除的目标——螳螂伏捕蝉，黄雀窥伺后——又一场屠戮开始了。

陈灼惊。祝悦然惊。廖元奎惊。连那劫银的鹰钩鼻——都惊！他们又是些什么人？这样的出手，这样的装扮，怎能叫人不惊？惊骇中陈灼已然看清，他们紫衣、紫袍、紫面纱……是群神秘的紫衣人！

在这群紫绚烂中，有一人飘盈若仙，身形妖娆，看得出应该是个女子。但她温软的手里却执着一柄亮烈的钢刀，挟风怒舞。那刀法，凌厉中带着愤恨，几乎不是人能想象的。短短一时，伤残和嘶叫，就在她的蓄力劈杀中，无比真实地凸现出来。

看——护银军全数被灭，廖元奎双臂中箭；祝悦然左肩重伤，无力再战；更惨的是，三个副手已然……命丧此役！剩下为数不多的劫银黑衣人就成他们主歼的对象。一刀一式中他们紫衣翻飞舞，一击一中里对手飞血凄然涌，竹箭重创的残余里，几乎没有一个对手！

"天坼落妖神，紫衣飞血红。"谁又能想到，这些人伏藏在峡谷两侧的峭壁里，密箭先袭，弓刀继补，织就下这场天衣无缝的擘划！

打不过的！廖元奎弃银提步，第一个开溜。鹰钩鼻也拼出条血路，猫身一蹿，紧随其后。祝悦然低叹一口，也不得不承认敌手太强，收剑返回先前伏身处，陈灼竟已不见！

祝悦然大吃一惊，瞥见草丛里碎断的麻绳，心里就是一凉。急忙拨开密草细寻，那些紫衣人已提刀逼来，他不得不走！

祝悦然心中太苦——三名兄弟殒命不说，陈灼又从自己手里脱逃而去，而且还要看着援疆银被劫！他苦叹一口，自携清风剑出道，还从没感到这么失败过！

四、伊人暗垂泪，新人颜醉红

沐府的欢宴刚被一场惊魂刺杀搅场，张恰和沐春风仍自怔愣，那些知趣的来客也正悄悄退场，突然间，一声尖厉的叫喊又贯耳炸响："将军，大事不好！"

人未到，惊喊声已破空先至，在春风堂里炸响。张恰闻声一辨，就听出是卢获之音，他的心骤提嗓尖，难道黑风峡出了意外？

喊话的正是卢获。只见他拨开人群，扑拜在张恰身前，脸如死灰道："将军，大事不好，援疆银又被劫了！"

张恰闻言，似有闷棍在头上一击，一下瘫在椅上。沐春风假势一扶，惊问卢获："卢兄弟，可是那风九所劫？"

"我也不知。"卢获茫然摇头，"我带人行至半途，就碰上逃命出来的廖护银使，是他说……"说至此处，才见张恰肩头重伤，顿时大惊道："将军，您这是……"

张恰并不理他，急问："廖元奎现在何处？"

卢获道："将军，我带他去府衙疗伤，他偏偏不肯，非要来见您。"

他话还未完，堂口哗然一乱，两个士兵搀着怒气冲冲的廖元奎闯了进来。一进门，廖元奎就扯着嗓子大骂起来："奶奶的你个张恰，老子在黑风峡里拼死护银，你却在这花花堂里风流快活！"

张恰慌忙上前，赔礼请安："哎呀，廖将军误会了……"

"误会你奶奶个头！"廖元奎一脚将身旁八仙桌踢翻，越发怒骂起来，"哼，

老子不过是个押银的小小郎将，可不敢妄称什么狗屁将军！不过我倒要问问，你这正儿八经的将军治辖之地，居然有两拨贼寇伏劫军银，这个责任你该怎么负呀？"

张恰脸上的神色顿就绿了又青，青了又绿。在凉州城飞扬跋扈了这么些年，从来就颐指气使，又哪受过如此奚落？不过事态紧急，也只得将恶气压住，当下问道："怎么，会有两拨贼寇伏劫军银？"

廖元奎冷哼一声，怒然转身。一转后目光所碰，却是墙角那个静静站着的归若玉。这一看之下，那女子身上淡雅之态，顿似浇汤沃雪般将他的怒躁狂暴一下冷寂冰消了！世上竟有如此涤化人心灵的女子？廖元奎心跳加速，目光在佳人颈项间流连忘返。

"快传家医为廖将军疗伤！"沐春风见状传唤一声，将廖元奎那钩子似的目光给他拉直，然后强颜笑问："哎呀呀，真不知是两拨何等凶匪，竟让将军遭受如此重伤？"

"奶奶的，说来就气！"一提这事，廖元奎不由又恨瞪张恰两眼。他想，若不是张恰贪欢不援，自己又怎会双臂中箭遭受如此败仗？哼，不过塞翁失马，果真安知祸福。如今这么多人亲睹我为护军银负伤，而你张恰却在把酒寻欢……嘿嘿，这一回朝廷纠办起来，我又有什么罪责？

这么一想，他胸中立即开阔许多。只听他清嗓就冲众人大声道："今早我押着十万两军银刚一进黑风峡呀，就被一伙自称是什么风九的蒙面黑衣人给包围了起来……"

"将军，你听，果真是风九那伙贼寇！"沐春风闻言，立即截话向张恰提醒，见张恰充耳不闻，只好转头对廖元奎干笑道："嘿嘿，廖将军，您说，那后来呢？"

廖元奎接道："奶奶的，后来我率弟兄们拼命死战，眼看要将那些鸟寇灭了，嘿，谁知又从那崖上冒出了一拨子。他们先发三拨密箭，待兄弟们死伤过半，才下崖弓刀围补。"说到这，他咋呼飞扬的神情才收敛起来，"哎，贼寇猖獗，十万军银全部被劫，护银兄弟也全部殉职，我虽侥幸逃出，却也落得这双臂伤残呀！"

等廖元奎话一落地，沐春风就急问："廖将军，劫走军银的到底是何人呀？"廖元奎神色一凛道："他们紫衣紫袍紫面纱，是群神秘的紫衣人！"

这话如平地惊雷，张恰和沐春风闻言大惊，不约而同就想起刚才那场惊变。一时谁都暗思，刚才行刺的紫衣人和劫银的紫衣人到底是不是一伙的呢？

事体太大，张恰再也坐立不住。霍地起身，冲卢荻大声命道："快，全城戒严，给我搜捕紫衣人，就是挖地三尺，也要将援疆银找回来！"这雷霆震怒的声音直炸得众人头皮发麻，倒是廖元奎望着慌忙而去的卢荻，唇角一抿，不屑地笑了一笑。

却在这人人蹙眉屏息之时，猛听堂外又一声疾喝："你往哪里跑？给我站住！"

疾厉的声音穿廊过巷，直入厅堂。随声蹿来的是个灵猫般黑影，许是被追得太急，身上衣衫尽湿，他似对春风堂格局颇熟，一进来就熟练地低头闪避了。虽如此，那独特的鹰钩鼻还是印在众人脑中！

只见他刚一潜身，追他的人便提剑而至。那人青袍坼裂，左肩重伤，所提之剑清亮生风，一进堂就看出鹰钩鼻的身影，飞剑直刺过去。

堂中人一惊，哗啦啦散开。却在出剑之时，从正堂上奔下一人，青刀挥掠出十八道飞芒，硬生生将他长剑挡住。出手阻挡的正是沐图。他收刀冷睨一眼来人，喝道："你是何人？胆敢在春风堂里撒野！"

"沐贤侄不可无礼！"张恰慌忙制止，已看清来人长剑清风，正是名满京城的捕头祝悦然，当即下来向沐图附耳安顿。

沐图冷冷一笑："原来是祝捕头呀，在下失敬了！"他微一欠身，"不知祝捕头如此行色匆匆，是在缉捕什么人呢？"

祝悦然侧目一看，鹰钩鼻已溜进后堂。从黑风峡一路跟来，他隐术也高，直到沐府才被鹰钩鼻察觉，略一沉吟，向沐图道："真是抱歉的很。祝某追捕越狱的陈灼，不期想竟看错了人！"

"陈灼？"沐图脸色可就变了，"你是说三年前押失军银的陈灼？他越狱逃出来了？"他连连急问，脸色由白而青，一时斑斓的很。见祝悦然点头，他偷瞥一眼静站墙角的妻子，半晌无语。

一旁张恰好生奇怪：祝悦然明明追捕潜入堂中的鹰钩鼻，为何要说成陈灼呢？正自狐疑，不想祝悦然冲他道："哎，我说，军银遭劫，你堂堂将军怎么在这里发起呆来了？"张恰脸上一烫，想想也是，如今事态紧急，自己又怎管得了他人瓦上霜雪。当即向廖元奎道："请廖兄与我回府疗伤，共商对策！"

"哼！"廖元奎冷笑一声，扭头不理。沐春风趁势就道："嘿嘿，既然廖将军双臂重伤不便行走，不如就留在鄙府里疗养吧！"

"这样也好！"廖元奎淡应一句，又情不自禁望了望那个女子，然后又向祝悦然招呼道，"祝捕头别走，今日多蒙你援手，你也留下，咱们与沐兄定个交情如何？"

祝悦然哈哈一笑："廖兄，这可要看人家愿不愿意了！"

"这个……这个自然是最好不过了！"沐春风父子对望一眼，口里这么说，心里好自一沉：这小子提剑而来，果真追错了人吗？哼哼，沐春风冷冷一笑，既然你赖下不走，那我可就要好好招呼你了！

在三人各怀心事的干笑声中，张恰怒然拂袖，离堂而去。

而那个冰艳女子，还就在墙角里那么怔愣站着。谁也不知，刚才从祝悦然口里听到陈灼那两个字时，清泪就从她眶里垂下，在颊上划出两道牵挂泪痕。

黑风峡里横七竖八堆叠的死尸幽证着刚才那场酷战。待伏灭来敌，这群紫衣人就扑向军车，麻利地卸下军银，搬抬到青崖下，然后一半人迅捷攀崖而上，抛下五六条青蝇，崖底的人就用它绑住军银，轻盈一摆手，两个来回间，十箱军银就被他们提上崖顶。

这时崖底蔓草丛中，有双清亮的眼睛一直悄悄把他们看着。那是陈灼。刚才磨得双腕血淋，才将缚手麻绳断开，本想跟踪鹰钩鼻去探个究竟，又怕祝悦然尾随，他权衡再三，最终决定留下来看看这伙紫衣人究竟何为。这时可确没料到，这群人竟然伏居在黑风峡里的百丈青崖上……唉唉，如此利势，援疆银又怎不被劫走呢？

陈灼心中虽哀，目光却始终盯着这群紫绚烂中那位妖娆女子。她身形丰满，看样子正当韶龄，谁曾想指挥调布，竟是这伙人的首领。只见她看着所有手下攀上崖后，才最后一个起攀，那崖高千仞，她刚刚攀起，就猛听马嘶鸣响，却是卢获带着一队官兵冲进谷来。

紫衣女子闻声一惊，已知再难上崖，就脱崖落地，向蔓草丰茂处一连三个滚身，居然就滚到陈灼身边。她大吃一惊，可真没想到这里早就潜伏着一个俊朗男子！想要挪身，官兵已入谷中，只得与他贴面相对，屏息而匿了。

这么近的距离，彼此相顾间，一时都能感觉到对方身上热热的气息。陈灼不慌，直把她给定定看着，这薄薄的紫纱下面，应该是张秀致如玉的脸吧？他心里一苦：如今这世道，男子不正，女子不良。你看看，这么个柔婉的女子，居然是山匪的头儿！唉唉，陈灼好是生奇，就探手去揭她遮面紫纱。她久居山崖，想来也是寂寞，这时被个英俊男子盯着一看，心里可就乱了，没想他却更近一步，要揭自己面纱，她想挡却也没挡住，就任他轻轻揭下。一时四目相对，彼此都觉一股激流在体内汹涌，一种莫名的感觉更在两颗心中荡漾起来。

这是什么感觉？是爱吗？是一面之后那种突兀的爱吗？

是不是每个流落寂寞的人都有这么一种渴爱的心怀？是不是每个漂泊孤独的人都有这么一种炽烈的期待？紫衣女子垂了眼，低了头，颊上桃花飞红，用那糯米细牙轻轻咬着红唇儿，直把这温情品酝着。

"不可，不可！"陈灼猛然醒悟，摇头苦笑。恍惚间，她这一低头的温柔，竟幻成往昔相依的情影，盘旋在自己脑中，这时分辨出来，清苦刹那就弥漫肺腑：悠悠天地，茫然无顾，于今怅思，佳人何处？

她却把他一直默默感应着。女儿情怀，是说不清原因的。这乱草荫丛中贴身一晤，也不知他是敌是友，居然就有些心许了。也许是寂寞太久吧，这男子凌乱长披的发、瘦硬刚直的身、温热纤长的指，让她乍见之下，就在心底升起一种好想依附的感觉——那是家的感觉。漂泊太久了，她在心里苦苦地想，好想有个家啊！

卢获吆五喝六地指挥着官兵搜寻疑迹，事已至此，无非也就是清理了那些死尸，一无所获地离去了。这空旷谷底，又成他们两人。也怪，居然谁都没有起身，就那么默默地静伏着，默默地把彼此看着。

陈灼终于再忍不住，盯着她问道："你……你们为什么要劫军银？"

她避了他灼人的目光，静美的颜上浮起一抹忧伤。这一问竟似触到她心底最

深的痛，久久久久，才启唇轻道："不为别的，只为这身紫衣！"

这一下，陈灼可就愣住了。夺财皆为私利，原本是要证实这些的，没想，却是这样的理由。一时望着她这身浓艳紫衣，如是幻入一场紫色迷梦！伏居草沙中，紫衣耀乾坤。她劫银，竟是这样的目的吗？

崖上的紫衣人全部返了下来，"小姐，小姐"呼叫着，在蔓草中慌忙寻起她来。当看到她身边伏着个陌生男子，他们立即挥刀围上，谁知她却突然喝道："别伤他！放他走！"所有人都是一愣，一个年长的紫衣人忍不住焦急地道："小姐，要是放走他，那我们形迹不全泄露了吗？"

紫衣女子抬眼望了望伏居山崖，又将目光凝于陈灼脸上。这男子眼中的清亮正直之气，让她倍感踏实。她感觉得出他必是武功卓绝的带刀人，彼此相斗，不过两败俱伤。何况，她也不忍。她想，不如赌一赌吧，用自己美好的情怀赌一赌他的真诚吧。于是，她轻轻对陈灼道："你——走吧！"

陈灼惑然起步，十步一回首地去了。

望着男子背影消失，紫衣女子怅然一伤，居然连他名字也忘了问，彼此都是流落的人，这样一别，也不知何时再能相逢？她黯然回神，突然发现人群中少了一人。她大惊道："大师兄呢？"一语提醒，众人猛地心中一沉：难道他真去刺杀张恰那狗官了？

"你们上崖等我消息，我进城去看看！"紫衣女子丢下一句，向城里匆匆奔去。

五、冰火摧折觌伤绝

残月悬空，这夜已深，沐春风父子备了一桌盛宴，招待廖元奎和祝悦然二人。归若玉实在厌恶廖元奎那热辣辣的目光，就离了座，一个人默默回到西房。她没有掌灯，就这么在黑暗中静静坐着，看着窗外半轮月，不知不觉，颊上就泪痕交错了。

她目中的神色是苦的，是悠远深思的。

三年前在听雨楼昏迷过去，醒来时莫名被关进铁牢。在那弥漫霉味的空气里，情人不知所踪，身旁全是貌如厉鬼的喊冤者，而脚下，穿梭着壮如灵猫的硕鼠！她尖叫着拼命拍打铁窗，就在绝望的视线里，儒雅的沐图赎救了她。出来后她才知道，援疆银遭劫，而陈灼……也已身陷囹圄，从此怕是两情长绝了！

孤零零一个女子，又能去哪里？听到沐图夸口能救出陈灼，她就跟他来到沐府。从此在四面都是高墙的春苑里，就日日夜夜焦灼地等，然而每次都是看着沐图满怀信心而去，垂头丧气而回，这么煎熬到最后，等到的却是陈灼被打入东京死牢的噩耗。

冤屈，冤屈，冤屈！也是这么个清凉夜里，她第一次抱起酒坛，拼命把那呛人液体灌入愁肠，醉得一塌糊涂。然而这人世哪里容得一个有姿色的女子保全她的清白？醉后醒来，她就惊愕地发现自己一丝不挂躺在沐图怀里……那一刻泪水决堤般涌出眼眶，她羞愤难当，提剑就要杀了这个乘人之危的小人。谁知沐图竟像个做错事的弟弟般跪在自己面前，噙着泪诉说他对自己一见钟情后刻骨铭心的爱。她长这么大，从没见过一个男子为了情爱可以如此屈从，她刚烈的心登时一软，怒剑落地，掩面长哭。

以后恍惚的一月里，她曾无数次把自戕的白绫抛上雕梁，可每一次，都被沐图那温热的手轻轻解开，更要命的是，自己居然怀上了他的孩子。

死不了，这个世界还残留着自己的牵绊。女儿柔身，天生就有母性心怀，她又怎能忍心带去腹中幼稚的生命呢？时日一久，在沐图痴烈的爱潮包围下，她那颗冰冷的心终于被慢慢地烘融了。

这样静寂了三年，原以为往日伤痛都已淡化进岁月的风烟中去了。可今日今时，忽然触及，却惊骇发觉，三年来已结痂的伤疤，原来并不曾真正愈合——自己内心深处，竟然一直就未曾将那人忘记！

房门忽然推开，沐图一身酒气走了进来。看到妻子在黑暗中发呆，就燃灯冷笑："怎么，又想他了？""哪有？"归若玉转头拭拭眼角，慌忙起身让座。

"真的吗？"沐图瞪着眼珠子逼上，拽住她衣领咆哮起来，"那你为何在宴会上闷闷不乐？为何躲到这里偷偷哭泣？"

"你别瞎猜！"忍着沐图身上刺鼻的酒气，归若玉平静地道。

"贱货，还敢骗我！"沐图怒不可遏，一记耳光重重落在妻子颊上。

归若玉眼里的泪水扑簌落下。她怔望着沐图——这就是那个曾经那么儒雅、那么痴烈地深爱自己的男子吗？望着他狰狞的笑，忽觉如此陌生！

他还没完，借着酒劲抱起桌上的琉璃镜台就要砸下。那镜台雕花镂月，本是陈灼魁中状元后送给自己的，三年相守三年情，一直就不忍舍弃。"不可！"再也顾不得矜持，她扑上去舍身相护，可又哪里拼得过他呢，那镜台还是眼睁睁从臂间滑下，落下一地粉碎。沐图收手冷笑："嘿嘿，我告诉你，他不过是个死囚，即使侥幸逃出大牢，终究也是个死罪的命！"

归若玉伤心欲绝，再也待不下去，踩着一地琉璃，夺门而出。几个下人追去想劝解几句，被沐图暴声喝住。

"混账东西，都火烧眉毛了，还有闲心瞎闹！"不知何时，父亲一脸肃然站在门外。他怒斥一声儿子，摆头低喝道："跟我来！"

沐府后园阴暗幽曲。这时夜久更阑，沐春风父子蹑手蹑脚走进后，一个黑影就扑通跪下，头如捣蒜："老爷恕罪，这回若不是那伙紫衣人劫手，小的绝不会失手！"

头叩三遍，语落良久，却始终听不见沐春风吭气一声。说话的人禁不住抬头，清亮的月光下沐春风满脸尽闪青绿之气，那人不由颤了起来："老爷……"

"失了手你居然还敢回来！"沐春风突然开口，冷怒的声音炸得那人头皮正麻，锋利的朴刀已冲那人罩面砍下。"老爷，您怎能这样对我——"那人惊叫着偏头一闪，鹰钩鼻上已鲜血淋漓。"哼哼，你个蠢货，回来倒也罢了，可你竟将那祝悦然也引来！"沐春风满脸郁怒，朴刀疾转再取那人头颅。

那人正是今日祝悦然提剑追丢的鹰钩鼻。他名唤殷商，平日看护后园，是个不惹眼的下人，谁都淡忘了他真名，直把他唤作"殷三"。其实他身藏绝技，外人都不知，他还有另一身份——那就是沐春风父子暗培的千名武丁的把头！

此时殷三闻言听声，就知沐春风父子必要杀自己灭口。困兽犹斗，他岂肯甘心受死？只见他蹿身一跃，撒腿就跑。沐春风父子同时出刀夹击，殷三后腿上被狠砍两刀，痛瘫倒地。

"对不住了，殷三！"沐春风提刀逼上，"那祝悦然可是朝廷的人，他盯上你，我不得不如此……"他话还未完，却是脸色一变，双耳登时竖起。接着，他突然收刀冲园门疾掠而去，奔到后拉门喝道："什么人？"

园门被突然拉开，应势就跌进个人来。长剑清风，竟是祝悦然！沐春风父子对望一眼，脸色大变："怎么，祝捕头，美酒佳肴还嫌招待不周，居然跑到后园觅腥来了吗？"

"哪里，哪里。"祝悦然干涩一笑，"清夜难眠，祝某只是踏月游转，不期想就在这里巧遇沐公和弟子切磋武技。"他刚才附门专注贴听，可真没料到黑风峡里自称是风九的劫银黑衣人，竟是他沐春风所派！嘿嘿，这个老狐狸！祝悦然心中一寒，扭身就走："沐公请继续，祝某不便打扰！"

"站住！"沐春风横身将他拦住，"祝捕头，可知不经我允许私闯后园的下场吗？"

"噢？"祝悦然佯装讶异道，"什么下场？"

沐春风眼中凶光陡现："那就是——死！"

"怎么，沐公想要杀我？"祝悦然面色不变，冷冷诘问。

沐春风狰狞一笑："姓祝的，咱们真人面前不说假话。"他口气忽然加重，"你已窥听我劫银机密，今夜我岂能容你活着走出这园去！"

"哼哼，好你个狗胆包天的沐春风！"祝悦然冷怒一笑，手已摸在清风剑上，"实话告诉你，这回我明捕陈灼，暗里就是来调查援疆银的。即使你今夜不跟我动手，我也要用清风剑救下这鹰鼻小子，定让他做个揭发你的旁证！"

"嘿嘿，姓祝的，强龙不压地头蛇，你未免也太过狂妄了吧！"沐春风朴刀一抢，目中杀机立现，只见他冲沐图递个眼色，厉声喝道，"给我——杀！"

刀剑激错的光芒里，那殷三身子一扭，急急逃去。

陈灼是在回城后才后悔的。他后悔不为别的，只是因为从日落寻到子夜，这茫茫人海哪有鹰钩鼻踪影？他心乱如麻，在月下长街徘徊，不知不觉，就到听雨楼下。

楼上那间旧阁里一灯如豆。灯影幢幢，却清晰地映照出一个人影。那娇影似在梦里见过一般，陈灼情不自禁移步上去！

阁门推开刹那，陈灼清冷的双目中登时热意汹涌，嗫嚅口唇，禁不住颤声唤道："玉儿，真……真是你吗？"

阁中的人正是归若玉。她负气奔来，旧阁寄怀，却做梦也没想到，今夜今时，会和他在故地相晤。彼此珍爱的心都是相通的，即使沦身世俗，即使点染机巧，可这间曾挑灯补衣的旧阁，却是谁也没忘掉的。归若玉眼角残泪还未全干，这时一见陈灼依旧瘦硬的身体，那泪顿就滚落下来。

陈灼疯了似地扑来，将她紧拥在怀。三年冰火两相煎，三年怅思望眼穿，三年流落非所恨，三年苦辱与谁言？三年了，原以为人鬼殊途，却没想，经过这一千多个日夜的担挂和思念后，彼此还能相逢！

陈灼再也抑不住激动，狂热的吻激烈地落于佳人唇上，凌乱的手解开她的扣，将羽衣一件件剥落，然后滑过她颈，滑过她胸，抚在那思念的乳上……

"不！不！"肌体相依的一瞬，她猛然惊醒，慌乱地推开陈灼，匆匆拾起羽衣，遮住雪裸身体。

陈灼怔然停手，迟疑道："怎么，你——有人了？"

归若玉侧过脸去，沉沉点头，泪水断线般掉下，弥漫她脸庞。陈灼一下瘫坐在床，禁不住苦苦问道："他，是，谁？"

"你别问了——"归若玉泪雨纷飞，无颜面对这个依旧对自己痴爱的男子，无颜诉说三年来自己对他的愧负。她终于失了声，披衣跨出旧阁，洒泪而跑。

"玉儿，玉儿……"陈灼心苦如煎，在身后拼命狂追。那天上悬月也似同情这个一往情深的男子，把最明亮的光挥照下来，好让他追上她去，看看到底是谁夺走了他的至爱！

那是一落豪园。陈灼追上去时，就被森然铜门阻了路。但他岂肯心甘，绕到后墙就翻了进去，落地后不见归若玉身影，一股浓烈的血腥味却扑入鼻中！

陈灼的心骤提嗓尖，他分明听到有人在他落地后突然噤声。这是什么地方？自己是要进去还是返身而退？正在疑思，黑暗中一条人影扑棱棱向他飞来。陈灼慌忙拔刀一挡，那来人像是被人抛过来似的，沉沉栽在地上，死尸般再无气息！

怪了！自己状元刀虽利，但挡劈一刀又怎能要人性命？陈灼心中大奇，正要凑上去探看，猛听耳中一声暴喝："快拿刺客！快拿刺客！"

随声跳出一老一少两条人影。两人鲜衣残裂，遍身伤血，显然刚经历一场烈战。这时乍一冲出，就抢刀怒砍陈灼。与此同时，七八十人挑灯闻声赶来。那灯火一照，陈灼的心几乎要飞出胸腔：但见先前飞来之人果真倒在血泊之中；身上刀痕交错，死状惨烈，竟是追捕自己的祝悦然！

那一老一少见众人赶到，就收刀围着祝悦然尸身转了一圈，然后指着陈灼惊呼起来："呀！快拿住这小子，这小子杀了祝捕头呀！"

陈灼脑中嗡的一炸，还不及他反应，七八十人已亮刀扑来。夜如此消沉，陈灼的心如此迷乱。混战中，他力劲渐泄，刀法渐乱，终于束手被擒。陈灼瞪着那一老一少，气血怒涌道："你们是谁？为何要陷害于我？"

一老一少正是沐春风父子。陈灼虽不识得他们，他们却在三年前就已认得陈灼。这时见陈灼被擒，父子俩对视一眼，阴阴地笑了一笑。

六、冤千重

夜已深浓，寝房里红烛高烧，亮如白昼。张恰瞪着一双豹眼，和衣躺在榻上，辗转反侧，久不成眠。卢获和杜顺几个，虽将城里所有穿紫衣的人拘捕起来鞫讯，也毫无所获……唉，看来自己三年京兆为此黜免不说，还要搭上这条命吗？张恰怒然起身，哼，就是挖地三尺，也要将紫衣人挖出来——剥其皮，吞其肉，折其骨——涤刷失银耻辱！

却在这时，一名侍卫匆匆跑进，慌声禀道："将军，沐氏父子奏报，祝悦然被陈灼给杀了呀！"

张恰闻言大震，直奔梨花大厅。厅内灯暖火融，沐春风父子押着五花大绑的陈灼，身旁青砖地上，停放着一具白革冰尸！

张恰走上前去，屏息揭开白革。只一看，心中就是一伤。只见声名显赫的京城名捕祝悦然，就这么一身是伤地断了气息，清风长剑折成两截，凄凉散放在尸身上。

名捕惨逝，清风不在。张恰胸中百味杂陈，抬头冷冷盯向陈灼。

沐春风抢先禀道："将军，今夜祝捕头在鄯府后园发现这小子，孤身独剑，全力擒拿，不料竟遭这小子状元刀暗算。"他看看张恰反应，又接着道，"哎，我

们闻讯赶到，才将这小子合力制住。想到人命关天，不敢耽延，押来请您发落！"

张恰没有吭声，一双利目仍冷盯陈灼——这该是三年后再次见面吧？这小子可真有种，逃出死牢不说，居然连祝悦然都敢杀……啧啧，真是"少年热血冲天涌，一怒出刀不知悔"呀！

陈灼怒啐一口沐春风："呸，你个小人，明明我一进府，祝捕头就被你们杀了，为何要嫁祸到我头上?!"

"你放屁！"沐春风冷嗤一声，抱拳向张恰道，"将军，这小子可是个恶人哪！您看，有我众人作证，他居然还想反咬我一口！"

"哎呀，好了！好了！"张恰实在好烦。他心思所系，皆在援疆银和紫衣人身上，至于祝悦然到底遭谁黑手都不重要，只要有凶手抵罪就好。他摆手叫沐春风父子回去，然后虎目一瞪，厉声向陈灼喝道："好小子，吃了虎胆不成，连祝悦然你都敢杀！"厉喝之下，甩手在身侧的香桌上重重一击，香桌登时咔嚓散架。只见他绿着脸冲左右喝道："给我把这添乱的东西押下去砍了，明早同祝捕头尸身同押京城，报朝廷服罪！"

断头台就设在堂外，古桩昏刀，森血凝斑。陈灼被按台上后，执刀的一声暴喝，索命屠刀就凛凛砍下——

要死了吗？就这么不明不白要死了吗？多少冤屈苦辱，就这么一刀断下后，继续随带到另一个世界去煎熬自己吗？陈灼止不住嚎啕大哭起来——

"等等！"烈刀砍落之时，张恰忽然走向待宰男子。他是被他痛彻心肝的嚎啕吸引来的。当听到三年前风光无限的状元郎面对死亡如此失态时，就想看看。这时一见他泪痕交错的脸，张恰不由轻蔑骂了句："孬种！"

陈灼泪雨滂沱："将军，我绝没有杀祝捕头，真是他们嫁祸我的呀！"

张恰轻轻一笑，他根本就不关心这些。执刀侍卫见他漠然转身，冷厉屠刀又烈然举起。"不要！"陈灼急叫一口，脱口喊道："你不是要找援疆银吗？你不是要抓紫衣人吗？你放了我，我告诉你！"

"你说什么？"张恰豁然转身，惊奇的目光紧盯陈灼，狐疑问道，"你怎会知道？"

陈灼低下头去，也不知情急之下为何就这么说了。他这时脑中，忽然就闪现出紫衣女子那炫如紫凤的袍，秀致如玉的颜，羞赧含情的眼。说吗？能不说吗？陈灼心中忽然一恨：这些乌衣贼寇，致使三年来自己身败名裂，沦遭煎苦。而今又怎能忘记前痛，对他们包容呢？思及此处，他柔心烈绝，冲张恰大声道："将军，我说——"

张恰侧耳听完，淡淡道："哼哼，陈公子，世事多变，也不是我张某不信你。"他蹙眉打住，略一筹思道，"我看不如这样，我还是将你押着，到了黑风峡若果如你所说，捕住紫衣人，搜出援疆银，我当场就将你放了，你看——如何呀？"

陈灼也知要他此刻放了自己决非可能，只好无奈点头道："一言为定？"

张恰面无表情地笑了笑："哼哼，当然一言为定！"

从张恰府衙回来后，沐春风父子就一脸凝肃地走进密事堂里。虽然暗杀祝悦然凑巧移祸，但一想起陈灼，沐图还是由不住担心起来。

三年前归若玉可就是从他身边夺来的呀——这可是夺妻之恨，陈灼那小子能一点都不恨？这么一想，就惴惴问道："爹，您说，这回陈灼那小子该不会再逃出来吧？"

"胡说什么！"沐春风瞪一眼忐忑不安的儿子，"他本就是个死囚，如今又背上暗杀祝悦然的罪名……哼哼，纵有三头六臂，怕也无人能救喽！"

"可是，"沐图望一眼父亲乐开花的脸，仍惶惑地问，"那张恰……会相信吗？"

"怎么不信？"沐春风硬硬一笑。杀就杀了，冤就冤了，在凉州城里，谁又敢把自己怎样？张恰这回被援疆银弄得焦头烂额，哪有闲心去查祝悦然到底是谁杀的呢？嘿嘿，只管有人抵罪就行。这一点，刚才在梨花厅里，沐春风就已瞄出端倪。

沐春风移目堂外沉夜，忽就想起重伤逃逸的殷三。他人呢？现在何处？他可是唯一知道底细的呀！如若他将三年前的事兜露出来，自己完卵再大，又怎能与朝廷相抗？沐春风脑中一麻，沉声问道："图儿，殷三查到踪迹了吗？"

"还没有。"沐图冷冷一笑道，"爹爹放心，他腿上已中两刀。哼哼，那刀伤一发，他必慌急求医。所以孩儿已在城中药堂布下眼线，只要一发现殷三踪

影，他们必会飞鸽传讯的！"

　　沐春风面色凝如乌铁。沐图屏气敛息，正待父亲发话，窗棂上忽咕咕一声，一只皓白之羽飞翔而至。

　　沐图浑身一震，冲过去从鸽腿上取下讯信，大声呼道："爹，殷三现身了！"

　　沐春风眼中凶光一闪，蓦地伸手，将案头燃烧正旺的烛火硬生生掐灭在手里，"听着，决不能再让殷三活着！"

　　沐图满脸愕白，这么多年来，可是头一次看见父亲做出这么可怕的举动。

七、歧路不同归

　　三更已过，正是黎明前最黑暗的时候。张恰和陈灼定诺后，就亲率兵马，急匆匆往黑风峡赶来。为防被紫衣人警觉，他精挑两百名帐下精锐，脱去铠甲战靴，换上短装劲服，进谷后自动分成两拨，先一拨飞爪高抛，藤绳扣结，迅捷地攀崖而上。后一拨留守下来，同他在崖下屏息而待。极快地，崖上刀剑交响，纷乱一片。

　　张恰虎眉一挑，兴奋得挥手大叫："快上！快上！"

　　陈灼低下头，不敢向崖上仰望。深夜突袭，紫衣人被合力擒住，一一押往崖下。突然有一人，佯装被俘时骤然出手。只一刀，就将柯虎和卢获当胸劈倒；杜顺虽机灵闪过，哪料他飞腿跟进，怒踢之下，两人反力弹开后无处落脚，同时哗啦滚下崖来。

　　杜顺脑颅摔裂，气绝而亡。那紫衣人却胯骨微挫，奇迹般活下。近旁的兵士立即刀戟围逼，扯掉他遮面紫纱，绑送到张恰面前。

　　那人身形妖娆，竟是名秀致女子。张恰盯着她一看，却是一怔，这女子就像在哪里见过？夜火凋残，她素面在落崖时被污泥沾染，一时也不敢确认。陈灼一看之下，浑身皮肉就觉一麻，急忙往人丛里低头一避。那女子锐眼颇利，一见陈灼在场，面色顿就大变。没想他竟是这样的男人！紫衣女子心中扯裂般一痛，两行苦泪夺目涌出。今夜从城中回来，就在刚才梦中，还与他温情耳语呢，没想梦都未醒，他就将凶敌引来，就将索命屠刀压在自己颈上！她玉面怒白，秀目刀子

143

般刺向陈灼——如果那目光有温度，非把陈灼烧焦不可！

陈灼慌忙避头，实不知该如何面对紫衣女子。他只有将目光投向张恰，艰难开口道："将军，请您兑现允诺，放……放我走吧！"

"放你走？"张恰脸色一变，"要是放你走了，谁又替祝捕头服罪呀？"

"你，你……"陈灼脸色煞白，口中如被强灌一勺陈年老醋，烈辣翻涌，又酸又苦。

张恰再理都不理，仰头冲崖上兵卒大声传令："快搜军银！快搜军银！"

崖上兵士闻言传报："将军，箱中全是粗石，不见军银！"

张恰大惊，烈声暴喝道："再搜，给我挖地三尺地搜！"

崖翻三遍，那些兵士最终还是护着盛满粗石的军箱颓然下崖。军箱安在，箱中军银怎会变成粗石？张恰冷厉的目光刀子般刮过这群紫衣人面庞，猛地从近旁拉过一名紫衣人，怒声逼问道："说！你们把援疆银藏哪里去了？"

那紫衣汉子怒呸一口张恰，烈声道："呸！老子们劫到手后，里面就是石头！"

张恰面上一绿，一股咬牙恨意顿然迸涌全身。他猛地瞪眼抽刀，一刀就扎进那怒呸他的紫衣汉子腹中。

"哈哈哈——"青刀扎腹血溅红。一刀下去，张恰纵声畅笑，拔出血刀，复压于另一人颈上："说，你们把援疆银藏哪里了？"

紫衣女子见状悲苦一叫，烈声制止："狗官，你放开我，我告诉你！"

此情此景，陈灼惨然垂头，心中火烧火燎地愧，以至于那紫衣女子走至他身边时，也没察觉。

"我已放开你，你怎还不说？"张恰冷冷盯着紫衣女子，握了握手里沾血的刀。她落崖不死，决非侥幸，必有一身雄奇功夫所撑。这时虽迫于探出援疆银下落将她放开，但张恰心弦却是绷得紧紧。

然而谁都没有想到，紫衣女子假意欲说之际，突然怒啸一声，扭身一纵，如紫鹰般扑向陈灼——

她双手尖勾，锋利如爪，这怒烈一扑，就直抓陈灼前胸。陈灼双手被缚，如何能避？紫衣女子五指如钢针般扎进陈灼肉里，恨恨一拉，陈灼前胸登时血肉翻飞！张恰脑中一轰，脱口愕叫一声："鹰爪功！"

陈灼当手捂胸，痛不能抑。紫衣女子哪肯罢休，双手一勾，再度扑来。陈灼情急智生，朝她伤胯上阻踢一脚。紫衣女子攻势一滞，眼中泪花直冒。陈灼趁机向蔓草里钻去。那女子哪里肯放，双手排张，怒烈一纵，向陈灼潜逃之处追去……

这幕搏杀太是惊烈。待回神过来，两人身影已湮于蔓草荒丛。"快抓住他们！"张恰陡然惊醒，大声狂叫，心里惊疑不停：这紫衣女子究竟是谁？她怎会使莫家的鹰爪功呢？

张恰惑然回头，发现这一群紫衣人皆怒目向他。那眼里，全闪着怒烈仇恨的光！

夜浓如墨，一条黑影在街间里摸行。他分明是个跛脚，一瘸一拐没走多远，鹰钩鼻上就热汗淋漓。他不是别人，正是逃出沐府的殷三。此时甫一坐地，双耳却又一竖，四下里无数脚步向他迅疾逼来，他尚未回神，周遭鬼魅般冒出十几条黑影，旋舞钢刀向他砍来。

剧袭突至，殷三矮身纵起，单腿往墙上一支，从袖腿中抽出短刃，怒然迎敌："奶奶的，老子跟你们拼了！"怒音甫落，利刃就起，那刃虽短，却在他矮小跳蹿的身间左隐右现。一时那些人不仅伤他不着，却遭他利刃反刺，哀声连叫。

"闪开！"忽一声大喝，两条身影应声而至。殷三面色立变，闪电般飞蹿的利刃顿失灵锐，铛一声激响，挑飞落地。赤手空拳，如何能战？殷三就地一滚，发力就逃。"想跑？"沐春风父子冷冷一笑，舞刀直追。

天上浓云破开，映亮朦胧长街。殷三正愁无处潜身，蓦地迎面奔来条人影。那人跃如鹤羲，顿如鸥停，奔走间就知不是平庸之辈。"救命！"殷三不顾一切扑向来人怀里，突然发现那人前胸鲜血淋漓，抬头再一照面，顿时惊傻了眼。心想：我命休矣！

没想，那人却为他出刀了——

怒劈惊雷震人潮，一刀飞红过长桥。那是一招"状元红"。那一招"状元飞红"的招式一出，沐春风父子顿被逼得凛然长退，攻不成形。

"呀！是陈灼！"沐图眼尖，一眼看出来人，愕得脱口大叫，"爹，他居然又逃出来了呀！""你慌什么！"沐春风冷喝一声，心里却也一愕。刚才来得急，攻得急，没看出是他横手。这时心中一沉，始知陈灼武状元盛名，果不虚负。可是……这小子是怎么逃出来的呢？沐春风一注目他胸口，顿就明白过来。他冷冷一笑，冲沐图和众心腹大声道："嘿嘿，既然阳间铁牢关他不住，那我们就送他去阴间地狱，看他还能不能再逃！"

陈灼横目转刀，也才辨出两人竟是嫁祸自己的一老一少。胸中怒火虽沸，但看他们人多势众，当下虚劈一招，提起殷三，飞一般就逃。"追！追！"沐春风父子喝命众从，发足疾追。

幽街三环九曲。陈灼提着殷三奔出一条长街，在岔口正犹豫择何路而走，猛地风一样撞过条黑影，两下里谁都一个趔趄。陈灼不敢抬头，已从软绵体态中，辨出那人是谁。那人似被追得太急，互撞后微一迟疑，翻身继续就跑，这一跑却是进了陈灼奔出的长街，进去后发现有人，又掉头向另一街狂跑。喘气追出的沐春风父子见黑影一顿一迁，以为是慌措择路的陈灼，当下随追而去。

陈灼长舒口气，将殷三放下地来，状元刀压向殷三颈上，咬牙道："说！你到底是谁？受何人指使？为什么要劫援疆银？为什么要嫁祸于莫公？为什么要嫁祸于我？你说？你说？你说呀？！"这话，憋在心里，已是三年，三年来如同块块巨石，将他压得翻不过身来。今日若不是详情不知，还要从鹰钩鼻口里探出，陈灼真想今夜凶纵一回，用刀一片一片割下他的血肉，挖出他心肝来，看看到底是不是黑的！

殷三浑身冷凛，低了头，一言不发。

陈灼将他抓起，向奔来的方向走去。"喂，你要带我去哪里？"看到进入的街巷阴寒郁暗，殷三就慌了神，终于开口道："我说，我统统都说！"

夜风嗖嗖掠过，沐春风父子虽不交言，心意却通：今夜良机，无论如何都要除掉殷三。三年前事成之后，念他鞍前马后奔劳，除尽所有知情者后，对他忍了一忍。可这回事体太大，决不能再养痈遗患了。如若不然，那可真是举家倾覆了！此时父子俩汗洒如雨地狂追，终于将黑影围住。然而烈刀一试，却又浑身大震：怎么追成了个女子？

"住手？"沐春风急喝一声，忙叫沐图亮起火摺。微火一亮，他父子二人讶异失声，对方哪是苦追的陈灼和殷三，分明是个女子！

两下里正自怔愕，远街上蓦地传来一片喧哗。那女子面色一紧，突然道："沐伯伯，快救救我！"

　　"你是……"沐春风闻言大震，疑惑地望着眼前秀致如玉的女子——她怎么这样称呼自己？

　　"沐伯伯，我是莫媚呀！"女子低声一泣，突然跪下，一身浓艳的紫衣在长街秋风里不停翻飞。

　　"什么？你是莫云桐的女儿——莫媚？"沐春风高叫着和沐图对望一眼，难以置信的脸上霎时闪现出从没有过的愕白。

八、苦，向谁人说

　　哐啷一声，紫金铜门重重推开。守门兵卒一见来人，拔刀惊呼："呀，你倒不请自来了！"来人如风中孤鹤，漠然穿过刀枪丛林，直入梨花大厅。

　　张恰怒挥皮鞭，亲自鞠审一群紫衣人，听到陈灼不请自来，立即罢手赶来。

　　"将军，我已擒住三年前真正劫银之人。"陈灼从身后揪出殷三，抱拳向张恰郑重道，"今夜押来——请将军匡扶正义！"

　　张恰闻言，脸色可就一变。怎么可能？这么个丑陋矮子居然是谋就惊天劫案的枭匪？

　　殷三也真没想到陈灼在得知实情后，将他带到这军署重地。这时一见张恰，心就突地一下。他久栖凉州，张恰凶名残性，如何不知？只见他双膝一软，慌得连声辩白："哎呀，将军，这劫银之事可决非小人所谋呀！"

　　"三年前他们让小人在听雨楼宴菜里投下迷药，劫到军银后又将空箱保留，暗埋于莫家后花园里，然后报讯将军，移祸莫云桐父子。

　　"这一回他们先设计抓住风九，本想事成之后移祸于他，可怎料……被紫衣人横了手。嘿，这帮紫衣人可真厉害呀！那天小人好不容易杀出重围，却没想被祝悦然盯了梢。奶奶的，当晚他们就要杀小人灭口，可偏偏又被祝捕头给看到了。嘿嘿，他们就杀了祝捕头，嫁祸到陈公子身上，小人也就逃过一劫。"

　　他急急说完，瞥一眼张恰面色，又慌忙禀道："要说事已至此，倒就罢了。

可没想，这些天他们满城搜捕，还是不肯放过小人……奶奶的，他们不仁，那小人也就不义了。"说到这里，他忽地向张恰一拜，声音立马凄哀起来，"将军，您虎目英明，小人不过是他们手中的一枚棋子，您可要给小人一条活路哪！"

"他们……是谁？"倾听良久，张恰再也压不住胸中疑惑，开口询问起来。虽然已隐有预感，但还是想听听殷三亲口印证。

"将军，就是沐春风父子啊！"不等殷三回答，陈灼抢先禀道。"啊……对对，就是他们。"殷三也赶紧确认。

张恰凝目细瞧——对呀，那日春风堂里，祝悦然提剑疾追的人不就是他吗？嘿嘿，沐春风，你这条老狐狸！张恰两手紧攥，要将什么狠狠揉碎在掌心里似的，那么用力，以至于骨节都发出啪啪声响，仍不肯松开。近旁手下顿就失色，谁都看到，张恰淡黄的脸上突就冒出股青绿之气——张恰之怒，凉州贯耳，衰翁失禁，婴乳止啼。

"媚儿，这三年你都躲哪里去了？若不是今夜撞见，沐伯伯还真以为你……"春风堂里，沐春风盯着一身伤痕的莫媚，一滴老泪真要流淌下来。

"能去哪里呢！"莫媚低低一叹，泪如雨下。世事蹉跎难料，自家门蒙尘，算来已是三年。这三年，她隐迹销形，伏身青崖，经受风雨吹淋，熬忍霜雪寒迫，一直就过着苦不堪言的穴居生活。

"哎呀，媚儿，你这是何苦？你怎就不来找我们呢？"沐春风温温一笑，温暖的话语让莫媚双眼发湿——自父亲离去，已好久没听到这么关切的话了！

是呀！她何尝不想来找他们呢？可当年那个显户人家的姝媛，已是背负沉罪的流匪，她如何敢来？又如何能来？她只得伏居山崖。她只得如此！唉唉，一想到这些，莫媚满腹苦辱终积压不住，一头扑进沐春风怀里，禁不住放声痛哭——还记得幼时，有一回除夕守岁，父亲责了她，她也就扑在沐伯伯怀里这么哭。那时，沐伯伯轻拍着自己的小脸儿说"哟，哭坏了脸儿，长大了可怎么嫁给你沐图哥哥做媳妇呢"，于是在大人们的哄笑里，她就羞得跑出门去，人也不哭了。

"媚儿，别哭了！别哭了！"沐春风僵手拍拍怀里女子，劝慰的声音干涩硬直。沐图端碗参汤，趁势递过："来，媚儿，补补身，驱驱寒！""对，要的！

要的！"沐春风振振声，忽瞥见女子这身让他极不舒服的紫衣，"媚儿，脱了吧，免得被汤淋了！""不！"温弱的女子忽然暴起，纤指紧紧扯住衣扣，眼里闪出怒烈愤恨的光来。沐春风和沐图愕视一眼，惑然伫地。

莫媚目视流空，她至今却都记得，家门遭辱那晚，张恰挥兵而来，从后花园里挖出十件铁箱，不容分辩，就将劫银之罪强加父亲身上。而那箱里，分明中空，只不过几箱箱底，放着几件遗弃的紫衣。那一瞬间家门惨变，父亲和哥哥舍身阻住张恰，让十几名师兄弟护着自己杀出条血路，逃出魔掌。没想一帮刚义的师兄弟，巨祸临头毫不变骨，和自己不离不弃，以紫衣为辱，时时穿在身上，提醒那不可忘却的苦辱，从此伏居青崖，期待那一缕划破暗天的火焰。如今算来，已是三年，三年冤辱压心间，三年紫衣披身上，三年流落何其恨，三年苦辱与谁言？如今沉冤未湔，这紫衣她如何可脱？

"嘿嘿，原来如此！"沐春风心中一震，没想到搅得满城风雨的紫衣竟是这样渊源。"那么，媚儿，这些年你可曾查出那嫁祸你爹的人了吗？"他接过参汤，目光紧盯莫媚，小心翼翼地问。

莫媚目中神色顿深一层，没有答话，貌若无心地看了沐春风一眼。

这一眼，沐春风脸上的赘肉就不由一动。他连忙端起那汤："来，媚儿，快趁热喝了罢！"莫媚默默接住，汤味辛辣咸甜，宛如这时沐春风眼里的光。

"将军，如今真相大白，请您还我一个公道吧！"梨花厅里，当着众人，陈灼忽然拜倒。张恰看他一眼，暗笑："哼哼，这小子，怪不得今夜胆敢不请自来，原来为了这个呀！"

陈灼心中一凉：他张恰可是威镇一地的朝廷重将呀！不论如何，都该要维扶清平与正义吧？他突然扑倒，焦苦的声音再次响起："将军，您是镇抚一地的清流柱石，如今沉冤不辨也明，我陈灼……求你了！"伴着恳求语声，谁都没有想到，他居然向张恰一叩，二叩，三叩，行了世间人生最庄重的大礼！

男儿膝下有黄金，只跪天地和双亲。他如此一拜，不仅全场兵卒一愣，就连殷三也开了眼——没想三年前春风得意的红袍武状元，到今天竟会落拓到这个鸟样！

张恰也是一愣，俯下头来，定定地看了看这个鹑衣百结的男子，倒真有些可怜起来："嘿嘿，陈公子，你又何必如此，我张恰拥兵一埠，必当令辖地清平。这不平之事，自然是要管的。"

陈灼浑身血脉一腾：等了这么多年，受了这么多罪，吃了这么多苦，终于盼来了拨云开日的一天呀！莫公，我没有负你，这世上还是有公平正义的！刹那间，陈灼凝滞的双眼里闪出晶莹的光辉来："将军英明，就请发兵惩佞吧！"

张恰却忽地沉默了。发兵？惩佞？他心里反反复复掂量着，盘算着。按理说，三年前的旧事已有定论，自己是不愿再插手的。哼哼，可沐春风这老狐狸太是欺人，三年来居然一直把自己当猴耍，无论如何，这口气是咽不下去的。张恰心中极怒，但还是硬硬压住，眼下紫衣贼寇虽已俘获，但连夜审来，个个铁嘴钢牙，说什么"劫到手后军箱里就是粗石"。哼哼，一派鬼话！擒贼擒王，只有擒住紫衣女子，才能查出援疆银下落。等贼寇伏法，保住乌纱，这凉州还不是自己的天下。哼哼，到那时……沐春风，看老子怎么收拾你！所以，事有先后，孰轻孰重是丝毫不能含糊的。只听他冷冷道："陈公子，这事我本是决意要管，只是眼下紫衣添乱，不知公子可否——"话说一半，他突然打住，一双锐眼紧盯陈灼身上。

陈灼被他盯得一愣，顺着他的语意道："将军若有差遣，陈灼万死不辞！"

"好！"张恰振声一笑，"公子若能替我捕住一人，我定会率大军荡平沐府，还你个清白！"

"谁？"陈灼疑惑地问。

张恰面色一肃，眼里闪出一股凶狠的光，只听他咬牙道："紫衣女子！"

"你要我……去抓她？"陈灼愕然抬头，不禁失声疑问，"这是为何？"

"那女子今夜一惊，这几日必潜身不出。我看她对你仇恨有加，所以要想引她现身，就得劳你驾了。"张恰冷冷一笑，说出心中想法。其实刚才一见陈灼不请自来，这主意就已打定。这时说出，不由又追问一句："陈公子，你看可否？"

陈灼没有说话。今夜那一幕搏杀已浮现眼前。他低下头去，凝视着血痕斑斑的胸口，陡然间有种说不出的痛。

"嘿嘿，只要你替我抓住那女子，不仅瀚雪沉冤，状元复得，说不准咱们还可以谊结同僚呢！"张恰干涩笑着，目含期待地再次望向陈灼，"陈公子，你看

可否呀?"

陈灼沉吟良久,突然站起身来,默默走出梨花厅去。张恰面无表情地目送他离去,也没阻拦,只是待陈灼去远了,才冲一厅愕然的手下道:"哼,他一定还会来的!"然后又道:"去,传话沐春风,让他备下十万两银子,说我明早来取!"

他手下大愕:"就这么说?"

张恰狰狞一笑:"对,就这么说!"

"媚儿,你这孩子,为什么要劫军银呢?"看着莫媚将参汤喝完,沐春风隐隐一笑,就盯着她急急问道。

"哼!我怎么不劫?我怎么不劫?这三年我们颠沛流离,含冤负辱,他张恰却春风依旧,仕途得意,这世道公平吗?"莫媚恨恨一笑,温弱的目光登时锋利起来,"他不是一口指认我们是劫匪吗?那好,我们就真当它一回,就真把它给劫了,看这狗官怎么收场?怎么向朝廷交代?"

"啊呀呀,真是糊涂。百足之虫,死而不僵,你们以为劫了军银,就能扳倒他张恰了吗?"沐春风心中暗笑,口里连声哀叹,"那么军银呢,你们把它劫到哪里去了?"绕了半天,终才将久压心底的话问了出来。

莫媚苦苦一笑:"哪有劫到?我们打开后,里面全是石头!"

"怎么可能?"沐春风讶然失声,惊愕的目光直盯莫媚,似乎要将她心底看穿。陡见如此犀利目光,莫媚一怔,正要细言相释内情,忽觉眼前景象缥缈迷幻起来。"媚儿,你怎么啦?"沐春风父子愕声齐叫,善良女子一脸茫然。"沐伯伯,你……你给我喝了什么?"她刚说出心中疑惑,人就沉沉迷倒过去。

沐春风父子相视一眼,微微一笑——哼哼,这人参汤果真管用,当年陈灼那小子也是被它迷倒过去的吧?"爹,怎么办?"沐图探探女子鼻息,赶紧就问。"先把她和风九关在一起。"沐春风沉吟了一下,冷冷地道,"哼,我就不信,她就不说那援疆银下落!"

话音刚落,家丁惶急跑进:"老爷,将军府遣人传话,让您备下十万两银子,张恰明早来取!""什么?"沐春风浑身一僵,就知殷三已落入张恰手里。"爹,这可怎么办呀?这回咱们可要完蛋了呀!""你住口!"沐春风喝住六神无主的儿子，目光沉静如水。他一生奸变，谋就下这番世人称羡的功业，靠的就是这份临危不乱的沉静和担当。只见他利目扫一眼莫媚，冲沐图轻笑道："图儿，别慌，咱们还有最后一招呢。"

九、怒血

天色方亮，张恰就带着侍卫来到沐府春风堂上。

"啊呀呀，将军，老朽等你多时了呀！"沐春风一边整装迎逢，一边冲沐图挤眼命道，"图儿，快上茶！"沐图心领神会端茶上来。那是壶铁观音，绿叶红镶边，清泠淡浊心。一柱热龙一浇，立时纤叶翻涌，馨香弥溢。见张恰和沐春风隔茶而座，闻香不语，只是热意升起时，各怀心机看了一眼。张恰一派冷肃，沐春风端茶开口先道："将军，这可是经千里之途，从闽南带来的，配上咱窖藏的祁连雪水，三沸三冲……来来来，清晨饮下，一壶清茶淡浊心哪！"

"噢，是吗？"张恰刚呷一口，便被这话哽住，不由反讽道，"怎么沐兄喝了一辈子，也没能冲淡你那颗浊心呢？"

沐春风尴尬一笑，直入主题道："将军别信，那殷三……是诬陷老朽的！"

"沐春风！你个老狐狸！"张恰闻言气怒，将手中茶盏往桌上啪地一丢，厉声骂道，"事已至此，你还把老子当猴耍吗？"

这一丢之下，茶盏顿就摔碎，溅了一地茶水。沐图脸色也跟着一白：茶是铁观音不假，可水里却是精心调兑了的迷药呀，张恰只品一口就扔掉，父亲的筹划还能实现吗？

沐春风面不改色地笑道："啊呀呀，将军莫生气，莫生气。你的旨意，哪敢不从？十万两银子昨夜就已备下，喏，老朽这就带你去银库清点，如何？""银库？"张恰心中暗震。昨夜想到三年来沐氏父子对自己如此欺瞒，他一宿胸梗难眠，今晨带人前来，就是要大讹一笔。一来泄心头积忿，二来若援疆银难查下落，倒也可以替备之用。张恰火怒立息，跟着沐春风就走。

沐春风扭头冲沐图道："图儿，你陪几个侍卫大哥在这候着，银库秘地就不要去了！""好嘞！"沐图横身将几个侍卫挡下，"几位大哥，这边——用茶！"

张恰一走，几个侍卫刚喝几口香茶，脑中一昏，就被一刀削头。沐图正拭刀上血渍，忽听院中一闹，家丁破门而入："少爷不好，风九被人救出了死牢！"

沐图大惊，拎刀出厅。厅中激斗正凶。风九紫目发红，虬发暴扬，宛如蹿出地狱的厉鬼，怒舞疯刀试图从重重包围中杀出条血路。他身后不远，被沐府家丁包围住的，还有一人，竟是陈灼！

怎么是他？难道风九是被他救出来的？沐图伸出舌头，舔舔怒裂的上唇，纵声大呼："杀了他！"学刀有成，最多不过百人之敌。陈灼此刻所临，是密如群蚁的三四百众敌。血肉搏杀中，陈灼疲顾不及，后背中刀，颓瘫于地。袖手坐观的沐图眼睛笑成一条细缝，兴奋得挥刀大叫："好呀！杀了他！"

"不要——"千钧一发之时，一条娇柔身影惊鸿般掠过刀丛，不顾一切扑挡到陈灼身上。

"呀，快住手！是少夫人！"杀红眼的家丁认出来人，惊口大叫，一柄柄砍向陈灼的刀就在半空凝住。惊愕四下蔓延。三年来温雅如玉的少夫人，居然如此刚烈，排众跃入，众目睽睽下毫不顾忌地扑进一个陌生男人怀抱！

归若玉不管，哀怜地看一眼满身伤血的陈灼，心里一酸。她知道，他太苦了，不论是对是错，都要襄助他的。她转过身来，忽然对丈夫一跪："求求你，放他走吧！"

妻子如此举动，沐图颜面尽扫，他咧嘴怒笑道："好呀，你让他先给我磕个头，再叫我声'爹'，我立马放他走！"

"求你不要为难他，有什么条件我都可以答应你的！"归若玉跪着挪移过去，再次向丈夫恳求。

"你个贱货！"沐图一脚踹倒挪跪而来的妻子，手里青刀一翻，冲陈灼扑去。"不要！求你不要！"归若玉蓦地翻起，紧紧抱住丈夫的腿，任锦裙在泥土里摩挲，扭头冲陈灼焦急催喊，"快呀，你快走呀！"

陈灼木然起身，刀林密布，他又如何走得出去？

此时厅院下的青石密道里，一灯荧然。沐春风引着张恰逶迤直下，到最底一间幽门前才停住脚。那门森幽，沐春风启开门锁，往后一退道："将军，里边请——"张恰刚跨进一步，就觉不对，抽身欲退，不料沐春风猛地将他前推，迅疾地拉住门。"沐春风，你要干什么？"张恰发力拉门，门已被反锁。门外，沐春风扯嗓大喊起来："媚儿，你的仇人来了，快动手呀——"

门里张恰闻言大震，刚一转身，一条紫色人影鬼魅般贴在身后，纤长的手袖里各拎一柄阴寒钢刀，呀的怒啸一声，向他双肩插来。剧变突至，张恰措手不及，一肩撇过，另一肩已然中击，那恰是当日宴上遭刺之肩，复创之下，血淋漓直下。

门外，沐春风抿嘴而笑："嘻嘻，刀上有毒，这擘划成功啦！"

张恰这才辨出，袭他之人居然是他绞脑苦捕的紫衣女子！她怎么被关在这里？张恰虎目圆瞪，满腹狐疑。紫衣女子正是莫媚。昨夜迷后醒来，就落此幽门。身畔列着两柄钢刀和一纸文书。那刀森寒无语，文纸上却温情提醒，害她家破人亡的仇敌要来。怎么可能？极度疑惑中，没想梦幻成真。三年苦辱，岂肯不恨？这时她双目怒红，拔出血刀，不等张恰喘息，复旋就刺："爹，哥，媚儿给你们报仇了！"

"你到底是谁？"听得紫衣女子如此呼叫，张恰一边抽刀劈挡，一边愕声喝问。"哼哼，狗官，你当然不认得我了！"莫媚牙关怒烈，冷冷苦笑，当年淑娴小姐，如今紫衣流匪，当然没人认得了。她那糯米细牙几乎要将下唇咬破——她恨！她好恨！怒恨中，两片烈刀力蕴千钧，翻飞九舞。招招式式，含涌着三年来压积心底的所有冤愤。只见她一刀接一刀，一刀连一刀；张恰一退，她就补上；又退，又补；再退，再补。如此往返九复，终得一机，在张恰伤肩上又刺一刀——

"呃，你刀上有毒！"张恰陡觉伤口酸麻，惊叫着直掠莫媚手中毒刀。莫媚闪躲不及，那刀被呛呛挑飞。三年屈辱，岂肯甘心罢手？只见她双手尖勾，烈纵腾起，一手直撕张恰咽喉，一手啄刺张恰虎目，状若怒鹰扑食，拼力发出绝命一击。

"呀，莫家鹰爪功！"想及前夜陈灼血淋前胸，张恰凛然偏头，愕中突然大悟，"难道……难道你是那当年逃去的莫云桐之女？"

"不错。"莫媚恨恨一笑，"狗官，今日就让你死个明白！"

张恰头皮一麻，再次顿悟。怪不得那日宴上会遭紫衣人莫名刺杀，原来竟是这等渊源。他心中一凛，避开她撕喉一手，那鹰爪功何其凶烈，另一手硬是生生扎进他眼里。"哇！你毁了我眼！"张恰暴叫一口，血顿时从残目中溢出，溅染一身甲胄。

门外沐春风急得跺脚大喊："媚儿，快起来，快杀了他！"然而一击后莫媚功力尽耗。张恰毕竟不是徒有虚名，盛怒之下，一刀便插进莫媚肩头狠狠翻绞。莫媚大痛，连声哀叫。

"嘿嘿，现在可不能让她死！"沐春风低低一叫。他今日所谋可细：张恰仗殷三为挟，一开口就是十万两银子，如此下来，还不把自己诈空？所以，不如借女子之刀除去心头之忌，然后由她顶了罪，岂不是一箭双雕？这时眼看情势危急，沐春风破门而入，青刀直送张恰后脊。张恰哪顾到身后突袭？但觉后身一凉，待痛极转身，却见沐春风拎刀而笑："嘿嘿，将军，对不住了？"

"你……你居然敢刺杀朝廷重将？"张恰手捂刀口，直到这时，才知自己身陷圈套。张恰强抑奇痛，突然向莫媚道："莫姑娘，实话告诉你，三年前劫走军银嫁祸你莫家的人，就是……他沐春风！"他急迫说出实情，就是想转移莫媚仇怒，免得腹背受敌，为自己觅得一线生机。

莫媚闻言大震，愕然望着沐春风，这个温慈如父的人，居然是杀人不见血的魔！"怎么可能？"她摇头连连，真是不信。

沐春风轻轻一笑，点头应认："是的，媚儿，当年之事确为我做。这些日见你紫衣披辱，确也有愧。但，事已至此，我无法罢手。所以媚儿，只好对不住了！"

笑里藏刀，温言杀人，正是沐春风本色。莫媚哪里悟得，她禁不住苦苦追问："你为什么？"

沐春风面色一肃，不由叹道："唉，这些年家门硕蔓，人丁日繁，偏偏和你们莫家同处一隅，争食图存。强势之下，真是所入者少，所出者多呀！你想想，我一生枭纵，在人面上过活，总不能遣散了一府众丁，过那种酸苦的平民日子吧。嘿嘿，我不能！我只得极力而撑，只得劫银图生呀！"他轻吐口气，双眼突然怨毒地瞪向张恰，"更何况，还要看这些狗官脸色，定期送贡打点。三年下来，我贡他银子，没有十万少说也有五万吧？妈的，你们说这军银叫我如何不劫？如何不劫呀？"他话还未完，人却腾步而起，又一刀直扎张恰小腹。

"噗！"利刃穿腹，飞血四溅。沐春风抽刀冷笑："嘿嘿，将军，今日也让你尝尝这被人迫辱的滋味！"

张恰肩上毒发，脑中开始幻迷，这时连中两刀，就知余时不久了。"呀——"他怎肯甘心毙命，突然暴啸一口，踉跄着疯扑上去，张嘴在沐春风肩上狠咬下一团血肉，然后又用铁头狂撞沐春风阔面。他戴的铁盔，一撞之下，沐春风顿时满面殷红，眼冒金星。他还不解恨，双手紧掐沐春风咽喉。沐春风身量本小，被他一掐，人被拎起，一时双眼翻白。眼看就要窒息，张恰余力突竭，蓦地手软臂松，沐春风得隙一喘，悬脚狠狠向张恰裆部蹬去。张恰"啊"地大痛松手，倒地蜷身乱滚。沐春风通面憋红，正伏地大咳，猛觉后身一凉，似乎有什么尖利的东西插入自己体内，然后就觉身上血往外喷涌，后身开始灼痛。

他惊转回头。身后，莫媚怒目水红，持刀向他！

"原来是你！"莫媚牙关恨恨咬在一起。害自己家破人亡的，原来竟是这个一直称作伯伯的人。就在昨夜，还心存感念地喝了他捧出的参汤，殊不知若没有此刻这番对张恰刺杀，在那碗汤喝下后，他怕是就要对自己下手了吧。莫媚心寒如雪。趁沐春风脑中发轰，怒烈中又补一刀！

"天呀，那刀上可浸毒了呀！"见自己乌袍殷红，沐春风疯狂甩脱缠身女子。莫媚紧紧将他抓住，又撕又咬，不肯放手。"我不能死！我不能死！"沐春风再也不顾，手里青刀直朝莫媚反刺。一连三刀，都落到莫媚腿上，莫媚疼得泪花连冒，终于松手放开了他。

"家医，快来救我——"沐春风瞪眼看着身上刀口，慌忙抹掉顺刀口溢出的黑血，惊嚎着夺门而出。那莫媚刀上，昨夜他命家医浸了五样剧毒，原是助她收拾张恰的，没想机关算尽，到头反算了自己。

身后莫媚拖着伤腿紧追不舍。唯余一息的张恰，也瞪着一只不甘独眼，匍匐跟上，染了一地惊红。

庭院里秋寒凛浓，敌对双方正自僵持，沐图突然听到一声熟悉的惊叫，循声回头，父亲一身是血跑出，身后紫衣女子踉跄疾追，远处还有个血人匍匐爬行。

"呀，是老爷遇刺了！还有张将军呀！"白瓷庭院顿然大乱。看到一连冒出三条血人，家丁们惊声大喊。"爹！爹！"沐图面色大变，向父亲大叫奔去。

陈灼钻过惊乱人群，将归若玉扶起，深情看她一眼："玉儿，等我捕住那紫衣女子就来接你，从此天涯海角，永世比翼！"然后一刀抹了几个围上来的家丁，提足向莫媚追去。

看他孤独而来，又孤独而去，归若玉涕泪涟洏。今早从下人们口里知道，他昨夜潜进府中地牢，不知要救何人，慌乱中误放马匪风九。直到这时听到他的话，才知他舍身闯来，是为捕住那紫衣女子湔雪冤辱吧？

是的。陈灼一夜苦虑，心志已坚。从张恰府衙出来，就潜进沐府，想，无论如何，决不能再顾惜与她一面之缘，放弃这唯一之机。此时挥刀悄悄向紫衣女子靠去。

莫媚怒目追出，看到沐春风被仆人护住，便知难犯众敌，赶紧往府外就逃。"快抓住她，别让她跑了！"沐图锐眼可利，一声令下，家丁向目标围击起来。莫媚腿伤颇重，站都不稳，如何再战？眼看被擒，耳里蓦地钻进一声烈笑："紫媳妇莫怕，我来救你！"随笑飞来的是一条苍发暴扬的黑汉。他人一至，刀就起，那些围住莫媚的家丁立时刀飞剑折，稻草般躺下。他蹲身把莫媚揽入粗怀，冲她咧嘴一笑："嘀嘀，媳妇，还可识得你风九哥吗？"

莫媚先是一愕，细看之下脸上不由飞红。认得的！当年一面之后就跑到府里向父亲跪拜求亲的那个人！他怎么也在沐府？难道也遭了沐春风父子算计？莫媚腿上血流如注，昏昏惨惨想着，迷睡在风九怀里。

看着佳人入怀，风九粗阔的脸上展出一丝温柔甜蜜。他豪情顿生，大刀呼呼而抡，杀开一条血路，便和陈灼汇在一起。乍见他怀中女子，陈灼心跳加剧，略一筹思，硬声道："风兄，你负重难以降敌，不如让小弟代劳吧！""嗯，也好。"眼看敌手越聚越多，风九想都不想，就把莫媚转到陈灼怀里，"壮士，你带我媳妇先走，我再杀几个沐家狗解解恨！"

接入到怀一刹，莫媚蓦地张开了眼，一见陈灼，黑白分明的眸子里惊怒陡生，刺得陈灼不敢对视，慌忙将她紧缚，提足就走。

"喂，你要带她去哪里？"看到陈灼去路不对，风九皱眉大喊。陈灼却像根本没听到他提醒，双脚加风，越发朝着那队护离张恰的人马追去了。

莫媚扭着娇弱的身躯苦苦挣扎，绝望无助的眼里因极度愤怒倏地掉下一点红来。陈灼没有看到，那是一滴——怒血！

十、天涯何处是归途

将军府衙一片混乱。张恰满身是血躺在梨花厅里，五名太医探脉疏血，忙乱成团。一地心腹众将面凝如铁，屏息而候；廖元奎闻讯赶来，紧张地盯住太医脸色，期待听到一个结果。

陈灼挟着紫衣女子慌忙赶来。他不敢低头，生怕只看她一眼，所有信念意志就会崩溃。这一路他心里反反复复拷问自己：能这样做吗？可不这样做行吗？苍天无语，她不过是个匪盗女子，生来注定要与自己水火对峙的。他只得将心硬着，押她伏法。

"放我进去，我要见将军！"陈灼抹一把额上汗水，推门闯进。"不行！将军正在疗伤，你不能见他！""滚开！不然休怪刀下无情！"他终于被逼出血性，状元刀挑开阻路官兵，拖着紫衣女子扑进梨花大厅。

厅中人见他疯狂扑来，皆都一惊。待欲出手，却见他蓦地跪在张恰榻下："将军，您可不能死呀！我已将紫衣女子抓来，你可得给我做主呀！"这下，众人才注意到他身后遍身鳞伤的紫衣女子，想他能将这搅得满城风雨的女匪擒住，不由对他刮目起来。"嘻嘻，果真是她！果真是她！"廖元奎惊喜得合不拢嘴，扯着嗓子冲众人大声道，"你们看，就是她劫走了军银呀！"

他声音犹如破勺刮锅，榻上昏迷的张恰似被一激，终于动了一动。"呀，将军醒了呀！"陈灼大喊着跳到榻上，扶起奄奄一息的伤者，仿佛抓住救命稻草般，那焦苦沉郁的脸上闪出奋悦光华。然而五名太医依旧沉脸不语，目中皆现绝望之色，伤者身上刀伤虽不严重，但伤口里流散的剧毒却让他们束手无策。那是五种杂合奇毒，一经沾血便流布全身经络，注定无药可救，而伤者此时蓦然苏醒，不过是回光返照罢了。

陈灼这时看到张恰气息越来越弱，也有所预感。他连忙摇动张恰身子，焦急大喊："将军，您快看呀，紫衣女匪我给你抓来了呀！"如此剧烈一晃，张恰终

于张开独目看向紫衣女子。厅中猛地一寂，所有人都屏住气息。只见张恰凄痛一笑，就在独目再次闭上时，突然抖出一手道："快！发兵！发兵！……缉拿沐春风父子！"仿佛被血堵住喉咙，他咳嗽着，咳嗽着，哇地吐出一嘴黑血，手软头偏，栽倒过去。

廖元奎最先回过神来。张恰一死，他便是府里军职最高之人。当此之时，如何能不统领全局？只见他神色一振，一指莫媚："快把这劫银女匪押入大牢，明早菜市口砍头示众！"然后咧嘴一笑，又大声命道，"快，集合兵马，随我荡平沐府！"

众将闻声而动，蜂拥上来制住莫媚，然后在厅外拔刀列队，等待廖元奎出发号令。陈灼脱力坐地，紧绷的脸上陡现巨大感动：苍天开眼呀，背负三载的冤辱今日终要涮雪了呀！谁说这世界没有公平？谁说这世界没有正义？刹那间，陈灼如释重负，压抑三年的悲苦化成泪水，不可抑制地泄流满面！

莫媚心胆俱碎，暴瞪双目，冷冷看着这个曾经心许而今亲手把自己送入虎口的男子，再也强忍不住，哇一口怒血喷出，心痛死去。

那血犹如淋了一场暴雨，溅得满厅满地都是。一地的兵卒哪见过这般喷血的，开了眼似的面面相觑，唯独陈灼，垂头无语。

夜未央，灯火独照，将军府衙的一处暗室里，廖元奎正密晤一名风尘仆仆赶来的远客。那客袍服虽旧，怀里却揣着东京"坤盛钱庄"的十万两巨额银钞。"坤盛"是如今蔓联天下的第一钱庄，但凡有金银注进去，就可换出等值便携的银票来。看来这客定是从那里交易后，星夜兼程赶来的。只见他将银票交给廖元奎后，就诏媚笑道："嘿嘿，叔，您神谋绝世，小侄真是佩服死了！"

廖元奎瞟一眼追随自己十年的表侄，微微一笑："廖忠，你小子是要问我怎么会料到这回又有人劫军银吧？嘿嘿，实话给你说，我也料不到，就是想撞撞运。撞到了咱就鸿谋告成，撞不到，咱把那调包的军银原给它调回来不就得了！"

"叔，原来是这样呀！"廖忠目瞪口呆搓搓头，看起来烦琐棘手之事，没承想运作起来倒也简单。

"嘿嘿，这世上有些事就得大胆去想，大胆去干，你说——不是吗？"廖元奎笑问一句，不等廖忠回答，突就变脸道，"好了，如今谋就功成，你的后事叔也替你安排好了!"

"什么?"廖忠脸色大白,霎时慌了神,"叔,这些年我水里火里,忠心不二追随您,您难道竟要——除我?"

"哎呀,不除你叔再有何法?"廖元奎不耐烦地道,"你小子嘴漏,万一兜出一句,那叔不就完蛋了吗?你说,叔不除你叫叔咋办?"他连翻几个白眼,口气温软下来,"好了,放心去吧,至于你爹娘,叔定会尽力照拂的!"

廖忠还在怔愕,廖元奎双掌啪啪一拍,从门外蹿进几个兵卒,将廖忠绑了手脚堵掉嘴,急速押往大牢。

一时房内归寂,廖元奎掏出银票,哗哗抖着,笑着,嘴就咧到耳根边。这时房门忽地一开,他藏起银票注目一看,那眼……却就直了。

幽幽暗门开,佳人提裙来。灯火门口,那个他朝思暮想的美人儿如一株暮秋残菊,一步一步曳裙而来。廖元奎迫不及待地迎上,狂喜的眼里喷出炽烈的火来。他一把搂住女子,激动叫道:"你想通了?你想通了?"

归若玉旋身退出他怀,苦苦地道:"你先放我丈夫出来。不然……我宁死不从!"

"这是自然!这是自然!"廖元奎强压内心焦渴,立即传令兵卒放人。今日清剿沐府,沐春风毒发而死,他将沐图捕住,烧杀抢掠,把沐府翻了个底朝天。唯独这个女子,他毫发未动,只附在她耳边诡秘地说,只要她今晚来,他就放掉沐图。嘿嘿,没想她就真来了。廖元奎又惊又喜,他如何能不践诺?放吧!虽然沐图数罪加身,好在廖忠来得也巧,如今大权临握,弄个李代桃僵还不是易如反掌!

此刻廖元奎紧盯面前尤物,遍身血液都要燃烧起来。他疯狂扒掉她的衣,灯下她全裸的身子,在雕花的古板床上,摆出一段柔美的弧。军银得手,佳人在怀,人生至此,夫复何求?廖元奎压上去,狠狠撞击着身下女子,从未有过的欢愉让他陡觉这人生——竟是这么的好!

这一夜风卷残云过去。听说是紫衣女匪,整个菜市口人山人海,人们翘首企足挤在一起看劫银的凶手伏法。然而当纤弱的女子押上来时,谁都一愣——传说中狂暴的女匪和现实相去甚远,倒像平常人家尚未出阁的闺女!

"造孽呀,这般年纪,居然是劫匪的头!""真是有人养没人教哪!"人群中有人惋惜也有人讥讽,更多的人义愤填膺,将手中杂物砸向女子,疯狂叫嚣着:

"杀了她！杀了她！"

莫媚靠在囚车里，任满天杂物劈头盖脸将自己淹没，两行清泪默默长流。蓦地，眼角擦过条刻骨铭心的身影——是他！是他！他居然也和他们一样！刹那间，囚车里一路平静的女子再也忍不住全身愤怒，疯狂挣扎起来。

那是陈灼。他混在人群里，见紫衣女子和沐图被押上刑台，就清歌迈步，折回到沐府门外。眼中，旧日楼台轰然已塌，断砖残瓦遍地延绵，表白着这一场繁华尽凋。听说，沐春风毒发死时，一双不甘之眼直到入殓都暴瞪着不肯合拢。听说，廖元奎挥兵来时，沐府家丁哄抢尽金珠墨玉后鸟兽四散。陈灼伫步凝视着这场街人津津乐道的沦灭，抿嘴展颜，三年来头一次畅心大笑起来。

扑面清风相问，今日何来？他说过，待清平正义昭雪，就来接她，从此并辔浪迹，永世比翼。她呢——思念的人儿，你在哪里？

破败的西厢房里，断隔三年的情人再度而晤。她秀目红肿，布满血丝，定是一夜难眠吧。他爱怜地抚抚她苍白的脸，拉起她的手，就往门外走。然而她却挣开他的手，似乎不想走。

"玉儿，你怎么了？"陈灼惑然停步，惊讶地望着脱手女子，"你难道不愿意跟我走吗？"

"我，我……"归若玉垂下头去，双目泅润，几度启唇又止。陈灼久久听不到下语，越发迷惑起来："难道……难道你真变心了吗？"

"我，我……"归若玉看一眼床上静静睡熟的爱儿，心内波涛翻涌，实不知如何向他诉说。时至今日，自己已为人妻母，再也不是那个清稚单纯的少女，又如何再能接受他这洁白的爱呢？何况，又委身赎出丈夫，也暗下打点好一切，本是要潜回乡下老家，脱离这江湖和尘世，过一份侍夫育子的宁静生活的。

陈灼似乎看出她心意，紧紧将她拉在怀里道："不，玉儿，这三年我已失去一切，我再不能失去你！"归若玉没有挣脱，一任陈灼抱着，其实内心深处，她多么渴求他永世将自己温怀相抱呀，可是造化弄人，偏偏要她成为别人妻母，也许这将要成为此生的最后一抱了吧！

房门蓦然推开，沐图冷冷走进。

归若玉慌忙脱身，低头理怀。然而陈灼却就呆了，他惊愕地盯着沐图："怎么是你？你怎会在这里？"

沐图冷冷一笑："哼，我要是不在这里又怎能看到你们偷情呢？"他说着刀就出手，"小子，你害我家破人亡，今日非除你不可！"

陈灼怔愕中一连三退，直到沐图一刀击中他肩，血染只臂时，才觉出这是真的——沐图真被放出来了！

"天呀，天理何在？"陈灼心如寒冰，愤声嘶喊，"你说！是谁放你出来的？"喊罢怒然出刀，刀风挟卷他疯狂的身子，一反平昔隐忍温敛，直扫对方。

"庶千溃兵不渡漕，状元一怒砍断桥"。那是一招当年他勇夺武魁的"状元怒"。刀式盛怒，刀气盛怒，刀意盛怒——盛怒之下，状元刀翻飞九舞，幻出满天刀影，虚实交间里一招就将沐图劈倒。

天赐良机！陈灼补刀就要结束他性命，不料归若玉却抱着爱儿蓦地飞挡刀下："求求你……不要杀他！"

"玉儿，你干什么？"陈灼刀凝青空，惊愕地望着扑在地上的女子，"难道你真不知当年就是他谋害我们的吗？！"

归若玉清泪顿流，"三年同床卧，如何能不知"呀！丈夫的人品德行，虽总令她心酸，但她是个认命的女人，嫁个男人，就图个一生一世的，只要他对自己稍好点儿，就默认了。"求求你，放我们走吧！"她抬头望着昔日情人，泪痕交错，苦苦央求，"我不想让孩子一出生就……没了父亲！"

"你……我不弃你，没想你却变了心！"陈灼心中大伤。原以为彼此情可以久，没想，却也是变的。他狠狠一咬牙："不行，玉儿，你可以走。他——我就是粉身碎骨也决不饶恕！"

归若玉还要苦求，不料丈夫却冷声将她喝住了："你个水性杨花的贱货，你以为救我出来，我就会感激地跟你去过那苦日子吗？告诉你，要走你走，老子非杀了这小子不可！"

他骂声一落，也不顾妻儿夹在中间，起刀就向陈灼复刺。归若玉玉面发白，死死拉住丈夫，苦求道："你别打了，我们走吧！""走开！"沐图终于被激怒，发力狠狠推开妻子。这一推之下，归若玉趔趄摔倒，怀里幼儿远远抛出，只听哇一声短叫，地上骤染一摊惊红！

屋内霎时一静。归若玉疯了般扑去，抱起血泊中幼儿，泪水弥漫脸庞，终于痛哭失声："孩子，我的孩子……"沐图也惊傻了眼，但只一时，便跳过去掐住妻子喉咙："你这婊子，故意失手摔死我孩子，是不是？"直掐得归若玉双眼翻白仍不松手，要将愤怒全泄到她身上。

"住手！我杀了你这没人性的疯狗！"陈灼再也忍不下去，一刀扎进沐图后背。沐图痛叫转身，已无力反扑，他怒瞪陈灼："哼，我没人性！你呢？你有吗？"他手捂刀口，轻蔑一笑，"老子生就生，死就死，从不皱眉，哪像你这贪生怕死的懦夫，为活命，供出紫衣女子不说，居然还亲手将她送入虎口。啧啧，你可真是个大丈夫呀！"

陈灼闻言脸上一烫，不由低了低头。

"不过，你知道那紫衣女子是谁吗？"沐图盯着陈灼冷冷笑道，"嘿嘿，实话告诉你，她就是舍身救你逃出东京死牢的莫云桐之女莫媚！"

"你胡说！"陈灼脸色煞白，望着一脸狞笑的沐图，震愕不敢相信。"哈哈，你这忘恩负义的懦夫，若不信去刑场看呀，莫媚现在已被砍头了吧！"仿佛在说天底下最惬意的快事，沐图癫狂地笑着咳着，一口血翻涌上来堵住喉咙，踉跄倒地，满意闭目。

房外，那幢屹立经年的擎天石柱悄然轰塌，在黑白模糊的世界里飘落成尘。

归若玉心中一空，怔怔望着丈夫和孩子血尸，肝胆俱碎。她站起身来，苍颜蓬发走出门去，不知何往。

"不要太迟啊！"房里的陈灼焦急扑出，向刑场疯一般跑去。

烈阳当照，草木生烟。一柄柄钢刀应声砍下，霎时惨叫刺耳，溅血惊心，一颗颗头颅就在血地里打转翻滚着。那是紫衣人的血，那是紫衣人的头。莫媚看着相濡以沫的师兄弟们个个身首异处，连声悲叫，心哀已死。

"好！好！"底下百姓却爆发出醉酒似的喝彩，见紫衣女子和乱发遮脸的沐图还未处决，立即又哄喊起来，"别停呀，接着砍呀！"

监斩的廖元奎一路抿嘴展颜，偷笑而来。他今日临掌大权，就是要以最快的速度名正言顺地除掉紫衣女子和廖忠，把从沐府掠来的金银充公押往安西抚疆，然后回朝廷邀功请赏。虽然昨夜的疯狂让他略显疲惫，但这时见底下群情激愤，他立即顺势喝道："给我——斩！"

　　整个刑场登时浇汤沃雪般静寂，人们屏住呼吸，想看看这搅得满城风雨的女匪是怎么血溅刑台。生亦何欢，死亦何哀，台上女子闭上双目，再也不愿多看这人世一眼。眼看钢刀就要下落，远街上蓦地传来大喝："住手——"喊喝的正是陈灼。他急奔如飞穿过哗乱人群，旋风般蹿上刑台，一刀挡开行刑的刽子手，放出那扮成沐图的廖忠，横手怒指廖元奎："廖将军，这是怎么说？"

　　"快看，那沐图是假的呀！"虽然底下百姓已惊嚷成团，但台上廖元奎却面不改色地望着来人，冷冷喝道："陈公子，你刚涤浊身，可不要再蹈覆辙呀！"

　　陈灼闻言一愣，这话一下子就说到他心坎上。是呀，莫媚毕竟是劫匪，自己孤身独力，刚湔沉冤，这法场……到底该不该劫呢？

　　就在这踌躇不决的功夫，廖元奎已暗下手势。这边，他拎刀朝廖忠灭口，那边，得令的刽子手也向莫媚下手。趁陈灼犹豫，两边同时在静目哑然中卷起一场不可阻挡的暗杀！

　　台上一侧，陈灼息刀凝眉，还在犹豫……这法场到底该不该劫呢？

　　廖忠拼力反抗，终于撕掉堵嘴浆布，在气绝前愤声而呼："援疆银不是她劫的，是廖元奎掉的包！"

　　"什么？这女子是被冤枉的呀！"台下百姓的惋惜激醒了台上犹豫的人。陈灼愕然转身，身后七步，断头台上的女子忽地开眼看他，曾经的脉脉温情虽已全转成恨怒，但眼角底里，还是流露出些许无法言明的眷恋——她和他一样年轻，一样还有种种人事未曾亲历，这人生虽苦，她也好想活呀……然而颈上凄凉逼骨，那索命屠刀正三尺、两尺、一尺地向她砍来，绝望的女子发出最后悲鸣："爹，媚儿来了——"

　　"不要！"陈灼闻言剧震，陡然间想起脱牢时莫云桐之托，终于出刀相救。然而事发千钧，彼此又相隔七步，他也只是将刀脱手掷出，希冀以最快的速度挡掉索命屠刀。

　　然而短短七步，却是阴阳相隔的距离。虽然他掷刀相挡，却还是迟了——行刑的刽子手只被震得刀锋一偏，偏过她头颈，最终落于她身，将她当身劈过！

　　不闻娇骨寸寸碎，但见殷血汩汩流。这人世没有奇迹，只有血淋淋的现实。

陈灼目瞪口呆，瘫坐刑台，眼里脑里全然闷白：她死了？她死了！她死了……

街上烟尘弥荡，忽然马蹄踏响。是谁，来在花凋花谢时？

"快跑呀，马匪来了！"人潮哗然退却。飞烟滚尘中，风九风火赶来，扑在一片血泊里。今晨得讯，他就火集队伍，没想还是迟了。血泊中的女子感觉到了来人，想看最后一眼，眼皮却已睁不开了。还记得三年前莲花山一遇，他竟追着自己来到家里，跪在父亲面前，要娶自己为妻，父亲皱了眉，没想他说他倒嫁过来也是可以的。他为人粗犷，又没心眼，当时自己脑一热，还真想把一生托付给他呢，后来一想他匪盗出身，可怎么行，就只好让他黯然回去了。没想事隔多年，而今自己临绝之时，他还有情来援，如果再活一回，自己真想……奄奄一息的女子暗暗回想彼此往事，在悲凉中发出暖暖一笑，就此毙绝。

披辱三载，紫衣未脱，莫媚终含恨而去！风九虎目排泪，一步步拎刀而起。

"取我性命罢！"陈灼没有回避，黯然闭上双目，等待来人清算。"呀——"风九火目欲爆，千钧重刀愤怒砍下，但却偏落在陈灼身旁，斩起满天飞泥——想及当日他仗义放自己逃出沐府死牢，风九实在下不了手！

沉默，沉默，久久的沉默。沉默中对方粗重的呼吸几乎让陈灼窒息。沉默中他听到对方大刀又起，在他身后疾舞生风，挥喝如雷，搅起满天风雨，直到一声惨叫后才戛然止息。然后，咚的一声，有什么东西摔在自己身前，似乎翻滚着。陈灼睁开眼，那是廖元奎的人头。

"寄侠义于这些狗官身上，就是寄希望于流云！"虬发暴扬的马匪头子怒目走到状元郎身前，横刀指着砍落人头，一字一句叱道，"你记住，公平永远在你心中，正义永远在你手里！"然后霍然收刀，抱起莫媚尸身，打马伤绝远去。

空寂的台上，陈灼木然坐在那里，苦苦回味着风九的话。不知几时，朝廷的特使赶来，从廖元奎尸身里搜出十万两银票后，当即将三年前收缴的红袍重新递到武状元手里。沉冤湔雪，状元复得，然而目光涣散的男子伸手欲接时，那庄重的红色在他眼里蓦地变成浓艳绛紫——

"啊，紫衣！紫衣！……"陈灼大叫着松手，失神落魄跑下台去。

天上浮云蔽光，地上清流自荡，是呀，公平就在心中，正义就在手里。经历这一番变故，空负绝技的昔日武举，茫茫然然悔中苦，天涯何处是归途。

伤　城

一座城，支离破碎，

两兄弟，你死我活，

英雄有志志难酬，红颜为谁谁爱谁？

美人无情，纵是携手难白头；

江山不负，费心强求徒手空。

一、风沙掩不住那堆愁

当那一色黑云将天罩住的时候，风沙就接踵而来，狂啸着包裹了九月的菊城。刹那间，灰白色的沙云中间蓦地发出闪光，接着连绵的钝响，似乎有什么东西流星般飞射到城堞上，炸得山摇地动，残肢四飞；然后如雷的喊杀声再度搅破宁静之晨，苍王的军队凭借突起的风沙遮掩，用神秘的红衣大炮开始对菊城发起最后猛攻。

叶苍木然伫立在风沙楼头，双耳闷聋，眼冒金星，看着刚刚还鲜活的部下顷刻间身首异处，两道漆黑浓眉紧绞一起，终于悲恸失声："红衣大炮？难道真是传说中无坚不摧的红衣大炮？"

"报！"叶苍震愕未定，一个浑身浴血的士兵爬上城楼，气喘吁吁拜倒，迟疑一下，硬着头皮禀道："将军不好，赫连雪开城叛敌，苍王的先遣骑队从后门开进，攻入菊宫！"

"什么？"听此噩耗，年轻守将浑身大颤，不禁扭头回望，身后远处，巍峨宫

中果真熊火大作，在迷蒙的沙幕中耀出一方绚亮。同时久寂的街上也杂履始哗，渐而兵刃交响。"赫连雪，你这懦夫叛贼！"叶苍远眺着失火的地方，牙关咯咯打响。蓦地，身旁一阵骚动，原来只一刻停歇，悍勇的敌兵就攀上城堞，密麻围扑上来。看到来敌，愤怒的将军血刀一挥："九死何所惧，碧血化涛歌。弟兄们，跟他们拼了——"

然而残余士兵全无响应。在遭到红衣大炮震慑后，又骇闻赫连雪变节，如此接连重创已彻底击垮了他们坚守下去的信心，终于在劲敌攻上城墙时，丢盔弃甲，仓皇溃逃。

"你们，你们……"孤战的将军心中一痛，扑过去拦住一个。"将军，我新婚妻子生死未卜，如今菊城大势已去，求你放我走吧！"逃兵的哀求一下就触到叶苍心中最柔弱的地方。"滚！"他大喝一声，举起的怒刀颓然放下，让年轻的士兵如愿而去。然而没走几步，一颗流星炮弹就落在那士兵身旁，轰然炸开，掀起的气浪卷带着他一起抛下城去。

风沙迷蒙的城下，叶苍踉跄爬起，看到远处菊宫中熊火荧天，无助的眼里不由一湿，那个一直沉埋在心底的名字，在这生死时刻禁脱口呼出："陪衣，烽火乱离，你在那菊宫……可好吗？"

正门攻破，菊城沦陷。逃难的人流在刀剑火炮中跌撞奔涌，惊慌的尖叫和悲惨的泣哭此起彼伏着，揪人的心。纷乱嘈杂的菊城花街上，苍王的铁骑刚踏入不久，一辆抢眼的宝盖凤辇就艳吐流苏，辘辘跟来，挤在乱哄哄的人群里，格格不入地艰难穿行。

终于，车子深陷在密集人丛，再也走不下去。一个清雅的少女抢先跳下车来，望一眼陌生而嘈乱的异域之地，冲着车里怯怯喊道："娘，我们还是回苍都去吧！""要回你回！"一个冰冷的声音响过，车帷掀开，从车里走下一个同声音一般冰冷的中年贵妇，神色黯然地望了女儿一眼，道："菱儿，你可知道你父王为何要攻打这菊城吗？"

"嗯，当然是要活捉菊王吕澌，报当年的盲眼之仇了！"迟疑了一下，少女还是脱口说出了这一笔牢牢铭记的家仇。

"不，这只是他虚伪的借口！"然而中年贵妇却冷冷否定了女儿，幽怨的目光远眺着传说中香艳风流的菊宫，恶狠狠地道："他真正的目的是霸占那里，霸占那个叫范陪衣的妖冶女人——那个婊子，真不知她爹娘是做什么的，取了这么个下烂名字……啾，天生就是万人睡的货！"

"哎呀——娘！"听到母亲当街说出这样的话，年轻的少女难为情地扯了扯中年贵妇的袖子。然而那中年贵妇却不顾女儿提醒，依旧气咻咻地道："走，菱儿，我幽容倒要瞧瞧，究竟是什么样的娼货，能从我身上抢走你父王的心！"

"娘！"实在听不下去，青菱脱开母亲拉住她的手，以示反抗。"怎么？没良心的东西，连你也要背叛娘吗？"幽容带了哭腔，一头扎进人丛，直往菊宫方向挤去。护驾的一众奴仆哪敢落后，立即提足紧随。"娘！"知道母亲脾气，青菱紧唤一声，无奈跟上。

"站住，别跑！"没走几步，前方紫熏门下暴喝骤起，惊乱的人群顷刻将母女冲散。"娘！娘！"焦急的少女正夹在哄乱的人群里奋力呼喊失散的母亲，就瞥见父亲的一队士兵死追着一人。那是个破落老者，都无力反抗了，还往死里打。"住手，快住手！"看到瞬间，少女的心就缩做一团，早就听说父亲的兵将狂悍骁勇，没想到竟是这样残忍。青菱拨开人群，钻进去制止："你们这些东西，怎这般心狠？"

"哟嗬——"听到有娘们横手，打红眼的士兵刚想调戏一番，可抬头一瞧来人，惊得立即颤声跪地："呀，青菱公主！您……怎么来了？"

"老人家，伤得重吗？"没有理睬媚颜的奴才，沈青菱俯下身子，心疼起了蜷缩在地的老者。那老人面上涂得黝黑，带了一篷灰白长胡，这样粗糙的装扮，定是为了混在这乱世里逃生吧？细心的少女没有发笑，因为紧接入目的，便是"老人"遍身血溢肉翻的刀伤。无法下看，少女腾身而起，温秀如玉的脸上登时紫气密布："狗东西，谁让你们这般作孽的？"

"公主息怒，是高唐将军命令屠城三日，但凡带刀男子一律诛杀。何况这人他……"

"够了！"青菱难以下听，"你们作的孽还不嫌多吗？听着，放了这人，从此再不许伤菊城一草一木！"

"公主，这人连伤我们十名兄弟，可不能轻易放走呀！"士兵赤目争辩，不

能接受这样的事实。"放了！"即使听此内情，少女也毫不犹豫，依旧斥令放人。

"出了什么事？"两下里正自僵持，街上忽然马蹄得得，一个年轻将军踏沙而来，金盔银甲，雍容不凡。依稀间认出地上的公主，来人跳下坐骑，惊喜得失了声："呀，青菱，你怎么跑来了菊城？这兵戈血雨的，可多危险！"

"高唐，你做的好事！"并不理睬来人发自肺腑的关切，青菱冷指地上暴行，"苍都男儿的德行都让你败尽了！"

听到心上人训斥，趾高气扬的将军脸上一烫，瞥了眼地上伤者，立刻沉脸喝道："快放了他！"将军下令，那些士兵知趣行事。看到老人脱身，青菱紧蹙的秀眉缓缓舒开，瞪一眼悄窥自己的高唐："你呀，这才像个宅心仁厚的统帅。"

"呃……嘀嘀！"面对如此盛赞，高唐极不自然地一笑。那获释老者也佝身走来，向他道谢。"哎呀，走吧，走吧。"高唐不耐烦地摆手催促老人，实在懒得多看他一眼。

然而就在这懈怠瞬间，那老者双足一提，蓦地前扑，一把夺过高唐佩带的腰刀。"呀……你干什么？"高唐愕叫未息，那人已利落转身，电光石火般折回，将夺来利刀紧贴于青菱秀颈："嘿嘿，天赐良机，苍王的女儿，可让我捉到你了！"

"你，你这坏人，你放开我……"惊变突至，一向伶俐的少女登时语无伦次。佝偻的老者诡秘一笑，挺起了身，刀子似的目光抛向高唐："回去告诉沈雄，三日内毫发不动地放了范陪衣，不然，就为他宝贝女儿收尸吧！"

高唐愣在当街，自己人手虽众，却也不敢妄动。时光就像顿住，高天纵流之沙，阔地沧桑风尘都凝定下来……只是一刻，然后，沙流风啸，卷着那一道飞影俱去，只剩一天一地的寂寞。

"青菱！青菱！"直到人影消渺，如梦初醒的苍王大将才惊慌失措地高叫起来。

烈风嘶鸣，火炮轰隆，烽火蔓延的菊宫，厮斗正激。苍王的军队顺利进城后，却在这覆卵之地，遭遇了菊宫卫队异常猛烈的狙击。派进去的精兵已经两拨覆没，在搏杀了两个时辰后，最后一拨勇锐铁骑终于在九月清晨，征服了这块香艳之地。

"活捉菊王吕渐者，赏万金，封万户侯!"苍王一声令下，数千将士血液沸腾，争先恐后涌入充满梦境传说的神奇王宫。

"呀，可真是片菊花的海洋呀!"不仅数千将士，就连高傲的苍王乍踏进来，也被这炫目壮景震撼了。这个征戮四域的枭雄，羡慕过岭南春暮的彩绣楼，感叹过朔漠深寒的琉璃殿，然而此刻比及，顿觉往昔之叹不经一提。你看，月下白映玛瑙盘，侧金盏停双飞燕，太液莲缀一团雪，绣芙蓉堆胭脂香；贵妃醉酒御袍黄，貂蝉拜月紫罗衫，锦荔枝开胜绯桃，紫霞杯盛玉牡丹。更有金芍药、金孔雀、金羽黄，美人红、海云红、鹤顶红……红白紫黄堆玉宇，胜似仙阙降人间。

是谁? 用如此奇思妙意布就了这花团锦簇的菊宫? 苍王忽然想到那个传说中的香艳女子，迫急的步伐踩过菊海，直闯幽宫深处。

宫门破开，海云红满缀的纱帐里，凝坐着那个渴盼已久的妙人儿。媚目盈盈，樱唇酥酥，真是个让人一见就想堕落的女人呀。

"美人……"苍王大笑着扑上去，丑笨的身子按住女子就扒她的衣。这一仗势如破竹拿下菊城，极为兴奋的枭雄此刻要在这女子身上好好庆祝他的胜利。

"啊……不!"第一眼看清独目的苍王，范陪衣心中说不出的狰狞，抓住衣襟，死死不从；甚至，一手已摸向床角暗藏的小匕。

"呵呵，美人，如今赫连雪归服，叶苍战死，这菊城彻底完了。你只要从了本王——"

"什么?"苍王的引诱还没听下去，范陪衣娇身俱震，刹那间不但握住小匕的手瘫软不说，就连紧扣衣襟的手也彻底松开，任苍王的大手扯掉她贴身蝉衣，粗暴地在她身上揉捏游移……

佳人屈服，房里苍王争伐正急，一个尖厉的女声却在房外蓦地喧哗起来："狗奴才，闪开! 我要进去!"似乎碰到了侍卫阻拦，来人的声音因愤怒而变调，但却仍保持着一惯的刺耳。

"怎么是她?"熟音入耳，苍王燥热的身子顿似冰雪浇击，颓然下床，匆匆理衣。然而房门破开，幽容风一般扑进，已然看清了丈夫丑态。

"呃……夫人，你怎么来了?"苍王故作讶异，满脸堆笑迎上去，极力掩饰自身尴尬。

幽容玉面怒白，一把推开丈夫，撸起水袖就扑向床上半裸的女子。"臭婊子，我打死你！"瞬间，疯狂的耳光卷夹着恶毒的辱骂倾落下来，哀弱的女子两眼空洞地瞪着，任唇角堆血，也不做丝毫反抗。幽容还不解气，女子的顺从让她愈加猖狂。她十指一勾，腾出梅花利甲，又向范陪衣抓去："呀哈，我破了你婊子相，看你怎么勾引男人？"

"哎呀……夫人！"实在看不下去，苍王硬着头皮拦住幽容，向她提醒，"你顾点体统可好？"

"什么？我不顾体统？"见丈夫不仅横手阻拦，还这般斥责自己，幽容抛却最后矜持，扭身扑向苍王，"你这没良心的，你白日寻欢可就顾了体统——我跟你拼了！"

登时，声名赫赫的苍王和王后孩童般扭在一起，互不相让。门外，跑来报信的高唐惊傻了眼。想到事体颇大，不容拖延，高唐硬着头皮禀道："大王，出事了！"

"放手！放手！"乍见大将脸色焦慌，就知道大事不好，苍王推开泼妻，迎出去急问："如此慌张，出了何事？"

"大王不好。青菱公主在乱街上被人抓走了！"抹一把额上冷汗，高唐怯怯一指房里女子，"那人要您三日内放了她，不然——"

无须下说，向来镇定的王者已面色大变，愕问："何人所为？"高唐愧然低头，那样猝不及防的一场惊变，他的记忆里除了惊悸与灰白，竟无一丝那人面目的残留。幽容闻讯扑出，甩手一记耳光，就把丢失爱女的罪责推算到高唐头上。

"够了，你个添乱泼妇！"想到爱女乖巧，必是被她带到这乱城，才招此横祸。苍王一掌打翻幽容，随即断然下令："传令全城将士，不论是谁，只要救出菱儿，我沈雄就立他为婿，富贵世袭！"

"呀，你个色迷心窍的老东西，你竟不顾菱儿死活了吗？"看到丈夫并不放人赎救爱女，幽容干嚎扑起，再次扑向苍王。

风沙依旧，高唐双眼发蒙，跌跌撞撞也不知怎么出了菊宫。苍王如此决定，与他，无疑当胸重击。

房里脱离凌辱的女子，静坐雕花床上，瓷般莹润的颜上挂满哀愁。那愁啊，堆聚在一起，就连这么狂烈的风沙也遮掩不住，那么悲凉地罩住她的脸……

二、一帖相思

三更后，风沙才息。菊城西隅荒芦园，那地下三尺，一间废弃的贮窖里，偷偷点亮了一烛。烛火虽微，却映亮了掳来女子惊慌无助的面庞。

青菱是怕的。那人挟她来后，便锁住她手脚，再理都不理。自顾从怀中掏出张朱砂帖，净案扑开，凝眉提笔，旁若无人地倾写起来。

"你这骗子！我们一进城你就盯上了是不是？"忍无可忍，青菱终于鼓起勇气，诘问的语气里有野火的味道。

那人执笔深情，置若罔闻。

"你究竟是谁？囚我作甚？快放我回去！"实在太疑，青菱锲而不舍再问。

那人笔走游龙，充耳不闻。

青菱哑然噤声，奇怪地看着那人，冥想好久，也不知如此寒境，他深情执笔，究竟写些什么？又在为谁倾写？这样的迷惑约莫一时，就见他默然写就，然后化眉装髯，匆匆而去。

临走时，他伸手一探，掠去了青菱发上的一支金钗。那迅急突兀的出手，让青菱一颗心在腔子里惊荡了好几个来回，也久不安落。冷室独处，饥寒交迫，二十年来养尊处优的女子第一次领略了江湖险恶。她开始想家，想好战的父亲，想唠叨的母亲，想那个一直暗恋着她的高唐……

"哎哎，你们说，到底是谁抓走了苍王的千金呀？"冷月微寒的街上，一队被俘的菊王士兵穿梭在残尸遍横的暗巷，四处搜寻沈青菱下落，因为整夜未果，走在前面的快嘴李忍不住回头悄悄问起身后同伴。

"管他呢！"身后人个个一脸怨愤，自从缴械被俘，他们就被编入苍王军队，马不停蹄地在四街寻人，此刻折腾得饥疲交错，都想安神一歇，谁还愿意去费心地猜想呢。

"告诉你们，是我们——菊王！"见无人回应，快嘴李突然爆出了最惊骇的臆测。"什么，是菊王？"听到刹那，一干俘兵骤然止步，在凝思片刻后，无不

兴奋且紧张地顿悟过来：对呀，除了神秘消失的菊王，这菊城里谁还有本事能抓走苍王的女儿呢？但这激动人心的证实马上又使他们躁动不安起来："菊王若知道我们归降了苍王，那……那可怎么好？"

"呸，怕个鸟！"一提这事，快嘴李就腾起一肚子怨气，"如今赫连雪叛变，叶苍潜逃，这菊城……咱还守个啥？"

"对呀！他们缩头自保，难道要我们兄弟去堵沈雄的红衣大炮吗？"

"嘿嘿，所以要我说哪，"见自己的话终于引起响应，快嘴李扯着嗓门就怂恿起来，"只要咱们救出那个青菱公主，到时当上沈雄的金龟婿——"

"你说什么？"快嘴李话音未落，一个冰冷的声音突然插入，瞬间浇灭这片窃悦狂喜。众人循声回头，登时愕然跪倒，个个噤若寒蝉——不知何时，高唐鬼使神差出现在他们身后，一脸睥睨地审视着这群沾沾自喜的败国俘兵。

"是你要娶青菱公主吗？"高唐打马走近，居高临下望着夸口的快嘴李，喷着浓烈酒气冷冷诘问。"呃……小的随口说说。"快嘴李不知他今夜思念佳人，想也不想，傻笑着接言搪塞痛醉的将军。"王八羔子，癞蛤蟆想吃天鹅肉！"高唐遽然变脸，甩手抛出夺命索，开始对不知天高地厚的士兵进行最惨厉的惩罚！

天上冷月无语，洒下沉默惨华，映亮地上一切。

"哈哈，王八羔子，让你痴心妄想——"高唐绞眉拧目，夺命索紧套快嘴李脖颈，催马狂奔在月下长街，警示性地来回"巡演"。刹那间，快嘴李身子纸鸢般飞起，发出撕心裂肺的哀嚎。惨痛的声音并未使高唐罢手——今夜若不杀鸡儆猴，又如何能表白出他对青菱独一无二的爱呢？

同伴们埋头下来，不忍再看。就在快嘴李奄奄一息之际，高唐突然怪叫一声，摔下马来。众人惑极抬头。但见高唐肩上血流如注，赫然插了一支女人金钗！

"给自己留条后路，别把坏事做绝了！"伴随冷厉警告，一条黑影从屋脊飘落，几乎同时，将一张朱砂帖掷在高唐手里，"把此帖带给沈雄，告诉他我等不了三日，叫他明早就放人。"口气强硬地传述完毕，来人扶起快嘴李，衣袖一甩，磊落而回。虽置身众敌重围，但来去之间，却有山岳般的泰然气度。

"呀，是菊王！"恍惚中辨清来人，快嘴李惊喜失声，泪水不禁溢满眼眶。

"快！快抓住他！"高唐陡然酒醒，确定此人正是白日街头骗掳青菱的那个"老者"，顾不得肩痛，立即咆哮拿人，然而这群俘兵自从听到快嘴李呼叫后，再也没动。

"谁？"幽门突然推开，黑暗中枯坐的女子屏住呼吸，怯怯试探来人，多么希望有意外惊喜，然而残烛一续，映亮的……依然是那张冷漠的脸。

"喂，你跑哪儿去了？你究竟想要把我怎样？"青菱一脸失望地瞪着来人，漫长的囚禁使她又烦又躁，终于忍不住发作起来，"你这恶人，人家好心好意救你，你却把人骗到这里，骗来且不说了，可你不仅冷落着不管，反连吃喝都没有——你说，你到底安的什么心？你到底懂不懂怜香惜玉呀？"

碎珠贯耳溅落，那人尽管老样冷漠，但眼底深处还是起了些微变化——看来，他定是不曾想到，这个外表高贵傲慢的公主，原来内心却是这样有趣！

然而她还没完："哼，就你这寡情冷漠德行，还想救那个范陪衣——告诉你，我要是她呀，宁肯死了也不跟你！"

"闭嘴！不许你咒她！"这样没遮没拦的混话，他岂肯再受？"告诉你，我虽不能守住菊城，但决不会再让她受你父王凌辱！"他声音淡漠而忧伤，一下揪住了青菱的心。怔愣片刻，仿佛才从这语调中解脱出来，青菱将头一扬，毫不相让，试探道："哟，咒她怎么了？难道……你想杀我不成？"

"哼，陪衣若死了，那你——也活不成！"那人还是不疾不徐的语调，虽然淡若落花，却字字千钧般砸于青菱胸口。

"好呀，你居然真想杀我！"青菱玉脸涨白，好端端说着一下就变成哭腔，"你这骗子！人家好心好意救你，你却把人家骗到这里，骗来不说了，可你不仅不给吃喝，还要杀人家——来呀，你过来杀呀！你以为我怕死吗？"不知从哪学的，她将秀颈一伸，做出副慨然生死的样子，然而衣裙单薄，身子却不合时宜地瑟瑟抖着。

那人闻言起步，果真向她逼来，一步，两步……忽然伸手开扣，解起长衣！

"呀，你这没脸的，要干什么？"看到脱衣举动，青菱一下满脸涨红，然而却是多心了。那人解衣下来，轻轻裹住她瑟缩身子，然后向衣角一探，变戏法似的拎出两张菊花饼来。菊花清香，油饼酥软，一股暖意从冰凉的脊背腾起，仿佛

被什么哽了喉，吵闹的少女一下子噤了声。

"你父王穷兵黩武，而你……和陪衣一样，也是个无辜的人。"那人黯然一叹，望着满脸愕然的少女，"我已传帖过去，只要明早他放了陪衣，那我……也便放了你。"

"真的吗?"一瞬间，仿佛千年寒冰破开。青菱狼吞虎咽吃完，悬起的心终才落下。她偷眼看他，这才发现脱去外衣后，他肩臂胸腹间凝血斑斑，全是乱战中创留的刀痕剑伤。看着看着，一丝怜悯就爬上心头：真不敢想象，他费心乔装，生死里来去，只不过是要救出一个女子!

"喂，你到底是谁?"实在好奇，青菱拽住对手衣裾，居然摇晃着询问起来。也是，她久居宫闱，满眼尽是些谄媚的东西，哪见过这般为爱不顾生死的男子?此刻就想知道：他是怎样一个人?这长髯浓彩背后，究竟隐藏着怎样一张脸?而那个范陪衣，与他有着怎样的牵挂传奇?

"别问了，我是这菊城的罪人啊!"那人长叹一口，眼眸深处涌起浓重哀伤，但紧接着，又反省似的咆哮起来，"不，我不是! 他赫连雪才是十足的罪人!"然后释然昂头，激声曼吟起来，"嬉逐青庐下，把手锄菊花。而今一帖去，可回旧时家?"语落同时，青菱愕然看见，似乎什么东西从他那哀伤的眼里跌落而下，摔入泥尘。

三、还记芳草天涯

同样繁乱而相思的夜，苍王沈雄坐镇菊宫，在渴慕已久的菊王万菊殿里接见归臣赫连雪。

万菊俯首，猛将归顺，要说该是普天同庆时，然而征服一切的枭雄却心绪烦躁，全无一丝胜利欢悦。这一日一夜搜寻，不仅青菱毫无下落，居然连菊王吕澌——这个平生宿敌，也影迹绝断，生死无踪。此刻，他不得不强欢摆宴，以褒奖忠勇名义，向赫连雪打探吕澌谜踪。

赫连雪殷颊黑袍，果如外界传说一样，跛着一足。乍听吕澌仍未擒获，表现得比苍王还要震愕。他茫然摇着头，只说战前与叶苍分别镇守前后城门，而吕澌一直镇守菊宫，至于别的情形……就一概不知了。"或许，范陪衣才是最清楚的。"末了，他补上一句令苍王茅塞顿开的话。传令下去，最先到来的不是那个"最清楚"的女子，而是哀号奔来的高唐。

"又怎么了？"一见大将熊样，苍王就满腹生厌。倒是幽容眼尖，一下扑过去，不顾高唐痛嚎，拼力从他身上拔下那熟悉物件，捧在手里尖叫起来："呀，这是菱儿的金钗！"

"怎么回事？"骇然大惑中苍王就接到了高唐呈上来的帖。那是宫廷中传讯的朱砂帖，帖上没有别的，只题着首莫名其妙的五言草诗："嬉逐青庐下，把手锄菊花。而今一帖去，可回旧时家？"默读片刻，苍王便已了然：传帖之人以金钗为证，表明菱儿在他手中，催逼自己放人。然后明里向他递帖，实却是经他之手，向范陪衣暗示明日接头之地——这样不仅可以很好地掩盖他的身份，更重要的是，避免了范陪衣若被跟踪后的前功尽弃！

"哼，可真是用心良苦哪！"苍王冷冷一笑，努力猜度着戏弄自己的对手，"这人……究竟是谁？"

"是吕渐！"高唐迫不及待回答，表明他负伤的价值。

"怎么？当真是他？"虽然验证了猜想，但苍王还是一诧。说实话，他可没料到这苦寻宿敌，居然早溜出宫去，挟住爱女，给自己如此难堪扫兴的反击。"哼哼……这个手下败将，欺人太甚！"苍王怒眉一挑，喝问高唐："混账东西，为什么不给我逮住他？"

高唐不慌，一摆手，快嘴李那干俘兵就被推上殿来。

乍听他们假意归降，私放吕渐，苍王勃然大怒，满腔怒火登时要泄到这伙俘兵身上。

"哎呀，都火烧眉毛了，你还有闲心惩治这些东西。"见事态转移，幽容焦急提醒丈夫，"快放掉那个娼货，救菱儿才是要紧哪！"

"少插嘴！"苍王怒火不减，冷叱住幽容，忽然转头向赫连雪道："赫连将军，听说你刀技卓绝，在这菊城里仅逊于叶苍？"

"不，我讨厌用那砍柴的东西！我是菊城第一剑客！"赫连雪拔剑出鞘，激声回应。果如外界传说：他不肯久居叶苍之下，两年前激愤弃刀，从此誓志用

剑。而且，他所跛之足，据说与叶苍也关联甚密。

"很好。"苍王微微一笑，"那就用你的利剑替本王结果了这群腹存二心的东西，让他们知道——顺我者昌，逆我者亡！"

"是！"没有丝毫犹豫，赫连雪拖起跛足，提剑就刺向快嘴李一众俘兵。

"赫连雪，你这瘸狗，你当真要下手吗？我们可都是跟你出生入死的兄弟呀！"见赫连雪拔剑无情，快嘴李一干俘兵破口愤骂。然而没嚷几声，那无情长剑就穿喉而过，将一人刺翻在地。

"嚯，赫连将军的剑术可是越来越精绝了呀！"血气森寒里，范陪衣幽幽而至，目睹昔日将卒洒血相残，就抚掌喝彩起来。

赫连雪闻言住剑。快嘴李趁机从他剑下机敏逃脱，本想乞求来人搭救，但见她面对倒地血尸竟漠然发笑，不禁扯着嗓子暴骂起来："范陪衣，你个臭婊子！若不是你色迷菊王，若不是赫连雪和叶苍为你争风吃醋，菊城怎会沦破？我等兄弟……又怎会遭此下场？"他声音悲哑下去，哭出了声，"呜……你这婊子，你还有脸笑得出来？你不得好死呀……"

污言入耳，凄艳而笑的女子娇身大颤，面如纸白。

"闭嘴！"一如既往，她的一举一动总是牵扯着赫连雪的神经——他怒喝出剑，像解决前几个一样，一招结果了咒骂的快嘴李，然后拭掉满剑血渍，一瘸一拐走至苍王案前，接过那杯早备的归安酒。

灯火流荧，耀得琥珀杯里的酒艳如俘尸之血，诡异中尽透哀伤。早就听说为了操控降将，苍王在归安酒里下了暗药，但赫连雪却毫不犹豫端起，看了范陪衣一眼后，毅然仰头饮尽。

"呵呵，赫连将军剑刃旧属，把酒不疑，果然是真心投诚哪！"盯着药酒入喉，苍王开怀大笑，立即犒劳降将。

"大王，你叫我来，概不是要我看这个走狗向你归降吧？"蓦地，范陪衣凄笑出言，打破一殿祥和。

"你说什么？我是走狗，那你又算什么？"不等苍王回答，赫连雪激愤插言，不可置信地盯住如此评价自己的女子，冷冷诘问。要说，这该是菊城沦陷后彼此第一次对目而视吧？显然昔日菊后在目睹他吞饮归安酒后，言语讥诮刻薄不说，眼神也冰冷如刀。

"哼。"见她变脸，赫连雪撇嘴一笑，立即还以颜色，"行了，别自命清高了，找不到新宠的残花败柳，还不如我呢！"

啪！毫无预料，一记耳光重重落在赫连雪颊上，掴出五道鲜红的指印。那个瞬间，出手的女子玉颜如冰，呼吸急促，眼眸深处隐隐波光翻涌。传说中柔弱如水的她竟刚烈至此，不仅赫连雪懵住，就连苍王也开了眼。

"看见了吧？这烂货不仅跟属下有染，而且十足就是个泼妇！"等待多时，幽容终于抓住难得机会，尖声贬损着对手，再次催促丈夫，"哎呀，快撵她走呀！难道你真不想救咱们菱儿了吗？"

"瞎说！"白了幽容一眼，苍王无奈走来，目光在范陪衣颈项间久久流连，最后递过帖去，黯然道："美人，吕渐作梗，使你我有缘无分。不过，你若随他过不惯那苦日子，回来……我还是欢迎的！"

然而，这样的承诺她似乎充耳不闻。那帖甫一入手，浓烈的相思红就让她双手一烫，紧接着摊开，一瞄那字句，登时就全身冰凝了。

如此急剧变化，怎能逃过赫连雪那一直怨怼她的眼睛？早就疑心帖子里藏了什么，这时掠过来一看，惊异的发现让他兴奋得难以自持："大王，传帖之人不是吕渐，是叶苍，是叶苍！"终于，他大叫着向新主人揭发，"不会错的，我认得他笔体。而且那'青庐'，就是当年他们青梅竹马的龌龊地啊！"一口气说完，赫连雪狰狞大笑，看着范陪衣迅速苍白下去的脸，倍感快意。

叶苍？菊城第一刀客叶苍？吕渐手下第一勇士叶苍？苍王和高唐面面相觑，实在想不到竟是他掳走青菱，要救君王爱妻。那么吕渐呢？他又在哪里？

"哎呀，管他吕渐还是叶苍，先放掉这娼货，救菱儿才是要紧哪！"生怕再生变故，幽容干脆自己扑来，连推带搡将范陪衣轰出大殿，这才如释重负地长舒了口气。

"嬉逐青庐下，把手锄菊花……"

轻车缓缓，载着获释女子驶出菊宫。昏沉沉的车厢里，范陪衣手捧讯帖，哀伤的默吟中，眼前就不由浮现出那一段岁月来——

记得还是十岁那年吧，哥哥夭折后，父亲为了不使卓绝的"断水"刀法失传，就从集市上赎来两个苦命的弟弟——九岁的赫连雪和六岁的叶苍。于是练刀间隙，青庐下，菊圃间，两个孩子总是尾巴一样跟着她，欢歌笑语萦满山崖。

"姐姐，姐姐，我帮你锄菊，长大了你嫁给我好吗？"那一日练功间隙，叶苍突然跑来，站在身后，挠着头怯怯问她。"嗯……好吧！"十岁的女孩仰头想了想，递过花锄去。"滚开，笨猪！"然而紧跟而来的赫连雪却一把推开师弟，顺手夺过花锄，傲然地和她挽手站在一起。

"哎呀，他是小师弟，你怎么能这样欺负他？"看到孩子栽倒在菊圃里，啃了一嘴泥，她不由心疼地责怪起来。赫连雪的脸一下子就暗了下去："欺负他怎么了？姐姐你看看，师父教我一月的招式，他居然要练上半年……喊！这样的笨蛋师弟，居然还想，还想……"

"哎呀，他毕竟小咱们几岁吗！"懂事的她耐心劝导着，走过去扶起孩子，想尽快化解矛盾。"哼，小什么小，这样的笨蛋师弟，我赫连雪宁可没有！"然而他不仅毫无收敛，反而戳着孩子鼻尖警告起来，"听着，从今以后，再不许你跑来找姐姐玩，更不许说姐姐是你媳妇！"

"偏不！"受辱的叶苍倔强地昂起头，那个瞬间，小拳头攥得紧紧的。

"哟嗬！"看到师弟如此举动，赫连雪越发傲慢地挑衅起来，"怎么？小笨蛋，想打架吗？""打就打！谁怕！"孩子咬着嘴唇毫不示弱。"那好。"赫连雪眼珠一转，胸有成竹地伸出手掌，"那我们击掌为誓，谁赢了……姐姐就是谁的媳妇！"

"好呀！好呀！"看着两个师弟要为自己进行一场庄严的比武，小女孩欢快地拍手笑着，并未想到因为自己一时疏纵，会使这场已经火药味十足的比试，发生了更为可怕的后果——受辱的叶苍趁盛气凌人的师兄不备，愤怒中居然一头将赫连雪撞下山崖，待父亲赶来救起时，已然摔跛一足！

那时候……天仿佛都塌了下来！

父亲盛怒之下，把她和叶苍在青庐里关了半年禁闭。同时，几乎用了相同时间倾尽心力为爱徒医治伤腿。"这孩子……这辈子怕就这样了！"然而出庐后，却见父亲双目洇润，盯着她和叶苍，不知该责骂还是该宽恕，最终心酸地说出了这样的话。

　　赫连雪则完全接受不了这样的事实，把自己反锁房里，整日荒废不说，连脾气也日渐暴戾，对她和叶苍更是横眉怒目，视若仇敌。虽然在父亲地温情劝解下，他性格开畅了些，十年来彼此关系也有所改善，但两年前父亲病逝后，在那场名动菊城的比武中，师兄弟之间隐伏的隔阂还是再次彰显出来。

　　造化弄人，在那场十年一度的"菊城第一勇士"决战中，偏偏又是他们师兄弟拔刀相向。十载苦练，事关男儿抱负尊严，两人谁都不肯放弃；更重要的……只怕他们还要为当年争她之战分出一个结果吧！当时双刀激错，日月无光，一向刚愎自用的赫连雪在败给叶苍后，激愤弃刀不说，居然暴戾地刺死了主持比武的金吾将军，偏执咬定是金吾将军偏袒了叶苍——这样血腥残暴的借口，震惊全城，更触怒了菊王吕澌！

　　"已经有愧他一回了，总不能眼睁睁看着他自毁下去吧！"听到菊王要严惩凶手，她和叶苍带着这样的自责，跪在万菊殿洒泪苦求。吕澌为她所动，虽然答应赦罪放人，却也提出让她入宫为妃的交换条件。

　　答应了吧！嫁得君王妻——这样，总可以从他们之间解脱出来了吧？

　　"姑娘，到了。"车子在她叮嘱的西门停下，沿路折回。为了不拂他传帖之意，剩下的路，她是要一个人独走的。然而从回忆中脱神出来，一落脚便踩到死尸上，看着脚下亡兵惨怖的脸，蓦地，刚才殿上快嘴李的暴骂再度在耳边炸响："范陪衣，你个臭婊子！若不是你色迷菊王，若不是赫连雪和叶苍为你争风吃醋，菊城怎会沦破呀……"

　　"啊……不！"那咒骂如重雷击耳，混合着刚才殿上的声声凄厉惨叫，劈得她抱头惊跑。而身后暗处，她还不知，早已有人把她紧紧跟上。

四、　归去来

　　"出来吧。"晨曦薄雾里，范陪衣平定下一路惊跑的气息，凝目旧地，淡淡一唤。只见不多久，那个熟悉的身影便从视线里浮出，轻衣裸发，瘦肩当风，果然是叶苍！于是凝望，凝望，深深凝望，大概都没想到，这烽火乱离之时，彼此还能在故地相晤。

"陪衣，真是你吗？"叶苍快步走来，惊喜地打量着牵挂的女子，不自禁地挽起她的手，阔目中深情浓浓，一如庐间缭绕不散的雾。

"你还没有死？"然而范陪衣脱开手去，竟当头回敬了救她脱离凌辱的男子这么一句。

"我……"听得她话中意味，叶苍登时失语，低头沉吟半晌，方鼓足勇气道，"是的，城门失守，我理应尽忠殉职。可这些年我埋情太苦，实不甘心舍你而去。"他抬起头来，目含期待望着她，"你是明白我的，对吗？陪衣，你是明白我的！"

"叫我菊后！"并不领情，范陪衣蓦然截口，冷厉地纠正了这暧昧昵称。

"你……你怎么了？"叶苍大愕，惊诧地望着她。一日不见，她竟陌生至此。没有回答，范陪衣侧过脸去，眼里有泪泫然。仿佛明白过来，叶苍黯然一叹，走过去，再次挽起她的手："陪衣，菊城沦陷，我如你一般哀痛。可你想想，我们刀剑再利，又怎能抵挡住沈雄的红衣大炮呢？所以天意如此，你不要自责，跟我走吧！"

"天意如此？哈哈，天意如此！"范陪衣凄苦一笑，泪从眼里掉下，她也不去拭，语锋一转，忽然道："那孩子呢？你把她藏哪里去了？"

"沈雄的女儿吗？"没想到她会问及这事，叶苍迟疑了下，实言答道："她很好。吃了迷魂饼，在地窖里睡着呢。"

"听着弟弟，快放了她，那不是男儿所为。"终于，她的语气难得地温柔下来。叶苍大喜，一番苦心终换得她转意，当即再次挽起她的手道："姐姐放心，那孩子清醒后自会解脱，眼下情势危急，我们快走为宜。"

甩开手，范陪衣充耳不闻，向来路决然而去。叶苍大愕，在身后疾呼苦追，实不明白一番乱战过后，她竟变脸如此。

"哈哈！你不愿跟他走，那就是愿意跟我走喽！"蓦然间，一条人影从茂草中翻出，一瘸一拐拦在范陪衣身前，拉住她的手，神情专注，语声凄冷。晨风中疾走的女子愕然止步，没想到，赫连雪尾随跟来，也要带自己远走。

"叛贼，放开姐姐！"一眼看清来人，叶苍目眦欲裂，扑过去揪住赫连雪衣领，抡拳就打："叛贼，你认贼作父，还有脸来见我们！""闭嘴！你呢？你又怎样？你不也苟且偷生了吗？哈哈！"赫连雪反唇相讥，毫不客气地还手。岁月如此相似，刹那间，十几年前师兄弟反目的那幕再次淋漓尽致翻演了。

"住手！都住手！"再也看不下去，范陪衣拉开两人，玉面涨白，娇身剧颤，终于压抑不住发作起来，"报君黄金台上意，提携玉龙为君死。当此国破家亡时，你们竟还大打出手，当初菊王驾前拍胸立下的誓言统统都忘了，对吗？你们……你们还有没有血性？你们还算不算男儿？"

叶苍垂下头去，无言以对。赫连雪不以为然，仰头放声狂笑："哈哈，要我为吕溮送命，别做梦了！"

"你……"范陪衣怒烈扬手，然而手至赫连雪颊边时，却落不下来，僵在那里，只是抖。这一刻，女子米牙嵌进薄唇，几乎咬出了血："赫连雪，菊王待你情若父子，你……你为什么？"

"还不是因为你们！"赫连雪狂笑骤停，目中腾起妖异红色。

"我们？"不可理解，范陪衣和叶苍相视一愕。

"难道不是吗？他吕溮霸占你不说，更让这个一直都不如我的小子，做他手下第一大将，处处折磨我，处处羞辱我……妈的，这算什么？"眼瞪着师姐，手指着师弟，赫连雪歪头狞笑，神情越发偏激，"告诉你们，我受够了，这两年我统统都受够了！哈哈，我巴不得沈雄早点破城！"

天！他竟是这样的理由。范陪衣周身冰冷，始知纠缠于赫连雪胸中的心魔，原来一直就不曾祛除。她蓦地想到什么，迟疑了下，忽然道："告诉你们，菊王没死，他还活着！"

"哈哈，那又怎样？"赫连雪满脸不屑。而叶苍，依旧缄默。

范陪衣脸色无可抑制地苍白下去。沉默一刻后，她硬硬抹去腮上泪痕，再不做丝毫犹豫，沿路折回。

"范陪衣，你站住！"抢在叶苍前面，赫连雪扑上去拦住女子，"你不跟这孬种走，很好。可是我呢？你总要给我个交代吧？"

"滚开！"昂着头，看都再不看一眼，范陪衣厉声冷喝。

"妈的！"显然被她的冷漠激怒，赫连雪脸色陡青，爆起粗口，"我问你，我甘负叛贼罪名，开城投敌是为什么？我剑刃旧属，甘饮归安药酒又为什么？你

说！你说！你说呀！"

"嚯，莫非赫连将军如此壮举皆为陪衣了？"范陪衣凄然一笑，淡淡道，"怎么？你不是嫌我残花败柳，难道也要带我走不成？这可新鲜！"

"是的！是的！"一反先前邪态，赫连雪敛笑肃容，专注地盯着女子，异常认真道，"这些年我吃饭为你，睡觉为你，拔剑为你，可你却无动于衷，贴上那又老又丑的吕澌，每时每刻刺痛我的心……范陪衣，你……你忒也心狠！"说不下去，赫连雪恨恨偏头，然而多年压抑仿佛忍到极致，令他太难平定。只一刻，又沸腾起来："范陪衣，你是我的！从这青庐时起，你就本应该只属于我的！实话告诉你，我好不容易盼到吕澌完蛋，你若还有些良心，肯给我个补偿，那么，我定不计前嫌，此刻便带你离开菊城，远走高飞；你若仍倔傲无情，拖延至那高唐赶到……哼哼，届时刀剑凌喉，可休怪我翻脸！"

庐外晨曦艳抹，涂饰出一个崭新世界。叶苍忽就发现，远道上十几条飞影腾跃，踩着曦芒向青庐潜来。以为眼花，细细一瞧，带头的赤目抢刀，正是那遗失心爱的高唐。

"叛贼，你竟将敌人引来！"叶苍蓦然惊醒，匆忙抓起女子纤手，"姐姐，别信他鬼话，我们快走。""小子，到此地步，你居然还要跟我作对！"赫连雪目光化作烈焰，缠在叶苍身上。几乎同时，双手紧拽女子衣袖，冷厉催促："范陪衣，你到底跟我走是不走——现在决定，还来得及！"

一瞬间，两兄弟拼力争扯，可怜她珍爱的海云红水袖，那堪如此蛮爱，几乎脱肩坼裂了。

"放开我！"范陪衣愤然甩开四只紧拽自己的手，眼神冰冷通透，声音尖厉骇人，"告诉你们，我一生慕菊，除了菊宫，哪里都无心再去。"一语钉住两人，她毅然掉头，向高唐迎去。

"贱货！天生就是贱货！"怒颤着站立不住，赫连雪颓然坐地，气急败坏地将手捶在地上，砸出了血。复而抽剑腾起，咬牙一瞪眼前夺爱的师弟，满腔恚恨便有了泄处。然而剑未刺出，暴烈的眸子里忽有罂粟怒放，邪异的红色，触目惊心流下，继而口鼻耳中也腥血皆然，像中了魔异之极的毒，将他击倒。

叶苍暗松口气，虽觉惊奇，却不理睬，跨过赫连雪身子，疾步向范陪衣追去。

"高唐将军，请带我回宫。"

眨眼间，那队精兵已杀气腾腾扑来，范陪衣提裙迎上，跟高唐站在一起。高唐鼻腔轻哼，算是回应。看她昨夜离开菊宫的那个不舍样，就知她把一颗贪慕富贵的心搁那儿了。目光撞及叶苍，登时暴呼起来："抓住他！快抓住他！"

精兵围来，叶苍抽刀劈翻两个，一个箭步掠至范陪衣身前，拽她疾走。谁知，她依旧挣脱。叶苍急呼："姐，你怎么了？到底怎么了？"

范陪衣红唇凑来，在叶苍耳际低低道："弟弟，你若真想带我远走，那就先杀了高唐，再来菊宫找我。"

语罢，甩开水袖，决绝而去。叶苍再拦，高唐众人岂肯袖手？

微风清鸣，湮没佳人步履。叶苍心焦如焚，断水刀法似也蕴了急意，出招凌厉绝伦，仿佛只是一瞬，大苍帝国的十数名铠甲精兵就魂入异土。

"王八蛋，待我擒你！"高唐赤目喷火，对方几度戏弄，此刻必洗羞耻。他阔刀狠霸，随意几招，已逼叶苍失形。"哈哈，菊城第一，不过如——此——"然而惬意未尽，一股热意却于肩头荡开，是血。他捂肩痛惊，弃刀瘫地，一世狂傲，始知今日终遇敌手。

叶苍刀凝青空。这场乱战，自己杀人如麻，心意至倦，眼下伏地之人，与自己一般英武，实不忍再毁青春。忽然有风，将驻留耳际的唇香送来，叶苍闻香一振，心如淬铁遽然坚硬，长刀挟风从天而落，划出一声惨嘶……

"喂，你又要带我去哪里？"

青菱揉醒睡眼，已是天黑；还是那人，背了自己疾步而行。少女满面羞涩，挣脱着就要下来。

"别闹，带你去见你父王！"

青菱支起耳朵，以为误听，怯怯试探："你……你不杀我了？"

"呵——怎么会？"那人难得一笑，喃喃道，"我，我救你回去！"

不敢相信，青菱屏息极力猜度所去方向，暗夜沉沉，她只听见那人的心跳，似乎比自己的还乱。

"到了，下来吧。"

前方灯火绚烂，那是牵挂的菊宫。

五、昧夜无欢

这秋月之夜，如此轻柔。当范陪衣踏月而来，重踏上菊宫大殿时，苍王沈雄血脉沸腾，跑下宝座来紧握住佳人柔荑，狂喜到语声凝咽："美人……你当真回来了?!"

"呀，你个不要脸的贱货!"幽容怒极，巴掌迎面甩来，不料丈夫扬手一挡，反手抽她一记："泼妇，再搅美事，看我怎么收拾你。""呀——"幽容不甘，尖叫一声，梅花利甲复而腾出，眼看那魂牵梦萦的容颜将遭荼毒，沈雄金剑出鞘，幽容一声惨呼，血便顺着锦袖流下，溅红大殿。"呀，你居然要对我下手了吗? 呜呜——"曾经深爱的丈夫，如今拔剑绝情，难道只因这个比自己美貌的女子! 幽容泪雨滂沱，心痛伤绝。

"滚下去!"不看妻子一眼，沈雄暴喝甩袖，侍卫闻令上殿，强押幽容退去。终于平静下来，沈雄吐口怒气，移步至佳人面前，展颜笑道："呵呵，美人莫怕，有本王在，她休想动你一根毫发!"

范陪衣抿唇点头："嗯，苍王不弃陪衣，陪衣定当精心侍奉，不负您厚爱。"

"好! 好!"沈雄纵声狂笑，抱起美人就要入寝。

殿外忽然喧哗。一条身影飞跃而来，那是个落拓男子，散发遮住阔面，只露干练风骨。他不是一人，背上还负个女子，女子一见沈雄，便嚎啕大哭："父王——"

"菱儿!"沈雄放下佳人，扑至女儿身前，惊喜地打量半晌，见青菱无异，目光才落在叶苍身上："是你救了菱儿?

叶苍无言，暗一点头，赴忙跪地行礼。沈雄哈哈一笑，扶他起来道："英雄不必拘谨。救我爱女，便是恩人。你如何称呼，请自报家门!"

"呃……败将叶苍，见过苍王。"

"你是——叶苍?!"沈雄闻言后退，大手疾扶入鞘金剑。

"苍王莫疑，他是来投拜您的!"范陪衣嫣然一笑，拉过沈雄僵硬之手，冲叶苍叱道："叶将军，你发什么呆呀，还不跪拜苍王。"

绚烂之笑，却难掩她心内煎焦。叶苍见状，默默跪于沈雄脚下，埋头无言。其实无须催促，刚才送青菱来时，他便心意暗决，只要能将她带出苦海，贱做牛马，也自甘愿。

沈雄静观片时，忽然附耳向青菱悄问："菱儿，告诉父王，真是叶苍救你回来的？"

"嗯……好像是的。"青菱凝目想了想，大声答道，"他是个怪人，本来要杀我的，现在又救了我。"

"胡说！"叶苍闻言一凛，急忙辩道，"刚才若不是我舍命救你，只怕你早就丧于吕斯毒手，此刻又怎能见你父王之面？"

沈雄大叫出声："叶将军，那吕斯——还活着？"

"是的。"叶苍重重点头，"吕斯将青菱公主关押草庐，是我救她逃出虎口。"

"那吕斯——现在何处？"沈雄急问。

叶苍低头暗道："叶苍无能，让他逃走了。"

沈雄目视流空，夜色浓云翻滚，是否占了菊宫，就征服了整个菊城？好在这菊城第一高手还甘伏自己脚下，实属这墨夜里的一抹自慰亮光。

"赐酒——"沈雄高喝一声，琥珀杯复端上殿，妖异的红色一如先前，浓浓递至叶苍面前。范陪衣转过头去，避开叶苍目光，双目微闭，不发一言。那如血浓酒，入口怪异，叶苍喉头发苦道："苍王，这酒……"

"哈哈哈哈，好小子，你忠我义，今夜便做我良婿！"

"呃，不——叶苍绝无妄想！"陡闻如此恩遇，叶苍实难消受，几乎跳着起来大叫道："不可，不可，请苍王另择高婿。叶苍无能，且，且……"说不下去，他的目光已驻进她身骨。

"怎么，你让本王食言吗？不识天高地厚的东西！"沈雄面如沉铁，已然不悦，"我已传令全城，谁救菱儿，便做我女婿。难道你敢瞧不起本王吗？"

"叶苍不敢。只是……"他抬起头来，目中情深依旧，再次凝望佳人。"哎呀，天赐良缘，叶将军还不快拜谢苍王厚爱！"她走过来，笑语盈盈拉叶苍跪下，叩谢恩典。他浑身僵硬，一颗心跌落冰窟，木偶般任她摆布，绝望的眼眸里惶惑

密布。就在低头叩首时，她红唇凑来，在他耳际低低道："弟弟听话，你先应承下，不然我们死路一条。"那温软的唇香，又让他飘浮在梦里。

"哈哈，今夜美人归来，菱儿获救，已是双喜临门。现在又得叶苍良婿，真可谓天助我也！"沈雄仰天长笑，随即长袖一挥命令道："既是天意，自不可违。鸣炮，奏乐，今晚我父女一并洞房花烛！"

"你个老糊涂，老疯子呀——"听得女儿回来，幽容顾不上伤痛，脱开看守来瞧一眼，那料丈夫如此荒唐，一口怒气憋回胸腔，就昏厥过去。

"爹，娘——"青菱急得满面涨红，这个人熟都不熟，就这样轻率嫁他？

"美人，春宵难得，我们快快入寝——"沈雄春风拂面，拉起范陪衣而去。

目睹情影坠入深宫，叶苍浑身不住抽搐，青菱忽就看见，他把那薄牙咬进淡唇，一抹殷红从嘴角汩汩涌下，触目惊心。

萧乐奏鸣，喜庆的曲调开始在菊宫深处荡漾。免去繁复的礼仪，沈雄迫不及待拉美人入帐。

清风晚吹，范陪衣羽衣件件剥落，倾盖住一地残菊。她目光迷离，看不见哀伤，眸中风情翻涌，瓷玉般裸露的肌肤，在暧昧的烛光下，销魂蚀骨。

沈雄喉头颤动，情不能已。多年来征伐菊城，名为讨逆，实却为她兴兵。那年群雄会盟，吕澌携她出场，樱唇酥酥，美目盈盈，瞬间倾倒在座豪雄。那一眼后，沈雄便自起誓，烽火硝烟，定要将她夺来赏玩。男人，有时候逞强，不就为争件可人的宝贝儿吗？

欢爱迅疾，沈雄极为亢奋，他一生猎艳，遍尝苍都佳丽也难比身下的玉人儿刺激。"哈哈，陪衣，果真好名儿……"浓重的喘息升腾于菊宫大殿，又从殿脊传播远去，混杂在喜乐调里，媚惑而迷离，衬得这欢乱比白日里的征战还要剧烈。

伴随一缕雄壮的喷射，沈雄终于停止征伐，想想在吕澌的床上征服他的女人，真是惬意。忽然一缕异味探入鼻翼，沈雄独目凑近娇颜，欲要刺透她心底本意。"美人，你当真甘心跟我？"范陪衣嘤咛一声，慵懒答道："只要绫罗锦衣有伴，奴家跟谁不是。"又觉所言不妥，忙欠身而起，补上一句："苍王能宠爱陪衣，是陪衣的福分。"

沈雄满意闭眼，肥笨的身子腾挪抻展，这一场欢爱精疲力竭，只一刻，鼾声便起。范陪衣一双眼空洞洞瞪着，待鼾声浓郁了，方小心翼翼抽出身来，蜷缩一旁。

烛火凋残，殿外喜乐渐歇。仅仅一夜之间，雕花古床依旧，解扣的君王却换。两道冰凉的液体顺着脸颊忽然滑落，是这躁夜里仅有的清凉，范陪衣死死咬紧了枕头，没有发出一丝声响地大哭起来。

只几步，隔壁暖宫，一对新人静默伫立。

秦晋礼序烦琐不堪，叩首，拜祖，引红，过堂……每一样都不可或缺，连番作罢，夜已深浓，该是洞房花烛时。然一众礼官侍婢退去，空堂寂寥，红烛落寞，那牵手之人仍木偶般僵硬不动，人生最喜悦的时刻竟如此无趣，青菱秀目噙泪，几欲发作，一想父命难违，只得咬牙承受。

自小，便在父亲的威严下成长。父亲的命令，只许执行，不可撼动。多年来母亲对抗的结果，除了泪水与伤痕，再无收获。这一点青菱暗铭于心。在父母无休止吵闹下成长的少女，悄悄退缩，选择顺从，妖娆年华里才会有欢娱呈现。

黯然忧思，不觉沉沉睡去。醒来时，三更鼓响，那人依旧木然枯坐，青菱扯下盖头，怒道："你究竟想要怎样？"那人不答，喉头起伏，微自哽咽。青菱凝目瞧去，两行清泪自他面颊蜿蜒而下，夹着鲜红的血丝，怪异恐怖。青菱瞠目扑来，大惊道："父王对你下药了？"那人双目空瞪，不发一言。

窗外忽然有声，青菱推窗喝问："谁？"

一道黑影风一般掠过，留下刚健背影。"高唐？"青菱低呼一声，委坐在地，一时心乱如麻。那人闻听青菱呼声，陡然坐起，满脸诧异。

黑影端的好轻功，玉阶青苔间跳跃，毫无停顿。前方几丈处，早有黑影于他先至，伏于沈雄窗口，破开窗纸，一道寒光从腋下抽出，凌厉刺目。后面黑影疾步掠至，摁住愤怒颤抖的短刀，低语道："疯了，苍王杀不得。""滚，要你管！"行刺者竟是女声。黑影仓皇覆口，提起女子急忙回撤，一瘸一拐退至自己寝宫。

宫中烛火暧昧，黑影脱下面罩，正是赫连雪。今夜郁闷，溜到苍王宫前窥听，不期想撞此异情。这时他放开行刺女子，不料那女子猛地反咬一口，指尖顿时鲜血淋漓，那女子并不在意赫连雪痛叫，仍不解恨骂道："瘸狗，敢阻老娘心

意!"语气凌傲,绝非常人。而今寄人篱下,怒火只得强压,赫连雪又疼又愕,猜不透女子身份。

一时沉寂,女子双眸在赫连雪身上尽情流连,片刻后,忽移步近前,软语问道:"疼吗?"

赫连雪如堕雾中。女子黑纱掩面,却难遮妖娆体态。一绢清香小帕自她襟里抽出,缠缠绕绕,包裹住滴血手指。女子凄然一笑,一双柔荑忽地盘上赫连雪脖子。

"抱我。"女子软语复起,赫连雪血液翻涌,情不自禁抱起女子。

"吻我。"女子软语勾魂,赫连雪浑身酥麻,不自觉轻吻女子。

烛火熄灭,罗衫尽解。肌体甫一交缠,便似熊柴烈焰。女子肤如凝脂,乳满唇香,赫连雪沉溺迷醉,不可自拔。多年苦守伊人,自己尚是处子,今夜尝欢,方知销魂滋味。一时挥汗如雨,忘情耕犁身下丰腴之地,将范陪衣经年冷落沉积的郁闷一泄干净,哈哈,这个舒畅恣意。

那女子呻吟不绝,极尽忘情,想来定是缺少欢爱的。赫连雪越爱越疑,不禁揣想:她,究竟为谁?

实在疑惑,赫连雪停止动作,掌烛一瞅,胸口顿如雷击!

女子桃花上脸,妩媚笑道:"痫小子,长了几颗脑袋,胆敢调戏苍后!"

赫连雪揉眼再瞧,幽容遍身赤裸,横陈榻上。登时脑中发白,不知所措。

幽容翻身坐起,抱住赫连雪刚健躯体,抚平他紧张的呼吸。赫连雪极不自在,口里喃喃道:"王后,这,这……"幽容凄然一笑,眼里垂下泪来,唤道:"叫我幽容,叫呀!"

"幽容——"经不住她期待的眼神,赫连雪生硬叫道。

只一声,恰似唤醒她辜负经年的青春,幽容喜极而泣,湿腻甜唇雨点般落于赫连雪肩头胸口,将他吞没。半夜醒来,赫连雪睁大眼睛,回味这不可思议的艳福。身旁幽容忽然冷厉警告:"听着,替我杀了那婊子,不然,你我难逃一死。"

六、花开寂寞红

天色方明,整个菊宫便红幔招展,一派喜庆。今日巳时三刻,菊城易主更号，满宫奴婢仆佣不敢大意，急自繁忙，预备筹措，恭迎盛典。

一夜欢浓，万民归顺，沈雄红氅一抖，昂首登坛。身侧，范陪衣和幽容温柔居列；殿下，叶苍和赫连雪威严有序。哈哈，菊城唾得，天下一公。

吉时已到，鸣炮奏乐。黄绢徐徐展开，礼官清嗓宣诏："奉天承运，苍王诏曰，吕渐无道，菊城涂炭，夫沈雄德仁宅厚，举兵救民于苦厄，今四城戡定，民靖居安，文武大臣百司众庶合辞劝世，以主太平。雄不负众望，即始王位，改都苍城，国号大苍。册封幽容氏为苍后，坐守东宫，范氏为菊后，添守西宫，册封高唐为护国大将军，统辖外卫，叶苍、赫连雪为安邦正副大将军，监守内卫；其余纲要，一任其旧。布告天下，咸使闻知……"

诏宣完毕，几人正自叩谢恩典，一声尖嗓传上殿来，搅乱祥和之势。众人循声回头，但见几个兵士抬着一具尸体洒泪奔来。那尸体白布包裹，不知面目。沈雄独目斜眄，挑开去瞧，哇一声痛叫，纵声咆哮道："啊呀呀，是谁杀我爱将？"

苍王之怒，如雷电劈地，霎时人人自危，满殿死寂。赫连雪不怯，跐足走来，俯身下去端详仔细，"啧啧，刀势迅疾，劲道狠霸，一刀下去，高唐将军便已殒命。"忽地仰头，抿唇笑道："禀苍王，这刀法。除了'断水'，绝无其二！"

"'断水'刀法？"沈雄闻言一凛，独目向叶苍扫去。

"不错。"赫连雪横手一指叶苍，高声道，"凶手就是他！"

"赫连将军，事关重大，万不可信口开河，错怪了新婿。"范陪衣疾步走来，特意将"新婿"二字语气加重，提醒赫连雪收敛狂态。

"哼哼，菊后怎么健忘了呀。"赫连雪犹自冷笑，"当年师父承传'断水'绝学，后来众所周知我弃刀用剑，你看看高唐将军伤口，岂是剑刺的呢？"

这话出口轻微，却重若千钧砸于范陪衣胸口，一时噎得她无言再对。

气氛骤然紧张。沈雄逼近叶苍，独目一挑道："你杀了高唐，对吗？"

"不，苍王……呃，父王。"叶苍强自镇定道，"是……是吕渐！"

"哈哈哈哈，吕渐岂会'断水'刀法，笑话！"赫连雪闻言狂笑，提醒沈雄，"苍王，这小子满口胡言，分明在诓你。"

"给我拿下！"沈雄脸上青筋暴起，咬牙一喝，那几个兵士就将叶苍左右缚住。叶苍拼力挣脱，连声喊冤，沈雄面凝如铁，毫不为动。突然，他红氅一抖，

金剑出鞘，向叶苍当头劈下——

赫连雪抿唇展颜。范陪衣低眉闭眼。

便在千钧之时，一条人影疾步而来挡在刀下。

"父王且慢，叶苍所言不假。那日吕澌抓走菱儿，高唐将军发现搭救时，被吕澌一刀劈命。后来是他……是他刺伤吕澌，救我回来的。"青菱双目噙泪，凝望着父亲乞求道，"父王，菱儿从不骗您，您是知道的。"

"是呀，女儿新婚尚不足三日，你就让她守寡吗？"幽容终于开腔。她瞪一眼赫连雪，赫连雪忙自垂头，再不添言。

"菱儿，那吕澌——当真活着？"沈雄望着一脸诚恳的女儿，表情纳罕之极。

青菱不敢凝视父亲的眼睛，只沉沉点头。沈雄收剑入鞘，急忙传令道："叶苍、赫连雪听命，即刻全城戒严，搜捕吕澌！"

两人领命而去。

一殿浓云褪去，重归祥宁。

青菱暗吐一口气，转过身来，目光只一触碰那血痕斑斑的尸体，泪便决堤。

"陪衣妹妹，请留步。"

走下殿来，还在为刚才的险事惊心，一声疾唤尾随追至，范陪衣转身，幽容冷颜堆笑，立于身后。

以为误听，范陪衣不可置信道："苍后，你是在叫我吗？"

"妹妹怎么魂不守舍的？一定是昨夜里没睡好吧——咳，那个老东西，就爱折磨人！"幽容一双眼在范陪衣身上瞧个通透，"从今后，咱俩可就是亲姊妹了，走，去姐宫里唠唠，顺便，给妹妹赔个不是。"

范陪衣骤然恍惚：眼前这温婉柔情的幽容，怎似那泼辣霸道的苍后？

沈雄阔步而来，见两人如此和睦，心下大悦，向幽容投去赞许的眼神，叹道："瞧你，这才像大苍之后，早这样多好！"又对范陪衣嘱道："美人，切莫迟疑，快去，快去！"

入宫，坐定，幽容遣走奴婢，关好门窗，亲自为范陪衣斟上一盏紫罗茶。

袅袅茶香驱散了深宫的幽暗与静默。幽容满意地看着盏中翻卷的新叶，递至范陪衣面前道："妹妹，先前多番得罪，这茶，姐姐给你赔罪了。"

"苍后言重了，陪衣岂敢讨你计较。"范陪衣轻轻接住，人家如此诚恳，倒让她适应不过来了，端着茶，一时不知如何。

"快喝呀，苍都紫罗，名贵得紧呢。也就是妹妹，一般人可没这个福气的。"幽容微笑催促，目光深幽，不可测之。

范陪衣启唇，茶味奇异，微一浅啜，暗自停下。

一抹暗笑浮起，幽容展颜道："这就对了，从此便是一家子了。既这样，那就贴心聊聊，免得待会儿你遗憾。"

"哪会。能和苍后谈心，陪衣荣幸的很。"

"是吗？"幽容一双碧眼又在范陪衣身上瞧起来，"你多大了？"

"虚岁二十，肖鼠的。"

"啧啧，当真嫩笋呢，难怪赫连雪和叶苍都为你打起来了。"

"苍后误会了，那两个傻孩子，娇纵惯了。"范陪衣抬起眼，品出幽容唇角堆起的嫉妒与酸意，当即补充道，"现在好了，他两个审时度势，归佐苍王，总算走上正途了。"

"是呀，那两个是贱骨头。"幽容突然贴近范陪衣耳际，敛笑肃容道，"你呢，也甘心作践自己？"

"苍后这话可就不对了。"范陪衣昂起头，回敬幽容一个骄傲的眼神，气色淡定道，"国破家亡，一个弱女子，我又能去哪里？再说了，即便去了，也不一定有这锦衣玉食的日子。苍王不弃，是陪衣的荣幸，怎能算是作践呢？"

"呸，贱货！"一口浓痰从秀口啐出，幽容怒目青颜，本色大露。范陪衣侧脸躲过，冷笑道："苍后叫我来，原来不是喝茶的。"

"哼，苍都紫罗，乃先帝钦赐老娘专用——小贱货，你也配吗？"幽容怒目横视，冷冷道，"实话给你说了，刚才那茶里掺了宋门的'刻骨'，哈哈，只要饮下，半月内必将皮肉溃烂，噬虫刻骨，让你生不如死！"

范陪衣顿然愕住。江湖毒药，历来唐门垄断。近年来，宋门暗起西域，遍地昌隆。唐门之毒，一药一解；宋门之毒，却是只药无解；所以江湖传言，一沾宋门毒，即是灭绝时。

"哈哈哈哈……"幽容抿唇展颜，仿佛目睹天下最惬意之事，纵声大笑。那

笑声凌厉刺耳，笑着笑着渐无了声息，再一看，却是眼角里笑出泪来。

"哼哼，既然是要死的人了，就给你说说心里话吧。"幽容抹一把残泪，凄然道，"姓范的，你以为就你有点儿姿色吗？告诉你，老娘也曾年轻过，也曾妖娆过的！"

"想当年，我可是苍都一枝花，沈雄乍见我时，那个失魂掉魄的样，啧啧，当真都没法给你形容。可老娘是有骨气的，若不是先帝宣诏用金马雕车的大仪迎娶，喊，我才不稀罕进宫呢！那排场，那阵势，保你一辈子都没见过的，真个气派！

"进了宫，我自然母仪天下了，沈雄整日价围着我，立时六宫无颜色了。新婚宴尔，妙不可言，他宠着我，疼着我，啧啧，我们不分昼夜地忘情欢爱，那甜蜜，那刺激，保你一辈子都尝不到的，真个幸福！

"可后来，他腻烦了，把我冷落下来。哼，天下男人都是一般的喜新厌旧。可我幽容岂能轻辱？他不理我，我便找个年轻的，怀上菱儿。哈哈，老东西，至今他还蒙在鼓里呢！"

幽容毫不掩饰晦秘，自顾幽幽诉说，满脸尽显怡悦之色。这是她一生里最骄傲的青春与记忆，当此对手，岂不炫诉？

范陪衣伫立在碎光花影里，小裙曳地。这一场言语，全似充耳不闻，与她无关的。

幽容再也坚持不住，横指怒骂道："老娘虽与沈雄再无亲密，却也仍系名分夫妻。是你，风骚招摇，动他心志；是你，无耻插足，夺我幸福。哼哼，姓范的，你想荣继皇后，顺承子嗣，啊呸——做梦！告诉你，今儿个请你来，就休想回去！"

"对不起苍后，怕让你失望了。"范陪衣轻拂茶盏，微自笑道，"这茶，陪衣一口可都没有喝的。"

"呀，小贱货，居然诳我！"幽容厉叫一声，夺过茶盏，啪地摔碎在地，同时尖声喝道："磨蹭什么，给我杀！"

这一摔一喝，便是信号。登时，屏风暗处闪出一条人影，挽剑激雪，劈杀过来，范陪衣自没想到，闪躲虽快，但那剑法太凶猛，还是刺破锦服，击中肩头。

血，一滴一滴，蜿蜒而下。

疼，一缕一缕，爬上心口。

"赫连雪，你，你好……"范陪衣捂住伤口，怒视执剑男子，无法再言。

"闭嘴，"赫连雪冷笑着拭去剑上血渍，一瘸一拐走至范陪衣身旁道，"从昨夜你重返菊宫时，我们便义断情绝！"一如先前，他的眼神孤傲狂绝，言毕毫不犹豫继补一剑，范陪衣痛嚎落泪，肩头血流如注。

"呀哈，果然没看错你。"幽容神色飞扬，在赫连雪颊上叭地奖赏一口，夺过剑去，得意狞笑，"让我来！"

范陪衣黯然闭住眼睛。

幽容长剑拎手，迈着胜利的脚步走来，心旷神怡。不料，沉默待宰的女子突然飞脚踢落长剑，转身疾逃。

"哼，想跑，没门！"幽容一个眼色递去，赫连雪提足便追，生生把半截水袖扯裂下来。幽容急忙拾剑，抛给赫连雪，赫连雪冷笑接剑，就在挥剑时，撞见女子哀弱的眼神，心头忽然被什么牵扯了下，剑凝青空。

门倏然破开，叶苍风一样扑进，长刀挑飞迟疑之剑，怒瞪一眼赫连雪，怜爱地扶起女子，旋即出门。

"站住！"幽容闪身拦住，"你不陪着菱儿，胡跑来这里作甚？"

叶苍昂头不答，强行出门。

"好个贤婿，你要对抗岳母吗？"幽容贴身再拦，已然盛怒。

叶苍满面焦慌，她重伤于身，岂可再待？见幽容毫无放行之意，索性一掌扫开，扶范陪衣出门而去。

"呀，反了，反了！"幽容赤目咬牙站起，急催赫连雪擒敌，"快，快拦住他们！"

赫连雪垂头一叹："苍后，我……我打不过他！"

血溢出，染红半衫。

"姐姐，弟弟来迟了，让你受苦了！"叶苍剑目噙泪，像孩子般手忙脚乱，一边止血，一边自责，"都怪我，都怪我……"

范陪衣凝目刀伤，咬唇不语，郝连雪亲赐之刀，当真痛楚难言。

"赫连雪，我饶不了你！"血流汹涌，叶苍清澈的眸色瞬间发暗，敷药之手也怒烈打抖。

"算了，不关他的事，他被幽容蛊惑了。"范陪衣微叹一口，忽地逼近叶苍，正色道，"听着弟弟，她取我一臂，我要她一命！"

叶苍愕然抬头，她温婉素颜陡然青绿，令他不敢直视。沉默了一下，叶苍低头苦道："姐姐，我们离开菊宫不好吗？"

"孩子话。"范陪衣忽然起身，只手在暗橱里摸索良久，忽地拽件物什出来，道，"弟弟，你看，这是什么？"

一枚金玺，一袭黄袍，分明是帝王专享之物。叶苍睹物失语："姐姐，菊王……菊王……"

"是的，菊王……他还活着。"范陪衣眼色兴奋，附耳过来低语道，"实话告诉你，弟弟，菊王负伤在身，躲在菊宫里养着呢。他暗中命我将玺袍传你，要你扮成他模样，扰乱沈雄心神，重夺菊城！"

如惊雷撞怀，叶苍闻言失形。一场乱战，原以为吕澌早亡，此刻玺袍入眼，方知自己清浅。范陪衣不顾臂痛，只手递过吕澌所托，郑重道："弟弟，快接着，复城大计，全仗你了。"

没有期待的激动与喜悦，叶苍一如平静，甚至无端缄默了。范陪衣愕然急道："弟弟，你怎么了？"

叶苍抬头起来，凝视痴情多年的女子，一颗苦泪从眼里坠下。他执起她手，怜放于唇，轻轻浅吻。良久方道："姐姐，菊城已亡，我们何苦如此！走吧，去外面过那自由畅快的日子不好吗？"

"弟弟，想不到你变了。"范陪衣黯然甩手，失望爬上眉头。

"不是。"叶苍连连摇头，"赫连雪叛变，沈雄如虎添翼，弟弟一己之力，叫我如何扭转乾坤？姐姐，我累了，好累好累，当年委身进宫，实却追随姐姐，而今委身进宫，也是为救姐姐。我们走吧，出宫浪迹余生，就算耕田锄菊，只要能和姐姐在一起，多大的委屈，弟弟也咽得下……"

"闭嘴！"听不下去，范陪衣断喝截口，"弟弟，你是个男人呀！你就眼睁睁看着沈雄霸占菊宫、霸占姐姐、屠杀百姓、易国更主吗？不行，绝对不行！去，换上皇袍，先杀幽容，再杀沈雄！"

这一刻，范陪衣眼神坚决，口气强硬，一身温婉卸去，尽显昔日菊后干练风姿。叶苍埋下头去，沉默不言。

"高唐已死，你怕什么？"范陪衣瞪一眼叶苍，继续催促道，"如今沈雄手下无人，你大权在握，正是反戈良机。弟弟，听我的，先杀幽容，斩断赫连雪归顺决心，再杀沈雄，一举收复菊城。快去快去，速速动手，再莫迟疑！"

叶苍闻言搓手，犹自不语。

"弟弟，此乃菊王之命，你……你居然擅不执行！"范陪衣急火攻心，脸色迅速苍白下去，臂痛心痛交加一起，几欲站立不住。

叶苍口唇翕动，埋头更深。罢罢，强命难行，范陪衣只得又躬身下来，强笑劝道："弟弟听话，你若杀了幽容，姐姐便跟你出宫。"

"真的吗？"叶苍惊喜抬头，一脸认真盯住女子，"姐姐不要哄我，弟弟再也受骗不起了。"

范陪衣苦笑点头："真是孩子。幽容唆使赫连雪刺杀姐姐，你难道就不愿替姐姐讨个公道吗？"

"我去！"叶苍昂然起身，接过皇袍后又深情回头道，"姐姐，为你，弟弟甘愿舍命疯狂，但你，切不可再负弟弟！"语罢出门，一抹紫红自他眸中流转，妖异惊心。范陪衣见状心痛，那是归安酒药力呈现，恁她牵肠，却也难济。

年轻身影风一般离去，幽宫静默，唯余哀伤。范陪衣闭住眼睛，究竟要多少磨难，方可换回往昔时光，境况难测，不必想了，自己苦心，但愿君知。她微微嗅鼻，腐味自雕花床下浮散，赶紧寻来檀香，噙泪点上。这是她小小的心事与秘密，即便深情如叶苍，也概不知吧。

"美人，美人……"忽然，那雄壮的声音扰乱清宁，刚刚听得下人禀报，沈雄火速找来，乍见佳人受伤，大惊道："呀，何人行凶？"

范陪衣泪痕洗面道："是……是吕澌！"

"什么?!"沈雄面色大白，僵立宫廷。

"你为何放走她？"幽容冷冷盯着赫连雪，冷怒的目光如锋利之刀，欲要将他

片片分解。

赫连雪退后一步，默然不语。

"哼，我就知道，你放不下那贱货。"幽容前逼一步，不依不饶，"概不会也想救她出宫，和她白头到老吧？"

"笑话！"郝连雪偏傲昂头，冷笑道，"得了，我可不像你那贤婿——她不理我，哼哼，我还不稀罕她呢！"

"那你为何不拦住她？你说，你说呀！"幽容扑上来抓住赫连雪衣口，竖眉怒吼。

"放开！"赫连雪甩开纠缠，不耐烦道，"不是说了吗，我打不过那小子！"

"废物！"幽容横指连戳赫连雪脑门，还不解气，腾出梅花利甲，又往赫连雪脸上抓来。

"够了！"赫连雪岂肯受辱，推开泼女，愤然出门。

幽容颓坐于地，呜呜大哭。

也不知过了几时，门轻轻推开，一双金底黄靴踏尘走进，立于身侧，一声不吭。

"回来干什么？滚，没用的废物！"良机错失，幽容实难解气，以为赫连雪去而复返，心绪烦躁下满口恶语。

半晌静默，来人无息，幽容纳闷抬头，顿时惊了一跳。

原来猜错了，并不是赫连雪。来人骨骼清瘦，黄袍加身，分明是帝王装扮，再看，脸色僵暗，双眸里红云流动，有说不出的怪异，并无帝王气度！

"你是谁？"幽容惊愕站起。

"吕澌——"来人冰冷回应一声，猛然往袍里一抽，一柄短刀寒凉出手，疾刺幽容胸口。

"啊呀，杀人啦！"幽容尖嚎一避，短刀刺破左臂，登时鲜血淋漓。这臂本为昨夜沈雄划伤，来人歹毒，痛上加痛。幽容痛瘫坐地，无力反抗，满眼惊惧地望向来人，连声哀求道："别杀我。攻占菊城与我无干，我只是一个妇人呀。求求你，别杀我，你要什么我都答应！"

来人刀凝青空，这样的哀求平生仅见，似乎触动了他冰冷的心弦。

幽容借机爬向门口，竭力大呼："郝连雪，快来救我呀——"

来人猛然惊醒，跳将过去，补刀再刺。挥刀时，唇角冷抿，眸中红云大盛，似乎有什么一下子坚定了心志，狠狠将刀扎入幽容胸口，随即咬牙一绞，血迸溅四处，艳若桃花凋零。显然用力过猛，那人敷脸的人皮面具不慎掉落，露出那张清俊苍白的脸。幽容终于看清，一双眼圆圆地瞪着，讶愕气绝。

动静过大，宫外人声喧哗。要逃已然不及，叶苍迅速扯下皇袍，一想不妥，又咬牙回刺自己一刀，捂着血淋淋的伤口，破窗跳将出去，连声大呼道："快抓吕澌！快抓吕澌！"

七、惊魄

一盆紫菊，静静地摆在案头。

青菱汲来泉水，浅浅注入，紧蹙的细眉缓缓打开。都说这菊城惹眼，果真不假。这一株株叫不上名的菊花，真个抢人心魄呢。顾不得再赏，剪下叶儿，泡入药中，等他归来。

可叶苍，自洞房烛灭离去，便再也没回来。

一连几日，青菱悄悄依照药书调作，精心煎焙，要驱走那眸中妖异的嫣红。她知道，那是父亲的杰作，每征伐一地，那些屈活下来的将才，都要在尊严和生命之间做出抉择。但凡抛却尊严的，就要在归安酒里延续绮丽的生命了。可是，他是自己的夫婿呀，不求白头，也要半首吧。

再泡几时，这解药约莫好了。青菱静坐新榻，安心等候，但愿苍天莫负自己这枚小小心愿。

不料，丫鬟带来惊慌失措的消息，听禀的刹那，青菱脸色大白，一头栽倒过去。

沈雄立在幽容尸旁，面凝如铁，不发一言。

赫连雪惊瞪双眼，张开的口唇一直都合拢不下来。雍容高贵的苍后问号一样蜷缩在血泊里，胸口扎成烂洞，不忍卒睹。如此残忍的凶手，亦是平生仅见。

死一样的沉默里，空气压抑至爆炸。所有的目光都汇聚到叶苍身上，期待他

诉说真相。

范陪衣匆匆赶来，一碗参汤灌下，叶苍终于睁开伤痛的眼。

"呀，吕渐——"一掌打翻瓷碗，青花碎地的瞬间，叶苍猛然揪住范陪衣衣襟，嘶笑道："你是吕渐?"忽而摇头，松手又扑过去抓住赫连雪吼笑："哈哈，姓吕的，你往哪里跑?"

赫连雪一反平素狂暴，整个人木然不动，犹自为幽容伤神。

"哈哈，我抓住吕渐了！我抓住吕渐了！"叶苍索然松手，一边吼笑一边大跳起来，暗红的血自伤口溢出，洒出一地红花，终于嬉闹不下去，摇摇晃晃栽倒在地。

"他疯了，快传御医。"范陪衣急忙示意，两名士兵匆匆抬他退下。

沈雄沉默走来，弯腰拾起那一袭沾染血渍的吕渐皇袍，注目不语。

刺目的白幔遍挂菊宫，哀伤的丧调幽咽徘徊。

青菱一身缟素，跪在母亲枢前，涕泪纵横。以为菊城斑斓，却不料，竟是母亲的鲜血浇漓。几度昏厥，又几度醒来，没有人能体味她的伤心。

"是谁，下此毒手?"青菱陡然站起，一向温婉的呼吸里喷洒出愤恨的气息。

赫连雪盯着乌沉沉的春芽木棺材，发呆不语。这个男人，一瞬间狂暴卸去，展示着令人讶异的安稳。青菱拭泪催问："赫连将军，吕渐——人在哪里?"

赫连雪木然摇头，眼眸深处却有疑云闪动。青菱冷冷一笑："怎么，难道杀害母后的人不是吕渐?"

"呃……应该是的。"赫连雪吞吞吐吐，不知怎么，顿失往昔锋利。

"赫连将军，你怎么了?"沈雄自暗处闪身，手里依旧捧着那件沾血的皇袍。

"回苍王，属将……属将在为苍后伤心。"并不掩饰，郝连雪实话实说。

沈雄黯然一叹，招手唤道："你过来，看看这袍子是吕渐的吗?"

赫连雪应声而去，捧过皇袍仔细端详起来，就在目光掠过长袖的破口处时，剑眉忽然一拧，但又极快地舒展开来。许久，点头禀道："回苍王，是吕渐的无疑。"

"噢，这么说，吕渐当真活着?"沈雄如刀的目光凌厉扫来。

"呃……应该是的。"赫连雪转头避开，目光深远。

"怎么，赫连将军突然不痛快起来了？"沈雄疑惑近前，魁硕的身躯不容逼视，冷冷凝视赫连雪，"莫非，将军看出了什么？"

赫连雪偷偷瞧了青菱一眼，沉沉点头。

这皇袍，乃极品云锦缝制，九龙行云，豪贵坚韧，非凡铁钝剑所能刺穿。只听赫连雪低声道："苍后被害时手无寸铁，岂会刺破吕澌皇袍？这袍上断口，极像……极像断水刀所创！"

轻轻淡淡的一句，激荡满宫惊雷。

沈雄猛觉心口被重重一撞，咬牙怒道："好呀，他小子原来在装疯！"

范陪衣点燃檀香，驱散益发浓重的异味。凄婉的曲乐断续飘进耳来，并不消歇。也好，就让自己听听胜利者的亡音吧。

其实，并没有期想的喜悦，倒是焦灼爬上眉头。范陪衣款衣揽镜，一段唇抿了又抿，胭脂猩红欲滴，他竟还不前来。

也不知过了多久，秋风开门，带来熟悉不过的身姿和足音。

范陪衣激烈地迎上去："弟弟，你果真勇武。知道吗，你是姐姐心里的勇士。看来，没有人可以征服菊城，真的，没有！没有！哼哼，沈雄俘虏了我们，正是他的愚蠢。"

没有相同的回应，叶苍满脸疲惫，一手捂着自残的伤臂，犹自疼痛。

"弟弟，你真聪明。这样，他们必会料定是菊王出手，不再疑你了。"

"别说了。"叶苍嗅嗅鼻子，吞咽下弥漫在暖宫里的怪异气味，走过来，认真地望着女子，"姐姐，你看见赫连雪猜疑的眼神了吗？情势紧迫，我们快走！"

"不，这是第一步。"范陪衣黯然一笑，如雪容颜在烛火下阴明难测，双眸里闪出坚毅的光芒，"弟弟，听我的，再杀苍王，收复菊城！"

叶苍脸色陡白，呼吸浓重如喘："不是说好走的吗？你……你居然又变卦了！"

"好弟弟，听话，我们只差一步了。"她扑过来，紧紧拥住他，递上最缠绵的吻。自从她高嫁菊王，他就再也未能品味如此甜软的热唇。这样的奖赏，该是叶苍魂牵梦萦的吧？

"骗子！"叶苍一把推开她，眸中红光流动，"哈哈，你这个骗子！凭我一

刀之力，岂可与沈雄十万雄师相斗。你贪恋富贵直说，何必这样诓我？"

"你，你……"范陪衣浑身发抖，讶愕地望着叶苍，顿然语塞。

"怎么，被我说中了吗？"叶苍一反温柔，破喉大笑，直笑至泪花溅落，才道，"真不知你煞费心机，到底所图为何？难道杀了沈雄，菊城就可复得？也不想想，赫连雪能服？沈雄手下十万喽啰能服？哈哈，妇人之见，真过天真。这样，我去探探风声，你速速乔扮，我们即刻出宫！"

眼见身影决然而去，范陪衣不顾一切将他拦住："执刀持剑者，头颅可断，志气不屈。弟弟，难道我看错了你吗？"

"啊呀呀，让开！"叶苍烦躁不耐。

"不，听姐姐的，去杀沈雄，夺回菊城！"范陪衣满脸哀求。

"让我，快让开！"叶苍狂躁大吼。

"不，决不！我们只差一步了，听姐姐的，快去呀！"范陪衣死不松手。

忽然，一道寒光自叶苍腰间腾起，宛如激龙出渊，挟着刻骨寒凉滑了一道冷弧，范陪衣一声痛叫，无力松手。叶苍呼呼喘气，待眸中红云渐息，头也不回地走出门去，并不在乎倒地的女子。

兵影蹿动，宫中渐哗，叶苍隐于茂松下静观片时，便知情势恶变。一想途路沧桑，必得备些盘缠，遂扭身溜进寝宫，不料撞上青菱清澈的眼。

紫菊盛开，青菱枯站菊前，泪眼迷蒙。

叶苍不管，草草收拾了，急忙出门。

"站住！"不料青菱几步抢来挡在面前，冷声追问起来，"要走吗，去哪里？"

"我……我不是久留之人，公主保重。"叶苍口气生冷，却也实言相告。

青菱凄楚一笑，目不转睛地盯着叶苍，突然道："是你杀了高唐，对吗？"

叶苍浑身一凛，少女哀痛的眼睛不堪对视，慌忙低头避开。

"是你杀了母后，对吗？"青菱逼上前来，咬牙再问。

叶苍愕然摇头，强作镇定。却见青菱面色沉绿，浑身剧烈颤抖，两道液体自眶里决堤，继而放声痛哭。哭声惊耳，已有脚步循声踏来。

"别哭了。"叶苍心乱如麻，眸中红云腾起，手已摸刀。

"高唐被害，我违心救你，只因你成了我的夫君。可你，居然连我母后也不放过——她是最疼爱我的母亲呀——你还有没有人性？"青菱拭泪拔剑，愤然道："我不杀你，此恨何解？！"

"哼哼，不自量力的丫头！"叶苍冷睨一笑，青锋尚未出鞘，便被疯狂的刀光吞没。可怜纯真的少女，叫都没来得及叫一声，就哀弱倒地。那一蓬嫣红如桃花凋落，溅上瓣瓣紫菊，寂寞长红。

八、暗别离

如墨浓夜，已被盏盏火把耀明如昼。

一队队士兵围扑上来，僵持几招，便被一一撂倒。叶苍单刀狂舞，杀红了眼，无人抵挡得住。赫连雪已然被这疯狂所慑，悄悄转进房去，乍见青菱尸首，登时瞠目结舌。同样残忍的刀法，亦是不忍再睹，只这一眼，便捂胸呕吐起来。少顷侧目，窗前紫菊旁一盏淡茶袅袅，抓起来饮下，清凉在肺腑里涤荡，近日来纠缠于胸的灼烧神奇退却，倍觉神清气爽。

真是妙茶，虽有微苦，却也一滴不剩饮尽。

门外厮杀已息，叶苍赤目逃去，留一地死尸。他哪里知道，青菱煞费心血煎熬的解药，正被赫连雪无意消受。

赫连雪呢，其实他几次摸剑，却未出鞘相阻。是不敢，还是不忍，无人知晓。

叶苍未逃，重新返回菊宫。

宫内寂寂，不见范陪衣身影。刚才火急，刀挑她紧缠的手腕，定是伤心避见了。叶苍后悔不迭，连声疾唤："姐姐，你在哪里？快出来呀，弟弟错了。"

没有回应，只有异味袭鼻。

那怪异气息，带着腐烂味道，令人直呕。叶苍嗅嗅鼻子，循味而去，在雕花床侧圈圈盘绕。

"姐姐，你在哪里？快出来我们走呀！"胸口开始灼烧，叶苍强抑不适，焦声再唤。

依旧满宫清寂，异味却愈发浓重。低头瞧去，地上一线血痕，蜿蜒至雕花床头。几乎可以肯定，床内有异。叶苍轻轻抽刀，小心逼近，单掌擎住床板骤然一提，床板掀开的一瞬，整个人脸色煞白，愕然怔住。

便在同时，宫门破开，沈雄和赫连雪汹汹赶来。一瞧床内情形，也不由惊呆。

雕花古床，本为吕渐镇宫宝榻。波斯象牙嵌就，琉球金楠刨制，承载了王朝几代多少欢浓不消的永夜，又延继了帝室贵胄多少新鲜蓬勃的血脉。此刻粉身破开，又让人唏嘘吃惊——外构奢靡不说，原来内里也这般玄机。

范陪衣静静躺在床内，身侧，和她并肩而眠的，正是失踪多日的菊王吕渐。昔日峥嵘的王者，早已双眸塌陷，浑身冰凉，俨然成了一具腐尸。一如生前，两人勾手相卧，如若没有这般打扰，该是多么平静的相守。

"你疯了，和尸体同眠。快起来，我们走！"叶苍率先从这迷境中清醒，顾不得腐味呛鼻，伸手拽她起身，才发现她双腕浸血，痛不能动。

范陪衣屏息拧眉，全似目中无人一般冷峻。

沈雄恍然大悟，一直苦寻的宿敌，却原来被她藏匿在雕花床里，而那怪异的气味，竟是源于吕渐的腐尸。他好奇地走过去，凝目端详清楚，方才直起身来，冷睨着范陪衣振声而笑："呵呵，真是个有趣的女人，痴心的紧哪。"蓦地笑容一敛，目光化作烈焰，喷洒在叶苍身上，确信一干凶事，皆是他假扮吕渐所为，不禁咬牙喝道："赫连雪，还愣着做甚，速速擒敌。"

赫连雪眸色茫然，闻言分毫未动。

沈雄脸上青筋暴起，大怒道："怎么，你要抗命吗？"

情势紧迫，范陪衣蓦然坐起，急切地朝着叶苍和赫连雪发出最后的哀求："'报君黄金台上意，提携玉龙为君死。'——好弟弟，你们快快联手，杀掉沈雄，夺回菊城呀！"

赫连雪尚未回应，叶苍却嗤鼻冷笑："和他联手，哼哼，真是笑话！"收起讥诮的眼神，认真停落在范陪衣脸上，深情递上手去："姐姐，快出来，跟我走，他们休想拦下我们。"

"走？去哪里？"范陪衣侧目吕渐腐尸，泪便泫然，"王，看来陪衣真是太过天真了，他们再也不是当年那两个听话的孩子了。天灭菊城，陪衣无能，只有这样追随你去了。"

"你疯了！"叶苍闻言大急，不顾她双腕伤痛，强行拽她出来，"快出来，我们走，弟弟一刀之力，无人可挡。"

"放开我。你们有力不搏，还算什么男人？真是愧对菊王恩宠！"范陪衣冷冷甩手，"叶苍，你变了，变得自私狭隘，再不负当年的正直义气，你让我失望了。"然后转头，"赫连雪，你也好自为之。"

语罢，默默躺下，一袭暖衾拉过，重新覆盖于身。这一刻，她的目光沉静如秋水，没有一丝波澜，这些持刀执剑相逼的人，全似不在她眼里。也许，这样的结局不是曾经期想的，但能共枕同眠了去，也算不负君王吧。

"你起来，你答应过我的，你怎能食言？"叶苍气极，一把掀开暖衾，眸中红云翻滚。

"你走吧，姐姐只慕勇士，你不是。"范陪衣表情平静，却目光冷绝，说出的话，字字如刀般扎入叶苍心肺。

"那他是吗？他不过一具死尸！"叶苍暴怒伸手，指向吕澌腐尸。

"是的。沈雄大军入宫，他一己之力拼杀近百恶敌，直至力竭身亡。而你们呢，又做了些什么？"范陪衣幽然一叹，泪光重又闪烁，"知道吗？那时他拉住我的手，犹自泣血自责，说不能护我周全，是他毕生的遗憾……这一生，菊王深情待我，我岂可负他？"

"那我呢？我又算什么？"叶苍纵声咆哮，两道苦泪自彤彤红眸里滚落，分外妖异，"哈哈，我真傻，我真傻呀！"

"别说了，让我安静吧。"范陪衣倚在吕澌僵硬的身旁，疲倦地阖上眼去，再也不愿多看叶苍一眼。

"好！好！那我就成全你！"石破天惊的一刀，没有分毫迟疑，冷漠地砍下，柔弱的女子没有发出一丝悲声，而是唇角噙笑着而去。这是她最后的骨气，她要让他知道：死，不过是微笑着睡去。

叶苍浑身颤抖，呼呼喘气，眸色比鲜血还要艳红。追逐一生，却亲手扼杀了幻梦。他眦目欲裂，狠狠甩着刀上血痕，纵声嘶笑道："嬉逐青庐下，把手锄菊

花……姐姐，你真死了吗?!"

"畜生，你杀了她!"赫连雪大叫一声，突然拔剑。

"哈哈，怎么，手下败将，你也要送死吗?"叶苍双目喷火，已然癫狂，一式断水疯刀，劈头盖脸砍来。那成名绝技，狠霸无敌，挟着卷天杀气，似要把所有的恨怒尽数洒泄在赫连雪身上。赫连雪挺身迎上，怒剑在疯刀间清啸，霎时，两道身影激缠在一起，十年前兄弟相残的那幕终于重演。

沈雄轻蔑冷笑，悄悄出宫，反手关门。叶苍癫狂，出乎意料，赫连雪拔剑，也出乎意料。哼哼，两个没出息的东西，如此反复，皆是为了那个女人吧。沈雄面色不动，心中气恨，召令士兵持戟而戒，等待两败俱伤的结果。

"畜生，还笑我痴狂，想不到你也变成这般模样!"

"闭嘴!即使我这样了，赫连雪——你也非我敌手!"

"哼，这十年来我都败在你刀下，可这一战，你却必输。知道吗，因为你心已有魔!"

"哈哈，你倒又变得沉稳起来了，以前的激傲怎不见半分了。胆怯了是吧?"

激斗剧烈，即便不可目睹，听来亦为动魄。两人无须多言，只拼你死我活的结果。多少回合斗过，刀剑斩起的劲风已冲破窗棂，扇灭了几盏檐下的八角宫灯。霎时，空气越发压抑阴沉。就在刀来剑去的激烈里，终于一声痛呼，那分明是刀剑刺入肌肤的声音，接着又是一声，然后便是死一般的沉寂。

沈雄破门而入，叶苍和赫连雪双双倒地，鲜血浸润了彼此身躯，两人无息躺地，撒下一地红花，妖艳之极。只是那个女人，这么凄美凋零，未免遗憾了去。

"哈哈，一帮蠢物，算来斗去，这菊城还不是我的!"沈雄展眉大笑，胜利的红光布满得意脸庞。

蓦地，一柄长剑放在颈上，彻骨冰凉。

沈雄戛然止笑："你……还没死?"一众士兵扑进，迅速持戟合围，沈雄振声而笑，"怎么，想要杀我?"

"我喝了药酒，迟早一死。杀你，以为我不敢吗?"赫连雪摇晃着站起，目光惨烈而冰冷。那锋利的剑锋，只需一倾，便可冷却志得意满的血脉。

沈雄拥兵一宫，却也不敢妄动。经一番厮杀，知道赫连雪心性已乱，并非戏言，忙令士兵放下兵刃，不动声色试探道："赫连将军，你待怎样？"

"这就是你要的结果吗？你胜利了，霸占了菊城，万民归顺，天下一公。可这胜利，却是用你妻女的性命换来的。"赫连雪深叹一口，悠远目光再次停留在范陪衣身上，"我们从小情深，实不愿看她受你轻辱，委身想救她逃离，哪知她却至死坚持，原以为她贪慕富贵，却原来她有她的缘由。如今拼得尸横一地，还不枉然。看来，我一直是不懂她的。"

赫连雪忽然放下剑去，凄然冷笑："哼哼，此刻我若杀你，不过扣指之举。可杀了，不过又引起一场屠斗，菊城可安，百姓又可宁？你看，他们死了，嘴角噙着欢笑；我和你站在这里，眉头却一直紧绞。其实我们都是失败者，因为我们失却了欢乐。知道吗，欢乐，那才是人生极致。以前激傲，现在我才懂得，也许还不算晚吧！"

言毕，收剑入鞘，头也不回地出宫，那跛脚在幽深的宫墙里一高一低地踏着，说不尽的苍凉。

一众士兵焦急，拔剑提醒："大王，就这样放他走？"

沈雄拭去额角冷汗，独目搜寻一番，不语。目光触及，正是他钦赐的归安酒杯。杯酒已空，夜色骤沉，是否历经了这一幕悲酸沥血的暗夜便会迎接一个蓬朗朝气的清晨？我们左手拾起悲伤，右指挽住欢乐，这悲风之秋，只可承受，不可叙述。

花旗吟

五花旗，藏东西，伏魔头，冠江湖，金刀银枪堪双臂。

节孝女，闯孤堡，少堡主，似飘萍，江湖风雨觅真谛。

玉珈似蝶，玉人如梦，人鬼阴阳两殊途；

公子堪伤，此恨缠绵，梦耶幻耶泪是真！

一、黄沙漫天起惊澜

月夜。

水银样的月光铺洒下来，白掠掠地一片。

南不寻悠然地坐在阶亭里，看着南可海在月下习武。南夫人款款而来，"夫君，夜凉如水，添件衣裳吧！"南不寻望着妻子，温存立刻涌上心来。

突然，一声凄厉的叫声，刺破了祥和的静夜，从远处的阁楼传出。南不寻循声望去，八角阁楼里排排灯笼骤然亮起，别样映红。不好！南不寻心头大震，八角阁楼里藏着名冠江湖的五花旗，难道会有人盗旗不成？他急忙拔刀向阁楼冲去。

南可海见父亲如此惊慌，立马收刀停剑，跃上百级亭堂，挥起千斤哨棒，擂响了轰天大鼓。"孤灯堡"里顿时鼓声隆隆，灯火通明。听到击鼓传讯的声音，所有的家丁武将立即刀剑出鞘，关门闭窗，五步设营，十步摆阵，将八角阁楼层层围住。

阁楼里静寂无声。八名护楼使者躺在楼下的青石阶上，面目狰狞，死相惨恐。南不寻倒吸一口冷气，这八人均是孤灯堡里一等一的高手，凶手能在转眼间将他们杀死，看来绝非等闲之辈！看到八人尸体，南可海愤然抽刀，提步便要上楼擒凶。"且慢！"南不寻止住他道，"贼人匿身暗处，你孤身冒进，恐遭不测。"言毕，点出二十名护堡高手，分成两路冲上楼去。

八角阁楼里的灯一层层一盏盏地亮起，众人的心弦也一根根一丝丝地绷紧。这二十名护堡高手身形矫健、功力奇深，踏步在破旧的木板楼上竟然听不到一丝声响，只能从次第亮起的灯影里看见他们灵猫一般的身影。人们屏住呼吸，目不转睛地盯着阁楼，但却始终听不见一丝刀剑相击、拳脚互搏的声音，难道凶手已经逃走了吗？刷刷刷——二十条人影从阁楼顶端倏然落下，伏在地上齐声高呼："禀堡主，楼上无人。"

南不寻沉声问道："花旗可在？"

二十人齐刷刷地摇头，齐声回答："不在！"

这话真如平地里炸起一声惊雷，众人无不惊愕地叫出声来。

人在江湖中，皆知江湖事。天底下恐怕没有一人不知这名冠江湖的五花旗，就连那些敞襟的孩童都会拍手而歌："五花旗，藏东西，伏恶魔，冠江湖……"

三年前，南国异人侯义风独步中原，不知何故，凭着一招"黑手摧心掌"，血洗了五花会九州三十六堂。五花会主段白冰率弟子南不寻和车三保连夜追击，将恶魔侯义风阻截在黄河上游的风陵渡口。那一战，从清晨一直持续到深夜，侯义风终因寡不敌众，败在当世三大高手的手里。谁知段白冰并没有手刃魔头，血祭亡灵，而是将侯义风囚禁起来，然后又将囚禁侯义风的秘地绘在五花旗上，将旗一分为二，交给两位弟子——"大漠孤灯"南不寻和"金枪无敌"车三保护管。江湖群豪无不愕然，似乎一夜之间，这五花旗便成了天下万目汇聚的焦点。

此刻，南氏父子双眉紧蹙，心中大惑，究竟是何人要救这魔头重新现世呢？

正思索间，忽然狂风四起，滚滚黄沙漫天席卷而来，顷刻间天地浊为一色。大漠里的天气，就像怀春少女的心思，真让人琢磨不定。南不寻只得擂鼓收兵，遣散了众人。直到二更时分，那黄沙才慢慢退去，天空也逐渐恢复了原色。就在此时，一条黑影突然从八角阁楼里蹿出，一跃三纵，几下便奔至院墙下，就在黑影跨墙欲逃之际，"哈哈哈哈——"一声阴厉的长笑划破夜空，"小蟊贼，你也

太小觑我南不寻了!"

话音落下,万把火把骤然亮起,数千孤灯堡弟子天降一般将黑衣人团团围住,刹那间刀响剑动,喊声如雷。

借着火光,南可海见黑衣人双眸如星子般闪耀,举手走步间虽然洒脱,却有股女儿娇态。他心中纳闷,抡刀去挑黑衣人面纱,黑衣人拔剑一挡,当下刀剑交错,铿锵起声,两人便大战在一起。

月光,火光,明耀着大地;刀声,剑声,响彻着古堡。

两人从楼角战到了平地,又从平地战到了楼角。那黑衣人一剑,二剑,三四剑,五剑,六剑,七八剑,剑剑如虹雨,招招皆奇式;南可海左刀,右刀,上下刀,八面金光连环刀,刀刀精彩;一时间,两人刀来剑往,难分伯仲。突然,黑衣人银剑骤停,身形剧晃,像中了魔咒一般。南可海一眼便看出是他体内奇毒忽发所致,乘势一把扯下面纱,一张凄美的女人脸庞跃然映入眼帘。南可海浑身涌过一股激流,顿时痴然而伫。那黑衣女子慌乱之下一脚踏空,从八角阁楼上重重摔下。楼下众人骇出声来,料定她必死无疑。生死之际,南可海突然飞身跃起,将那黑衣女子揽在怀里,双双飘然落下。"拿下!"南不寻一声厉喝,黑衣女子便被押入死牢。南可海痴立在风中,似乎还在寻味那女子淡淡的发香,直到天色破晓才黯然回房。

第二日,孤灯堡里设下奠堂,垂起白丈,置了八口金漆柏棺,厚葬了八位护楼使者。

折腾了一夜,南可海直到日上三竿时才醒来。洗漱时,忽然想起昨夜那盗旗女子,便不由得向死牢走去。

死牢里面灯火幽幽,冰冷透骨。南可海沿着石阶级级走下,越往下,越发觉得阴森凄凉。拐了两辙弯道,前面忽然分出条岔路,该走哪一边呢?就在他思虑之时,左面岔道里传出了镣铐撞击的声响,南可海急忙循声而去,果见石阶尽处拓出丈余宽的平台,平台四侧悬着冰冷的铁索,铁索上赫然吊着一人,纤弱娇柔,黑衣黑发,正是那盗旗女子。女子对面凛然站着一人,南可海一眼便认出是父亲南不寻,他立刻屏住呼吸,连大气都不敢喘一口。

南不寻双目如电,冷冷逼视着黑衣女子,沉声问道:"你究竟是何人?为何要夜盗五花旗？"

黑衣女子面色幽怨道："天地间谁人不知五花旗下伏英雄，你又何必明知故问呢？"

南可海闻言大震，不由得瞪大了眼睛：江湖上还从来没有过一个人把恶贯满盈的大魔头称作是英雄！

听得此言，南不寻也不禁变了脸色，厉声喝道："你到底是大魔头的什么人？"

黑衣女子眼角滴出几行泪来："魔非魔，人非人，世道非世道；在这昏天之下，旷古绝今的大英雄居然成了万夫所指的大魔头，可悲啊！可悲啊！"说着竟呜咽涕哭起来，那哭声九曲回肠，震颤着铁索，震颤着死牢，也震颤着南可海的心。

南不寻却像是没有听到这哭声，漠然望着黑衣女子，一字一句道："大魔头侯义风和我五花会仇深似海，你的来历我早已猜出几分，我且问你，那本书呢？"

黑衣女子闻言，哭声戛停，怒目圆瞪："哼，姓段的老贼不是已经用千名弟子的性命换回去了吗？"

"住口。"南不寻怒喝一声，"你既不愿说，那么，就在这死牢里面孤灯伴白头吧！"说着衣袖一甩，跨上石阶。

南可海急忙起身，快步走出牢去。

二、雪海茫茫情长长

入夜，一场大雪纷纷扬扬地洒落下来，顷刻间便淹没了这五百里荒漠。

南不寻披装跃马，踏着风雪，悄然离开了孤灯堡。

南可海推开窗棂，鹅毛般的雪花随风舞进窗来，落在脸上，寒从心起；想那地牢里的黑衣女子此刻定是在铁索链上瑟瑟打抖。她是谁？为何她那美艳的脸庞上总是充满着感伤？为何那人人唾骂的大魔头竟是她心目中的英雄？

满腹的疑惑，使南可海踏雪走进死牢。死牢里冰寒刺骨；那黑衣女子紧闭双目，蜷缩在铁索上。南可海看到她雪青的脸色，不由骇了一跳；伸手探她额角，竟似铁一般冰冷；再探她手脉，却还慢慢跳动着。"姑娘，你快醒醒！"南可海摇索轻唤，然而久不见她应答，只有那铁索发出令人生厌的哐啷声。南可海不再犹豫，拔刀砍断索链，抱着她头也不回地冲出死牢。

房外大雪纷飞，房里炉火温旺。也不知过了几时，黑衣女子脸上才有了血色，手脉也更加均匀了。南可海唤她两声，黑衣女子闻声坐起，掀掉锦被，瞪着双目四下里张望着。许久，她那满是愕色的双眸才定定落在南可海脸上，四目相对时，两人心里莫名地荡起万丈波浪来，竟似冥冥当中早有感应般的，久挥不去。

南可海端过一钵驱寒参汤，慢慢递到她面前，黑衣女子迟疑一下，轻轻接住，啜一小口，眼角突然掉下一颗泪来，悲声道："公子如此盛情，教我如何担待呢？"

南可海道："姑娘言重了。这几日来，姑娘月夜盗旗的身影总是停留在我心头，今夜，能否让我卸下心头的这块疑石吗？"

江湖上人人闻魔色变，想到南可海不为流言所惑，两度舍身将她相救，黑衣女子心中温热，据实而道："不瞒公子，小女子姓侯名佳瑜，那五花旗下伏着的正是家父！"

南可海闻言大震，血液都似要沸腾起来，无论如何，他都没有料到这个乖觉可人的女子竟会是大魔头的女儿！

侯佳瑜见南可海惑然不解，就道："二十年前，家父本是夜郎国'五掌门'的大弟子。夜郎国地处西南边郊，国小兵弱，常受外敌侵扰。家父目睹国破民苦，毅然毛遂自荐，请兵抗寇。战场上，家父凭着黑手摧心掌横扫敌寇，血战一年，便击退强敌，凯旋而还，成了夜郎国人人闻名的'护国英雄'。

"三年前，家父舍身从虎口救下一名中原老者，带至家中，礼遇倍待。谁知他却心怀鬼胎，另有所图；他趁家父外巡之际，掳走我娘留下手迹，声言要家父用五掌门的《笑忘书》换回我娘。家父巡防归来，急忙赶赴中原。"

南可海闻此，心中一动，道："侯姑娘，可是我爹说的那本书吗？"

侯佳瑜点头道："《笑忘书》是五掌门百年武学精汇，书中集录着五种冠绝天下的掌法。家父所习的黑手摧心掌，就是其中最弱的一门。"

她顿了一下，又继续道："家父走后整整一年，始终没有半分消息，我再也等不下去，孤身来到中原，方知家父竟被伏身五花旗下。于是，我便疾奔'金枪驿'盗旗，谁料那车三保诡计多端，设局害我身中奇毒，只得溃然西逃到了贵堡……"说至伤心处，双目里热泪汩汩涌出，悲声抽噎起来。

南可海急道："侯姑娘，那中原老者究竟是何人？"

侯佳瑜满面愤色道："那老贼便是五花会主段白冰！"

南可海听罢，一掌将四角香桌击个粉碎，愤然道："姓段的如此卑劣，可惜爹爹和车师伯竟还被蒙在鼓里；侯姑娘，你且放心，我定要将那老贼老底揭穿，为令尊昭雪洗冤！"

话音未落，就听轰天大鼓闷声响起，两人心中同时一震，知道定是守牢的家丁发现侯佳瑜不见，擂鼓告警全堡。

"跟我来！"南可海急忙拉起侯佳瑜，踏雪奔到马厩前，拉出一骑红鬃烈马，两人跃马扬鞭，转眼就到了孤灯堡后堂门外的茫茫雪野。

南可海取下身上锦袍披在侯佳瑜身上，道："侯姑娘，你且先行一步，一月后，我们在风陵渡口相见，到时再作计议。"

侯佳瑜瞪圆了凤目，愕然道："南公子，我若走了，那你又将如何向令尊交代呢？"

南可海叹道："姑娘星夜盗旗，孝心救父，实在令我钦佩之至！江湖上冤冤相报何时方了，为什么上一辈之间的恩怨还要让下一辈人去承受呢？我相信家父定会深明大义，区辨是非的。姑娘无须再犹豫了，倘若你我角色倒换——那五花旗下伏着的是我家父，即使他再邪恶数倍，再杀戮千人，我也定会将他营救出来。"

侯佳瑜痴痴地望着南可海，眼眶里闪着晶亮的泪花，道："茫茫人海，公子与我在刀剑中相识；危难之时，却又得公子舍身相救；如今公子冒天下之大不韪，救我逃出贵堡，此等恩情，万死难谢，此等侠义，旷古绝今。可是公子是否想过，我走以后，所有的罪责唾骂都将由你一人承受，也许一夜过后，江湖上便又要多出一个万夫所指的'魔头'，真若如此，我侯佳瑜生有何欢，于心何忍？"

这声音抑扬顿挫，婉转含情，直敲击着南可海心弦。南可海递过马缰，铿然

道："天地之间自有正气浩荡，清者自清，浊者自浊；侯姑娘，请上路吧——"

说着长鞭一挥，那红鬃烈马仰天长嘶一声，迎着风雪急驰而去。

那马竟也似懂得人世间的生离别情，奔了几里，突然嘶叫着掉转过头来，怎么也不肯前行了。侯佳瑜回过头来，泪珠在风雪中点点滴落，哽咽着喊一声"珍重"，拨过马头，转眼便消失在雪海尽头。

南可海伫立在风雪中，望着雪地里空留的马蹄印痕，眼眶不由得湿了，一个人默默走回卧房，痴痴望着窗外，一夜无眠。

雪融的时候，孤灯堡外响起了马嘶声。

南不寻风尘仆仆地驾马而归。一进堡，就径直往死牢走去，进了死牢，不禁骇然失色，随即冲出牢门，擂响警鼓，将千名弟子召集一堂。

南不寻目光如刀，暴声喝问道："何人救走了小魔女？"

守牢的家丁从未见过南不寻发这等脾气，个个面如土色，骇得齐伏在地上。南不寻顺手抓起两人，抛物一般掷在断头台上，挥刀喝斩，那两人奋力挣脱，齐齐喊冤。在这紧急关头，人海中闪出一人，金刀一闪，便将两人从断头台上救下，众人一看，正是南可海。

南可海垂头正色道："爹爹，那女子是孩儿放走的！"

此言一出，惊愕声铺天响起，众人立刻骚乱一团。南不寻噔噔后退两步，双目爆出，像中了邪一般；随即，扑上去扯住南可海衣襟，怒声吼问道："你为什么要放走她？你说！"

南可海绝未料到父亲竟会如此失态，急忙道："那女子为救亲生父亲，万里大漠不惧远，八角高楼不畏险；爹爹，你可知道这当中另有隐情吗？"

"住口！"南不寻抖颤着双手，直指着南可海，怒道："畜生，你认魔为友，助纣为虐，竟还在大庭上信口雌黄，你给我滚，我没有你这样的儿子，你给我滚——"

说着，一掌怒击身侧通天石碑，石碑登时粉碎，空气里散满了呛鼻的粉尘气味。

南可海怔怔地望着父亲，就像是望着陌生人一样，不由得心如死灰，何须再多言？多言又何用？他缓步走过来，黯然跪下，噙泪叩了三下头，然后头也不回地出了孤灯堡。

南夫人悲声赶来。

南不寻厉喝一声，两道朱漆铜门倏然关闭。墙里呼声墙外音，南可海的眼泪头一次掉下地来。

风从耳边萧萧而过，漫卷着黄沙，一个人在空旷的荒漠里走着，走着。红日挂在苍天，哀凉满肠。

三、潼关城外刀枪舞

大漠已尽，芳草幽微，秦巴大地的潼关城里，一群挎兜孩童数十为群，在街市间追逐嬉戏，拍手作歌。歌曰：

五花旗，分两片，东西将军各一半；金环刀，银杆枪，拉出恶魔劈成段……

这边唱，那边和，其声如一，动听至极。

时值晌午，从西城门里走进一位白衫公子，垂眉闭目，一脸风尘之色。听到孩童们的歌声，停下步来，喟然长叹。众孩童见他痴痴发呆，嘻哈着围起来一起取笑，那公子并不气恼，抚着众儿的脑勺，领着他们向街市走去。

到了集市，见三五十人集在一侧墙下，齐仰头，共指手，哗然一片，似出了异事。那公子急忙挤进人群，定睛一看，原来却是一张告示红榜。

红榜上烫金楷字题文道：

孤灯堡金枪驿急告天下：大魔头侯义风惨戮江湖，血洗天下，累累恶行，罄竹难书，是为江湖之共敌。今恶魔余党，死心未泯，奔赴我两地潜伏盗旗，欲救魔头现世。盗贼乃一妖冶女子，悉称"南海小魔女"，偷云摘星，不可测底，实乃棘手之敌！我辈江湖中人，侠骨凛然，浩气凛然，当以众志成城，齐心协力，共铲奸，齐除魔，雄图江湖业，孰能任恶魔再度贻祸天下乎？……

那公子看过一半，扯下红榜，几下撕个粉碎丢在风中。众人脸色煞白，愕然指手齐骂："疯子，定是个疯子。"那公子全不理会，出了人群跨街而去。

正在此时，猛听急如雨豆般的马蹄踏地之声，渐远及近骤然传来。众人循声望去，风烟滚尘当中，一大队人马飞也似的驰面而来，街上百姓匆忙让道，哄然

散开。先前击手作歌的一孩童，失散了伙伴，立在街心哇哇直哭，那队人马全不理会，脱缰一般狂冲过来。在这千钧一发之际，白影一闪，先头马痛嘶一声掀翻倒地，马队收缰提镫息然停下。

——出手的正是那白衫公子。

顷刻间，马队一字排开，中间闪出一骑黑亮宝驹，银鞍铜镫，分外醒目；上面端坐一人，双耳招风，目似鸡豆，身挂赭红披风，腰系金杆长枪，满脸刁横之气。那人振臂一呼，众仆从立即将白衫公子团团围住。

白衫公子怀抱孩童，凛然立在长街当中，长发飞扬，目光冷峻，直逼视着马上为首之人。

这二人年纪相当，四目相对不发一言。许久，马上之人轻蔑冷哼一声，道："乡巴佬，姑且饶你一死。"只手一挥，率着大队人马进了"菊香客栈"。

那白衫公子并不避顾，放下孩童也要跨步进去，忽觉衣襟被人扯动一下，猛回头，身侧站着一人，衣着褴褛，面容槁枯，一手端只乞钵，一手挂根节杖，哑声道："公子，舍点吧！"

白衫公子取出一记银锭，轻放在钵中，转身再欲进楼，却不料衣襟又被扯了一下，骇然回头，那老丐已飘然离去，地下赫然留着一行字迹："南公子凛然行侠义，菊香楼何故寻闲气。"

白衫公子浑身一震，目视着老丐远逝的身影，却猜不出半分蹊跷，只好依言出城，往那风陵渡方向而去。这白衫公子正是孤灯堡少主人——南可海。

出了城，行了两三里地，南可海就觉得身后有些异样。扭头一看，果有三五人远远随着，时走时停，始终跟他保持着五十步距离。南可海心中大惑，想这一路之上并未结冤滋事，又怎会树此众敌呢？他索性席地而坐静候起来；那几人见他举止轻狂，根本没有把他们放入眼里，便狂怒着杀过来。

这时，远处卷起滚滚烟尘，响声震天，恰似有千军万马奔腾而来。那几人听得马蹄声，止了脚步，恭恭敬敬地立于一侧，候迎那队突至的人马。

南可海赶忙起身，但见百余烈骑浩浩荡荡奔赴而来，为首之人红袍飞扬，金枪护身。他心里不由咯噔一下，原来，来的正是潼关街头被他一掌拦下的那队人马。

　　马队刚至，那几人便齐刷刷跪在地下，齐声请安。那红袍公子沉目扫视一番，鼻腔轻哼一声，算是回应。那几人躬身站起，突然齐手指向南可海，齐声道："禀少主人，他便是撕榜之人。"

　　听得"撕榜"二字，南可海方知自己早就被盯梢了。定睛一看，这百余人手中均握着一杆冰冷的长枪，猛拍下脑门：江湖上除了金枪驿，还有哪派会使银杆长枪呢？不由心中一喜，想这红袍公子定是闻名江湖的"金枪少侠"车长笑了！

　　当下抱拳道："阁下可是车长笑车公子吗？"

　　车长笑满面木色，默不作答。南可海继续道："在下孤灯堡南可海，今日得见车公子，实乃幸甚之事……"语至一半，就听愕叫顿起，百余人圆瞪双目望着自己。那车长笑闻言，先是一怔，遂又勃然大怒道："南可海，你好大狗胆，身为五花会弟子，却在众目之下撕毁红榜，是何居心？"

　　南可海把手一扬，掷地有声道："车兄错怪我了……"

　　车长笑重哼一声，道："江湖传闻你被那魔女美色所惑，私自放逃，父子反目；如今你又撕毁红榜，公然和五花会作对，我看你定是中邪了！"说着，金枪一抖，策马冲杀过来。

　　车长笑一骑冲前，喽啰们也不甘落后，从四面蜂拥而上将南可海层层包围。南可海见车长笑这等偏执狂妄，听他言语，又更觉厌恶，抢刀狠劈过去。车长笑还未出手，众仆从早已长枪齐刺，南可海左扑右旋，却始终破不出重围。

　　车长笑端坐在马脊上，抿着嘴角，冷冷地等待着时机。恶战了半个时辰，南可海气血亏损，浑身酸软，车长笑忙从袖中摸出一粒寒镖，趁势向南可海后背狠狠袭去，南可海猝不及防，痛叫着回过头来，那车长笑在马背上笑得浑身乱颤。

　　这时，远道上突然飞冲来一人，扑入人群，魔掌狂舞。那掌法，魔异至极，居然一掌打翻一人。在众喽啰的哀叫声中，车长笑脸孔骤然扭形：这不正是那横扫天下的黑手摧心掌吗？这不正是他们苦寻的那个人吗？他跳下马来，吆喝众人活擒那人。那人魔掌劈开一条血路，直扑南可海而去，南可海骇然回头，发现他竟是潼关街头阻拦自己的那名破落老丐。那老丐架起南可海向烈马直奔，车长笑急忙打镖阻截，那老丐竟顺手接住，在马屁股上轻刺一下，烈马痛嘶一声，驮着南可海在驿道上飞一般狂奔。

南可海紧伏在马脊上，钻心的奇痛迫使他用手强压住伤口，殷红的血顺着指缝汩汩涌出，染红了白衫，滴落到地下。也不知走了几时，忽听见哗哗水流之声，那烈马突然停了下来，南可海纵觉身前绿影晃动，一股清香幽幽飘来。他苍白的脸颊上泛起一抹光色，用尽全部气力，惊喜道："侯……侯姑娘，真是你吗？"说罢，一头从马脊上斜栽下来。

四、空守风陵为谁伤

　　这一夜，星辰寥若，弯月掩在黑云丛中；渭水河畔的山梁上，独亮着一处灯火，在漆漆的黑夜里，分外耀目。

　　南可海躺在草席上，呢喃自语，似是在梦中；恍惚间，他似听到了水流的声音，闻到了幽微的脂香。他缓缓睁开双目，满眼一片赤红光芒，那光亮慢慢缩小，缩汇在屋角的松油灯焰上。就在同时，他听到有人脆声喊道："小姐，他醒了。"

　　南可海愕然坐起，看见屋角亭亭立着两个女子：前面的一袭翠绿丝裙，款款落地；后面的青衫素带，正是那喊话的丫鬟。

　　南可海心中激灵一下，方忆出这正是他在落马时遇到的两人。

　　绿衫女子见南可海醒来，掩不住满脸喜色，走过来，嗔怒道："死人，还以为你活不过来了呢！"说着竟冲他做了个鬼脸儿，扑哧地笑了，笑得那么调皮，那么灿烂。这似纯似邪的笑容，像是有魔力似的，竟使南可海的心跳得迷乱了规律。南可海急忙拜谢救命大恩，绿衫女子狡黠地眨了下眼皮儿，叹气道："公子真若有心，便做我一世奴仆吧！"南可海拜地谢恩，绿衫女子轻扶一把，嗔怒道："你怎么当真了呢！"语声幽婉，尽是关切之意。那青衫丫鬟品出端倪，窃笑一下，絮叨起来："木头人，我家小姐都侍奉你七日七夜了！"

　　南可海愕然抬头，四目对视在一起，绿衫女子粉颊上倏地飞上两片红霞，垂下头去，反复拨弄着纤纤手指，妩媚顿生。

　　南可海急道："姑娘，今日可是四月初八吗？"

　　绿衫女子轻摇一下头，道："已过三日了。"

南可海脑中嗡的一下，想起与侯佳瑜约定之期已过，自己竟还身落此处，人事两不知；男儿丈夫言出必行，岂能让她孤身一人空守在风陵渡口暗自伤怀呢！心念至此，哪顾得伤痛，霍然起身出门。

绿衫女子横身一挡，怒道："你怎的这般没有心肺！"

南可海脸上一窘，忙道："姑娘大恩没齿难忘，只是如今重事在身，实难仆侍左右，等我了断一切，定来拜谢姑娘恩德。"

绿衫女子见他神色焦躁，默身退至一旁，抿了抿嘴唇儿，不语了。

南可海牵马起程，忽然想起还不知那女子名姓，忙勒马回头，朗声相问道："还不知恩公芳名呢？"

绿衫女子双目里添了一抹忧色，竟迟迟不语，南可海哪能再等，马鞭疾舞滚尘而去，身后忽传来那女子清婉的语声："咳！我叫小蜻蜓！"

"哦，小蜻蜓！"南可海默念着这个名字，隐在夜幕里。

驾马狂奔了两日，直到第三日近午才赶到风陵渡口。

滔滔黄河在这里拐了一道弯，怒啸着奔泻而下。南可海勒马伫立在黄河岸头，举目四望，两岸烟雨迷蒙，寻不见一个人影。他牵着马，一步一步沿着河岸呼着"侯佳瑜"的名字，从东头寻到西头，又从西头觅到东头，往来数遍，直至累脱了方才停下步来，听惊涛拍岸，观两岸景致，饮河水，充干粮，直到暮色沉沉。

夜里卧看满天繁星，不禁想起三年前在这风陵渡口的绝世一战。那一战，五花会一分为二，段白冰迷失去向，更可怜侯义风夫妇，背负恶名委屈含冤，至今仍生死难料。堂堂男儿，七尺丈夫，路不平拔刀相助，事不正侠义相扶。想到这些，南可海就热血翻涌，久难入眠。

一连苦等了三日，仍不见侯佳瑜身影。南可海心道："若要来怕早便来了，定是自己误了日期，让她苦等一番，黯然离去了。"遂驾马沿河离去。

这日暮色时分，南可海牵马住进一家客栈。

夜半时分，外面忽然传来车铃响声，由远渐近，清脆悦耳。南可海推开窗棂循声望去，驿道上灯火点点，十几人护着一辆金漆马车急匆匆向客栈走来。

这些人满面沉色，衣装齐整，手中均提着一盏孤灯堡的青铜古灯。他们到客栈门口停了下来，一人从马车里抱下两条五尺布袋，双手提起分夹在腋下快步上楼，片刻后又徒手下来，众人围作一圈低语一番，另一人突然跳上马车，在车头挂上一盏青铜古灯，重掩好帷帘，隐在里面；其余人并不上楼，四下散开，隐在夜幕里。

这十几人身手利落，行事诡异，此番折腾竟未发出一丝声响。南可海见是孤灯堡弟子，心中奇疑百味，摸黑走出房门，不料脚下一绊险些摔倒。他忙俯身探那绊物，却觉温热绵软，似在蠕动，急忙再探，不由一声惊呼，原来手掌竟触到了一张冰冷的脸孔。

就在此时，远道上响起马蹄声，声音越来越急，越来越响，不几时便到了楼下，随着一声马嘶，只听一人急声唤道："侯姑娘，车里可是你吗？"

南可海闻言大惊，急忙掌灯观看，就见脚下赫然横着两条布袋：一袋捆扎严实，另一袋撕开一道裂口，露出一张女子脸孔，南可海细细一看，竟是在渭水河畔救过性命的青衫丫鬟。那丫鬟双目噙泪，悲声道："公子，快救我家小姐罢！"南可海急忙拆开另一口袋，里面蜷着一人，手脚俱缚，面色雪白，正是那名唤"小蜻蜓"的女子。

南可海抱起小蜻蜓，带着青衫丫鬟急忙向楼外走去。到了楼下，见那十几人竟以铜灯为器围攻着一人；那人粗衣破衫，幽蓝的青铜灯光耀出他疲惫的面容，南可海骇然大惊：这不正是潼关城外援救自己的破落老丐吗？

青衫丫鬟见南可海痴然发怔，急催一声。那老丐听见女子呼声，转身见南可海威坐在马辕上，神色大喜道："南公子，快带侯姑娘离开此处。"

南可海闻言一震，马车里明明是小蜻蜓和青衫丫鬟，又怎会是侯佳瑜呢？

那十几名孤灯堡弟子眼看劫来的两名女子将要逃去，竟置若罔闻，疾舞着铜灯，浑使出绝招，倒让人觉得擒住那老丐才是他们真正的目的！

南可海听老丐话语，已知他和侯佳瑜必有关联，那么，他究竟是谁呢？为什么他也会使那冠绝天下的黑手摧心掌呢？南可海忽然记起一个人来，一个常听父亲提起的人——侯义风的同门师弟柳尚品。父亲不是常说，只有擒住了他，妖魔才算除尽了吗？此刻，这十几人以侯佳瑜为饵设下圈套，不正是在实现父亲的心愿吗？南可海惘然不知何如，只是这么痴痴而想。那老丐见他迟迟不走，扑过来，喝一声行马令，马车滚尘驰去，他却又被包围其中。

五、金枪驿里奇相逢

夜色茫茫，马车缓缓而行，颠簸了一夜，方赶到一处大镇。南可海依着青衫丫鬟指引的方向，忙又驾车往东面而行，穿过一片密林，前方忽然亮起灯火，色彩斑斓，直迷人眼目。

小蜻蜓一路说着迷话，脸孔上没有一丝血色，青衫丫鬟急得出了哭声，抬头看见前方的灯火，泣喜道："小姐，你再挺一会儿，就要到家了。"

说话间，马车已驶上一条青石大道，踢踏出清脆的响声。大道的尽头赫然现出一落宅院，朱红豪门，花岗铺阶，丈余高的石墙望一眼就令人生寒。串串灯笼发辫一般披落下来，明耀着墙廓；已至黎明天色，四周升腾起缕缕晨雾，漫在院落里，青石生苔，琉璃披霜，恰似入了仙境。

马车一停，青衫丫鬟就跳出车厢连声急唤。听到这唤声，朱红铜门次第打开，风风火火涌出几十人来，挑灯探道牵马拉车，将三人接进院去。

南可海抱着小蜻蜓绕过百米亭台，方到一处厢房，众人齐叫"到了"，忽然房门打开，从里面悲声迎出一位华贵夫人，扑到小蜻蜓身前，眼泪潸潸掉下。早有五六名郎中候在房外，见小蜻蜓入房，围过去把脉诊断，好在伤未入骨，众人方长吁了口气。

一切安置停当，那夫人唤奴将南可海带到一处卧房歇息，房里红毯锦帐，奢华至极。南可海心疑道：莫不是到了金枪驿？见那家奴点头称是，南可海顿时怔住。

这二十年来，五花会三十六堂遍布九州，尤以金枪驿和孤灯堡势力最为庞大。车三保和南不寻虽然缘为师兄弟，但两家如同陌人，互不往来，南可海也只是从传闻中听到些金枪驿的消息，此刻身临其境，不禁感慨难言。

天明时分，驿道上马蹄雷动，滚尘飞扬。晨起的家仆看见一大队人马奔腾而来，亮嗓呼道："老爷回来喽——"呼声传至院中，又传至堂中，眨眼工夫，八百见方的庭院里涌满了千余人，夹道候迎奔来的人马。

南可海被这嘈杂搅醒，夹在人群当中翘首企足，目不转睛地盯着门口。

朱红铜门里缓缓走进来一队人马。为首之人身披七尺红丝袍，手握银杆长矛枪，年约五旬，骨骼不凡；两道剑眉下双目炯炯闪亮，叫人肃然生敬。紧随着走进一名红袍公子，臂膀包缚，似受了重伤，身体的疼痛驱走了脸上的刁横之气——正是潼关城外突施暗手的车长笑。紧接着又驶进一辆囚车。车内一人气色苍白，满身血渍，由二十余人押着慢慢走进。在千余金枪驿弟子炸锅般的议论声中，南可海更是浑身一震：那车里囚着的竟然是那名老丐！

先前进来的红袍老者正是名满江湖的"金枪无敌"车三保。昨夜探马飞报来日夜打探"小魔女"下落的老丐的消息，车三保亲率弟子连夜出击，血战一场大胜而归，虽然奔波劳累，又伤了儿郎，心中却在暗喜。

此时见人马齐聚，他把金枪噌的往地下一戳，声如洪钟般道："妖魔不除，江湖上永无宁日，传话出去，十日后金枪驿设坛斩魔，告祭亡魂。"千余弟子齐刷刷地躬身领命，共道一声"是"字，震耳的声音汇聚起来，响彻在云空上面，久久传响。

这夜，南可海月下徘徊，忽见车长笑穿过后园，绕过密林，鬼鬼祟祟进了一落阁楼，他急忙尾随上去，捅破窗纸向房内窥去。

房里，车长笑秉烛拉开一道云母屏风，墙上赫然露出一道密门，他拉开密门，冷声问道："我走了这几日，你可曾定了主意？"

密室里久久没有回音。车长笑干笑一声，自叹道："女人真是个好东西啊！想不到我车长笑狂傲不羁，竟然被你所倾倒，也难怪那南可海肯为你背叛师门，置世人唾骂而不顾了！"

密室里一个女声凄婉答道："你别做美梦了，我侯佳瑜宁可咬舌自尽，也决不会让你得逞！"

南可海闻言，如当头挨了一重棒，惊愕地险些叫出声来。

车长笑鼻腔冷哼一声，怒道："你也别太过清高了，真若激恼了我……哼哼，只要把你交给我爹，玉脸刺青，酥胸烙印，可够你消受的了！"说着，闪身过去在侯佳瑜颊上轻吻一口，笑道："我喜欢上的女人，还从来未曾失手过。今有伤不便，三日后定和你圆房，想想能跟大魔头的女儿一夜风流，真可不枉此生，哈哈哈……"

车长笑在狂喜中掩门离去，等他不见了踪影，南可海才闪身进去。

烛光亮起，两人对目相视，百感涌心。

南可海看着侯佳瑜憔悴的面容，凌乱的长发，心如刀剑齐刺般疼痛，愤然拔刀砍断缚她手脚的索链。侯佳瑜一头扑进南可海怀中，晶亮的泪珠颗颗掉下，打湿了衣襟。南可海心中愧疚，忙把受伤误约之事细述一遍，又问她落此缘由。侯佳瑜水目里带着哀伤道："风陵渡口我空守三日也寻不见你身影，只好顺路前行，岂料奇毒复发昏在途中，醒来后便被车长笑囚在此处，威逼利诱欲污清白。佳瑜想起蒙冤之父，公子恩情，方才苟活至今日……"

语声未尽，突然脸色发青，浑身剧颤。南可海骇然大惊，是那间歇而发的奇毒，将她紧紧揽住，探她脉象时跳时息，异常大乱，急忙取出一粒救心丹药帮她服下，然后运功调息，岂料功力所至，竟无半分效应。南可海更加惊骇：已知奇毒蔓延，植入骨体了。

侯佳瑜呢喃道："公子别费心力了，只有用《笑忘书》才能从车三保手中换回解药……"

南可海闻言猛惊，又怎料到车三保也在苦觅此书！他苦叹一口，背起侯佳瑜往驿外直走。许是心情沉闷，他脚步错乱，不慎带出了声响，响声虽微，却也逃不过巡捕的耳朵。

此刻，车三保正对月寄怀，听到巡捕的呼叫，抓起金枪飞身赶来。

月光下，侯佳瑜长发垂落下来，散在南可海肩头，南可海反手掠着她的长发；两人款款情深；竟无视场外的千余人。

车氏父子见二人乍然现身在金枪驿里，同时吃了一惊。那车长笑双目喷火，怒抖金枪欲要出手，车三保斥止住他，疑道："你就是南可海吧？"

还不等南可海回话，千余名金枪驿弟子便趔身侧目，指手齐骂起来："杀了这个叛徒！五花会决不留这样的败类！"更有激愤者，将金枪戳击地面，发出节奏强烈的咚咚声响，响声连动起来，回荡在夜空里，夹着绵而不绝的辱骂声，直刺人耳鼓。

南可海环顾全场，见个个横眉怒目，显出置死地而后快的神情；唯有车蜻蜓

满面愁容，双目忧伤，一副提心吊胆的样子。心叹：若再不将这背后的隐情和盘托出，真怕再无辨清之日了！

当下向车三保大施一礼，一字一句将隐匿实情全盘说出。顿时，议论之声响彻云霄：有人叹息，有人猜忌，也有人木然。月光洒下来，明耀出各种面目。

车三保闷笑两下，沉声道："你这孩子，先救魔女脱逃，而今又妖言惑众，到底是何居心？"

南可海虎目圆睁："师伯，是非曲直不辨已明，你怎还这般迷惑呢？"

"住口！"车三保怒喝道："我五花会近千名弟子横尸'摧心掌'下，你难道已忘了这刻骨的仇恨吗？"

"没有！绝没有！可晚辈实难相信，纵使那掌法绝顶厉害，但凭一人之力又岂能劈杀近千人？"

车三保脸上的肌肉抽动两下，改口道："你不经世事，这也难怪。留下这魔女，快快离去吧！"

"不，决不！"南可海正色道，"晚辈从救她脱逃之时便心心相系；如今她奇毒复发，身陷囹圄，我又怎能弃她而去呢？"说着，突地跪至地下，"师伯之言实难命从，恳请师伯发施善心，赐药解毒！"

车三保勃然大怒道："混账东西，你竟这般不识好歹，给我拿下！"

车长笑早就急不可待，率百名弟子片刻就将两人擒住。

车三保怒目望一眼两人，冷声道："押入石牢，同柳尚品一同开斩。"

车蜻蜓惊叫一声，扑到车三保怀里，摇着衣襟急叫道："爹爹，南公子正是孩儿救命恩人，若杀了他，叫孩儿何颜立身世间呢？"

车三保大手一挥："罢了，罢了，押下去吧，我自有主张。"

众弟子听得，忙依言而行。

车蜻蜓望着南可海远去的身影，怅然垂泪。

六、牢中脱救奇书现

牢门一道道地打开，十几名狱卒押着二人鱼贯而进。火把耀亮四壁，阴森森的石牢里一道铁笼倚墙而立，里面囚着的正是那老丐。南可海定目望去，老丐衣襟裂如柳丝，身上血痕绽出，脸颊刺青，胸烙二寸火印，其状惨烈，看一眼便让人揪心。

这老丐正是那侯义风的同门师弟柳尚品。那日在潼关街头见南可海愤然撕榜，他便暗自相随，岂料与车长笑一战后便断失音信，恰又江湖传闻侯佳瑜被人用金漆马车劫走，他急忙追寻，却中了孤灯堡的埋伏，待两败俱伤时，车三保父子突然出现，将他擒住。

这几日来，车三保每日必到，皮鞭铁箸，用尽酷刑，逼他说出《笑忘书》的下落，已将他折磨得不成人样。此刻听到响动，他努力睁开眼睛，看到侯佳瑜受了重伤，拍着铁笼急问道："南公子，侯丫头所受何伤？你们又怎会被擒住呢？"

南可海便将前后经历细述一遍。柳尚品听罢，双目忧伤，面色黯淡。一部载功的武书，哪曾想竟会招来如此祸患。想到段白冰去向不明，五花旗分藏两地；想到孤灯堡和金枪驿明争暗夺；想到此刻自身处境，柳尚品不禁哑声悲叹起来。

这时，侯佳瑜轻嘤一声，醒过神来。听到柳尚品叹声，扑过去叫声"师叔"，便咽断言语。转头又见南可海也被拖累进来，汩汩热泪无声落下。

这是内心深处流淌出来的感激的泪水，她并不是个爱哭的女子，然而每想及南可海为她所担承的苦辱来，除了无尽的晶莹泪水，已再无别物能表达她的情感了！

在这牢中不知过了几日几夜，也不知到了何时何刻。突然，石牢顶端发出声响，一束亮光直射下来，映亮了四壁。众人骇然抬头，头顶上赫然露出一道二尺见方的洞孔，顺着洞孔窸窸窣窣垂下一条绳索，一名黑衣人附着绳索流星般滑落下来。

那黑衣人径直走到南可海身前，打开铁栅拉着他直往绳索走去，南可海急忙央求道："请侠士将我们一道救了吧！"

黑衣人怒道："不走便罢了！"说着便攀绳欲上。

众人听得是女子之声，心中奇疑。南可海大叫一声："小蜻蜓，是你吗？"

黑衣人沉思片刻，转身轻轻解下面罩——果然是车蜻蜓！

车蜻蜓瞪一眼南可海道："人家冒死来救你，你却心中老装着别人！"见南

可海默无一言，又叹道："哎！我也不是没有心肺的人，想及我与她同般年岁，我时守家父，尽享宠爱；她却为救她爹受尽磨难，飘零凄苦。"一面说，一面取出几粒丹药，走至侯佳瑜面前，轻唤道："姐姐，这铁笼钥匙我实难盗得。喏，这些丹药，给你治伤的。"侯佳瑜心头温热，慢慢接过，正欲答谢，车蜻蜓已返身攀绳而上。

南可海望着铁笼上锃锃发亮的铜锁，慢慢拔出刀来，猛听头顶上车蜻蜓急叱一声："你疯了，想叫狱仆听见不成？"

南可海无奈收刀，想及这一别生死难料，不禁心中酸痛，掉下泪来。就在他攀绳之时，柳尚品突然叫住他道："南少侠，老夫有要事相托。"南可海拭泪道："前辈尽管吩咐。"柳尚品道："少侠出去后，务必到驿外密林的枯井里取出一物。"说着，竟然跪至地下，"此物是救出师兄一家的唯一希望，务必请少侠援手。"

柳尚品语气恳切，虎目蕴泪，将唯一希望系在这重托之上。南可海扶他一把，惑然中欲问详情，头顶上车蜻蜓不停催促，只好噙泪攀出牢去。

两人换装往驿外疾奔。刚过水榭，忽然闪出一名低头老仆，那老仆影子一般随着二人，不离半步。车蜻蜓停步正欲怒斥，那老仆抢先道："小姐行色匆匆，定是大事缠身，老奴亲送小姐出驿便是！"

这苍哑的声音竟这等耳熟！南可海心中几度思量，却又不敢抬头看一眼。

三人安身出驿，到了青石路上方停住脚步。突然，那老仆挺身抬头，飞身将车蜻蜓扼住，冷声狂笑起来。南可海定睛一看，不由得大惊失色，哪料这老仆竟是父亲南不寻所扮。

南不寻怒目瞪着南可海，冷声道："畜生，你好自为之！"骂罢，挟着车蜻蜓飞身隐在夜幕里。

南可海循踪狂追到驿外密林，因林木遮眼，才断去眼线。忧叹之时，猛然记起柳尚品重托，便急忙寻那枯井，苦觅一夜总算找到。进去翻寻，果然发现一件包裹，层层打开，却是一本泛黄书籍，上面赫然三字：笑，忘，书。

南可海浑身一震，慢慢翻开扉页，见行头小篆题着："五掌门绝学"几字，其后楷文补记：此书集冠绝天下之五种掌法，曰开天辟地掌、大力无敌掌、黑手摧心掌、无情掌、烈火掌。然后便是各种掌法的招式图解和文字注解。

南可海手捧奇书，心中波涛翻滚，才知当年侯义风空手而来，难怪段白冰将他伏身五花旗下并不处死。可这书，如今又怎会落在柳尚品手里呢？想到囚在牢中的侯佳瑜，想到被父亲掠走的车蜻蜓，南可海就心乱如麻，赶忙将书合上，向金枪驿奔去。

七、花旗相接遥如梦

车三保设坛斩魔的消息一经传出，江湖上便轩然起波。人们纷纷称赞，说车三保英武果断，不似段白冰那般没有血性，果真是侠中之侠矣！

这日正是那十日到期之日。金枪驿里八百见方的校场上外设木栅，内搭两层石坛；坛上两口油锅森森腾烟，八名彪形刀手排列两班，车三保负手站在石坛中央，一声令喝，便将柳尚品和侯佳瑜押上石坛，悬吊在油锅上面。两人倍受折磨后腹中酸空，此时被这油烟烈熏，不禁齐齐呕吐起来。

车三保默不言语。当年他一杆金枪挑遍天下无敌手，谁知在风陵渡口竟接不住侯义风的二十招黑手摧心掌，从那以后他便苦觅这天下第一神功。抓住柳尚品后，本以为大功告成，不料严刑十日后，仍落了一场空欢。此刻，他冷冷逼视着柳尚品，逼视着这个继侯义风之后五掌门的唯一传人，大手狠狠一挥，得令的弟子便运放绳索，将柳尚品往油锅里投来。侯佳瑜连声急叫，惊骇中闭住了双目。车三保抿嘴冷笑，他就不信，烈油煎身的时候柳尚品仍不说出《笑忘书》的下落。

就在此时，天空中猛然传来"住手"的厉喝声。车三保循声望去，就见南可海自驿墙上追风而下，大踏步向石坛走来，手里居然拿着那本令他日思夜想的《笑忘书》。车三保浑身大震，瞪着眼睛疑问道："你怎样逃出牢去的？奇书又怎么会落到你的手里？"

南可海怒目直瞪着车三保，他总算看清楚，这个曾令他钦敬的师伯，原来真是个虚挑伐魔幌旗的伪君子。南可海将书一扬，怒声道："放了他们二人，交出五花旗，这书便归你。你若使半点诡计，我宁愿书毁人亡！"

　　车三保顿时双目闪亮，满脸惊喜道："奇学难求，我又怎会自毁其果呢！"说着将手探入囊中，摸出一条金黄丝绦，轻轻一抖，一面耀目大旗赫然呈展，道："你爹所持的半面旗上绘得是囚禁侯义风的秘地所在，我若估得不错，定是那丝绸路上的凉州城；而我这半面上却是那秘地里面的布局。"说着双掌相击传令，将柳尚品和侯佳瑜放下；然后将手一扬，花旗呼啸着飞落至南可海手里。南可海凝目细看，三角旗面上五朵连株金花熠熠闪光，果真是名冠江湖的五花旗。

　　柳尚品和侯佳瑜见南可海援手回救，感动的热泪成串落下。南可海止住二人，急道："前辈，难道真要把奇书交于他吗？"柳尚品苦叹一口，无奈地点点头。落到此等境地，只得听天由命了。车三保仰天大笑道："柳大侠果真识得时务，很好很好，我现在就放你们离去。"南可海将那半面花旗交于柳尚品，急道："你们识旗救人万勿延搁，这里由我了断。"紧迫关头容不得推让，两人只得噙泪往驿外疾奔。

　　车三保疾步走来，一掌将南可海击出丈余，怒道："不知好歹的东西！"信手翻书，纵声狂笑。蓦地，敛住笑容，大手一挥道："一个都别想走掉。"

　　话音落下，四面喊声如雷，涌出千余人来。南可海挥刀奋力劈挡，掩护柳尚品和侯佳瑜脱逃。正喧哗之际，车长笑惊慌大叫而来。车三保沉声问道："何事如此慌张？"车长笑喘几口粗气，将手指向驿外，急道："禀爹爹，南不寻挟着妹妹在驿外求见。"车三保闻言大惊，急叫道："快，快擒住南可海。"众弟子听令，纷纷向南可海涌去。柳尚品和侯佳瑜趁机攀上驿墙，洒泪离去。

　　金枪驿外，密密麻麻的孤灯堡弟子排满了百级石阶，直延续到青石路上。南不寻见车三保匆匆赶来，揖手笑道："师兄，阔别三载，别来无恙？"车三保冷哼一声，道："废话少说，你究竟想要怎样？"南不寻冷笑着将车蜻蜓擒出，压于掌下道："交出奇书换回你的爱女，要不然可别怪我心狠手辣！"车三保大手一挥，十余名弟子便将南可海押出驿门。车三保哧哧冷笑道："令郎不请自来，我也正发愁如何将他交管于你呢！"南不寻怒哼一声："你休用他来胁迫我，从这孽障将那魔女放逃之时起，我们父子便恩断情绝了。"

　　两人双目对视在一起，似乎都想要看破对方的心机。五花旗背后的隐情，三年前他们早已心知肚明，花旗分二，列藏东西，只不过是他们为得到《笑忘书》

巧设的陷阱而已。

南可海看着他们木刻样的冷脸，听这字字句句，真如芒刺扎胸，滴血般疼痛。他又怎能想到，为了这部奇书，父亲和车三保早就貌合神离，明争暗斗了！

车蜻蜓眼中全是无助和隐痛。这个祥和美丽的世界突然如此陌生。这一刻，她惶惑了，真不明白自己竟会成为父亲和师叔交易的筹码！而兄弟亲情，在他们眼中只不过是一种称谓和表象！

南不寻冷望着车三保，一字一句道："你到底交是不交？"见车三保没有回应，南不寻双手抓住车蜻蜓衣襟，一声裂响，衣裙通体扯开，露出白玉般的肌肤。车蜻蜓花容通红，尖声惊叫，无奈双手被南不寻紧紧扼住，挣脱不得分毫。车三保愕然慌了手脚，期艾道："你……你这个老禽兽！"南不寻面色木然，瞪目道："你交是不交？"车三保面色铁青，默不回应。南不寻额上青筋条条爆出，疾手一掠，一块粉红肚兜飘上天幕，车蜻蜓巧圆的双乳雪裸而出。南可海嘶叫着闭上双目，双耳里灌进山洪暴发般的嘘叫声。

车三保厉吼着狂扑上去，解下丝袍裹住女儿身子，颤动着嘴唇说不出一句话来。车蜻蜓闭着眼睛，无声的清泪长河似的涌出。

一个纯洁的女子，怎么能忍受这般羞辱！

她在无忧中长大，对这人世有着美满的憧憬，这一刻，她的心已破碎，这一切她都不再留恋。她慢慢睁开眼睛，深情地望着南可海，似要把深藏在内心的深情向他倾诉。

南可海沉沉地垂着头——他在为父亲而羞愧，他无颜抬头啊！

突然，车蜻蜓泣叫一声"南大哥"，语声未尽，猛地乘势前扑，车三保手里的金枪插胸而入，殷红的血泪泪流淌，洇润着大地……

南可海愕瘫于地，满目的血红将他吞没，他欲喊，竟无声，他欲哭，却无泪……

车三保发疯似的摇着女儿尸身，嘶喊着女儿名字，禁不住老泪纵横。就在他极恸分神之际，南不寻金刀流光疾闪，只一刀，车三保便惨叫着扑倒在车蜻蜓身旁，他瞪圆双眼，死不瞑目。

车长笑扑在父妹尸身上嚎啕大哭，惨烈的哭声引燃起复仇的烈焰，千余名金

枪驿弟子涌门而出，同孤灯堡弟子战在一起。转眼间刀枪交响，血腥味在惨叫声中飘散……

南可海抱起车蜻蜓尸身，踩着满地血污，一步一步离开这屠场。

八、怒火一把枯断肠

丝绸古道，万里飘香。落日余晖里，凉州古城威武雄壮，茂密的沙枣树遍布城中，吐香迎着来往的人们。

南可海牵马慢慢走进城来，街空里弥漫的沙枣花香也驱不散他心中的凄苦。三日前，他含泪葬了车蜻蜓，便匆匆往这里赶来。

这时候，远道上出现了两条人影，沉沉的暮色映出他们疲惫的身形，如血的残阳打在他们的脸上，他们的眼里闪着希冀的光彩，坚定地，一步一步地向着大云寺走来。

大云寺坐落在凉州城北，近百年来，一直是天下人仰慕的圣地。后来一场不明大火烧散了众僧，只留下残砖断垣和遍地灰烬。当年，段白冰便是寺中一净堂小沙弥，大火过后无处栖身遂蓄发入在五花会中。南可海想，若真如车三保所言侯义风被囚禁在凉州城里，那么，这残破的大云寺定是五花旗上所绘的秘地了！

三人走到一起时，三双手紧紧握在一起，这历尽磨难后的平安相逢怎不令他们激动呢？屈辱三载而今苦尽甘来，侯佳瑜再也强忍不住，扑在柳尚品怀里嘤嘤涕哭起来。柳尚品急劝道："孩子，就要见到你爹娘了应该高兴才对呀！"说这话时，他的眼眶里却也泪花闪闪。其实，人生中往往有许多该笑的时候，却都是哭的！

三人展开五花旗，凝目而览。那旗上虽线痕交错，却暗隐线路，三人苦觅三日，才在一口枯井中发现玄机。点亮火把，扶着井壁上隐设的石梯级级走下，进得一面偏洞，七拐八弯走了近半个时辰，却是一条死路。正纳闷时，侯佳瑜急叫一声，一把拉住南可海前跨的身子。火把近照，三人均倒吸一口冷气，原来前面石板断开，赫然一道深渊，若是没有火光或者再走近一步，必将失足跌下。如此往返几遍，仍是一条断渊死路！南可海不禁热血沸腾，跨过五尺宽的深渊，冲那拦路石墙猛击一掌，孰料一道暗门应掌而开。南可海长叹一声，想这成与败，生与死之间只不过是一步距离！

进了石门，一道铁笼赫然入目，三人齐扑过去，那铁笼里外三道且道道焊死。碗口粗的淡光从石室顶上直射下来，打出青寒的铁色，映着笼里那鬼魅般的白影。柳尚品轻唤一声"师兄"，笼里没有回应；侯佳瑜哽咽着紧叫声"爹爹"，笼里依旧没有回应；南可海用刀背猛击铁笼，急唤声"侯老英雄"。那白影蠕动一下，及地的白发慢慢拾起，探出头，探出手脚，探出死人般苍白的面目，霍地蹦起来，脚下赫然一堆白骨。

三人愕然后退。南可海和侯佳瑜同时惊叫一声："你是段白冰！"

段白冰死鱼样的双目轮转一下，缓缓坐下去，披散的长发掩住身躯，掩住那堆白骨，声如游丝般道："我当是那南不寻呢，骇我一大跳。"

柳尚品一剑穿笼抵他额上："老贼，我大师兄究竟囚在何处？"

段白冰苦笑一下，道："你就是侯义风的师弟柳尚品吧？你用一部假书骗得花旗到手，而那两个蠢物现在定为那本假书争得你死我活吧！"

南可海闻言，如堕入雾海，那奇书曾字字入目，又怎会是假的呢？

柳尚品见他满面愕色，便实言相道："南公子，历来至极武学，难免要引来奸人争夺，江湖上为争夺武学秘籍而血没宗派的先例数不胜数。为避这不测灾祸，二十年前我和大师兄便毅然将奇书焚毁了。我藏在枯井里的那本，是我为救师兄而假撰的。"

南可海大愕道："那前辈为何也会那摧心掌法？"

柳尚品叹道："《笑忘书》中所载的五种掌法，只有在谈笑自如间忘情忘欲才可练得，我只不过是懂得几招罢了。"

世事变幻难测，一部载功的武书，竟藏着这等玄机！南可海只觉心中奇痛：为了这部废书，多少鲜活的生命惨遭戕害，多少无辜的鲜血在白白流淌啊！焚毁一部奇书，就能斩断祸根吗？只有人心的贪婪，才是真正的祸根呀！

段白冰突然仰头哑嘶道："哎，三年前侯义风空手而来说这内情，我若信了，也落不到这等惨地！"见三人神色漠然，又自怨自艾道："人在江湖，武功乃立身之本。我在五花会中从小仆做起，苦拼二十年才做上掌门，本想从此雄图

大业，光耀门庭，却不慎收了两个虎狼般的弟子。风陵渡一战，他们明里洒血相助，暗地拉帮屠杀，近千名弟子在劫变中丧生。那两个畜生心疑奇书落于我手，趁我不备投下迷药，待将醒来已被囚在这笼中。他们将铁笼复加两道且全部焊死，用长矛刺我周身，逼我交出《笑忘书》，任我万般解释，却狐疑不信。两月前，那南不寻又踏雪而来苦苦相逼，竟用长矛刺废我左臂……"

说到这里，死鱼双目里竟然掉下两颗泪来，声音也颤动起来："人生在世，万勿贪心，我就是贪心过重，贪欲过多，才落到如今这般下场！"

侯佳瑜愤愤地望着他，神情异常激动："怎么，你也知道心痛了吗？你也觉得委屈了吗？你为己私利，害得我们全家离散受尽苦辱，你又可知我心中的悲苦！"她的眼泪哗哗流出，悲声叫道："你若还有些良心，便说出我爹娘的下落来。"

段白冰垂下头去，缓声道："你既执意要问，我也只好据实相告了。当年你爹狂怒而来并不交书，凭着黑手摧心掌，横闯我九州三十六堂，无人抵挡得住。无奈中车三保想出一计，将你娘悬吊在风陵渡上，四面布下陷阱，诱他前来搭救。你爹贸然冲来，跌入陷阱被我们合力擒住。"突然，他语声戛停，止了言语。三人急道："后来如何了？"

段白冰抬起头来，苦叹一口道："你娘见你爹落入陷阱，发疯般呼叫挣脱着，那吊绳不堪重负突然裂断，你娘悲叫着卷入滔滔黄河，你爹在这笼中茶饭不思，不到三月也抑郁而亡。掐指一算，我伴他尸骨也近三年了。"

柳尚品手里的长剑咣啷落地，他噙泪解下长衫，默默跪下去，默默拾起白骨，默默包在衫中。侯佳瑜再也强抑不住，伏在尸骨上嚎啕大哭。苦觅三年，到最后见到的竟是亲人的一堆尸骨！

南可海木然立着，脑中全是空白。悲痛中，侯佳瑜浑身剧颤着昏死过去。南可海知是奇毒复发，惊愤之下慌了手脚。段白冰叫道："快用大红丹为她驱毒！"一语提醒，南可海猛然记起家中的丹药房似有此药，便急忙背起侯佳瑜往室外而去。

柳尚品拾起剑来，火星飞烁中石板上赫然题刻一诗：

贪心不满欲过头，自己做笼自己囚，

至情真义若懂得，岁月空负丈白头。

段白冰默念罢，清泪顺颊长流。

当他们赶到孤灯堡时，震耳的刀枪声四面交响。远远地，南可海看见十余名家仆护着娘匆匆脱逃，他刚要呼叫，四散的人群潮水般涌开，冲没了人影。车长笑身披孝衣扑在人群里疯狂刺杀着，飞溅的血花染红了白孝衣，也染红了他的双目，他嘶吼着一步一步向南不寻走去。

南不寻不等他站稳已金刀出手，一刀接一刀地砍过去。在炫目的刀影里，车长笑晃晃悠悠地倒下去，南不寻喘口大气，终于卸下了心头重负。他俯身将掉落的"奇书"拾起，捧在满是血迹的掌中，向修炼的密室里走去。

车长笑僵直的尸身蠕动着，拼尽气力似要说出话来。南可海轻轻走过来，车长笑双目里放出异彩，一手抖颤着探入囊中，摸出一粒血红丹药托于掌心，急道："这是解毒之药，快……快让侯姑娘服下。"

南可海望着他恳切的眼神，不禁心潮澎湃，默默取过丹药，放至侯佳瑜唇中。片刻后，侯佳瑜突然哇的一口，嘴角溢出暗红的浓血。

南可海脸色煞白，大惊道："侯姑娘，你怎么了？"

侯佳瑜凤目圆睁，大汗淋漓，躬身捂住小腹，表情极其痛苦。

车长笑嗤嗤地笑起来："我得不到的女人，别人也休想得到，哈哈……"

南可海如遭电击般僵然怔立，眼前全是灰白，脑中嗡嗡发响，他生疑许是入了迷幻梦境？可侯佳瑜面色慢慢殷红，变得已像巫婆手中的青面魔盘，这又怎是梦境呢？南可海慌乱撕开衣囊，摸出那粒救心丹药——多少回危难关头，这丹药总能抑住奇毒，发挥奇效。

等待，等待，漫长的等待；可是这一回，那丹药却再也没有挥发出神效来！

泪在南可海的眼中盘转，只要有一缕轻风，就能将它吹落。怎么能轻信他的鬼话呢？懊恼和悔恨犹如两柄利剑狂刺着他的心，强大的悲愤更让他全身都剧颤起来；他的心一点一点滴血，一点一点破碎，一点一点下沉。

侯佳瑜紧闭双目，不停地抽搐着，强烈的奇毒已使她血脉逆行，肝肠割痛。她双唇启开，一口接一口地深喘着气，一双纤手将南可海紧紧揽住。

南可海终于强忍不住，眼泪潸潸掉下，悲声泣道："佳瑜，是我害了你！"

"不!"侯佳瑜纤手紧紧掩住南可海的口,慢慢拭去他颊上的泪痕,"南大哥,怎能怪你呢!"救父路上的幕幕往事涌现在她的眼前,多少遭危难关头,这个至情至义的男子,为她舍身而出,为她受苦忍辱。她泣了,轻轻地泣了,"南大哥,佳瑜今生能得到你这般真情,死有何憾呢?"

"不……"南可海泪雨纷飞,拼命地摇着头:"你不会死的,你不会死的!"他紧紧握住侯佳瑜的手,反反复复只说着这一句话,生怕只一放手,她就要离他而去。

在这悲怆的落泪中,侯佳瑜面色渐渐暗红,同火光中漆漆的黑夜融成一色;她嚅着口唇,似有千言万语想要倾说,可强烈的绞痛已使她口唇干裂,气若游丝。她只静静地,深情地望着南可海;在生命决别的这一刻,她只想再多看他一眼,也许,只有这份情,才是她唯一欣慰和留恋的。她拼尽最后一丝气力,慢慢地将头抬起,仰唇在南可海颊上血吻一口,"南大哥,佳瑜空负你一腔侠情,至死也不能回报,若这人生真有来世,佳瑜愿侍伴你一生……"她的头缓缓沉下,她的双眸慢慢闭合,流出无限的深情和眷恋。

"佳瑜……"南可海悲声凄叫着,然而,久久也没有她的回应,天地一片死寂。

她死了?她死了!她真的死了……

南可海绝望地嚎叫起来,悲惨的男人哭声回彻在空荡荡的古堡上空,令草木动容,令明月生灰。

柳尚品长剑随泪舞起,一剑剑刺入车长笑的胸膛,他要把这个卑鄙小人碎尸万段,剜出心肝来验验本色!

起风了,风在悲鸣,风在哭泣。南可海悲望着天地,数月来经历的一切幕幕涌现在眼前。蓦地,他似看见了侯义风夫妇惨死的景象,看见了捧着"奇书"潜炼的父亲……他悲怒着嘶吼一声,一把烈火掷在堡中。

那火在劲风中四散蔓延,夹着噼啪的裂响,顷刻便吞没了孤灯堡。漫天的火光中,南可海抱起侯佳瑜尸身,一步一步走出堡去。

与卿书

莲门有女名浅浅，两小无猜红花堂，

盈盈妙目生秋水，款款淑裙小半妆。

春宵梦里舍郎去，青花台上望断肠，

我有情泪三千行，一行一行守卿颜。

我常常在夜半提着刀回到客栈。

那些名门正派的江湖豪侠见状爆笑一团，他们冷眼睥睨，冲我脊梁指指点点：呸，一介酸臭书生，居然提刀摆酷！

我不屑一顾，踩着讥笑昂首上楼，脚步铿锵，钢刀明亮，进屋捧出一阙《凉州词》，朝楼下大声咏颂三遍，而后研墨提笔深思无限，然而一夜过去，除了写下标题"与卿书"三字，其余空空如也。

我来自凉州，酷爱读书，廿载功名未取，落得明月清风相伴。那日受不了老娘奚落，取出她平生积蓄下讨儿媳的十五两白银，到隔壁牛二家买下他那柄杀猪钢刀，骑上青驴，晃晃悠悠溜达到江南"望花楼"。

望花楼内满座豪雄。

您看，唐门、宋门、五花八门的风流才俊济济一堂。有"踏歌步"韩锷，有"碎空刀"叶风，还有霍展白和梁萧，更有东方不败和西门吹雪……他们或倜傥儒雅出身名门，或武技冠绝独步江湖。唯我，衣着粗鄙，身无长技，不伦不类，格格不入。他们斜睨着眼睛异常可怜地望着我，实难明白，一介手无缚鸡之力的

书生跑到望花楼里凑哪门子热闹？

是的，我鞋破刀破毛驴破，实难登攀大雅高堂。但我从未瞧不起自己。腹有诗书气自华。相反，我倒有些瞧不起他们——整日价打打杀杀做什么？有什么梁子不能坐下来心平气和谈谈？和谐一点好不好？真是，趁青春年华，放下屠刀，读书多好！

"百无一用是书生。小子，好好练练筋骨，这身材——也敢出来混？"正当我沉思时，一名白衫帅哥款步而来，打开折扇，居高临下教训我。

我谦恭一笑："哥哥贵姓？"

"啊呸，哥哥？老子乃宋门侠少宋不羞！"

"松门？什么松门？"我一脸不解。

"瞧你那孤陋寡闻的样！"宋不羞瞪我一眼，问，"唐门，知道不？"

"唐门？知道呀，鼎鼎大名！"我大喜，小时候嘴馋，常常偷了洋芋蛋到村子里卖糖的庄门里去换，一直记得那家有个姑娘，叫浅浅，魂牵梦萦呢。

"啊呸，唐门算个鸟，我们宋门才用毒天下第一！"宋不羞又瞪我一眼，然后哈哈大笑，那边一名青衫少侠怒跳而起，"呔，胆敢污蔑唐门，唐家四少岂能饶你！"语罢出剑，叮叮当当，两人厮斗得昏天黑地。

我鼻腔一哼，这帮粗人，动不动就打架。起身，上楼，研墨，执笔，哼着小曲续写起昨夜未完的《与卿书》来。

"莫打！莫打！打坏了家什哪个赔？"望花楼老板朱万福跳将出来，焦急劝架。

宋不羞问都不问，唐家四少理都不理，双剑激错，怒发冲冠，恨不得要将对方一招毙命。啧啧，那个凶狠，看得韩锷叶风几个都皱了眉头。

"住手！住手！要打外面去打！"朱万福哭丧着个脸，几乎嚎出声来。

两人冷笑不管，将桌上的茶碗杯具皆当作武器，抓起来相互狂砸，登时店内瓷屑如雨，碎响乱耳。

啊呀呀，真是吵死啦。刚刚酝酿的思绪就这么被统统吵掉，是可忍孰不可忍，我提起钢刀冲出门，朝楼下气愤狮吼："你们两个棒槌，给我滚出去——"

"哟呵，你个穷酸书生，敢给爷们耍横！"宋不羞和唐家四少闻言住剑，对个眼色，双双向我扑来。

我一哆嗦，刀就脱手，人也瘫在楼梯上，眼看两柄利剑就要插入胸口，突然楼下一声娇喝："住手！你两个欺负书生，算什么男人？还想到我家应聘不？"

一句话居然救我于剑下！

是谁？竟用温柔之声喝退冰冷双剑？

我抬目一瞧，眼就花了。这些年四处浪荡，遇到的美女成百近千，不是我狂傲，坦白讲瞧不起的成分居多。哎哎，这些丫头片子，为几锭银子，要么露胸暴乳悦众扬名，要么变态忘祖攀龙附凤，端庄贤雅抛却脑后，女红礼仪一概不懂，真叫人恨柳不淑，触目心痛。

但她，绝对与众不同。

她一入店，噪声戛止，所有目光齐刷刷汇聚到她身上。但见她骨骼妩媚却衣装得体，美目含情却气度雍雅，她礼貌性地注目过众人，敛衽一礼道："诸位豪侠，今夜亥时鄙府大聘开始，欢迎侠展身手，技逞风流！"

语罢，施施然离去，空留满堂相思。

望花楼内豪雄俱去，独留我，提笔凝思。

淡白纸上除却"与卿书"三字，依然空空。

浅浅，我该如何落笔，倾诉相思？是"曾经沧海难为水，除却巫山不是云"，是"衣带渐宽终不悔，为伊消得人憔悴"，还是"得成比目何辞死，愿做鸳鸯不羡仙"？

我搜肠刮肚，蹙眉苦思，始终写不出一个字来。别笑我江郎才尽，实在乃情书难写呀。罢罢，情话肉麻，还是赋诗一首算了。赋诗乃我强项，我四岁咏五言，五岁吟七绝，六岁诗名震乡野，号称"诗杀神童"。虽然诗作不押不韵，但诗骨嶙峋且暗藏杀机，能七步杀人于诗中。

当年乡下有一师爷，恃才傲物，倚老卖老，视我为眼中钉肉中刺。一日闲适，指着溪边饮水的青驴特意刁难，捻须口占上联云：戏水饮水不思水，好个小杂种。

乡人笑得七倒八歪，前仰后合。我不以为然，踱了七步，即对下联：薄情忘情不顾情，去你老秃驴。

师爷闻对气得七窍生烟，瘫坐溪边。我一瞧，立即挥毫补写"死有余辜"四字，算作横批。乡邻争先看罢，冷眼相笑，摇头不信。呵呵，哪料当晚师爷果真气绝暴亡，一时我诗名大振，人人皆传我七步杀人，号称诗杀神童。

抚今追昔，我心潮澎湃，不禁诗兴大发，挥笔就书：

蓬门有女名浅浅，两小无猜红花堂，

盈盈妙目生秋水，款款淑裙小半妆。

春宵梦里舍郎去，青花台上望断肠，

我有情泪三千行，一行一行守卿颜。

写罢连吟三遍，倍感满意，遂将与卿书折好入笺，准备美美大睡一场。不料房门"咣当"撞开，朱万福沉脸走进，冷声催道："公子，房租已超三日，请您付账。"

我摸摸空空的布囊，尴尬搓手道："朱老板，请再宽限三日，我……实在没钱。"

"三日复三日，三日何其多。没钱你还睡得下，快去赚呀！"

"怎么赚？"

"啧啧，真是书呆子。"朱万福闻言苦笑，"瞧瞧呀，一店侠少都跑去巡抚衙门应聘了，就你还傻待着，吟诗弄月值几何，赚银子才是要紧呀！"

"我行吗？"

"巡抚衙门招贤纳士，月俸三千，条件有三。其一，男人；其二，带刀男人；其三，带刀且读书的男人。公子又带刀又读书，如何不行？"

"呀哈，三千白银！如此美事，焉能不去？"我谢过提醒，狂奔出门。

巡抚衙门坐落在望花楼对面，气势整肃，构筑雍容。

待我赶到，应聘的侠少早已将大门围得水泄不通。如今江湖上经济萧条，物价暴涨，侠客们的日子也不好过呀。我一个无名小卒自不多说，瞧瞧，鼎鼎大名的东方不败和西门吹雪也挤在人群里，诚惶诚恐地等候召见。

亥时三刻，饕餮兽门"吱呀"打开，管家吕三才负手出门，瞥一眼黑压压的人群，哂笑道："大聘开始，劳请诸位大侠列队面试。"

登时，昔日狂傲不羁的侠少们规规矩矩排成一条长龙。

吕三才点头赞道："嗯，年轻人就是有素质。下面，宣布鄜府纳贤细则——"

众侠少屏息竖耳，我兀自摇头晃脑。

"一、体康骨健，男子最好，鄜府已备良医验身，切莫鱼目混珠。"

东方不败和西门吹雪对望一眼，拂袖离去，一下子走了两位高手，众侠少无不窃喜。

"二、功强技高，使刀最好，鄜府已录诸位家世资料，切莫蒙混过关。"

韩锷闻言，抱住叶风洒泪惜别，梁萧和霍展白也跟着黯然退场。三大高手又被接连淘汰，众侠少喜上加喜。

"三、德高智远，读书最好，鄜府已请翰林学士备考，切莫滥竽充数。"

前两条尚能接受，最后一条实在苛求。众侠少群情激昂，振臂疾呼："习武者哪有闲暇读书，请问贵府到底是要招何等高材？"

吕三才捻须一笑："匪盗肆行，江湖不宁，鄜府拟招护院三名！"

"什么？原来是看院子的呀！奶奶的，拿我们当什么了？！"众侠少义愤填膺，倍感羞辱，叶风怒呸一口，第一个掉头就走，哗啦啦一下子，人群在咒骂声中渐渐散开。

可是，我凝目一瞧，除了我，前面还站着两人。

吕三才附掌大笑："恭喜三位，请自报家门。"

"在下唐门——唐家四少！"

"在下宋门——宋不羞！"

"在下五花八门——提刀书生！"我上前一步，大声道。

入府，站定。巡抚衙门穹堂峻宇，当真气派。我忘情环视，一脸仰慕。唐家四少和宋不羞鼻腔冷哼，不屑与我为伍。

"站好，站好。"吕三才瞪他们两眼，疾步走至一间雅舍窗前，躬身禀道："少夫人，三位应聘少侠带到，请您过目。"

角门打开，伊人款款出阁。娉婷袅娜，体骨风流，正是望花楼里救我的女子。

我心跳加速，登时痴住。

少夫人妙目一扫，朱唇轻启道："三位少侠，各有什么拿手绝技，说来听听。"

"在下眼观六路，决不会让一只苍蝇降落府衙。"唐家四少一马当先显摆。

"在下耳听八方，更不会让一只老鼠潜入府衙。"宋不羞不甘落后跟着炫耀。

"你呢，有何绝技？"少夫人莲步移前，如兰呼吸喷洒我脸上。我一时大窘，口塞失语。身旁，唐家四少和宋不羞开始抿唇。

"怎么，少侠什么也不会吗？"少夫人秀眉微蹙，目不转睛地望着我。

"我，我会写书。"我豪气顿生，朗声应答。那两个闻言，顿时捂肚弯腰，爆笑一团。

"别笑了。"少夫人娇叱两人一声，转身温柔问我："喏，少侠写了什么书？"

"与卿书。"我探手入怀，庄重呈上。

少夫人一览色变，骤然暴喝道："滚出去！"

我大骇，温婉丽人怎么转眼就变成竖眉泼妇？

书已送至，大功告成。也罢也罢，走人走人。

我哼着小曲刚要迈步，一声怪叫劈空入耳。循声扭头，梨花树上跃下一只白猫，冲我喵喵媚叫。呀哈，小东西，平生最爱你了。我跨步过去，伸手欲抱。

"小子，你干什么？大人珍宠，胆敢亵玩！"吕三才怒喝一声，早有两名府丁抢我之先，揽猫入怀。

"小心！"我的提醒尚未落下，白猫扭身两爪，两名府丁惨叫滚地，登时气绝身亡。白猫跳将下地，朝巡抚书房溜去。我狂足追上，手起刀落，将白猫斩做两段。猫血汩汩流出，地上瞬间乌黑，怪异恐怖至极。显然，猫身有毒。

众人尚在怔愣，我拍拍尘土，丢下一个轻蔑的眼神，磊落出门。

"少侠留步——"

忽然，书房门开，巡抚大人赤足追出，扯住我袖子，满脸哀求："少侠仗义相助，裴度感激不尽。留下，留下，做我首席护卫，月俸三千，吃啥做啥，穿啥买啥。可否？"

"这个……"我眉头苦皱，故作沉思。

"再加两千，如何？"裴度伸出巴掌，咬牙期待。

"好吧。"我勉强点头，"所谓侠者，为人排患、释难、解纷乱而无所取也。其实裴大人，小生行走江湖，也不全是为了钱的。"

唐家四少和宋不羞冷眼瞪我，几欲吐血。

裴度怒道："两个笨蛋，亏你们还是用毒高手，若不是提刀少侠出手，本官老命休矣。还不快查查，白猫身上被下了何毒？"骂罢恭敬邀请，让我书房喝茶。

茶香袅袅，盏盏相续。

不几时，两人回来复命。宋不羞躬身先禀："回大人，白猫双爪皆涂'绝命散'，这毒忒烈，一沾溃伤，人便痛亡。"唐家四少点头补充："不错。白猫还被下了'幻心蛊'，对方在数里外念咒，白猫便可疯狂咬人。如此诡异手法，定是'二尺绫'所为。"

裴度闻言慨叹："歹毒，真是歹毒。看来，他们必杀本官而后快了。"

唐家四少和宋不羞齐齐抱拳道："大人莫怕，有我们在，定保你毫发无损。"

"对呀，对呀，什么狗屁'二尺绫'，再来，我一刀剁了便是。"我也赶紧跟着附和，表明立场。

"哟嗬，好大的口气！小子，知道二尺绫不？"宋不羞怒目千秋，又瞪我一眼。"是呀，知道不，别滥竽充数！"唐家四少也冷冷一笑，瞧我不起。

"嘁，不就'宁惹阎罗王，不碰二尺绫'吗！"我随口一诌，回敬他俩一个白眼。

"是呀，'宁惹阎罗王，不碰二尺绫'呀！"裴度黯然一叹，道，"那二尺绫，可是江湖上最为神秘、最为恐怖的杀手组织。要说这神秘的江湖组织可多了，比如'一朵花，两朵花'，比如'给我一个嘴'，再比如'鬼叫七月半'……可要论既神秘又恐怖的，就只有二尺绫了。"

240

裴度接着道："这二尺绫，总在灯烬火灭子夜交变时突然现身，来时白绫漫天，去时漫天白绫，一出手，白绫扯喉，不死不休。三年前他们现身清河县，一夜之间清河知县马安康便断喉而死，血流漂杵。两年前他们再袭青州府，青州知府泰富贵同样残肢零落，惨不忍睹。莫想，今年他们又盯上了本官，咳，真是晦气呀！"

裴度最后道："这些年来，江湖上谁都不知二尺绫藏身何处，首脑为谁，只知道白绫扯喉，不死不休。提刀少侠，本官的性命可全仗你了，怎么御敌，一切由你安排。"

"咳，怕个啥。不就小小的二尺绫吗？"我大大咧咧一笑，拍拍裴度颤抖的肩膀，一指唐家四少和宋不羞，冷笑道："大人，有我足够。这两个水货，解雇算了。"

"不可，不可。"裴度着急摆手，"多一名高手多一分安全。况且，他两位可都是验毒里手。明枪易躲，暗箭难防呀。"

"好吧。既然这样，我日夜不离，守护大人。"我洋洋得意，用手一指唐家四少道："你，去厨房当差，浇浇水洗洗菜，顺便查验大人水源饮食。"再指宋不羞道："你，去院里巡逻，修修花扫扫土，莫让鸡猫鹅鼠不明之物再入府衙。"

那两个咬牙切齿地去了。

我哈哈大笑，继续品茶。

入夜，美酒佳肴伺候。裴度提心吊胆，显然食欲不振。惊弓之鸟，不必多劝。我狂吃海喝，好不惬意。说实话，自从离家闯荡江湖，竟半月不知肉味矣。

餐毕，裴度将我引入内室，居然把自己的暖榻让我安睡。

我大愕："大人，你睡哪里？"

裴度并不回答，推开屏风，赫然一道密门，然后冲我诡秘一笑道："少侠，我睡密室。从今后你替我守夜，放心，本官绝不会亏待你的。"说罢，闪身而进，闭门不开。

老狐狸，原来李代桃僵，要我做替死鬼呀。

我躺在榻上，想庙堂之高远，想江湖之凶险，想浅浅之温婉，一时感慨难眠。

忽然，脚步声起，难道二尺绫已至？我屏息佯睡，手已摸刀。

推门，入室，来人步履轻盈，到榻上掀开被角，竟然钻身进来，随即宽衣解带，抱住我就要缠绵。我口焦舌燥，血脉贲张，但一想君子取色有道，忙脱身提醒："夫人，错了，我不是裴度大人。"

"呀，来人，快来人——"少夫人惊跳而起，尖厉的呼叫刺破夜空。喊声未落，两条黑影破窗而入，迅速将我擒住。

红烛掌亮，少夫人用一抹流苏遮住裸身，哭得梨花带雨。听到动静，裴度钻出密室，乍见如此情景，顿时怒不可遏。

唐家四少和宋不羞趁机火上浇油道："大人，这小子看似道貌岸然，实则下流不堪，今夜胆敢调戏夫人，不杀怎能泄恨！"

裴度咬牙怒道："拉出去，明早开斩！"

我拼力挣脱，连呼冤枉，那两个抿唇冷笑，拎小鸡一样揪我出堂，绑住手脚，丢进柴房，霍霍磨刀去了。

刀声阴寒，明月凄凉。永别了，我的江湖。想起故乡和爹娘，我呜呜大哭，哭着，哭着，昏睡过去。

不知几时，我被人叫醒。

睁眼，少夫人肃立眼前，一脸泪痕。

"侯门一入深似海，从此萧郎是路人。你千里寻来，又何苦如此呢？"她说。

"我来看看你，曾经的浅浅，如今的少夫人。你不念旧情，就这样相待吗？"我说。

"我为人妻，为人妇，你这样唐突而来，不是在害我吗？"她秀目紧蹙，不复当年纯真。

我苦苦一笑："青花台上一别，我望断肝肠，没想，你早已倦眠富贵乡里使奴唤婢了。很好，很好。"

"你除了读书，就是写书，和你在一起，天都是灰的，请你原谅。"她说。

"我在努力，一直在努力。和我在一起，天其实是蓝的，请你相信。"我说。

沉默，沉默，久久的沉默。阔别数载，彼此添了不可把捉的陌生。当年隔墙送我糖果的女孩，俨然成了威严的巡抚夫人，而我，虽然擦干了鼻涕，却依旧一事无成，又如何给得起她这样的奢华与荣耀呢。

哎，这个江湖，真他奶奶的。我垂下头来，愧然无语。

少夫人默默解开绳索，递过一绢珍软，轻轻拥我一下，催促道："走吧，把我忘在少年的梦里吧。"

我摇摇头，坚定地摇摇头。

"怎么，你想让裴度知道吗？"少夫人异常焦急，口气加重道，"他若知道了，我被休，你被杀，我们下场一样的！"

"你放心，我绝非放不下的人。"我淡淡一笑，实言相告道，"其实，青花台上一别，就知今生缘浅。我来，只为赠书，别无它念。这《与卿书》，酝酿数载，字字相思，你若不读，我此生难安。"

"好了，好了，都什么年代了，还读什么烂书呀。你若有那闲工夫，不如给我买几绢凉州丝来得实惠。"少夫人不耐烦地摆着手，催促我走。

我唇角发苦，听见自己心碎的声音，她那妩媚的娇容，入眼刺目无比。我冲她冷冷说道："我会走，但不是现在。因为，我还要办一件重要的事情。"说罢，冷瞥她一眼，直奔厨房而去。

"呀，你还要报复我吗？"少夫人不依不饶追来，口里终于不敬起来，"呸，狗屁提刀少侠，小心眼，伪君子！"

我快步奔向厨房，不顾少夫人的追赶和呼喊。因为，我已经觉察到了异样。

果不其然，厨房里白绫飘舞，裴度几人围在一具尸首旁瑟瑟打抖。管家吕三才躺在血泊里，双目圆睁，白绫缠喉，死得惨不忍睹。

裴度眉头苦皱，骂道："两个没眼色的东西，愣着干什么，快查查怎么死的呀？"

宋不羞闻言欲动，唐家四少抢先一步，拦住他道："装什么行家，让我来。"

然后低头凝目，查验半晌，才神色凝重道："大人，吕管家被白绫绞断脖颈，死亡将近半个时辰，看来二尺绫的杀手入府久矣。"

"呀，这可咋办？"裴度闻言色变，心下大乱。

"大人莫怕，先入殓管家，再从长计议。"唐家四少催促道。

"且慢！"我横身跳出，疾步走至吕三才尸旁，伸手一探，冷冷笑道："一派胡言。吕三才分明是中毒身亡，怎会是二尺绫所杀！"

"小子，你瞎眼了吗？看看这是何物？"唐家四少双目喷火，扯起一条白绫抛到我颈上，接着道："咦，你不是被关在柴房里候斩吗，怎么跑出来了？呀，快抓住他！"

坦白讲，我没有什么像样的武功，唐家四少一招"擒龙手"就将我拿下，然后阴恻恻一笑，一把短刀就要扎入我胸口。

"等等。"裴度喝令拦住，狐疑地望着我问，"你刚才说什么来着？"

好悬，差点被唐家四少送去拜见阎王。我努力平定一下气息，摊开吕三才手掌，正色道："大人，吕三才明为绞喉而死，实却中毒身亡。你看这发黑的手指和掌心，明明是中毒迹象。况且，白绫如若绞喉，舌头必定伸出口外，而他只是口角溢血而已，显然是中毒之后被人用白绫做的假象！"

裴度随我提醒注目尸首，不由频频点头。

"哈哈哈，还验毒高手呢，比不上一个书呆子。"宋不羞抓住机会贬损唐家四少，为刚才遭受的排挤讨回自尊。

"错。唐少爷怕是验出来也不方便说吧。"我微笑着纠正了宋不羞，然后走至唐家四少面前道："四少，我看毒死吕三才的，可是你们唐门秘制的'追魂散'呀，你看呢？"

"胡说。"唐家四少脸色由青转绿，一时斑斓无比，忽然怒啸出剑，朝我刺来。

我就地一滚，躲于裴度身后，大呼道："大人，快抓住他，他才是凶手！"

裴度如梦方醒，喝令宋不羞擒凶。宋不羞似乎不信，慢悠悠抽出剑来，唐家四少趁机逃出厨房。

"嗬，想跑！"我冷笑起身，提足追去。

一声惨叫划破夜空。

我蜷缩在海棠树下，浑身颤抖。

裴度几人闻声赶到，一个个泥塑般怔立当地，骇然不言。因为谁都看到，唐家四少问号一样蜷卧草丛，抻舌瞪目，白绫缠喉，死相比吕三才还要恐怖几分。

"这……怎么回事？"裴度惊愕问我。

"大人，二尺绫现身了！"我喘口粗气，颤声答道。

"到底怎么回事？"裴度愕然再问。

回想刚才那幕，依旧心有余悸。我说："大人，刚才追上来时，唐家四少和一人在草丛里密语，忽然，那人掏出白绫一绞，唐家四少惨叫倒地，就成了现在你们看到的样子。哎呀，太可怕了，真是太可怕了。"

"那你看清楚杀手的长相了吗？"裴度急问。

我重重点头："看清了，杀手扮成下人模样，已经混入府中。"

如此噩耗，谁不震惊？

登时，府衙里乱作一团。裴度喝令众人安静，急忙布防御敌。因为我是最直接的目击者，裴度只好放下"戏妻"之恨，重新将我请入内堂，贴身保护他周全。而那个可怜的宋不羞，根据我不着边际的口述，满院子寻凶去了。临走，还被裴度戳了一指头。裴度说，若抓不来二尺绫杀手，就让他滚蛋走人，一两俸银也甭想拿到。

夜已三更，却无睡意。

整个巡抚衙门的人都把脖子缩进衣里，生怕白绫缠上喉头。一夜之间死了两人，空气里到处都飘荡着恐怖的气息。

裴度来回踱步，始终也不见宋不羞带来喜讯。

"少侠，你怎么断定唐家四少毒死了管家？"

"回大人，准确的说，不是唐家四少毒死了吕管家，而是吕管家自己毒死了自己。"

裴度闻言大愕，一脸纳闷。

我淡淡一笑，问："大人可爱喝枸杞莲子粥？"

裴度点头："最爱，每日戌时必喝。"

我叹口气道："这就对了，我验尸时发现吕管家口里吐出几粒枸杞，看来，唐家四少将'追魂散'下入粥中，吕管家盛粥时浅酌一口，救了大人一命。"

"原来，本官厚禄雇请的护院，才是要杀我的人。啧啧，周忧可真是用心良苦哪。"裴度目光深幽，陷入深思。

"大人到底和谁结了梁子？"

"周忧！"

"巡盐御史周忧？"我大惊，"江湖上不是传言，大人和他是拜把子兄弟吗？"

"那是以前的事。那时我们同窗剪烛，夜雨共读，多年后不负众望，他扶摇直上，官至御史，采办宫廷，权倾京城；我平步青云，荣任巡抚，抚军安民，坐镇一方。"裴度低叹一口，脸色忽变道，"可是后来，他却变了。终日和一干江湖宵小厮混，全然忘记朝廷大员身份，擅用手中职权，囤积私盐，哄抬物价，以取暴利；又暗贩东烟，毒害百姓，以赚斗金。这样的人，如何还能兄弟再称？今年中秋，我与他割袍断义，誓不往来！"

"噢，可是真的吗？"自古官官相护，狼狈为奸，我当然不信，壮胆诘问。

"乾坤浩然，日月明鉴。少侠与世人一样不信，可本官深夜扪心，对得起自己良心就行。"说罢，裴度忽然掏出一环钥匙，郑重递给我道："男儿丈夫，贪生怕死岂是出路。周忧要我死，我坦然面对就是。且去安排下家眷，以免殃及无辜。本官观察多时，少侠清骨刚毅，必是忠诚之士，这金库秘匙给你，若我遭遇不测，就算是少侠替本官收尸正名的酬资。"

语罢，甩落两袖清风，正步磊落出门。

我怒呸一口，狗官，满口冠冕堂皇的鬼话，也不知勾结周忧，搜刮了多少民脂民膏。我迫不及待钻进密室，去看究竟。

"大人，二尺绫杀手抓到，请您发落！"

我尚在密室参观，就听见外面宋不羞大呼小叫地叫唤，出来一瞧，宋不羞用绳索牵着一人候在堂里，东张西望。那人被黑布通体罩着，根本看不见面目。

宋不羞见我从密室出来，极为惊讶道："你……裴大人呢？"

我冷冷一笑："哟，还真抓住了，让我瞧瞧，是真是假？"

"慢着！"宋不羞急忙拦住我，"小子，你算什么东西，敢替大人做主。大人呢，快请出来验凶！"

"大人正在休息，刚才吩咐了，让我先瞧瞧，免得你鱼目混珠。"我不动声色走过去，欲解绳索和黑布。

忽然，宋不羞扯出一条白绫，面露凶光道："王八蛋，既然被你识破，那便送你上路。"

我鄙夷一笑："嘁，你个棒槌，不要动不动拿条白绫就冒充二尺绫。首先，你以布充绫，材料不对；其次，你双臂一庹，尺寸不对；最重要的是，二尺绫从不炫耀显摆，显然你口气不对。"

宋不羞闻言色变，咬牙道："小子，你到底是谁？"

"嗬，我就是我呗。五花八门，提刀书生。"

"屁话，江湖上哪有五花八门？"

"哦，刚刚成立的小门小派，还没布告天下，你不知恕你无罪。"

"那唐家四少到底怎么死的？"宋不羞逼近一步，凶光更盛。

我微微一笑："你不是抓到杀手了吗？问问不就知道了。"

"妈的，坏事书生，拿命来——"宋不羞扔下白绫，抓起长剑，怒吼着扑杀过来，直取我小命。

"呀，杀人啦，救命呀！"我扭身躲进密室，保命要紧。

我真是命大。吓昏不久，又被人叫醒。

叫醒我的正是裴度。他一脸纳闷地望着我问："少侠，宋不羞怎么死的？"

宋不羞死了？

我扭头一瞧，啧啧，盛气凌人的宋不羞问号一样蜷缩在密室里，白绫缠喉，双目大睁，死的那个惨呀。我脑中一片空白，茫然摇头，一无所知。

"你想想，你想想。"裴度提醒我道。

"噢，多行不义必自毙。他肯定是冒充二尺绫被二尺绫的杀手给杀了。"我回忆道。

"再想想，再想想。"裴度继续提醒。

"噢，刚才他说抓到凶手了，好像就绑在外面。"我又回忆道。

"快去看看。"裴度命我带路，出室入堂，那口"黑袋"还在当地。我怯怯拔刀，挑开绳索，里面竟然是少夫人。

"难怪寻卿不见，原来卿在这里受苦。"裴度急忙救他出来，一脸关切。她嘤咛一声扑进怀里，哭得楚楚可怜："大人，宋不羞才是二尺绫杀手，我亲眼见他腰里缠满白绫，他把奴家绑到这里，谎称抓到凶手，其实是趁机刺杀你呢。"

"原来如此。"裴度长叹一口，将她搂得更紧。

"大人，凶手既已伏法，赶快撵他走吧，免得他又对奴家动手动脚。"少夫人冷笑着瞥我一眼，深情地提醒丈夫。

裴度被针戳了一下似的，掏出几锭碎银丢在地上，变脸道："你走吧!"我拾起银子，默默出门。

秋风萧瑟，没有人知道我的悲伤。

要走了吗？当然不能。因为我已听到了裴度惊慌的尖叫。

破门进去，但见少夫人手持利匕，正向裴度狂刺。许是膂力不济，只刺伤裴度单臂，并不致命。

"住手!"我大喝上前，救下鲜血淋漓的裴度。她刀锋一转，居然朝我刺来。我猝不及防，左臂中击，疼得刻骨。

"原来你也是周忧派来的杀手!"我怒目向她，心已冷透。

"没想到吧?"她抿唇展颜，笑得花枝乱颤。

我忧伤地望着她道："说说吧，我不想不明不白地死去。"

"好吧，让你听听也好。"她眉目微沉，忆起往事，"那年青花台上一别，流落烟花巷里，幸遇周忧赎身，才保全清白，过上这富贵日子。可偏偏裴度作梗，要和周郎水火不容，周郎忍痛割爱，将我送入裴府，一来缓解关系，二来内应监视。"

她瞪一眼裴度，眼神骤然尖利："没想他不念旧情，步步紧逼，查扣盐烟不说，还要奏本告发，他不仁，周郎何必再义，唐家四少和宋不羞这两个饭桶，总

是功亏一篑，不得已，我只好温柔出刀了。"

"你变了，再也不是那个单纯美丽的浅浅了！"我说。

"闭嘴！念你暗恋过我的分上，饶你一命，赶快滚吧！"她说。

裴度踉跄站起，指手骂道："你这恶妇，是非不辨，助纣为虐。那周忧勾结宵小，祸害百姓，只要我裴度一息尚存，定要拿他伏法，为苍生讨个公道！"

"哈哈，只怕你再也没有机会了。"她冷笑一声，挥刀又向裴度刺去。

千钧之际，一条白绫突然闪现，划道凄美的弧线，盘上她脖颈，轻轻一绞，便是骨碎气绝的声音。我眼神坚定，却饱含泪水，双手坚硬，却颤抖不停，曾经深爱的女子就这样在我手里香消玉殒了去。不是我冷酷，因为她早已步入歧途，坦然和豺狼凶魔同流合污；不是我残忍，因为心中一直坚守的信念告诫我必须执着。所以，我只得如此。

"原来唐家四少和宋不羞都是你杀的！原来你才是二尺绫的杀手！"裴度瞠目结舌地望着我，回想起唐家四少和宋不羞莫名其妙的死亡，终于恍然彻悟。猛然，他挺身梗脖，朗声冲我吼道："来吧，取我性命吧。只是周忧未能伏法，我裴度死犹不甘！"

我摇了摇头："裴大人，坦白讲我入府确为杀你，因为江湖传言，你和周忧沆瀣一气，鱼肉百姓，可就在刚才，我在金库看到你查扣下的大烟，却改变主意救你，因为你是一个心怀百姓造福苍生的好官！"

裴度愕然怔住，几乎不相信自己的耳朵。我抖抖手里的二尺白绫，正色道："裴大人，二尺绫只杀贪官，不杀好人。你好自为之，多多保重！"

言罢，衣袂飘飘，磊落出门。

我信守承诺，到望花楼还清房租，牵着青驴去找周忧。在周忧白绫缠喉的那一刻，我暗自发誓，再也不踏入这伤心和血腥的江湖，回家孝敬老娘，好好读书。

茉莉开花三月雨

———— ∞ ————

黑茉莉，白茉莉，哪朵绚丽？

大阎王，小羊倌，谁人有义？

凉州不凉有侠义，江湖不绝演传奇。

———— ∞ ————

一、东风恶

当苏牧羊赶着羊群进城的时候，凉州城里已经乱作一团。那时尚未掌灯，城门却猝然关闭，官兵汹汹出动，压抑窒息的空气里，四街八巷开始疯传一个惊人的消息：马阎王被杀了！

残阳似血，肃杀清冷。苏牧羊急挥皮鞭，喝令山羊入圈。爹娘毕生的积蓄，留着娶小娥做聘礼呢，决不能冲撞闪失了。一只，两只，三只……八只小尾寒羊，连着数了三遍，居然少去一只！

"咦？羊呢？"一急，苏牧羊铁饼似的脸宛如柿子一般通红，想出圈搜寻，已听得满街兵刀霍霍，当下一拍大腿，倚墙躬身蹲下，眼角就冒出泪来。

想想，这些年熬寒耐暑，冷水干馍，养个羊容易吗？现在说丢就丢了。这帮滚犊子，闹腾个什么玩意儿？好端端的，刺杀马阎王干甚？

苏牧羊捶胸砸地地抹着眼泪，手掌忽然被什么东西黏腻住了，摊开看时，满手的血，桃花般绚烂。苏牧羊瞪大眼睛，循着一地蜿蜒的血迹瞧去，才发现羊圈犄角里，早就瘫卧着一个女子。

那女子一身素白衣裳，却沾着触目惊心的鲜血！

苏牧羊惊得不行，足足平息了一刻钟时间，才合拢住张大的嘴巴。然后，赶忙取来家藏的金创膏，怯怯地递了过去。

女子迟疑了一下接住，眉角的警惕慢慢消去，将药膏敷在伤口之处，慢慢扭头过来，呈现出一张精雕玉琢的面孔。啊呀呀，长这么大，哪曾见过这般俊俏的美人儿？十个郑小娥都不抵她好看的。苏牧羊呆立当地，时光在这一瞬间顿然凝滞。

忽然外面喧哗声起，分明是官兵搜寻的步履，夹杂着冷厉的呵斥，渐远及近，清晰而来。

女子闻声惊起，显然受伤过重，挣扎了几下，又颓然坐地，一双哀怜的眸子不由投向了英武的羊倌。没有丝毫犹豫，苏牧羊背起女子，就向羊圈深处走去。那里，有口菜窖，爹娘在世时掘下的，夏盛杂物冬储五谷，小民百姓过日子的陋所，这时居然派上了用场。

藏好女子，掩好窖门，那一地蜿蜒的血迹触目惊心。官兵沉重的步履已然踏到圈外，来不及迟疑，苏牧羊拔出青角小匕，就冲了过去。

官兵破门而入——

寒羊痛叫倒地——

羊血四溅，和女子血迹混洒在一起，掩盖住一切。苏牧羊若无其事地挥刀，麻利地宰羊剔骨，一招一式，俨然是标准的凉州羊把式。

带头的华冠锦衣，气派了得，正是小爵爷马彪，平日在凉州城里风光招摇，哪个小民敢不认得？可今日，居然有人敢太岁头上动土，反了不是？父亲遇刺，怒火和仇恨染红了他的双眼，让人不敢对视。

马彪狐疑地打量着羊倌："呔，好端端的，宰羊干甚？"

"呃，听说王爷受伤了吗，我，我干就宰个羊，给王爷补补身子。"苏牧羊的心突突狂跳着，低了头小心回答。

"哈哈，还算孝敬。收拾干净了，给爷送府上去！"小王爷丢下一个轻蔑的眼神，出门继续搜捕凶手。

"喔，知道了。"苏牧羊叩首谢恩。望着地上被自己亲手宰杀的羔羊，眼泪像断线的珠子一样坠落下来。

剥皮，取脏，剔骨，埋头拾掇了半个时辰，一具全羊精致地呈在案上。这祖传手艺，在凉州城里数一数二，就因欣赏这一手绝技，郑屠才破例答应他做了乘龙快婿。

洗漱完毕，苏牧羊迟迟不愿动身，忽然想起什么，青角小匕流利地卸下一条羊腿，燃柴开灶，咕咚咕咚，一锅鲜美的羊汤煮沸起来，撒上几撮野葱花，一定可以滋补她受伤的身子。

她是哪里人呢？那清丽的容颜，定是来自遥远的江南吧？听胡神婆说，江南可美啦，那里的女子柔弱无骨，水做的一样滋润呢。爹娘走后，苏牧羊就在凉州城里孤零零地呆了十八年，隔壁家的郑小娥成了他寂寞日子里唯一的暖，也是他十八年来见过的最动心的女人。直到今天，她的出现，让一切都变了。

苏牧羊蹙了眉，看她眉目清秀，却腰里藏刀，一定是江湖人吧？一个姑娘家家，提刀砍人作甚？哎哎，真个儿造孽。苏牧羊咬住嘴唇，一疼，才把自己拽回现实。赶紧提了羊汤，进窖递与了她。大概也是饿了，女子一口气饮尽。苏牧羊憨憨笑道："姑娘，你慢慢喝，我去去就来。"她拉住他，伸手入囊，忽然掏出一摞银票，递过来道："诺，这钱赔你羊的！"

"你别，两码事儿。这算啥嘛？"苏牧羊连忙摆手，脸已憋得通红，怎么能要她的钱呢，岂不让人家小觑了自己？地窖狭小，她罗裳甫解，浓郁的香气就袭鼻扑来，令他几欲醺然，匆忙爬出窖来。

窖底传来她焦急的声音："喂，你能帮我在你家门前栽一株茉莉吗？"

"茉莉？"这陌生的名字何曾听过，他无语作答。

圈门忽然推开，胡神婆风一样飘了进来，左右里使劲儿嗅着鼻子，尖声大叫道："呀？宰羊作甚？胡闹胡闹！给郑屠家答应下的八只羊哩，你媳妇不娶啦？"嘴里尖声咋呼，手却探入锅里，顺了块羊肉急吞吞塞进口里。

"怎不娶？娶哩！"背羊，出门，苏牧羊推搡着胡神婆出了圈，转头问她："姨，茉莉是啥？"

"花呗，你个棒槌！"胡神婆嗅嗅鼻子，满圈的羊膻味里竟有一丝茉莉清香。

"哦，那你走吧，我去送羊了！"扣住圈门，苏牧羊绕过胡神婆狐疑的眼神，径直向王府而去。

不多时，就到了巍峨的马王府，平日里只能远远瞻仰着，哪有机会进得门来。这时一脚踏入，苏牧羊直觉头晕目眩，不似人间。

"苏家羊倌儿，本王认得你的。"因为献羊，苏牧羊直接被带到马阎王榻前。英武霸气的马阎王侧身而卧，精神矍铄，好端端活着。

"凉州城多少年了，多少趟水里火里，本王还不是安然走过。"马阎王振身而起，睥睨一眼窗棂之外的茫茫天宇，冷笑说道："哼哼，这凉州城是谁的天下？也不睁开他们狗眼瞧瞧，不自量力的玩意儿，两个丫头片子就想杀我？"

跟个小小羊倌说这些，无非也是一口怒气不吐不快罢了。马阎王摆摆手："退下吧，难得你有这番心意。"说罢躺下身子，开始静养起来。

啧啧，这样的大人物，居然没有一点架子地跟自己说话，苏牧羊只觉周身暖意奔流。出得门来，眉头就拧成一道八字，实在想不明白，她们刺杀和蔼慈祥的马老爷干甚？

跟着几个带路的仆人，把羊抬到厨房里下锅，路过一处柴房时，里面猛然传出撕心裂肺的惨嚎，苏牧羊惊得腿肚子发软，隔着窗棂瞧进去，小王爷马彪张牙舞爪，正用皮鞭奋力抽打着一名黑衣女子。不用说，自然是抓到的行刺凶手！

苏牧羊闭住眼睛，都皮开肉绽了，还往死里打，真个儿惨呀！

"给我站住！"马彪瞪着血红的眼珠子走出门来，直愣愣朝苏牧羊飞来一脚，破口就骂："呔，你个驴日的，老子要的是全羊，卸了腿干甚？"

苏牧羊缩成一团，吓得不敢吱声。

"重新去杀，弄只囫囵的来！"马彪双目喷火，话音未落，又是一脚，苏牧羊捂着生疼的屁股，跌跌撞撞跑出马府。

出府时，庭院花圃里飘过来一缕异香，那香，居然和她身上的一模一样。瞅四下无人，苏牧羊迅速摘下一朵，飞也似的逃了出来。

二、美人血

"这就是茉莉。快，快去栽上。"

见到茉莉，犹如见到亲人一般喜悦，白衣女子展颜而笑。见她如此开心，苏牧羊也兀自咧开了嘴，虽然有些犯懵，但还是依她所言，培土，浇水，栽好。白茉莉开在了自家羊圈门前，感觉好不相配，苏牧羊挠头苦笑，嗨，这些江湖人，可真奇怪！

"愣头小子，又抽哪门子疯？"一转身，胡神婆神鬼不觉地杵在身后，眼珠子滴溜溜转着，最后停落在新栽的茉莉上，疑道："说，栽它作甚？"

"喜欢呗。"一想起她，满满的幸福就荡漾心头，绽开脸上。

胡神婆啥人，能瞧不出他的变化？当下将手一揿，揪住花茎，就要连根拔起，口里还沉声唬道："小子，你说还是不说？"

"呀呀，使不得，是她让我种的。"一急，苏牧羊就脱口说了实话。说的时候，嘴也不由向圈里努了一努。胡神婆心领神会，碎步进圈，去探究竟。苏牧羊自知失口，急叫追上。

一道白雾自窖中腾起，一道剑光自怀中飞出，也就是个眨眼瞬间，她已轻盈落下，利落收剑。血，顺着脸颊蜿蜒滴下，胡神婆抹着脸，抢天抢地，嚎叫起来。

"这婆子何人？"她望着羊倌，眼神冷厉而警惕。

"是隔壁算卦的胡阿婆。你，你别杀她。"完全被她凶狠的出手惊骇，苏牧羊浑身发软，乞求她手下留情。

"你是除他之外见过我真面目的第一人。"她走过去，目光紧紧盯住胡神婆，冷笑道："哼哼，刚才只是警告了你一下，你走吧，胆若报官，必取性命！"

"姑娘饶命，万万不敢。"胡神婆扑通跪下，磕下一个响头，捂了脸急急逃去。

她坐在墙角里，慢慢整理旧伤，地窖幽闷，若是生变，怎可脱身？他不敢说话，慢慢平静下来，牵过一只羊来，拿刀迟疑了几个来回，最终噙泪下了手。

不多时，一只囫囵的全羊就已剥好。苏牧羊净了手，磨蹭着不愿出门。望着羊倌娴熟的手艺，她投来赞许的目光。"我叫白茉莉。"终于，她打破沉闷，道："江湖上传说的'茉莉双煞'，就是我们。"

这响亮的名头，谁不闻之色变？可这个憨憨的羊倌却置若罔闻，终究是两个世界的人，这一只只羊，才是他的全部。无论如何，他的搭救之恩是不能忘记的。

　　"诺，这个给你。"她从褡裢里掏出一物，郑重递他，"金丝软甲，你穿在身上，以后可以防身的。"

　　他咧嘴一笑，青天白日的，怎么会有意外？不过，她清亮的眼睛里面溢出的那抹柔情，又令他不能拒绝。他收下来，心里七上八下的，摸摸自己发旧的布衫，不知是否该换上？想谢她，却喉咙哽住，说不出话来。

　　"那老贼没死？"她面色忽然暗沉下来，如墨玉上凝结了冰晶，清冷而剔透。苏牧羊点点头。江湖事，他不懂，她杀人必有她杀人的理由，他宁愿相信她是好人。

　　"知道吗，为什么杀他？"忽然，她低头问他。

　　"就是，为什么呀？"苏牧羊昂起头，脸上堆满纳闷，一直想问，却也不敢。

　　白茉莉望着他，见他疑惑成这个样子，不由微微苦笑，笑里就带出一颗泪来。多少往事堪经回首呢？

　　原来那年，马阎王镇守南海时，一场海啸卷来淹没了大半个古城，眼看饿殍遍地，官府居然闭仓不理。天下哪有这等事情？师父南海散人气愤至极，夜里进府开仓放粮大救饥民。马阎王大发雷霆，在三百官兵围剿下，师父和师哥力竭惨死，黑茉莉和白茉莉躲在茉莉丛中，逃过一劫。

　　事情倒也简单，复杂的只是人心。江湖飘零，以作杀手养命，苦练武功，只为复仇雪恨。昨日马府刺杀，马阎王武功奇高，师姐掩护自己先撤，不知如今她落身何处？又可否安全？托他栽下一朵朵茉莉作讯，期待她能找到自己，姐妹俩再次联手，定能诛杀那狗官。

　　"哼，马阎王，我迟早要杀了你。"白茉莉眸色深下去几分，紧紧握住剑鞘。"不说这些啦。你不懂的。"她轻叹一口，娥眉又蹙出一抹哀伤，其实早厌倦了这刀头舔血的日子，也想有个家，有个伴，哪怕是个小小的羊倌，饿了给她熬碗羊汤，多好。

　　"喂，我叫你哥吧。"她望向他，目含期待。想起哥哥，也是个憨憨的男子，粗眉大眼，厚实可靠。和他一样，不会武功，马阎王血洗南海的那一年，死了。

　　忆及痛处，不由就流下泪来，她不自禁地把身子依在苏牧羊肩头，就把他当作了哥哥。

"呃。"他心跳加速，口里嘟囔着，连舌头也不听了使唤，实在想不出如何作答，一时间整个人都似飘在了云里。

门忽然破开，一队官兵鬼魅般涌进，空气骤然凝固。

"白茉莉，你往哪里逃？"马彪满脸堆笑，率先而入，他身后，胡神婆躲躲闪闪地探出半个脑袋。

"关门。"白茉莉一声断喝，望向羊倌。苏牧羊唯命是从，反手就将圈门扣死。

"大胆女匪，竟敢刺杀王爷，黑茉莉已经伏法，你还不乖乖就擒？"马彪成竹在胸，知道她重伤负身，只带了十几号手下就来擒敌揽功。

"来得好，今天杀个痛快！"白茉莉妩媚一笑，拔剑出鞘。苏牧羊偷眼瞧去，虽然陷身众敌包围，但她哪有半点惧色？不觉也有了底气，只是，居然跟着她和官兵作对起来。一直以来的印象中，除了这个小王爷牛气哄哄些，其实马阎王还是蛮好的。

苏牧羊还自怔愣，圈内激斗已浓。只见她青丝飘舞，长剑低回，电光石火间，十几个官兵就被横七竖八地撩翻滚地。苏牧羊揉揉眼睛，都还没看清她怎么出的手，那些官兵就哇哇叫唤，非死即伤。啧啧，杀的这个痛快和过瘾啊，他在心底里为她叫好，却又隐隐感到一丝恐惧和不安。毕竟，你在凉州城里打听打听，马阎王是好惹的吗？

马彪怒极，拔了剑咬牙冲来，仅仅三个来回，就被她一剑刺穿肩膀，血染锦衣。"好，好，你等着。"马彪痛叫着虚晃一招，拔腿就走。白茉莉长吐口气，想追，重伤加身，已无力提足。

躲在角落里的胡神婆早已吓瘫，坐成一堆，磕头求饶。

"哼，我言出必行。"白茉莉冷冷一笑，手起剑落，割下胡神婆首级。苏牧羊嘴唇发抖，骇得手足冰凉。只听她调整一下气息，转头对自己催促道："我们快走，官兵马上就来。"

"你……你忒也心狠。我不走，你走！你走！"毕竟是邻居，又是自己和小娥的媒人，就这样被她当面杀了，苏牧羊太过悲痛，俯身而泣。

"傻不傻呀你，也不想想，马彪怎会去而复返？还不是这婆子告的密。"白茉莉瞪他一眼，见他缩坐在地，没有离开的念头，无奈叹道："也罢。你自保

重，后会有期。"说罢，丢下一个悲愤的眼神，踉跄而去。身后，遗下一路幽幽的茉莉清香。

三、听雨楼

不到一炷香的功夫，官兵就卷土重来，马彪杀气腾腾地踏开圈门，扫一眼现场，脸立马沉得像锅底一样，扑过来狠狠赐给羊倌两记耳光，爆口喝道："人呢？人呢？啊呀呀，你居然放走那女匪！"

"你胡说，我没有。"苏牧羊疼极，梗着脖子，生平头一次顶撞起人来。

"哟嗬，反了你个驴日的，居然敢嘴硬。"一肚子怒火正没个泄处，遇上这么个愣头青，马彪气得满脸乌青，一剑就劈了过去。苏牧羊痛叫一声，抱住流血的肩膀，疼得昏了过去。

"全城戒严，搜捕女匪！"马彪吐口怒气，收了剑，瞪一眼羊倌，冲着一众手下喝令道："把这娃子带回去，押入天牢，极刑伺候！"

醒来时，一轮瘦月爬上窗棂。

苏牧羊忍着剧痛坐起，一动身子，才发现自己被脚链套住，急得满头冒汗，开始拼力挣扎，脚链的响声搅动了暗夜和沉寂。忽然，不远处传来一个微弱的声音："别费劲了，这是死牢，谁会管你。"借着月光瞧去，那日被马彪折磨的黑衣女子，居然就在眼前。

"你，你……我怎么在这里？"苏牧羊惊骇失声，肩膀一痛，幡然而悟，当下瘫坐于地，冷泪长流。

牢门忽然打开，几个狱卒擎着火把冷面走进。为首的不容分说，抡起皮鞭就朝黑衣女子打去，边打边问："黑茉莉，你同党何处？小王爷让我们最后一次问你。"

"没有同党，只我一人，要杀要剐，悉听尊便。"黑茉莉气若游丝，眼神却是那样的决绝凌厉，不见一丝胆怯。

"啧啧，这帮驴日的，欺负人家姑娘作甚？"苏牧羊看得心惊肉跳，这么个如花女子，被他们打成这副模样，心就缩在一起，真疼。还在替她愤愤不平，哪料狱卒突然转身，皮鞭又落在自己身上，啪啪直响，苏牧羊哪受过这种疼痛，咧嘴大哭道："呀，你们打我干甚？"

"苏羊倌，装蒜是不？谁不知道你和这女匪是一伙的。"狱卒狰狞而笑，交换鞭子抽打累了，才交差而去。

"嚎什么丧，一个男人家家没一点儿骨气。"黑茉莉投来鄙夷的目光，想不出这样一个矮小怕事的男人，怎么会和师妹走在一起？

"我师妹呢？她……可好着？"黑茉莉盯着羊倌，疑惑询问。

"呃……她，她走了。"想了想，黑茉莉一定是在问她，苏牧羊如实回答。

"走了？"黑茉莉眉头紧蹙，听不明白。

"嗯，走了。"苏牧羊指指南面，依稀记得那是她离开的方向。

黑茉莉如释重负，想必师妹已经脱险。眼前这个木讷的男人，肯定是生平头一回光顾这里，惊骇的不成样子。他是敌是友，尚不清楚。便再不多言，轻轻闭住眼睛，连日的酷刑折磨使得她虚弱难支，不一刻，就昏睡了过去。

不知又过了多久，两人被猛然吵醒。

一队官兵急步冲入，将他们五花大绑，连推带搡带到牢外，分别推上囚车，吱吱扭扭地在凉州城里转了一圈，最后在听雨楼前停了下来。

听雨楼什么地儿？凉州城里谁人不知？这是马阎王坐镇凉州后，霸占下秦家班的大戏台。平素里小楼听雨，歌舞升平，乃雅聚风流之地。可今日，楼前居然搭了个断头台，杵着两个怒目冷面的刽子手。再一瞧，小王爷马彪也瞪着血红的眼珠子坐在台上，一副吃人的样子。

这是怎么了？苏牧羊傻了眼，待草签插上了头，一下就明白了。

"不！不！你们杀错人了，我要见马老爷，我要见马老爷。"好端端被押上断头台，连个媳妇都没娶上，何况定的又是刺杀马阎王的大罪，当着一众乡亲邻舍的面，苏牧羊又急又怕，扯着嗓子就呱喊起来。

黑茉莉异常平静，只是默默望了望南海的方向，而后一笑，冲马彪道："杀我无话。这羊倌，是无辜的。"

"恶婆娘，死到临头，要你操心！老子先宰你泄恨！"马彪一刀劈下，黑茉莉脸上皮开肉绽，登时豁出一道血痕，诡异又恐怖，台下一片惊呼，百姓纷纷捂

住眼睛，不忍多看，就这样一刀刀折磨了一刻钟，待黑茉莉无气息了，马彪才让刽子手一刀剁头，苏牧羊被这血腥场面吓得翻了白眼，不省人事。黑茉莉至死都没喊叫一声，她的尸体在街上悬吊了七天七夜，腐得面目全非，最后绳索断裂，落地后被几只野狗撕咬叼去。马彪张榜昭告全凉州城的人，这就是刺杀马阎王的下场。只是，黑茉莉至死也不知道，马阎王已经死了。马阎王武功高不可测，黑茉莉和白茉莉联手围攻，只是刺伤了他的甲胄，那伤看似无碍，其实剑头浸了南海奇毒七日散，马阎王在庆幸了七日后突然发作，一命呜呼。所以，她才被游街正法。

苏牧羊无罪释放。他的羊被赶进了马府，他自己也被安排在马府里做了下人。每日里添草喂羊，挑水打杂，侍弄一圃茉莉。小王爷发了话，这次饶他小命，主要还是看在同为凉州老乡的面子上。若是连一圃茉莉都侍候不好，就该干吗干吗吧。

苏牧羊磕头谢恩。这以后，整日痴呆呆的，没个精神头儿，夜里也常常枯坐着不睡，没有人知道，其实他不敢闭眼，一闭眼，就是黑茉莉惨死时的样子。经此一变，忽然讨厌起了这个世道。他清楚记得当初宰羊时，马老爷答应是要付给羊钱的。当时马王爷掷地有声地说，堂堂马府还能白吃你个羊倌娃子的羊？现在，就想尽快讨了钱，带小娥走的远远儿去。最好，也去那水墨江南，换个活法。

这日马彪悠闲，踱步到花圃来赏茉莉。黑茉莉死了，白茉莉活着，凉州城还不安生，这是精心埋下的引子，只有他知道栽下茉莉的用场。马彪瞅过去，一圃病恹恹的茉莉花东倒西歪，心就给火堵住了。苏牧羊壮胆迎上来，居然不识趣地说："小王爷，羊，你们吃了。钱，给我算算。"他边说边昂起脑袋，声音还越来越大，"我，我等着拿钱讨媳妇呢。"

"滚球。本王爷吃你的羊，是你娃子前世修下的福分。"马彪闻言蹦起，几个耳光甩过去，破口大骂，"你个驴日的，也不掂量掂量你犯的事，私通女匪什么罪，饶你狗命开了大恩，你还腆脸来讨羊钱。"

苏牧羊捂着滚烫的脸，抹干委屈的泪痕，就把自己关在柴房里，不吃不喝。从此，日子里再也没有了笑容，只有无尽的沉默。

羊，一只一只被马彪宰去；他，一次一次握紧了拳头。

年关将至，天色阴郁，风声亦如鬼哭。当夜，鹅毛大雪洒洒飘落，凉州城一夜白头，望着这茫茫的白，没来由地好一阵心酸。算算，白茉莉离开已经月余，没有一点儿消息，嗅不到茉莉清香，不觉有些怅然；更担心的是，凉州全城戒严，她又逃去了哪里，生死未卜。苏牧羊偷偷去了庙里，点了香烛，跪在蒲团上，祈求菩萨保佑她平安。回来后眼见马府里上上下下一片忙乱，打听了才知道，原来喜事将近，小王爷要添偏房啦。

四、江湖绝

二月二，龙抬头。

听雨楼披红挂幔，张灯结彩，怎一个热闹了得？凉州城里但凡有些脸面的，都排了队赶来献媚随份子，给小王爷道喜。

夹在喧闹的人群里，苏牧羊忽然发现了小娥他爹。郑屠一改往日满身杀猪宰羊的腥臊味，换上崭新的裘皮披风，风光的不得了，那几个曾经正眼瞧都不瞧他的大户们都向他拱手作揖呢。苏牧羊挠头走过去，奇道："爹，你也来啦？"郑屠一见是他，鼻孔喷出两道冷气，斥道："谁是你爹？"

苏牧羊呆住，继续挠头："爹，你这是怎么啦？"

"走吧，走吧。愣头东西，若不是小娥嫁给小王爷，小王爷能开恩饶你。"郑屠不耐烦地摆摆手，扭过头去和旁人叙旧。说出的话，却似丢下一个炸雷。

苏牧羊浑身颤抖，僵在当地。

迎亲的队伍浩浩荡荡，逶迤行走在黎明的春风街上，唢呐吹奏出的喜乐长调飘过四街八巷，在听雨楼上空久久盘旋。这是凉州城里最隆重的仪式，排场自不必说了，不知红了多少人的眼睛。

花轿稳稳地落在听雨楼前新铺的藏青锦褥上，两个丫鬟掀起轿帘，恭请出新娘。郑小娥蒙着盖头，宽袖遮手，低了头去，大红嫁衣紧裹着玲珑身段，说不出的妩媚妖娆。

苏牧羊挤在下人堆里，巴巴地望着。他双眉紧锁，嘴里发苦，默默地看着这

一场繁复冗杂的迎娶仪式，慢慢攥紧了拳头，直到指甲掐进肉里，掐出了血。

不待拜堂，马彪就迫不及待闯入洞房。那日刑场上，郑屠丫头突然冒出来，为羊倌喊冤。一个愣头青，居然有这等艳福，奶奶的，这还是凉州城吗？马彪当场就被这丫头给迷住了，行咧，答应她，立即放人。凉州人怎么能杀凉州人呢？不过，她得进府替他赎罪来。马彪传话给郑屠，郑屠八辈子烧了高香，说是赎罪，其实还不是去享福，点头哈腰应承下这门亲，天天咧了嘴，嗤嗤地笑。

"小娥，小娥。"马彪喷着酒气，摇摇晃晃走进，满心欢喜地去揭新娘子盖头。自从女匪进城捣乱，很久没有这么放松高兴过了？选择这么个吉庆日子，就是要重振马家雄风，这时一想她春笋般的肌肤，心里就似火烧。

"谁？"

门被推开，愣头愣脑地闯进一个下人。马彪横眼一瞧，竟然是苏家羊倌。

"小王爷，小娥是我媳妇。这事，你不能这么干。"苏牧羊瞪着牛眼，梗着脖子，气呼呼地望着自己。

"啥？"美事儿被搅，又听这个愣头青胆敢这么跟自己说话，火一下子蹿上来，马彪顿时就恼了："你个驴日的，脑子让驴踢了，给老子滚！"

"不行，你把小娥还给我。"羊倌往前一迈，噌地拨出一把刀来，咬着牙毫不退缩。

"哟嗬，吃熊胆了，你娃子要杀老子不成？"马彪一惊，后退一步，看着他挥舞着平日里宰羊的青角小匕，不由哈哈大笑道："行，你个驴日的，老子倒要瞧瞧，你会耍个刀不？"

"哇——"苏牧羊嚎叫一嗓子，发了疯似的扑上来，死死抱住了马彪，多日的隐忍和委屈在这一刻彻底爆发，羊倌撕心裂肺地吼道："你凭什么白白吃了我的羊？你凭什么抢走我的小娥？你说，你说，你这坏人，我杀了你。"

"驴日的，你真还反了！"马彪大怒，反手夺过小匕，怒狠狠扎进羊倌胸口。

"住手！"新娘子娇斥一声，突然离榻起身，从嫁衣里抽出一柄寒光短剑。

盖头滑落，一个精雕玉琢的面孔陡然呈现，冷厉而娇艳，并不是郑小娥，竟然是白茉莉！白茉莉提了剑惊慌扑来，想救下羊倌，可还是迟了一步！马彪何等气力，杀个羊倌儿不就像踩死只蚂蚁似的。

"王八蛋——"白茉莉怒然挥剑，朝向马彪反刺过去。

马彪大惊，丢开羊倌，急退三步，大叫道："快来人，捉女匪！"他喊声未毕，就断了气息，她历来以迅疾狠辣的快剑闻名江湖，本是洞房良宵，马彪哪会带防身利器，此刻惊变陡生，只能眼睁睁看着短剑刺进自己胸膛。

只是一瞬，马彪瞪着惊愕的眼珠子，就跟跄倒地。几个官兵隔着门缝一瞧，登时吓醒了酒气，"妈妈老子"地叫唤着四下逃去。

那日离开后，白茉莉乔装易容，把自己扮成叫花子模样，一路栽下茉莉暗做联系标记，打探黑茉莉消息。马阎王死后，她本可轻松出城，回到南海去。可听到小娥改嫁的消息，就担心他怎么能承受得住？况且，他的搭救和那碗羊汤，一直温润着她的心。她悄悄绑了郑屠父女，李代桃僵扮作新娘，还要和马彪算算这最后的账。没承想，他居然替自己出手。想得出来，这么些年里，除了宰羊，他哪曾拿刀干过别的？这个憨厚的汉子，他是被逼的呀。可是，还是晚了一步，还是眼睁睁看着他死在自己面前。送给他的金丝甲呢，为什么不穿在身上？他一定是舍不得穿的。黑茉莉死了，她也没哭，可现在，一个不会武功的老实人死在她眼前，她忍不住哭了。剑再凌厉又有何用？两道冰凉的液体自脸颊缓缓滑落，是她对他难掩的歉疚，亦是对他最后的决别。

看见是她，苏牧羊咧开嘴笑了下，暖暖地闭住了眼睛。

一场雨骤然泼下，浇透了凉州。在春寒料峭的三月下雨，这是从来没有发生过的事情。这雨，淅淅沥沥的，像极一个人的泣哭，绵延了一天一夜。

白茉莉抱着苏牧羊尸体，冒雨走出听雨楼，在羊圈旁边的土坡上挖了个坑，噙泪安葬了羊倌，并在坟前栽下一株茉莉，然后又去郑屠家放开绑住手脚的父女俩。这一切，她做得正大光明，丝毫也不担心马府的官兵会闻迹追来。拼杀半生，还是护不住一人周全，最交心的人都已离她而去，这江湖再也没有牵绊，她亦心如止水。

官兵没有追来，马彪一死，马府里的那些兵丁和仆佣早已鸟兽般四散了去。其实，他们期盼这一天，久矣。

踩着半城烟雨，白茉莉一步一步走出凉州城去。从此，杀手白茉莉的下落成了一个谜，她不知所踪，淹没于茫茫江湖。

梨花落

品评武技，谁可第一？

魔刀围城，谁主沉浮？

最好的朋友可能会杀你，

最好的爱情可能会伤你，

最好的误会可能会成全你。

所以，逍遥自任性，宠辱自不惊。

折一　春水流

漠上清冷，江南已暖。

沈白离拉了驼，就这么走进江南烟雨里。巍峨的祁连慢慢远失，绵绵的春雨渐渐淅沥，一路牵驼走来，赏的是小桥流水，闻的是吴侬软语，一袭沾满风尘的塞上裘衣早和这温软之乡格格不入，也兀自不管，任一干纳罕的眼神吞没自己。

梨花山庄，该是不远的所在了吧？

目之所及，一河碧波载着几瓣梨花就这么悠悠缓缓流淌下来。那白驼见水欢喜，一声长嘶。

"呀！"一个惊骇的声音自水中而起，浪花四溅里，活脱脱跳出个女子，雪肩圆乳，竟在沐浴。

沈白离连退三步，羞得转过头去，啧啧，长这么大以来，还是第一次撞见女子裸体，一颗心在腔子里来回乱蹿，真个儿是头晕目眩。

"乡巴佬，你下流。"一柄利剑沾着水花抵在喉头，一个清丽的容颜拦在眼前。女子披衣上岸，长剑擎手，鼻孔里呼呼喷出两道怒气，冲过来讨个说法。

沈白离赶忙解释："路生不熟，误入此地，姑娘莫怪！"

"狡辩，你就下流。"女子已然被激恼，花朵般精致的面颊上腾起两团乌云，长剑怒然一抖，挽个剑花斜刺过来，端的迅疾要命。

沈白离躬身闪避，脚下却是一滞，冷不防踩住了她的裙裾，只听扑啦啦一声裂响，那女子一个趔趄，又赤条条滑入水里。

快走，快走，沈白离捂住慌乱的胸口，拉了驼匆匆而逃。

循着幽幽清香，踏过蜿蜒长街，在一处阔宅前拴驼立定。这里旧砖老梁，一派古意盎然。饕餮兽门上的铜环已被访客摩挲的逞亮，今日却闭门谢客。沈白离心中疑窦，叩门时难免就重了些。

"你若无事，就请快走，休在门前枯站。"门打开，管家俞安把着门，冷脸驱客。

沈白离敛衽一礼，急道："在下漠上沈白离，千里赶赴梨花盛会，只为拜见俞先生一面，恳请指点武技，劳烦通报一声。"

纵然说得谦逊有礼，也换不来展颜一笑。俞安子眼瞧了瞧风尘仆仆的少年，丢下一个轻蔑的眼神，懒声应道："进来吧，中厅候着去，切莫乱走，惊扰了我家少爷，有你好看。"

小心翼翼进了府，一时脚都不知该放在哪里。中厅几株古梨葱茂挺拔，枝丫间团团绽放似雪，幽幽暗香袭鼻而来，熏得人目痴神迷。好个梨花山庄，不愧乃江湖第一府邸。满目典雅精致，漠上哪曾得见？如此匠心，真非俞九公不能！心下这般思量，敬佩之情也就由不住增添了几分。

一盏雨前龙井品罢，中厅渐而喧哗，但见一干翩翩少年络绎入府，彼此拱手作揖，个个相视有礼，每个人嘴角都抿出自信的弧度，唯有沈白离暗自忐忑，把头埋向胸口，不言不语。这时，忽听得廊外刀枪相交，渐而激错，循声出来，就见两名少年正在梨花树下如漆似胶地比将起来。

使刀的长得憨实，使枪的生得秀气，刀枪激错震响，人影四下翻飞，看得人真个儿眼花缭乱。三十招下去，场中形式陡变，那使枪的突发狠力，使出一招

"长枪捣月"，直取对方咽喉；使刀的猝不及防，将头一偏，那长枪扑哧戳进肩头，就是一片殷红。使刀少年疼得身形一乱，手中大刀完全没了章法，使枪少年并不留情，又一招长枪捣月再刺要害。啧啧，世上竟有这号人！实在看不下去，沈白离纵身跳出，一剑挑去长枪，怒道："君子切磋，点到为止，你不能这样。"

俊秀少年脸就一白，斜眼打量了沈白离两眼，愤然收枪。使刀少年拱手微笑，投过来一个感谢的眼神。胜败早已定局，只是这使枪少年忒过凶狠，若不是这么拦住，就是你死我活的惨局。

"精彩，精彩。"忽然掌声响起，一位华服公子抚掌而来，身后一众簇拥，除了俞安，还有两位妙龄女子，冷艳如浩空寒月，光华不可直视，其中一位，赫然就是河间沐浴的女子。

华服公子环视场内群豪，抱拳施礼道："诸位豪侠，在下俞不周。实在不巧得紧，家父闭关修行，今年梨花盛会推延三日，届时欢迎诸位侠展身手，技逗风流。"

三年一度的梨花会，多少江湖才俊从五湖四海慕名赶来，就为展露身手，讨得俞九公口彩。九公一赞，江湖名扬。凡是入了俞九公法眼，再经他金口品评一番，登上梨花榜，想不成名都难。多少热血澎湃，此刻闻得此讯，众人顿然失落，纷纷窃语猜测起来。

俞不周充耳不闻，开口道："两位少侠如此绝学，还不知师承何人，来自何方？"

"在下海南罗念卿。"使枪少年抢先而答。

"在下辽西马东风。"使刀少年捂住伤口，施礼作答。

"你呢，仗义出手，又该如何称呼？"俞不周转过身来，盯住沈白离，顿然被他这身老土装扮皱弯了剑眉。

"在下漠上沈白离。"沈白离敛衽一礼，顺势把头深埋下去，真是冤家路窄，恨不能立时掘个地洞钻了进去。然而，他熟稔的声音早已钻入女子耳鼓。俞忘忧闻言跳起，长剑出鞘，怒刺过来："淫贼，我杀了你。"

沈白离哪里可躲，长剑刺入肩头，一团血在春风里坠落，如此迅疾的剑法，已然惊心，而她出剑的理由，更是动魄。众人一片讶愕，马东风当先醒悟，不顾伤势急忙亮刀挡剑，算是回报沈白离先前的搭救。俞忘忧挑开马东风，举剑再刺沈白离。"忘忧，别闹。"同来的那名女子柔声相劝，然而姐姐的话，此刻却也熄灭不了她沸腾的怒火。

"小妹，休得无礼。"俞不周一声断喝，斥住俞忘忧。他玉面净白，喜怒无色，处事临危不乱，且周停得当，俨然一派掌门气象。

"哥，这淫贼欺负我！"俞忘忧愤愤收剑，泪珠儿从眼眶里吧嗒甩落，真个儿无尽哀怜。"姐。"她极尽委屈，转身俯在俞墨苏怀里，隐隐啜泣。俞不周并不劝慰，继续用微笑招呼众人，把这一场变故默默抚平。末了，才冷声吩咐左右："诺，先扶沈公子疗伤，待会儿，再让他说说到底怎么回事儿？"

"淫贼，你自投罗网，这笔账，我要和你算个清楚！"擦身而过的瞬间，俞忘忧眼神如刀，刮得沈白离周身冰凉。

"我到底怎么她了？"沈白离微自苦笑，心想：这一趟入得梨花山庄，怕是不能轻易走开的了。

马东风捅捅沈白离，几乎是拽了他，跟着俞府的仆人匆匆离开。

"这个俞忘忧，厉害的紧呀，直接一个小辣椒。倒是她那姐姐，却温婉的很。"

疗伤回来，马东风和沈白离已然成了无话不谈的朋友。江湖问道，志趣相投，彼此拔剑相救，更是说不出的投缘。

沈白离呵呵一笑："她岂止厉害，简直是蛮不讲理。"

"说说，你把人家姑娘怎么了？"马东风忽然凑过身来，暧昧一笑。

"天地良心。"沈白离陡然涨红了脸，"马兄也认为我是轻薄之徒？"

"那倒不是。"马东风连忙解释，"不过瞧瞧人家那样子，就像你怎么她了似的。"

沈白离唇角发苦，尽数把原委述说出来。马东风瞪大眼睛叫道："啊呀，沈兄，那你可饱尽眼福了。"

沈白离顿时绯红上脸，再欲辩说，门外脚步沉重，却是俞安冷脸而来。一进门，俞安就不客气，一把剑抵上沈白离喉头，斥道："乡巴佬，你算什么东西，胆敢欺辱我家小姐。"

"先生，这是什么意思？梨花山庄就是这般待客吗？"马东风拍案而起。

"与你无干。"俞安盛气凌人，看都不看马东风一眼。

"他是我朋友，他的事就是我的事。"马东风亦不退让。

"你既不知好歹，那就休怪老夫不客气。"懒得再说，俞安折剑刺向马东风，坐守梨花山庄多少春秋，见惯了这些不知天高地厚的江湖后生，不给点颜色瞧瞧，就不知道俞九公的子弟岂是轻辱的？

十岁入得山庄，十八掌理家务，俞安为人兢业守分，剑术自得九公真传，"梨花剑法"自他手中乍现，端的惊鸿般绚烂。马东风本就负伤，所习"御风刀"也尚未练至极处，仅仅走了十余招，就听得惨呼一声，弃刀瘫地，新伤又添。

"你们，简直欺人太甚。"沈白离心中愤然，一招"君子问道"截住"梨花埋雪"。俞安大骇，其貌不扬的乡下小子身藏如此神技？当下后退三步，稳住摇晃身形，喘气愕道："小子，你到底何人？"

沈白离全然不理，扶起马东风道："哪有你们这么欺负人的，什么梨花会，马兄，我们走。"

"小子，你忒也狂妄，梨花山庄岂是你撒野之地？"俞安两道白眉遽然发黑，怒气浓重凝聚，只待一激喷发。

沈白离磊落挺身，凛然而问："那待怎样？"

俞安咬牙道："向我家小姐下跪道歉。"

沈白离朗声一笑："我本无意，何歉之有？"

两不相让，双剑复交，一庭梨花如雪，两道惊鸿腾耀，清脆的剑鸣之声刺破静谧，在梨花山庄的每一处角落鼓荡长吟。马东风一时看痴，心下暗自庆幸，这一趟若不来，怕是注定要错过这场精妙异常的对决了！

"老安叔，你怎么又出手伤人了，真是不该。沈公子'逍遥剑'沛然绝厉，招招克制于你，你的'梨花埋雪'怎敌他'君子逍遥'？"俞墨苏飞步赶来，向俞安焦急劝道："刚才问了忘忧，只是一场误会，你再莫怪沈公子了。"然后又转向马东风道，"实在抱歉，墨苏给马公子赔罪了。"

她声音若春蕾夜绽，又似落花坠地，轻轻一番吐落，瞬间就将场中激斗平息。不愧为武学世家，只一拔剑，底子就被她看个通透，沈白离心下钦佩，赶忙收剑入鞘，在佳人面前卖弄实在是件无趣的事情，转身向俞安道："既然是误会，那就失礼了。"

俞安脸色郁青，急道："大小姐，二小姐纵不是你亲妹妹，也不该这等护着外人吧？"

"老安叔，你这什么话！"俞墨苏闻言愠怒。

"哼，装什么慈悲。"俞安拂袖而去。

廊下梨花如雪，一时寂然无声。俞墨苏脸色发白，老管家如此顶撞，颜面自不好受，一口气憋在胸中，却也只能吞咽下去。如此情景，看得沈白离和马东风面面相觑，却也不知再说什么才好，彼此相视一眼，搀扶退下。

折二 群英会

三年一度的梨花会，是少年子弟的成名捷径。能在车轮战中挺身胜出，最后站到俞九公面前的人，必将扬名江湖。

三日已过，梨花山庄人头攒动，陆续又添了不少宾客，然而俞九公仍迟迟不肯现身。眼下江湖，俞九公"梨花剑法"独步天下不说，对各派武学更是如数家珍，神话般传奇人物，长空般博大胸襟，怕是百年才出世一个。然而，自小妾画眉病逝后，他就把自己关进密室，深居简出，痴迷清修，连家人也极少谋面。因此有传说，除却梨花盛会，若谋九公一面，难若登天。

这时人群突然一阵骚动，有人兴奋嚷道："俞九公来了。"

一辆油壁豪车辘辘驶近，驭手俞安将翠幄掀开，依次下来三人，俞墨苏当先，俞不周和俞忘忧随后，并无俞九公的影子。

俞墨苏道："实在抱歉，累大家久等。家父闭关决意谢客，本届梨花会由我们三兄妹主持。"

"俞先生所修何功，这等神秘？"

"我们千里赶来，俞先生拒而不见，还办劳什子梨花会？"

"敢问大小姐，你可识得武功吗？"

在场的都不是庸手，听得如此结果，又看得俞墨苏毫无武功，不由牢骚讥

诮。忽听一声断喝，一杆长枪舞得银星闪耀，如蛟龙出涧，直往俞墨苏身上扎来。俞忘忧拔剑欲拦，俞墨苏淡然道："小妹，不必。"

果然，长枪在距她心口一寸处停住，枪尖微微颤动，闪着诡异蓝光。出手青年收枪道："佩服小姐如此镇定，得罪了，请指教。"

"海南罗家追魂枪，果然名不虚传。"

罗念卿微笑点头，"小姐过奖，在下海南罗念卿，师从家父，苦练追魂枪法，只为今日江湖扬名。"

俞墨苏道："天下武学，皆心气运至。心达，则驰骋天下，心隘，则故步自封。寻常人学枪，最大的弊病是天资不够，悟性不足。公子天赋异常，却被心气所抑，没能发挥出长枪的洒脱和凌锐。若一贯心浮气躁，彻不改之，遇到沉静的对手，必将一败涂地。"

罗念卿冷哼一声，"黄毛丫头，纸上谈兵！"

听得如此奚落，众人闻言色变，罗念卿兀自冷笑，一柄剑飞鸿而至，伴随一个沉稳刚健的身影，吐出一个朗朗正气的声音："你既如此骄傲，我便领教领教！"

俞不周怒然出手，梨花剑法岂是软技，怎容他人在自家门口撒野？"我也领教领教！"俞忘忧抽剑而上，也是满面气愤。

"小妹，你退下，免得让人说我们联手欺负他。"

"哥，你歇歇，对付他我一人足够。"

知道她性子，俞不周收剑而退，肃立静观。俞忘忧剑法迅疾狠辣，招招逼命，旁人暗自喝彩，俞墨苏却看得焦急，不由秀眉渐蹙，两个刚烈的人这样硬碰硬下去，小妹力道柔弱，必要败北。

果不其然，不过三十招罢，俞忘忧已然乱形，罗念卿一枪疾变，枪尖从喉咙掠过，挑开她满头乌云，俞忘忧失惊之下身子一个趔趄，几乎摇晃摔倒。

罗念卿唇角抿出一道骄傲的弧度，俯身揽住她跌落的身子，就在一瞬间，温热的嘴唇几乎触到俞忘忧脸颊。他并不避顾，表情专注且狂热，声音也变了腔调，"好香，好香。"

俞忘忧花容失色，极力脱开纠缠，怒道："你是我见过的最讨厌的人，从此不要出现在我面前。滚开！"

罗念卿瞪着俞忘忧，怔了半晌，方讷讷道："我一时犯浑，不是故意冒犯姑娘。"

众目睽睽之下，这番轻薄家妹，俞不周岂能坐视，怒然拔剑，一道人影已然抢先入场，替他出了手。那人身形凛然，剑法卓绝，居然是扮相老土的乡下小子！

自梨花剑法独步江湖以来，操练其他剑术无疑是自取其辱。沈白离只一出手，俞不周就心下暗奇，不由刮目相看。罗念卿轻蔑一笑，一杆长枪狂卷生风，携带冰冷杀气，正是追魂枪中最狠辣的毙敌之招，向沈白离当胸扎来。

"公子，小心。"俞墨苏一声惊呼，闭住眼睛，闻得枪折剑落，再待睁眼瞧时，却是罗念卿狼狈伏地，沈白离洒然而立。

"君子逍遥，果然磊落。"俞墨苏微笑舒气，口中不禁称赞，转身又向罗念卿叹道，"墨苏从不虚言，罗少侠心气桀骜，你且看看，沈公子沉稳如山，便是你不可跨越的人。"

"哼。"罗念卿丢下一个怨恨的眼神，拾了枪低头下台。

俞墨苏颦笑之间，无不优雅迷人，尤其对武学见解，更是入木三分，沈白离痴痴看去，她在自己眼中凝结成一幕绝美风景。

当晚躺在榻上，不由辗转难眠。真是怪了，俞墨苏清丽的容颜盘旋眼前，久不消去。她明眸浩水，极尽清波，只是一眼，便镌一生。

子夜里披衣坐起，沈白离心想："我莫不是着魔了？"

第二日刚刚起床，俞不周就登门造访。一照面，就肃然道："恭喜沈公子，不周代父亲指婚，将小妹忘忧赐婚与你，你且准备一下，今日完婚。"

"什么？"沈白离闻言尖叫，浑身僵直，这一趟跋山涉水，只为赶赴梨花会，谒见俞九公，既不得见，只好辞行，又娶得哪门子娘子？急忙道："别别别，不周少爷，我虽无意中之人，但江湖飘泊惯了，实不愿给自己羁绊。况且，眼下身贫如洗，如何配得上忘忧小姐。"沈白离叹息一声，收拾行囊就要出门。

俞不周跳将过去，拦住门口，脸色沉郁道："不行，你轻薄了忘忧，叫她如何以清白之身再去嫁人？"

"你，你这算什么理由？"沈白离哑然苦笑。

俞不周脸色发青，已然激恼："忘忧沐浴被你撞见，这事而今江湖尽知，女孩子颜面重过生死，你不娶她，你说，叫她如何再活得？"

"不行，绝对不行。这算哪门子事情？"沈白离兀自摇头，口气坚决，这种强绑来的艳福，旁人也许艳羡，自己决不接受。

"不识抬举的东西！"俞安再也按捺不住，抽剑出来，"少爷，跟他啰唆什么。宰了他，让小姐安心再嫁。"

俞不周默然无声，俞安遽然出手。

"真是荒唐。我是来切磋武技的，不是来攀亲戚的，你们找错人了。"沈白离冷冷一笑，再不多辩，逍遥剑挡开俞安，虚晃一剑劈开窗棂，跳窗就走。

"呀，想逃，没门！"俞安咬牙切齿追了出去。

一庭梨花簌簌而落，飘零入尘。参加梨花会的五湖子弟皆居客舍，这一切罗念卿自然尽收眼底，起初是震惊错愕，此刻是眉展眼笑，苍天开眼，心中是不尽的感激。

梨花树影里，俞忘忧跟着哥哥悄然而来，静待他的答复。一贯倨傲的女子，没承想被他这般冷落嫌弃，简直奇耻大辱。一口糯米细牙咬进嘴唇里，沁出了血。罗念卿轻移脚步，心疼地递上方巾。

"滚开！"她打落巾帕，甩泪跑开。

梨花缀枝，殿宇交叠，雕梁画栋错落隐于其间，任凭沈白离脚底加风，也逃不出茫茫尽头。从这边蹿入，又从那角拐出，满目的梨花朵朵，扑鼻的团团清香，最后依然在梨花山庄里打转。这江湖第一府邸，端的繁复庞杂，想必俞九公毕生心血，全部砌聚在这砖瓦雕梁之上了。

俞九公，天山剑魔的正宗传人，当今江湖的不世奇才。五岁学剑，十岁技成，十八岁剑挑刀王莫三刀而一举成名。少年英雄终敌不过儿女情长，自从江南遇见冯绿萝，一眼陷落，入赘梨花山庄，从此耳鬓厮磨，双宿双栖，江湖上多了个温软的情郎，少了个天才少年。

"小子，往哪里跑，必须给小姐一个交代。"俞安怒目紧追，自从听闻俞忘忧受辱，愤怒就要爆破胸膛。俞忘忧虽说是画眉夫人的庶出千金，却也是俞九公最疼爱的掌上明珠，怎容得这么个毛头小子垂涎觊觎？

俞安几个轻盈腾跳，就从捷道包抄住沈白离，哂笑道："堂堂梨花山庄，可不是你们乡下园子，由着你使横撒野。"

"这般相逼，你待怎样？"沈白离端身站定，洒然面对。"哼哼，自你进庄，我就横竖瞧你不顺眼，不取你性命，难洗小姐清白！"俞安冷自一笑，挥剑封住去路。

"执剑行走，我不杀人。逼我出手，好吧好吧。"沈白离抽出剑来，不剁掉这尾巴，梨花山庄自然逃不出去。他着实也恼，不过一场误会，对方如此不依不饶，这人人敬仰的梨花山庄，竟然这般不可理喻！

沈白离心下来气，剑法自然添了狠辣，"君子逍遥"陡然一变，"君子之怒"沛然洒来，俞安老眼发晕，直觉天地间一蓬嫣红刺目惊洒，那是他的血，从左颈迸射而出，瞬间将自己湮没。

"你——"俞安急转回头，满腹惊愕不待吐出，就已伏地。他尸体后侧，俨然站着一人，高如铁塔，黑衣黑面，执刀而立，刀上赫然镌刻着一枚骷髅头骨，在如此清朗的早晨，说不出的阴冷森寒。血，一滴一滴，沿着寒光腾腾的刀尖犹自滴落，触目惊心。

那是俞安的血。沈白离长剑尚未抵达，俞安就被这个鬼魅一样的人一刀毙命。来人诡异的扮相和出手，一时把沈白离也给惊住，他挥剑急问："阁下何人？怎么就随意杀人？"

黑衣人晃了晃骷髅刀，鼻腔一哼，低头不屑道："孤陋寡闻的东西。老子想杀谁就杀谁。"话音未落，骷髅刀迎面砍来。沈白离闪身避开，挥剑迎敌。

黑衣人刀法精纯，只是高大的身形施展起来，不免笨拙。逍遥剑本就飘逸洒脱，加上沈白离身形灵活自如，几十招过去，黑大个便被他晃得眼花缭乱，以守为攻了。

沈白离瞅准机会，逍遥剑拼力一刺。

黑衣人惨呼一声，夺路而去，这一剑刺中要害，挨不了几时，沈白离躬身蹲下，伸出手指探去，俞安浑身僵硬，已经气息全无。他微叹一声，还未起身，就听得脚步声杂沓而至，俞不周带着家眷闻声循来，乍见血泊里的老管家，悲呼一

声"老安叔"，顿时泪雨倾盆。

阳光般俊朗飘逸的少主人瞬间涕泪交加，一众家眷又惊又怜，慌了手脚。少夫人早逝，俞不周和俞忘忧自小便被俞安带大，老管家外表看似严厉，却是个内心里温热的人，陪着两个孩子摘青梅做女红，伴骑马教练剑，真个儿视同已出，一日日下来感情日益厚重，亲近的人就这么死了，换了谁都接受不了。

"沈白离，你忒也狠毒！"俞不周洒泪泣道，"原以为你憨厚率真，是条汉子，没承想你狼心狗肺，这等凶残。"

沈白离苦笑抱拳，赶紧解释："少庄主误会，人不是我杀的。"

"天地良心，你还要狡辩吗，我当真是瞎了眼，还将忘忧往火坑里推。"俞不周抹掉泪痕，咬牙道，"今日粉身碎骨，也要宰了你，替我老叔偿命！"

"你且等等。"俞墨苏拼力按住俞不周愤怒的剑鞘，"听姐姐的话，先问个明白，再动手不迟。"她转身望向一脸无辜的少年，清丽的眸子里腾起一层水雾，疑道："沈公子，难道凶手还有别人？"沈白离郑重点头："墨苏姑娘，人命关天，我怎会妄言。你们管家追我至此，一个拿骷髅刀的黑衣人突然出手，一刀杀了管家，而后挥刀向我，被我逍遥剑刺伤逃走。你们若是怀疑，派人抓来对质便是。"

纵然说的坦诚，俞不周却冷哼一声，一把推开俞墨苏，唰地拔出剑来，怒道："老安叔死了，你还祖护外人？这等下烂理由，可信吗？"

"骷髅刀？可是这个！"俞墨苏伸手入怀，摸出一块东西，朝众人晃了一晃。沈白离凝目瞧去，那是一块骷髅头做成的乌金令牌，和黑衣人刀柄上镂刻的一样阴寒诡异。

"魔刀门？"俞不周一言脱口，众人无不惊骇，齐叫道："骷髅亮相，灭门无存！"

"沈公子没有骗我们，是魔刀门来了,那个高个子黑衣人应该是三煞之一的'天煞'！"俞墨苏神情镇定，走过去站在俞不周身旁，吩咐道，"三天前我收到了骷髅令，所以梨花会才延期了三天。弟弟，快召集族人，商量对策。"

折三 酒忘忧

火把点亮，梨花山庄里亮如白昼。

家眷和仆佣们全部聚集起来，每个人都沉默着，神情肃穆凝重。参加梨花会的一干侠少默默站在另外一侧，期待听到一个结果。

俞墨苏再次拿出那块骷髅令牌，清一下嗓子，淡淡说道："三天前魔刀门派人送来了这个，据说骷髅亮相，灭门无存。魔刀门嗜血无情，莫三刀魔下的'天地鬼'三煞，这次也全部出动，誓要血洗梨花山庄，这是笔陈年旧账，与诸位无干，断不该把大家牵连进来的。"

"大小姐，别说了，我们死也要和你在一起。"几个年迈的老佣人扑通跪下，紧接着，全府的人都跟着跪了下来，有几个年轻的还忍不住啜泣起来。

"不可，不可。"俞墨苏急忙上前，俞不周和俞忘忧也跟随过去，一一搀扶起他们。俞墨苏道："你们大部分人，都是拖家带口来到庄里，心甘情愿追随家父多年，这份情义我们姐弟三人都是清楚的。我们与你们，名分上是主仆，其实也可算作家人。"说到动情之处，俞墨苏不由眼圈潮红，她平定了一下情绪，继续道，"魔刀门太过凶残，我们无力抗衡，你们也再别执拗了，全部活下去，才是我们梨花山庄的骄傲。"

众人不再作声，俞墨苏转过身去，用手一指后院，压低声音道："魔刀门迟不动手，估计是顾虑梨花会高手云集，不想多生事端。这样也好，大家趁机从后院柴房下的秘道出城，今夜就走，越快越好。诸位侠少也请自便，今年梨花会到此结束。"

那日听闻俞九公闭关，众人就觉扫兴，今日又摊上这等霉事，谁还有雅兴驻留？"魔刀门"的来头，谁不惊悚？俞墨苏话音甫落，一干参加梨花盛会的江湖侠少，呼啦啦走了个干净。

"你们……你们……"众人一散，俞不周愤然转头，气得挥拳砸出去，身旁老树莫名挨了一拳，满树梨花震落一地。"看你，人各有志，不要强求了。"俞墨苏叹气走过去，兀自取下苏锦披风，割下最柔软的一绺子，替俞不周包住滴血

的拳头，语气平静道："你带忘忧也走吧。"

俞不周愕然拧眉，仰头笑道："姐姐小觑我了，不周不是怕死的人。"

"你想让父亲断后吗？"俞墨苏声音沉重下来，急道，"听话，梨花山庄还得仗你延门续楣，报仇雪耻呢。"

"对不起，姐姐，这次不能依你了。俞家的男人，宁可站着死，也不愿跪着活。"俞不周不为所动，语气异常坚决。

"你不听话，我就死给你看。"俞墨苏拔出剑来，抵在自己喉头。俞不周负手而立，视而不见。一时场中静谧压抑，一直沉默着的俞忘忧两下里焦急张望，不知劝谁可好。

沉默，沉默，久久的沉默。终于，俞墨苏颓然弃剑，两道晶莹的液体自脸庞奔涌泄下，抱住俞忘忧，姐妹俩抱头而泣。

俞不周目光投向门外，天色已然暗沉，乌压压笼罩下来，欲将这江湖第一府邸彻底湮没。他眼神坚毅而清澈，是这黑夜里唯一执着的光明。敌人层层围庄，父亲闭关不出，总得有人撑起坍塌的天空吧。

俞不周拍拍姐妹俩的肩膀，催促道："你们走吧，我来会会莫三刀！"

俞墨苏和俞忘忧洒泪而去。

俞不周转过身来，身后远处，还有三人一动不动。

"三位请便，梨花山庄不需要你们怜悯。"俞不周傲然昂头，冲沈白离道，"尤其你，最好滚远，少在我面前晃悠。"

"马兄，跟我来。"沈白离并不在意，带着马东风离去，不多时两人折回，赫然抬回来一具尸体。

俞不周正砍下一株白梨，分削成段，将俞安尸体围拢覆盖了，来不及打做棺椁，只能如此葬了，心上才略略好受些。

"不是我留恋这里，但必须说清楚，你们管家不是我杀的。"沈白离将抬来的尸体放在俞安前面，再次声明。"如果还辨不出来，不周少爷不妨验验你们管家身上，到底是剑伤呢还是刀伤？"马东风补充一句，冷笑提醒。

俞不周凝目下去，凶名赫赫的魔刀门"天煞"，居然就躺在自己脚下，死了。他惊骇抬头，望向沈白离："你真杀了他？！"

"嗯嗯。"沈白离诚然点头，"他被我一剑刺中，走不了多远。"

"你逞什么英雄？"俞不周暴跳而起，撕扯住沈白离袍子，咬牙道，"你杀了他，岂不坐实了仇恨，让梨花山庄和魔刀门彻底结下梁子吗，你到底何人？你是何居心？你说！"

"你这什么浑话？"沈白离哑然苦笑道，"他杀了你们管家，又要杀我，我不杀他，任他杀了？"

"滚，梨花山庄不欢迎你，我一刻也不想见到你。"俞不周拔剑驱客，眼神冰冷通透。

"沈兄，我们走，简直不可理喻。"马东风拉着沈白离，愤然掉头。

"站住！"远处梨花堂门忽然打开，随着一声冷喝，一个中年妇人急步走来，拦住两人。俞不周躬身唤一声"母亲"，收剑入鞘，垂手而立。

"俞安！"看见亡人，妇人悲不可抑，羸廋的肩膀不住颤抖着，衰老有时候在一瞬之间就可吞没风华。岁月有情亦无情，曾经倾倒江湖的美女唐绿萝，绰约光华褪去，青丝覆染白雪，看着美人迟暮，真是叫人唏嘘悲怆。

"你就是沈白离，欺负我家忘忧的？"唐绿萝目光如炬，犀利地扫过来，盘绕在沈白离身上，"听下人们说了，虽说是场误会，可女孩子的名节大过生死，这事儿，你得给忘忧个说法。还有，你杀了天煞，陷梨花山庄于磨难之境，你，可不能就这么走了！"

"夫人，您误会了。"沈白离闻言苦笑，口里是无尽的苦涩，心里压抑酸楚，忽然懊悔起来：这一趟跋山涉水赶来，凑得是哪门子热闹？开口想解释清楚，反倒涨红了脸，一时结巴难言。

"你休得再辩，我喜欢听话的孩子。"唐绿萝口气强硬，声音愈发冰冷，"不要以为你的逍遥剑多么了得，告诉你，我唐绿萝也不是浪得虚名，只需我一声号令，我们娘儿几人收拾你还绰绰有余。"

这时脚步得得，却是俞墨苏和俞忘忧焦急折回，姐妹俩带领大伙找到秘道，安全遣送掉众人后，就义无反顾地返回了，都是血脉相连的骨肉，岂可忍心分离苟且偷生？

"眼下魔刀围庄，你也走不出去。且先住下，等他们杀进来，你再解释吧。"

沉默片刻，唐绿萝再次凝目沈白离，从始至终，她的容颜和语气都是冰冷的。末了，才温和地补了一句："不周，去把你父亲的陈年花雕拿出来，好好待客。"

"莫三刀此来，必是为夺千年白梨，你们小心守着，我去画眉楼，请你父亲出关！"晚风拂过，满树梨花兀自飘落，堆成一地白雪。唐绿萝最后嘱咐一句，面无表情地离去，留下无尽的沉默。

俞墨苏目光投来，双眸里尽是愧意，母亲如此刁难，她亦尴尬难言。沈白离本不善言，遇上个凌厉霸道的唐绿萝，更加有口难辩。也罢，他索性拉住马东风，示意双双留下来，喝酒解闷。

花雕上桌，别是江南韵味，沈白离轻呷一口，不似漠上烧刀子痛快。

马东风陪着他，一杯接一杯端着，无话。罗念卿坐得远远的，悠然自酌，一副幸灾乐祸的样子。马东风剜他一眼，又拍拍沈白离薄肩，无奈一叹。江湖行走，总有些羁绊和无奈，谁就真能一把刀剑逍遥挥洒不管不顾？自入得庄来，沈白离摊上的这一摊子事，连自己想想都觉得好烦，好烦。

"这个唐绿萝，可是个不简单的人。"马东风端着酒杯，还是忍不住说道。

沈白离没有说话，默默点头。

"沈兄，想开些。"马东风劝慰一句，仰头把酒倒入口中，忿道，"你我刀剑合力，杀出去吧。这梨花山庄，真他娘的压抑。"

沈白离摇摇头。马东风大骇道："沈兄，你要留下来对抗魔刀门？"

"你说，我们苦心学剑到底为何？剑成之后来这梨花山庄又是为何？难道就只为了江湖扬名吗？我不全是。相信马兄也不全是。"沈白离吐出一口深气，"但是，有些事儿看不过眼了，就得刀剑说话。况且，如此大敌当前，俞九公闭关不出，你就相信？"

"可是魔刀掠过，寸草不生呀。"一想魔刀门的凶名，马东风无不忧虑。

"怎么，你怕了？"沈白离凝目过去，和马东风目光碰在一起。"这个，倒也不是。"马东风低头沉默了片刻，复又朗声道："既然沈兄决意留下，水里火里，我便陪你。"

"好，如此爽快！你这个朋友算是交定了。"

其实脾性相投，过多的言语难免多余乏味。两人振身而起，酒杯相碰，仰头饮尽，然后就是清朗豪迈的笑声。

如此旁若无人地倾谈，对酒，互慰心事，拿自己跟空气似的，罗念卿再也儒雅不住，将手中的玉琥珀酒杯狠狠掷地，踩着清脆的碎玉破裂声，摔门而出。

沈白离和马东风相视一眼，均是疑惑：他留下来，又是为何？

折四 画眉楼

江南的春才露一小手，梨花山庄里就姹紫嫣红了。白的是花，绿的是树，粉的是楼；花是梨花，树是梨树，楼是阁楼。

梨花剑法本就是江湖一绝，而更绝的是梨花山庄里还有一株千年白梨，而那千年白梨又长在神秘的画眉楼里，可谓绝上加绝，奇上添奇。

俞忘忧闷闷不乐地走着，罗念卿不紧不慢地跟着，就快到画眉楼下时，俞忘忧惊鸿般转身，一剑劈来，怒道："再若缠我，要你好看！"

罗念卿并不避让，任她长剑挑破他锦服，扎入肌肤，沁出血来。

"你这人，怎的这般固执？"俞忘忧慌忙撤剑，看着他鲜血染红了锦袍，不知如何方好，迟疑了一下，递上块帕子去。他趁势钳住她的手，眼神痴迷，口气狂热："看忘忧一眼，便铭记一生，我要留下来，护小姐周全。"

"呀，你放开我。"俞忘忧欲脱开手，他却钳得更加牢固，以致把整个身体都靠拢上来。"你干什么？你疯了不成！"俞忘忧涨红了脸，还要继续嚷嚷下去，他温热的唇猛然噙住自己，瞬间吞没了所有声音。

罗念卿呼吸浓烈，狂烈的吻落在俞忘忧项颈之间。他不顾一切地捧起令他沉迷的精致脸孔，如饥渴旅人一样忘情吮吸。春天来得如此迅急，空气里到处弥漫着奢靡和蠢动的气息，每一刻都足以令人沉迷。这突至的甜蜜，一下子撞乱了心，叫她羞涩噤声。

纵使情难自持，罗念卿也没有逾越礼数，只在梨花树下忘情拥吻了心中的姑娘。他急切道："忘忧，三年前的上元夜，我在凉州城第一眼见你，灵魂就已出窍。从此吃饭为你，睡觉为你，拔枪为你，日日夜夜无不念你。"

俞忘忧闻言一愕。三年前凉州灯盛，天下为动，父亲特意批准，老管家俞安

带着哥哥和自己，经长安，出潼关，抵达漠上，长河落日，驼铃叮当，凉州满月，胡人琵琶，至今犹落在耳边和眼里，成为今生最难忘却的异域记忆。此时被他一言打捞，仿佛一切重现如昨。

"有时候一眼就是一生。我四下打听，才知你是俞九公的掌上千金，于是一路流浪，只为寻你而来，我不是疯子，我喜欢忘忧甚过自己。"

自母亲离世，再未听到这般滚烫的言语，他的表白犹如漠上红柳，真实而热烈，令她沉迷沦陷。前日府上初见，他失魂落魄的眼睛就泄露了他的心事。其实，她并不讨厌这个少年，相反，忽然有些喜欢。

"咦，你也去过凉州？"她好奇而问，忽又娥眉紧锁，"魔刀围庄，我们还能撑得了几时？"

"你莫烦心，我是来救你的，可不是为参加这劳什子梨花会来的。"罗念卿一振长枪，"即使粉身碎骨，我也要救你出去！"

情窦初开的年纪，爱情总是莫名而唐突，岁月美好，若没有如此变故，这该是怎样的一场欢喜？

"再别说了。"俞忘忧忽然忧伤，说出心中迟疑，"我不走，我不能丢下我哥哥。"

"你们兄妹情深，我自懂得。你且等等，我去劝他，一并快走。"情势紧迫，罗念卿嘱咐一句，闪身而去。

远处梨花树影里，唐绿萝将一切尽收眼底，看着梨花树下缱绻缠绵的情人，她冷冷地笑了一笑，就拐进画眉楼里。

中天一钩残月，洒下惨白光华，二更的锣声慢吞吞传进幽深老宅里，平日威严整肃的画眉楼愈加阴寒狰狞起来，等了良久，也不见罗念卿返回，一想，必是哥哥不肯同行，那么骄傲的人劝其服软出逃无疑是徒然，俞忘忧一拍脑门，径直前去看个究竟。

才过廊桥，还没走上几步，猛听得窸窣之声破空而来，循声惊骇瞧去，满目黑黢黢的影子，从数丈高的青瓦石墙上遽然落地，粗略打量，对方足足有二十人之众，俞忘忧吐出一口凉气，赶忙站稳脚跟，拔出随身佩剑，凛然道："嚯，魔刀门终于来了，让我先会会你们。"

二十余条黑影将她团团围住，对方皆是黑衣黑面，手执骷髅大刀，看上去森寒诡异，犹如半夜从阎罗殿里逃窜出来的厉鬼。中有一人，个头奇矮，不足五尺，却发号施令，指挥布局，俨然是他们当中的首脑人物。

俞忘忧禁不住冷笑，"这里只有我一人，居然劳驾你们这么多人动手，魔刀门真是徒有虚名。"

矮个子不动声色，只手一挥，多半杀手向着画眉楼里奔去，剩下六人齐齐挥刀，幽灵一样向俞忘忧围拢过去。

俞忘忧秀剑一指："小个子，你可是'地煞'？动手之前，我倒要问问，梨花山庄与你们何怨何仇？你们为何要赶尽杀绝？"

地煞冷哼一声，并不回答。

俞忘忧斥道："哼，不说我也知道，一定是为千年白梨而来，对吧？你们这群豺狼，简直痴心妄想！"

俞忘忧话音未落，骷髅刀已经迎面劈来，两名杀手攻左，两名杀手击右，两名杀手袭后，六人刀法狠辣，从三个方向直取她命门要害。对方出手迅疾，虽然也是梨花剑法，此时被六人纠缠，俞忘忧招法尽乱，一时慌了手脚。

地煞不动声色，目光移向远处，喉头突然就动了一下。却见远处疾奔来两人，身形矫健，骨骼不凡，自然是赶来相援的。他立即呼哨一声，手下六人得令，不再恋战，使出绝招。

俞忘忧一声痛叫，臂膀上挨了一刀，殷红的血瞬间染了青丝雪袍。六名杀手狰狞一笑，就在得意瞬间，俞忘忧拼力挥剑反击，一招"梨花零落"使出，那是梨花剑法的最后一招，也是最为精绝的一招，一剑刺出百重剑影，就在虚实交间里，两名杀手噗噗倒地，血流如注。梨花剑法不亏名动江湖，剩下的四人面面相觑，稍作迟疑，再次围杀上来。

千钧之际，一剑飞来，那个令她厌恶的男子居然出手解围。

沈白离一剑挑开四刀，将俞忘忧救出重围，推到马东风怀里，急唤："马兄，带她走。"

马东风慌不择路，背起俞忘忧竟向画眉楼而去。

四名杀手大惊，方知遭遇了强手。相互递个眼色，重新变换阵式后从四面发

招，四把骷髅刀向沈白离齐齐劈来。

沈白离动也不动，出手依然是"君子逍遥"，只是飘逸中添加了怒气和恨意，干净利落的四招，眨眼间结果了四人性命。地煞骇然变色，怒道："你是何人？魔刀门只灭梨花山庄，与旁人无干。"

沈白离冷笑了一声，长剑直指地煞道："道不平，德化之；事不平，剑削之。在下漠上沈白离，看不惯你们魔刀门行径，今天这事，我管定了。"

"你既然寻死，我便成全了你。"地煞怒极拔刀，就地一滚，劈面砍来。天煞使得是灭顶刀，地煞使得是滚地刀，两人刀法路子不同，狠辣劲道却都相同。

沈白离沛然出剑，依然是"君子逍遥"。狠辣的刀遇上逍遥的剑，多少凶招居然都被轻柔化解，毕生所学倾囊使出，却伤不得他半分，地煞手心冒汗，脚底发虚，眼神飘忽，心气不宁。

"哼，多行不义必自毙，看剑！"沈白离看准时机，一声怒吼，逍遥剑兜头向地煞刺下——

厮斗激烈，俞不周和罗念卿几人全部闻声赶来，放眼瞧时，武学圣地里血腥浓烈，满眼是地狱般的惨烈景象。

楼外，地煞气绝倒地。楼里，俞忘忧一声惨呼。

沈白离收剑冲进楼去，唐绿萝跌撞着走出楼来。

"天煞和地煞已死，魔刀门基本杀退，你们都过来，我有话说。"唐绿萝踉跄坐地，突然悲声大哭，"可是，忘忧——她也死了。"

俞不周和罗念卿闻言如遭雷击。

自此，江湖中最令人敬仰的武学世家一夜衰落，而凶名卓著的魔刀门亦是几近瓦解。

"母亲，您莫伤心，且先歇歇，我们从长计议。"夜色深浓，寒气又逼人，担心母亲悲伤难消，俞墨苏搬过一把紫藤椅子，扶起唐绿萝，请她坐下说事。

"傻孩子，我哪有这门心思呢。"唐绿萝神色焦急，并不入座，垂泪叹道，"魔刀三煞中最为诡谲的鬼煞尚未现身，而莫三刀，又在庄外磨刀霍霍，我们——仍然是笼中囚鸟！"

一番恶战，已经斗得精疲力竭，对方最神秘的人居然尚未登场，想想真是不寒而栗。场中之人不由埋下头来，心中皆是不可把捉的空茫。忽然，唐绿萝一指画眉楼，但见楼里大堂之中，沈白离还在凝望着俞忘忧尸体发怔。唐绿萝大声道："你们看，这个人绝对有诈，自他入庄，先是调戏忘忧，接着杀了俞安，而现在，忘忧也命丧他手。如此诡异歹毒，我若猜得不错，他就是鬼煞。"

"怎么会？他不是！"俞墨苏闻言失色，不可置信。

"鬼煞行事诡异，是魔刀门最后的杀手锏，不到万不得已绝不暴露自己。不周，快去杀了他。"唐绿萝向俞不周吩咐一声，又朝罗念卿着急催促，"还有你，愣着干什么，不替忘忧报仇吗？"

一语点播，两人恍然梦醒。俞不周悲愤拔剑，罗念卿目眦欲裂，仇恨化作烈焰，双双冲杀进去，恨不能将沈白离碎尸万段。

"墨苏，你又发的哪门子呆？"唐绿萝脸色骤变，几乎跳将起来，骂道，"柔弱的东西，眼下不是他死就是我们死。去呀，快去添个手呀！"唐绿萝扑过来，抽出佩剑塞入女儿手里，几乎是连推带搡的，就把俞墨苏推进画眉楼里。

眼看着沈白离被仇恨包裹，唐绿萝吐出一口长气，这才搬过藤椅，满意坐下，稳稳把住了门。

折五 万古愁

画眉楼是梨花山庄的别业，二十年前就已荒废，当年俞九公派心腹昼夜把守，就是俞墨苏姊妹几个也不得擅闯，历来就是梨花山庄的禁地，若不是遭此动乱，今夜又如何能进去？

楼里正堂中央的烫金匾上赫然题着"画眉楼"三字，遒劲飘逸，却是俞九公手笔，一切恍然如隔世。楼里倒也稀松平常，无非是些亭台水榭和木鱼香炉，只是看上去尘灰铺地萧索的很，而那株传说中神秘的千年白梨并不可见。

大殿当地，俞忘忧静静地躺着，火光映照下来，洒下明亮灼目的光芒，她的面容还是那么清丽，仿佛只是甜美地沉睡了去，唯有那浸染雪袍的血，触目惊心，不可挽回地证实着她的死亡。

罗念卿呆呆地守在她身侧，目光涣散，浑身抽搐。俞不周早已拔剑上去，杀

得昏天黑地，誓要手刃仇人，替小妹报仇。

　　只一眼，俞墨苏泪如珠线般掉落。自小戏耍长大的姊妹，仅仅转瞬之间就阴阳两隔，这该是何等的悲痛！

　　不知何时，马东风站在身旁，轻轻递过来一张帕子，道："大小姐可曾见过千年白梨？"

　　俞墨苏悲伤摇头。江湖传闻虽盛，可是父亲的严厉和怪异，她们兄妹怎敢去犯讳？二十多年的无忧岁月，这里，从来就是不可涉足之地。倒是母亲，用无休止的争吵，争得了父亲默许，换来出入画眉楼的自由。可终究看得出来，母亲并不快乐。

　　俞墨苏拭去满脸泪痕，忽然问道："公子可知，这千年白梨到底如何神奇？"

　　马东风沉吟片刻，沉声道："人之寿命，不过百年；树之树龄，又岂能逾越千载？所谓千年，不过是哄人的鬼话罢了。墨苏小姐，你也信得？"他的眼神暗若深潭，令人不可直视，停顿了一下，又继续道："依我之见，老梨顶多入药，祛祛肺痰解解咳嗽，抑或打造成珍稀的梨木棺椁卖个天价，再真是一丁点儿用处都没有。哼哼，这次魔刀门压根儿就不是为千年白梨来的。"

　　"喔，那是为何而来？"俞墨苏闻言蹙眉，仔细打量一番马东风，他清俊的面容在火光下明灭飘忽，令人难以捉摸，眼下沈白离被困，他也不去援手，俞墨苏不由纳闷道："这般原委，公子是怎么知道的？"

　　马东风没有回答，转身，径直向画眉楼深处走去。

　　殿内厮斗激烈。

　　俞不周披头散发，杀红了眼。他长剑飘飞，梨花剑法的九九八十一式悉数抛洒出来，居然没伤着沈白离分毫。天下武学浩瀚如海，有时候稍微一个松懈就被后浪掀翻，梨花山庄这几年闭关自封，与江湖各大门派联络渐少，对新涌现的武学技法更是知之甚少。这沈白离，这逍遥剑，今天就是个难堪的例子。但是，仇恨已然烧红了眼睛，即便玉石俱焚，也要手刃仇敌。

　　俞不周悲吼一声，再次振剑，梨花剑法的九九八十一式再度抛洒。这一声，一下子激醒了罗念卿。他洒泪站起，眼里是茫然的空，还有蚀骨的恨，追魂枪怒然一抖，大叫着冲了上去。

"你们欺人太甚。"沈白离终于被激恼，剑下再不留情，怒吼道，"自我进庄，你们就步步紧逼，当我真是没性子吗？"

说起来，练得逍遥剑法也算一场奇遇。十年前浪迹到祁连山下，遇到个虬发袒胸的酒鬼，一坛家酿的眉寿酒，换得一本残破剑谱。老酒鬼告诫沈白离，逍遥剑法若要达到臻纯之境，修炼者要旷达无争，必戒戾气。这些年沈白离温良恭俭让，对人事自然一团和气。可今日今时，他再也沉静不下去。

"你们欺人太甚。"沈白离怒不可抑，"俞忘忧不是我杀的！"

逍遥剑沛然生风，呼啸若蛟龙肆海，电光石火之间，罗念卿便长枪脱手，持枪双手上鲜血淋漓，登时扑通摔地，他还未出手，就已颓败，想想复仇无望，不禁清泪横流。

"听见她呼叫，我一进门她就躺在地上。你们凭什么诬陷我？"沈白离逍遥剑疾转，直指俞不周眉心，俞不周身心俱乱，梨花剑法尽失风采，当下绝望闭目，引颈受刺。

"沈公子息怒。"俞墨苏惊呼一声，拔剑飞身挡来，清雅的身影瞬间扑灭他沸腾的火焰，救俞不周于剑下。俞墨苏喘气站定，目光投射过去，真诚而期待，"那么，凶手是谁？"

"能杀她的，只有你母亲——唐绿萝！"沈白离怒然收剑，极力让自己平定下来，一字字道，"因为那时，只有她慌慌张张跑出了门。"

"是的，我不喜欢忘忧。还有你，俞不周。"

唐绿萝推开殿门，款步走了进来，表情平静，声音也很平静。

"母亲。"俞墨苏轻唤一声，口里发苦，却不知道该说什么。

俞不周的惊愕并不亚于姐姐，多年来仰望的母亲，突然之间变得如此陌生。他大骇道："母亲，这到底怎么回事？"

"都是拜你父亲所赐。"唐绿萝大笑起来，笑声尖厉如刀，在每个人心上冰凉划过，"哼哼，好个江湖上人人敬仰的掌门宗师，背地里却是个地道的伪君子！"

沈白离凝目瞧去，唐绿萝娇弱的身体开始颤抖起来，她努力压抑着愤怒和悲伤，愤然道："你们崇拜的俞九公，当年口口声声说喜欢我，口口声声说爱我，

可你们知道吗？入赘梨花山庄后，他却背着我带了个贱人回来，在我生下墨苏哺乳的空儿，悄悄藏在画眉楼里苟且偷欢，生下俞不周和俞忘忧两个。"

一语石破天惊，所有人惊愕当地。

唐绿萝苦笑一声："那个贱人，就叫画眉，他的同门师妹，青梅竹马长大，生的妩媚勾人，却整日里病快快的，也算老天公平。"

一时殿内阒寂，所有人都屏住气息，听她爆料。

唐绿萝幽幽一叹，道："我恨！我闹！却也无济于事，他铁石心肠，誓于那贱人生死白头，日夜躲进这画眉楼里，对外谎称闭关，实却与她厮混。直到魔刀门卷来，他也不肯出来，这号人，你们还巴巴地求他指教武学，真是天大的笑话！"

"母亲——"俞墨苏泪雨纵横，扑在唐绿萝怀里抽泣起来，唐绿萝眼角洇润，用手抚摸着女儿光滑的丝发，叹道，"可怜的孩子，自你出世，就不曾得到过一丝父爱，还处处要忍让俞不周和俞忘忧两个，当真是委屈你了。"

不远之处，俞不周闻言弃剑，摇晃着跌坐在紫金色的流苏软毯上，目瞪口呆。

沈白离也不由蹙眉唏嘘：曾经江湖上人人称羡的神仙眷侣，原来却是一幕镜花水月！

"可是，我再厌恶他们，也还没有到使黑手的地步。"唐绿萝挑眉向沈白离瞪了一眼，正色道，"忘忧不是我杀的。"

折六 任逍遥

夜色是这样的浓，暗云满空。

突然，谁都听到了一声接一声的惨叫，声音来自画眉楼深处，凄厉而惨烈，显然那里正爆发着一场激战。唐绿萝闻声变色，碎步循声冲去，一干人也都急忙随上，想看个究竟。

画眉楼尽处，是一落别院，别院当中赫然植着一株老梨，枯干虬枝，梨花零落，老梨树下横七竖八躺着一干魔刀门的杀手，全部没了气息。

马东风大刀凌空，正对峙着一人，那人体骨清绝，须发皆白，想来是久未享受阳光照耀，看上去虚弱的很。虽是如此，却有股摄人心魄的气度自他周身散发出来，让人沉醉且迷惑。

俞墨苏和俞不周见了那人，不由低低地唤了声："父亲。"

俞九公把着别院的门，冷冰冰地对马东风道："莫三刀呢，当缩头乌龟了？又派你们来垫路送死吗？"

"你还惦记着你的师兄吗？"马东风轻蔑一笑，怒道，"自你拐走了他师妹，他就弃剑使刀创办了魔刀门，白天教徒授技倒也好过，夜晚孤身一人郁郁寡欢，整整二十年再没有笑过一声。"

"我和画眉情投意合，是他不识时务罢了。小毛孩子，你懂什么，休得胡说。"俞九公沉下脸来，一如此刻墨染的天空。他长吐一口气，幽幽说道："师妹患上痨疾，日夜咳嗽不歇，寻遍良医也无可根除。后来我下江南寻访，听得千年白梨能宣肺止咳，便委身入赘梨花山庄。"

"真是用心良苦啊。那她又算什么？"马东风一指唐绿萝，愤然道，"你既然已有家室，为何又抢我师父的心上人？如此行径，还枉称什么武学宗师！"

"闭嘴！就你这两下子，还不是和他们一样躺下，我警告你，赶快滚蛋，再别恼我。"俞九公拍胸甩手，一下子勃然大怒，马东风后退几步，握紧了刀。俞九公白袍一甩，返身入得房里，但见一口棺材横亘当地，通体雕满龙凤和福鼠。乌沉沉的春芽木，不知用清漆刷了多少遍，亮得可以照出人影来。只见他单掌倾力，掀开棺盖，在棺里摸索起来。

火烛映照之下，所有人都停止了呼吸。棺椁之内的女子，面颊上流转着玉一般的光泽，高贵而沉静，不似人间姿色，难怪莫三刀和俞九公都会为她痴迷。此刻若不亲闻，还以为她这是海棠春睡了去。

"为了千年白梨，我只能违心娶了唐绿萝，我对不起她，只因为我不能失去画眉。"摸索片刻，俞九公取出使他成名的梨花剑来，还未上手，便涕泪俱下道，"可是，千年白梨也不能救她，画眉还是走了。"

唐绿萝气极，扑上去就要撞翻棺椁。隐忍了二十年，再也无法在儿女面前受辱，她心如枯灰，此刻只想做个了断。俞九公拦住她，一如多年来的冷漠，不让

他靠近寸步。

两个人纠缠在一起抓扯，撕咬——

马东风不动声色地拔刀，出刀——

猝不及防的偷袭，发生在电光石火的瞬间，俞九公惊转回头，却被唐绿萝牢牢钳住，他顺势发力，身体就向着刀锋迎了上去。刀长五尺，力道狠足，从俞九公后肋刺入，从唐绿萝后背穿出。

溅血惊心，哑然无声。最后时刻，他本意是要用身体替她挡刀的，可是，并没有救下她。她躺在他怀里，双双跌倒下去，她凝目向他，泛出如初见之时的柔媚光华，只是眼睛始终没有合拢，是惊愕还是原谅，无从知晓。

"不要以为魔刀门都是软柿子。魔刀三煞中我还没出手呢。"睥睨江湖的武学泰斗倒在自己刀下，马东风傲然收刀，不无得意。

"爹，娘——"俞墨苏和俞不周齐声悲唤，齐齐拔剑。"想来，忘忧也是你下的黑手了。"罗念卿红了眼睛，提了枪悲愤跟上。

沈白离拦下他们，拔剑独自走过去，久久凝视着马东风，叹息道："原来你才是真正的'鬼煞'。你如此捉弄我们，好玩吗？"

"师傅一生痴情，临终留下遗愿：生不能携手师妹，死要和师妹同眠。身为刀王弟子，岂能坐视违愿？"马东风长叹一声，"我为师父还愿，同时揭下他俞九公的真实面目，应该是做了件益于江湖的功德之事。有些隐情自不能提前暴露，包括师父的死讯，江湖上无人可知。"

"作恶造孽，自有公算。你不能为一己之私，增俞家灭门之痛。那忘忧，毕竟还是个孩子。"沈白离面色凝重，曾经把酒酬欢的兄弟，伪装得如此深沉，又残酷得如此骇人，他提剑起来，缓缓指向马东风，道，"出招吧，逍遥剑绝不会纵容你这般滥杀！"

"逍遥剑法的确厉害，若没有我，这一届梨花会，必是你扬名立万的福地。可惜你时运不佳。"马东风重新掂起刀来，微微一笑，"我为师傅出手，你为他们出手，我们都没有错。出手吧，看看是你的逍遥剑厉害还是我的祛魔刀厉害！"

"忘了告诉你，我是天山剑魔的关门弟子，当年凉州街头，一坛家酿的眉寿酒，换得一本残破剑谱。那个老酒鬼，就是莫三刀和俞九公的师父——天山剑魔！"

漫天的剑光洒落下来，俞不周正宗的梨花剑法尚自败北，逍遥剑法自然更胜一等，只是绝没料到竟是如此来路。马东风满腹惊愕不及吞咽，还在迟疑瞬间，整个天地都被逍遥剑尽数湮灭。

天色渐明，一切归于宁静，晨曦涂抹出崭新的一天。

沈白离理理袍子，掬了捧江南的水，扑在脸上。疲倦褪去，满目尽是清凉。忽而听得庄外，白驼哎哎地叫了两声，催他上路。

沈白离想了一想，来到俞墨苏住处，轻轻叩门。

名满江湖的武学世家一夜间土崩瓦解，她的悲痛无人体会。一夜未能合眼，她清丽的面容憔悴许多。

"莫再悲伤了，梨花山庄还得靠你复兴。"沈白离的心缩了一下，面容却是展开的，"马东风已被我废除武功，再也不会执刀滋事了。我放了他，相信你应不会怪我。至于家仇，你们若是寻他，也是应该的。"

他顿了下，拱手施礼，最后告别道："墨苏姑娘，请多珍重。"

"呃，你——"她欲言却止，都是说不出口的怅然。有些人，看一眼就觉得舒服；再多看一眼，注定就是一生。可这短暂的相遇，犹如一场幻梦，她不知怎么来挽留。

沈白离望她一眼，默默转身。至于俞不周和罗念卿两个，也懒得再去分别了，脾胃难投，何须赘言。

"飘飘何所似，天地一沙鸥。"生性自由的少年，注定要远走，也许这惨绝的现实，浇灭了他内心的痴迷，走吧，肆意行走在江湖，洒脱磊落在天地，才是逍遥快哉的一生。

他努力地抿抿唇，向她微笑，算作告别。自此，俞墨苏清雅的身影驻留在记忆里，成为他今生的永恒。

附 录 篇

FULUPIAN

江湖有个秦不渝

杨若冰

1

文人江湖，原本是颇为热闹也颇为寂寞的。

但文人江湖上，近来忽然有了个好去处——凉州听雨楼。

凉州听雨楼的楼主，是近年来悄然鹊起的一位年轻人。此人名叫秦不渝。

老杨年逾不惑，早已无意热闹于江湖，只愿杯水盏酒，支烟册书，偶或凭藉些许文字，以抒隐秘情怀。但感于不渝未以少年盛气嫌弃老朽，遂成了凉州听雨楼里一介看客。

江湖中不乏各色人等，聚于听雨楼者自然也不能免，但雅士高人始终是主流，不渝的人缘，由此可见一斑。

不过，这是题外话。

2

年轻的时候，老杨曾经是武侠迷，甚至，也曾写过武侠篇什，以致人到中年后，对于武侠类文字，依然敏感。

于是发现了秦不渝。

那是数年前某个夏夜的晚上，在新浪网浏览本土作者的博客，顺着某个链接，与之偶遇——彼时，老杨在疏离江湖近十年后，阴差阳错地接任凉州文人江湖"盟主"之位，且主持一本叫《凉州文艺》的纸刊，发现并关注江湖新秀，也可谓责任使然。

起初，是关注了这个名字。秦不渝——情不渝？由其名可推想，这是个有故事的娃儿。

再读其文，大为喜惊——喜的是，众里寻觅千百度，终觅得才情不俗之作者。惊的是，如此作者，竟然，在凉州文人江湖不曾为人识，而其文字间溢出的才情，已不在众多高手之下！

于是，用了几个夜晚，老杨读完了其博客上的所有文字。

于是，有了博客上偶尔的纸条交流，一老一少，成了博友。

3

那年岁末，市作协年会如期举行。

作协年会，每次都有新的面孔出现，那年也不例外。此前，奉学辉主席之令，老杨筛选了部分有成绩有潜力的江湖新人参会。

第一个想到的，正是秦不渝。

虚拟世界的交流，已经有些时日了，彼此却从未有过刻意谋面，甚至没有留下博客以外的联系方式。于是，老杨发一纸条，大意是："不渝兄：谨定于某月某日于某地召开某会，敬请届时务必参加并一见。"——在江湖上，老杨虽无建树，却有点倚老自重，殊为不当，而称呼秦不渝为兄，平生仅此一次。

那漫溢的才情，老练的文笔，在老杨看来，非经历若干年修炼者，实不易达到，所以，彼时，老杨猜想，此人年岁至少与本人相伯仲。

岂知却是个笑话。

作协年会上，学辉主席的报告中，增加了介绍我市唯一武侠小说作者秦不渝的内容。当他略显拘谨地从座位上站起亮相示意时，老杨又一惊：怎么会是个毛头小子？！

自此，正式结识。

以后的日子里，秦不渝很快融入凉州文人江湖，并且，渐渐地有了年轻一代掌门人之气象。

4

相亲而不相轻，是凉州文人江湖的和谐之源。

"文无第一，武无第二。"凉州文人江湖人士的交流，并不因功夫高下而自成派别，各搞"圈子"——老杨曾放言：谁搞圈子，谁就请远离。

是故，凉州文人常常雅聚，"华山论剑"，却没有东邪西毒南僧北丐中神通似的座次和利益之争。

散漫写来，老杨无意对秦不渝的作品指手画脚，多加评判，欲知究竟者，自当去揣摸那些极富灵气的文字，感受那文字背面的情感世界、个性特点——这，不仅是他的武侠类作品，也包括数量不多的散文篇什。

只想说一句：他有着很好的文品。

换言之，秦不渝为凉州江湖人士所熟知，虽有他人引荐作用，更主要的，还在于他确有"立身之本"——在墙外开花的，此前已有《花旗吟》《绝命刀》《离魂歌》等等，在本土，仅老杨目力所及的，这些年来，印象中就有《紫衣》《绿扣》《与卿书》《白烛》《伤城》等中短篇武侠佳构，以及系列乡情散文《望乡》等。

其中，《白烛》后来被省刊《飞天》刊发，又被《长江文艺》选载；《望乡》系列，亦陆续亮相于《华夏散文》等国内名刊。

著名作家、茅盾文学奖和鲁迅文学奖评委马步升先生有言：秦不渝等人的"另类崛起"，对武威文学"有着启示作用"。老杨认同此言。

行文至此，忽然想起某日闲聊中，不渝言及，在融入凉州文人江湖前，他本来已因现实所迫，要放弃了化笔为剑的江湖之行的。

人生啊，总是机缘巧合，不该消失的人和事，总是会在世间留下印痕的。

5

酒，是江湖文人雅聚时不可或缺的媒介。

凉州文人聚在一起，有多少情怀，尽在酒中，却极少认真切磋为文之道。因为，文章功夫，在于文外，而置身文脉流畅之气场，大家皆不约而同各自前行，无复多言。

文字之外，不渝有着很好的酒量和很好的酒品——相识至今，老杨只见过此子露过一次醉态，以及醉意中牵手佳人的情难自已，老杨反觉其本真可爱。而岁月的风吹过了江湖上的无数次雅聚，煮酒畅饮间，不渝更多留给人们的，是恰到好处的豪爽，宁我先倒的侠气，是对江湖老者的尊敬，对同辈人士的谦逊。

酒品恰似人品。尤其是真正醉了的时候。

如今，有愈来愈多的江湖人士，直呼不渝为"秦少侠"。少侠之谓也，自不是随意戏称，细究来，除却其擅写武侠，是否也有其在酒场内外展现出的少年侠气的因素呢？

6

由酒而延伸开来，秦不渝武侠小说中，主人公亦多为少年侠客。多情无羁、游走江湖、略有浪子情怀的少侠，往往会伴有一名字非常诗意的红粉知己。老杨不敢说阅人多矣，而就仅有的一点经验，那些离离合合的故事中，是否融入了秦不渝本身的心路历程？那一个个倜傥的少年身上，是否暗合了秦不渝本身的情怀，或者，是隐秘的理想化身？

这，只有他自己明白。

当然，在纸上江湖，不渝前面的路，足够宽阔。至于他能走多远，老杨，还有别人，只有拭目以待了。

江湖之大，貌似无形而确实存在，不渝应当在更高的境界历练，直到臻于化境。彼时，他还记得曾在凉州文人江湖修过内功吗？

而在现实中，又是机缘巧合，秦不渝目前是本地某名酒企业办公室文员，其中自有甘苦，也或多或少地磨砺着他的心性。

不渝说，对于武侠之外的现实生活，他目前的愿望是：在河西酒廊最东端的这座文化名城，开一家别具特色的酒馆，酒馆的名字，就叫——凉州听雨楼。

江湖听雨，一城尽欢。

或许，如蒙不弃不嫌，届时，老杨会时常于凉州听雨楼的某个角落里，抚髯慢品数口老酒，闲观江湖风雨如晦。

7

要之，在凉州，江湖有个秦不渝，江湖上便多了些风景。

老杨不才，却赏识此子，所以在某年春天的某个下午，诌了两首小诗赠之。似乎，亦可充为本文结尾，兹录如下：

七绝　题秦不渝

之一

春风执意出篱樊，一介书生立静轩。
意气冲天挥剑雨，江湖冷暖共谁言？

之二

书生拔剑舞寒风，纸上江湖笔下逢。
胆气豪侠今尚在，奇才天纵亦多情！

杨若冰，武威市作协副主席，凉州区文联专职副主席，凉州区作协主席，《凉州文艺》执行主编。

我们，在掌声如潮的出口等你

草木央子

去了沙漠，被一粒沙的浮沉打动，去了草原，被草原的辽阔感染。读到"我走碎步，漠上尘起。我吟风声，胡马驰过原野。"，我的脚步都轻盈了。风来，吹皱了思念，雨过，淋湿了心情。一花一草，都赋予了思想，开在人生的不同季节。一人一景，都猝不及防地给我欣喜，一路感动，一路走来。

偶然间走进秦不渝的博客，看到散文《望乡》系列，那些灵动的文字瞬间打动了我，它们如精灵般跳跃着，诉说着思乡的情结，对父亲母亲的感念和家乡的风俗。"一记地图上毫不显眼之地，却顽固盘踞我心深处，日日夜夜盛名着。如果穿透岁月的浓稠迷雾，捡拾一瓣惦念的缘由摊开看时，注目的，定是那一眼清泠泠的井吧。"这是《马家槽里一眼井》里的开头，这样的一个开头，把我锁定在何家大坂的马家槽里，头一抬，便是那一眼井边人们的过往。那眼井浓缩了一代人的艰辛悲喜，彰显了一代人的博大宽容。对于不渝，一杯茶，就冲淡了马家槽里曾经有过的黯然，有什么能浓于植根于那片土地的情，回乡的不渝迫不及待地饮下一杯茶，他说："毕竟，我是井哺养大的孩子，即使天涯行走，盛装回来，血脉深处总有一支井水浸润的根骨吧？"

那篇文章，我打印出来，一遍一遍地念给孩子，也一次次地浸润自己。一杯茶，太淡了，解不了不渝思乡的焦渴。那是洋芋里煮沸的故乡，是白杨树守护的村庄，是煤油灯下的聊斋，一杯茶，怎敌留在草原里的那一声叹息。一杯酒，太浓了，不渝的情是从内心深处溢出来的，带着体温，暖，却不焦灼。我喜欢带着情感的文字，柔柔的，一直往人的心里走，走到深处，还刻个痕。是什么能让人如此长久地惦念，是什么让人在人潮人海里留守注目，是什么让人一次又一次地想放下，却难以割舍，是情感，是溶了情感的文字。是不渝，是不渝的文字。

二尺绫，司马紫烟，霍小雀，只听听这些名字，就透了才情，带了侠气。不渝笔下的侠客是儒侠，提钢刀，却不忘吟一阕《凉州词》。江湖险不险恶，少侠不管，他却诗意地对爱着的人说"你一入城，我便沦陷"。不渝的武侠小说是干练的，三两句就把一个人物刻画了，"这'二尺绫'，总在灯烬火灭子夜交变时突然现身，来时白绫漫天，去时漫天白绫，一出手，白绫扯喉，不死不休"。不渝的武侠小说是精细的，细腻到不惜笔墨，"霍小雀泪眼婆娑。想起每次醉酒，清歌总会踏歌归来，舞剑相思，斩落廊下梨花如雨，罢后静卧暖榻，鼻息微鸣。而自己，烹茶煮雪，一夜相守。醒后他愧然下地，亲赐自己一环最温暖的拥抱。虽有小怨，却也心甘，那样的日子一直驻留在记忆深处，难以忘却。"

江湖上都叫不渝为少侠，喝酒的时候我也叫。看过不渝关于酒的文章，一篇《春日皇台闻酒香》，另一篇是《坛藏里缩放的春天》。不闻酒香，只读那些文字，人就醉了。"那酒，是他望乡的泪；那坛，是霍小玉的衣啊"，"总是凝望，故垒西边，一个叫皇台的地方；总是怀想，千年台下，一段寂寞的长眠"……一个人，如此深情地写关于酒的文字，他是爱酒的。据说，不渝能喝两斤酒，我只听过，没有见过。喝一斤呢，不渝能把在场的人都送回家。记忆中，不渝没有醉过，就算是醉了，他也没有醉态，一直清醒着的样子。酒，是好东西，要有度地喝一点，喝到不至酩酊。李白纵酒放歌，苏轼把酒问天，曹操对酒当歌，辛弃疾醉里挑灯，都传了不朽的文字在史册里。不渝呢，一嗅酒香，人便醉去三分，叮叮当当，就吟出"一瓶坛藏上桌，白底红釉，犹如小乔初嫁的衣"这样的文字来。再醉一些呢，就尽显了少侠的风采，不渝疾书"漠上清冷，江南已暖。沈白离拉了驼，就这么走进江南烟雨里。巍峨的祁连慢慢远失，绵绵的春雨渐渐渐沥，一路牵驼走来，赏的是小桥流水，闻的是吴侬软语，一袭沾满风尘的塞上裘衣早和这温软之乡格格不入，也兀自不管，任一干纳罕的眼神吞没自己"。

2014年3月8日，不渝创办了听雨楼公共微信平台，起初，觉得这个微信平台就像以前自己开办过的论坛一样，发一些文章，跟一些评论，燃烧一些日子，然后在一片相互赞扬声中渐行渐远。那些论坛有的已经关闭了，有些还开着，有一处没一处地发着些文章，有浏览，无评论，精彩与否，连发稿者都不曾关注。一些事，往往是因为有了前车之辙，有了辙上的印痕，所以让人有了看透了的自信，就像最初我对凉州听雨楼微信平台的认识。

在一个酒多了的深夜，未眠，便翻开听雨楼微信从第一期开始一篇一篇地读，越读越无地自容起来，越读越觉得辜负了听雨楼微信平台，辜负了秦不渝这个主编。《头条》《悦读》《关注》《本土》篇篇是精华，期期都很精彩。凌晨两点多，我留言给不渝"听雨楼微信平台非常精彩，为不渝喝彩"。不渝回信："努力为本土文化和作者摇旗呐喊，努力使文学回归生活原位和本真；思考，博爱，充实，快乐。"

记忆中，不渝总是在匆忙中，匆忙地来聚会，匆忙地去医院看病人。每次聚会时，不渝总是来得很迟，单位工作忙，路途又遥远，家里孩子又小，大家总是耐心地等他。一次，等他到晚八点多，他才来，那时，大家腹中只有酒，饥肠早已咕噜了。但是等不渝，就像等一个晚归的亲人，谁都有耐心。不渝还是一个好客的人，说好了别人请客，不渝却早早地付了银子。我请酒，总要问不渝，有没有时间来喝，在我心里，不渝不在，那酒就不得开瓶。

打开不渝的博客，有这样的一段介绍：秦不渝，原名王刚，简居凉州。淡然，安静，酷爱文字，行走在生活低处，无字不欢。中国散文家协会会员，甘肃省作协会员。拟出版：武侠小说集《大地红》，散文集《落叶满凉州》，长篇小说《子夜歌》。打开博文目录，是发表在《飞天》《长江文艺》《华夏散文》《甘肃日报》《北方文学》《西凉文学》《凉州文艺》《乌鞘岭》等刊物上的文章，小说及其他。

在凉州听雨楼QQ群里有人问不渝，你的小说有一定的历史背景吗，不渝说，历史太厚重，无以承载。其实，有不渝的这种担当，有他"无字不欢"的这种追求，还有他字字珠玑的才情，我相信，他，承载起的不只是一段历史，他会书写一段历史。对正值青春的不渝来说，这是一个豪华的起点，那么，他踩在云端上，会腾起怎样的一个高度。顺风，顺势，只需他坚定地向上向前。

我们，会在一个花团锦簇，掌声如潮的出口，静候你。

草木央子，原名李英，甘肃省作协会员，武威市作协秘书长，出版散文集《古老的守望》，现供职于武威市工商局。

红尘情侠

——写给秦不渝

杨玉鹏

孤舟唱晚霞，我扬鞭策马，
路过十里桃花，输给你眉间朱砂。
笛声远走，心头长出道疤，
一生萧瑟就打开在这一刹那！

西风携黄沙，我行遍天下，
阅尽人间繁华，痴等你那句回答。
流年无话，刻成寂寞年华，
万水千山留个名叫红尘情侠！

胯下这匹马，追着你的天涯！
背上这把剑，难断我的牵挂！
手中这碗酒，酿成谁的泪花？
我还是我，你还是你，春秋又冬夏！

杨玉鹏，著名青年歌词作家。中国音乐家协会会
员，中国音乐文学学会理事，甘肃省中青年"德艺
双馨"文艺工作者，武威市音协副主席。

后　记

江湖不远

1

　　"让青春吹动了你的长发，让它牵引你的梦，不知不觉这城市的历史已记取了你的笑容……"

　　一曲《追梦人》大街小巷传唱的时候，《雪山飞狐》正在电视里热播，我骑着单车，摆一摆头发，车轮故意在喜欢的女孩子面前溅起一圈水花，哼着歌在雨后的柏油路上滑翔飞过。最早，武侠就和青春这么联结在了一起。

　　后来寒暑长假，回到旦马老家，群岭山道间策马扬鞭，惬意快哉的游荡回来，父亲的那几板箱藏书，从三侠五义到四大名著，从《红卫兵》到《大众电影》，被我翻得昏天黑地。百卷藏书，偏爱《水浒传》，一遍遍地翻看后，把一百〇八名好汉逐一罗列出来，敬仰揣摩。当一个人杀死另一个人，杀人的不是刀，那是大时代间更为深邃的对抗感。造反有理，天无仁，吾宁死而已。《水浒传》里的武侠，悲壮苍凉，如鲠在喉。

　　城市里《射雕英雄传》火爆上演，街谈巷议几乎尽口"傻郭靖，俏黄蓉"，我独爱《连城诀》和《鹿鼎记》，从街头书摊租来金庸、古龙、梁羽生，塞夹在书本里夜以继日、废寝忘食地拜读。施耐庵和金庸们，给我打开了一扇神奇绝伦的窗户，始知现实之外，还有一种刀光剑影的壮烈生活，可以恣肆淋漓，可以快意恩仇，可以荡气回肠。

而那时候，因为草原分配不公，父亲凭借一己之力，率领族人乡亲据理力争，一直记得，二十几号人聚在父亲上班的护林站里，父亲慷慨解囊，用热情和胸怀资助他们一周食宿。他们和父亲豪爽结义，那幕大块吃肉大碗喝酒的豪情场景一直驻留在我的脑海里面，无法剔除。从此，书上的侠义和生活的热血浇灌我的血脉，侠义和英雄浸入骨髓，刀剑与江湖结缘身心。

中考毕业，赋闲于家，那日百无聊赖，信手翻开一本《上海故事》，"武侠天地"栏目跳入眼帘，浑身热血翻涌，连夜拾笔构思，五千字的武侠处女作《靛剑出鞘》，誊写到方格稿纸上，按杂志社地址寄去，一个星期吧，记得刚好是五一节，门房有信，激动拆开，稿头是"上海故事"四个红色大字，正文是章慧敏编辑的亲笔回信，她说稿件留用。那一夜激动难眠，心情无以言说。

但戏剧的是，那篇稿子最终没刊登出来。没关系，我继续提刀上路，从故事写作入手，进入创作之路，从《上海故事》到《新故事》，从《民间传奇故事》再到《今古传奇故事版》，一步步留下自己艰难跋涉的影子。

再后来《今古传奇武侠版》创刊，多少年沉埋的侠义之火，终被一本刊物熊熊点燃。每期必买，每期必看，成了最最忠实的拥趸。《花旗吟》就是那段间隙写就的第一部武侠小说，回头看来，那么青涩稚嫩，不堪下读，但在接到颜铭老师的用稿通知后，在收到两千四百元稿费后，其时凉州寒冬朔朔漫天飞雪，那一刻真的伫立在风雪街头，双目噙泪了。因为它的发表，致使我走上了注定永不回头的武侠之路和文学之路；若是不然，保不定一个无志书生，就要在凉州城的某个茶馆或者酒桌上消磨余生了。

那以后，整整两年时间，我把自己关在家里，《武侠》相伴，面壁著书。没有电脑，稿纸笔写，然后上街打印出来，用最古老的方式挂号邮递过去，期待着远方的佳音。更残酷的是，身无分文，日子捉襟见肘，母亲烦躁不解，靠妹妹资助才度过了两个春节残年。今天看来，所谓成功，大抵就是委屈和泪水浇灌出来的花朵吧。

写作是一世修行，武侠是一场迷梦。无侠不欢，此情不渝。从此，正式以

"秦不渝"为笔名，提笔闯荡江湖。虽然写的多发的少，但每一次从失败中站立起来，听到自己成长蜕变的声音，那么清晰有力，就义无反顾笔耕下来。因为执着和坚守，因为积累和储就，才有了《大地红》面世的基础和源力。

2

后来工作变故，刻骨记得，从凉州煊赫的私企决然离开，进入一家小小汽贸公司，开始一个人的公司，一个人的生意，一个人的江湖。业务间隙，在那间黄土小居，在那城市里的乡村，每个黄昏和夜落，走进阒寂，开笔江湖。知道，书写不远，无关毅力与坚守，只是笔力思想的束缚，依然挑灯书血，痴心不悔。一年来琐事碌碌，不交友，不会客，不谈风月，几乎是孤家寡人的日子，清苦，却也坚守。好在，它们竣笔。

先是《与卿书》，接着《白烛》，抱着《南风》语体写的，投过去泥牛入海，恰逢《飞天》笔会，编辑老师青眼有加，武侠文字剑走偏锋，被纯文学省刊刊登，而后又被《长江文艺》选摘。

常常想，为什么人们会误解武侠小说？那是因为，人们把"武"字简单地想象成暴力与打斗！毋庸置疑，花哨的影视烙印深入骨髓，自然不可轻易剔除，而武侠鼎盛时，那些为捕捉市场而跟风模仿的炮制滥作，更是直接元凶。好在一批执着的思想者，开辟了大陆新武侠光芒。从韩寒的《长安乱》开始，到小椴的《美人刺》，到施定柔的《石潭夜话》，再到武无吾的《迟剑行》和纱雾的《圈》，最后到赵晨光的《隐侠》系列，千古文人侠客梦，他们的创新和笔力让我拍案而起，武侠终成了割舍不下的趣味和牵挂。

一直觉得，武侠，没有新鲜的故事，却有新鲜的嘴唇。那么《与卿书》与《白烛》，便是这样一种尝试吧。这是孤寂极致的转身，也可能是最好的自己，后来构思《梨花落》，想写侠即逍遥；构思《茉莉开花三月雨》，想写无奈江湖，俱是想突破自己，因为千万遍的重复，可能诞生真正的画家，对作家却是悲剧。

心愿鸿巨，笔力枯萎，总不能酣畅淋漓地演绎快马江湖，但这样尝试过了，努力过了，至少人生也减去了些许遗憾。也许对我而言，能把前途写成歌，在流光里挥一挥手，展一展腰身，就已足够。回首那些清苦的书剑岁月，我自抿唇一笑。原来，吞得乌烟瘴气，才有柳暗花明。

3

掐指算来，廿载风霜，江湖不过是刀光剑影里的另一种人生。

博大的金庸，风流的古龙，清雅的梁羽生，方块字里绵延的薪火传奇，生生不息，因为"中毒"，所以迷恋，因为痴情，所以喜欢。

后来读温瑞安读黄易，读小椴、沧月、步非烟，读慕容无言、赵晨光，从农耕时代的江湖，到大陆新武侠江湖，从宝藏练功美女抱抱到厌恶的玄幻电玩，从帮派滥杀天下第一到无厘头网络戏谑，传统僵化，新法迷离，现实不可否认，武侠已经低迷，但心中依然有一方自己坚守的江湖。

江湖不是童话，武侠不是杀人。每每掩卷，蹙眉而思，滔滔江湖，何以为侠？

是"风萧萧兮易水寒，壮士一去兮不复还"的壮烈？是"十步杀一人，千里不留行"的肆意？还是"仗剑天下酬壮志，拔刀人间问不平"的果敢？

侠，最早出现于司马迁的《史记》。在《史记》中，司马迁最先为侠客作传。如《刺客列传》《游侠列传》，指出侠"言必行，行必果。已诺必诚，不爱其躯。"

如今，无数人默默忍受这世间的不平，变得世故而懦弱，活得庸常而悲哀，以至于不知不觉一生寂然已过，却怅然发觉竟没留下什么可供骄傲的一缕记忆。所以我们需要武侠，需要一点锋芒毕露、淋漓快意和不管不顾，需要脱开一切束缚，张扬出自己最真的性情、最炽烈的爱和恨。

多少年青灯素食，胸中块垒沸腾。我写武侠小说，不见得爱武，也不见得爱侠，我爱的是江湖。江湖一词多解。多情者，江湖侠骨柔情；豪迈者，江湖壮怀激烈；智慧者，江湖波谲云诡。江湖在我眼里是青白色的，一如这青白的世界。那么，我们需要剑气的光明，来刺破这死寂的沉霾。

虽然侠者的宿命是悲剧，是与这个世界无数规则为敌注定的结果，但我依然要用我的铮铮刀剑，劈出一方清明与决裂，有过这样的御风而行，仗剑而歌，我们的人生才保存了一点可供回味的辛辣与甘甜！

其实，写作的唯一秘籍就是坚持和善良。这些武侠文字，写得旷日持久，从起笔到峻笔，整整十年之余，生活和工作牵绊，曾数度中断，我不是个慵懒的人，更不想辜负此生，于是子夜捉起笔来，努力续完，即使自费，也要出版，不为名利，也谈不上名利，只为年少时的那个小小心愿。

年少多难，父亲离世，家道中落，家产遭剥，看尽了分合离乱，领教了世态冷眼，就想，率一帮兄弟，拿几把刀剑，斩绝天下不平，大地蓬勃飞红。这构思和心愿，便是《大地红》的由来，遗憾的是，仅仅框架建成，导语写成，小说只字未动，二十年后武侠作品结集，不待多想便冠以此名，也算是一些慰藉和弥补吧。

感恩父亲赐予我书声琅琅的童年，感恩母亲含辛茹苦养育了我的少年，因为你们，我走着，爱着，写着。我想，《大地红》的出版，将了补我一生的心愿，也了结我一生的遗憾。从此，铁马秋风，江湖只在远望里。武侠，圆满了年少的梦想；而生活，才是真正的小说。余生光阴，还有两个心愿：一是散文集《落叶满凉州》，二是长篇小说《子夜歌》；它们皆是凉州于我的恩赐和馈赠，收笔武侠后，所有心血都将倾注过去，待得它们面世，此生方可瞑目。待到那时，寻一处所在，开一家酒馆，名曰凉州听雨楼，打太极，吹埙曲，办杂志，写小说，养只小狗名曰思念，过预谋了四十载的书剑生活。

4

一直觉得，凉州其实不凉，这是一个温暖熨帖的城市，居停越久，越是喜欢；如今，我宁愿一壶茯茶，半斤驴肉，宁愿夏日布衫，朔冬皮袄，也要驻留在它的春雨秋风里，听三弦，品老酒，不愿提足离开的了。

凉州，是我的根脉和魂灵所在，也是我纵笔江湖的渊薮和鹄的。一路走来，风雨飘泊，更有一个个暖心的朋友月下酌酒，清欢相守。

"感谢"这个泛滥的词，我入俗一遍，换成"温暖"吧。文学是寒凉的事业，那些热肠的师友，怎不让人温暖呢？其实遇到一个人，生活就拐了一个弯，感谢那些为我生命着色的人。在武威文学界，有幸相识的老师中，特别感念李学辉主席，他是燃烧自己点亮别人的人，是有侠者胸襟的人。

多少残阳如血的黄昏，他奔走在凉州街头，把绝望沉埋，把信念珍拾，广结善缘，四方求索，燃烧自我为凉州驱寒添暖，敞开胸襟为武威止疼疗伤。一腔心血铺洒，几多慨骨襄助，《西凉文学》在灰烬里挺起脊梁，凉州词在丝路上再度飘扬。

对于潜力作者，更是不遗余力地抬爱和扶持，在《西凉文学》开设专版不说，还倾尽心力往外举荐。李主席多次叮嘱我："天赋你才情，就不要糟蹋行情。"我总是放任光阴，辜负期许，没一部像样的东西拿出来。《大地红》结集时，李主席慷慨赐序，增色添辉。这一切都珍存于心，无尽感动。

珍存于心的，还有若冰主席、玉鹏和央子的真情文字；还有才华主席、悟祖主席、荣胜主席、梅花主席、姚瑶主席以及纪姐、鸿天、飞年、静娴、芳凝、陌尘、金芳、燕子、永奎、殷岚等诸师友；以及最最疼爱的女神王曼歌和外甥詹柏清的题词祝福；一城凉州，侠道不孤，他们一并温暖了我的苍茫江湖。

金庸说，侠之大者，为国为民。温瑞安说，侠之小者，为友为邻。其实江湖不远，就在我们身边。有时候，一句叮咛，一抹眼神，一个拥抱，就如无敌神功，给你无穷的力量。所以今天，我们可以弃剑，用温暖和良知重拾侠义，用炽爱和感动重建江湖，小楼听风雨，凉州结师友。弹剑，作歌，技逞风流；划拳，喝酒，一醉方休。

最后，感谢生活和朋友，让我们拔刀相见！

时在丁酉腊月
于凉州听雨楼